dtv

»Per Toftlund von der Kopenhagener Polizei brauchte nur drei Tage, um seine neue Ermittlungsgruppe zusammenzustellen. Bereits am vierten Tag des Jahres Null saß Aischa Hussein mit dabei.« – Der Guerilla-Kämpfer Vuk, ein bosnischer Serbe, hat unter dem Namen John Ericsson in Amerika eine neue Heimat gefunden. Doch da er über ein enormes Wissen im Zusammenhang mit den wichtigen Drahtziehern im internationalen Terrorismus verfügt, wird er von der CIA angeheuert. Auch in Kopenhagen wird mit Hochdruck nach Terroristen gefahndet. Per Toftlund – Vuks früherer Gegenspieler – steht einer zu diesem Zweck gebildeten Task-Force vor, der unter anderem die schöne Palästinenserin Aischa angehört. Ohne zunächst voneinander zu wissen, bewegen sich Vuk, der frühere Auftragskiller, und Per Toftlund, der Polizist, bei der Jagd nach einem gefährlichen Dschihad-Kämpfer aufeinander zu …

Leif Davidsen, 1950 in Otterup geboren, lebt als freier Schriftsteller in Kopenhagen. Er arbeitete als Journalist, u. a. als Korrespondent in Moskau und als Nachrichten-Redakteur für das Fernsehen. Von ihm sind auf Deutsch erschienen: ›Der Fluch der bösen Tat‹ (1996), ›Der Augenblick der Wahrheit‹ (1997), ›Die guten Schwestern‹ (2001).

Leif Davidsen

Der Feind im Spiegel

Roman

Aus dem Dänischen von
Peter Urban-Halle

Deutscher Taschenbuch Verlag

Von Leif Davidsen
ist im Deutschen Taschenbuch Verlag erschienen:
Die guten Schwestern (20873)

Ungekürzte Ausgabe
Oktober 2008
Deutscher Taschenbuch Verlag GmbH & Co. KG,
München
www.dtv.de
Lizenzausgabe mit Genehmigung
des Paul Zsolnay Verlags

Titel der dänischen Originalausgabe:
›Fjenden i spejlet‹ (Lindhardt og Ringhof, Kopenhagen 2001)

Umschlagkonzept: Balk & Brumshagen
Umschlaggestaltung: Wildes Blut, Atelier für Gestaltung,
Stephanie Weischer
Umschlagfoto: gettyimages / Sigurgeir Jonasson
Satz: Filmsatz Schröter GmbH, München
Druck und Bindung: Druckerei C.H. Beck, Nördlingen
Gedruckt auf säurefreiem, chlorfrei gebleichtem Papier
Printed in Germany · ISBN 978-3-423-21088-1

»Es wird wohl wieder einmal ein Feind hinter ihr her sein«, sagte der König und drehte sich nicht einmal um dabei. »Davon wimmelt's in dem Wald dort drüben nur so.«
»Ja, wollt Ihr denn nicht hinüberlaufen und sie beschützen?« fragte Alice voller Staunen über seinen Gleichmut.
»Vollkommen zwecklos!« sagte der König. »Sie rennt so schrecklich schnell dahin. Sie einholen? Warum nicht gleich ein Schnatterrind!«

Lewis Carroll, *Alice hinter den Spiegeln*

ERSTER TEIL

Das Tal des Todes

»Siehe, du Stolzer, ich will an dich, spricht der Herr;
denn dein Tag ist kommen, die Zeit deiner Heimsuchung.«

Jeremia, 50,31

I

Der Mann, den man einst unter dem Namen Vuk gekannt hatte, konnte zwei von ihnen riechen und wußte, daß sich die drei anderen langsam auf seine linke Flanke zu bewegen würden. Es war der scharfe Zigarettengeruch, der in den Kleidern des ältesten Japaners hing, des Mannes, der diesen unaussprechlichen Namen hatte und kein Englisch konnte. Sein Begleiter war ein schmalschultriger junger Mann mit großen Zähnen, der ständig lächelte. Der Junge sprach Englisch, allerdings wurde bei ihm der Buchstabe R zu L. Anfangs hatte Vuk so seine Probleme gehabt, sie zu verstehen, mittlerweile funktionierte es prächtig. Es war früher Morgen, aber die gelbe Sonnenscheibe stand schon hoch am Himmel, und die Temperatur stieg von Minute zu Minute. Die Sonne brannte ihm auf den Rücken, trotzdem regte er sich nicht und hielt die Waffe locker in der Hand, damit der Schaft der langläufigen Pistole vom Schweiß nicht glatt und rutschig wurde. Er hatte sich das Gesicht angemalt, braun und ocker wie die Landschaft ringsum, und die Mütze tief in die Stirn gezogen, damit seine scharfen blauen Augen im Schatten lagen. Sein Atem ging ruhig und regelmäßig, und er hörte, wie sich die Gegner möglichst geräuschlos zu bewegen versuchten, aber sie hatten nicht an ihre Tarnkleidung gedacht, die über die mehr oder weniger großen Steine im Wüstensand schabte. Sicher troffen ihre Hände vor Schweiß, was sowohl an der Hitze als auch an ihrer Nervosität liegen mochte. Aber sie kamen näher. Dabei hatte ihnen die Morgendämmerung geholfen, diese Grenze zwischen Tag und Nacht, wenn die Dunkelheit der Wüste unter dem weiten Sternenhimmel und dem Halbmond nicht mehr vollkommen ist, sondern eine samtene Weichheit annimmt. Mit Ausnahme des jungen Mannes mußten sie um die Vierzig sein, aber bei Asiaten wußte man das nie so genau. Der eine trug eine Brille. In ihren Gläsern hatte zweimal die Morgensonne aufgeblitzt. Das war unvorsichtig, aber letzten Endes waren sie Amateure. Sie hatten bis zur Dämmerung gewartet, um zu seinem Versteck vorzurücken. Um im Dunkeln zu operieren, waren sie noch nicht geübt genug. Immerhin hatten sie innerhalb von sechs Tagen gelernt, Spuren zu verfolgen und ihm so nahe zu kommen, daß die endgültige Entscheidung unausweichlich war. Er hatte den Ort selber gewählt. Das verschaffte ihm entscheidende Vorteile.

Vuks neuer Name war John Ericsson. Das war einfach und gut, anonym und in Amerika sehr gewöhnlich. Er hatte ihn sich nicht selbst ausgesucht, er hatte sich einfach nach der *social security card* gerichtet, die in seiner Innentasche steckte. Er hörte wieder, wie sie sich bewegten. Der Wind drehte sich, und der Geruch nach Zigarettenrauch verflog. Statt dessen nahm er, als die Kühle der Nacht schwand und der Sand zu glühen begann, den trockenen Duft der Wüste wahr, kleine würzige Nuancen, die wer weiß woher stammten. Die Temperatur näherte sich bereits 25 Grad Celsius. Obwohl September war, konnten es heute noch 40 Grad werden. Im Juli hatte er es schon erlebt, daß die Quecksilbersäule des Thermometers auf Maximum stand, also bei 65 Grad. Death Valley war zweifellos einer der heißesten Orte der Welt. Als es dämmerte, hatte er Wasser getrunken, er fühlte sich leicht in Kopf und Körper, während er darauf wartete, daß sie ihn fanden und ihm in die Falle gingen. Bestimmt hatten sie auch etwas getrunken, aber vielleicht nicht genug. Die trockene Wüstenhitze trog. Man hatte nicht das Gefühl, stark zu schwitzen, aber das war falsch. Trank man nicht genug Wasser, dehydrierte man, und das Hirn fing an zu kochen. Sein Wahlspruch war: Fülle jedes Molekül deines Körpers mit Wasser.

Vor ihm lag die Wüste. Er befand sich etwas erhöht zwischen zwei verwitterten Felsformationen. Eine breite Schlucht stieg sanft zu ihm herauf. Man konnte seinen Hinterhalt umgehen, indem man rechts an den gräulichen Dornbüschen entlangschlich. Sie würden es mit einem Angriff an zwei Fronten versuchen. Die drei auf dem linken Flügel, die vom Gruppenältesten befehligt wurden, würden ihn von vorn angreifen, während der Chef und sein Englisch sprechender Leutnant die Felsen umklettern und von hinten angreifen würden. Die Attacke war innerhalb der nächsten halben Stunde zu erwarten. Von denen, die er bislang erlebt hatte, waren sie nicht die Besten, aber auch nicht die Schlechtesten. Sie schienen die Hitze und die Verpflanzung aus dem Stahl- und Glasdschungel der Großstadt in die verräterische Natur der Wüste gut verkraftet zu haben. Sie hatten gelernt, mit Proviant und Wasser auszukommen und nach den Märschen durch die Hitze unter freiem Himmel zu schlafen. Sie waren gut in Form.

Auf den ersten Blick sah die Wüste eintönig und langweilig aus, aber das stimmte nicht. Sie war kein flaches Gemälde, sondern wie eine Palette, auf der die verwitterten Steine und Felsformationen vor Hitze flirrten. Es war, als tanzten sie in einem verzauberten Licht. Ständig änderte diese Landschaft ihren Charakter, selbst im trockensten Sand wuchsen kleine Pflanzen und Gebüsch, und Tiere überlebten in Spalten und Ritzen und fanden Wasser, wo es gar keines zu geben schien. An diesem Morgen war die Wüste ockergelb und rot, es waren Farben wie auf einem impressionistischen Bild, und er erinnerte sich daran, wie überwältigt er in seinem ersten Frühjahr gewesen war, als nach einem plötzlichen heftigen Regenguß überall Blumen aus dem Sand sprossen. Die Wüste war damals so wundersam zum Leben erwacht, daß Emma und er Hand in Hand und lachend wie ausgelassene Schulkinder in das Blumenmeer hinausgelaufen waren. Zum erstenmal hatten sie sich frei und sicher gefühlt, sie hatten sich im Sand geliebt, und der Alptraum von der Blutwalze hatte ihn seitdem nicht mehr heimgesucht. Bis dahin war er oft schweißgebadet und mit einem Schrei erwacht, und Emma hatte ihm über das Haar gestrichen und die verbotenen serbokroatischen Worte geflüstert. Sie beruhigten ihn, er brauchte die vertraute Sprache der Kindheit, um das Grauen abschütteln zu können. Diese Sprache erinnerte ihn daran, daß seine Mutter einst in einem kleinen Land am Meer gelebt hatte mit einer Sprache und Gebräuchen, die auch die seinen geworden waren. Aber diese Welt und die andere, die weit gefährlichere Kriegswelt lagen nun hinter ihnen. Sie waren wie neu geboren. Sie konnten nie mehr zurück. Sie konnten nicht das Wagnis eingehen, einen Paß zu beantragen. Aber das machte auch nichts. Ihr Leben spielte sich jetzt im Tal des Todes ab. Vuk hieß jetzt John. Und Emma Anna. Und die Zwillinge Cathy und Jonathan durften die alte Sprache niemals hören, weder von ihm noch von Emma. Das hatte er ihr in ungewohnt grobem Ton gesagt, eigentlich in einem Augenblick größten Glücks und Stolzes, als nämlich die beiden Neugeborenen in ihren Armen lagen und sie ihnen zärtliche Worte ins Ohr flüsterte. Ihre Muttersprache war Amerikanisch, eine andere Sprache brauchten sie nicht. Nie sollten sie erleben, daß die Blutwalze alles Lebendige auf ihrem Weg zermalmte. Ihr Leben kannte keine Bindungen und keine Verdrängungen der Vergangenheit. Sie waren in einem Land geboren, das sie ihr Land nennen würden, andere Länder wären bloß fremde, sonderbare Orte. Er würde eine Familiengeschichte für sie erfinden, die ebenso wahr wäre wie die echte. Aber die durften sie niemals kennenlernen, weil sie den Keim ihres Untergangs in sich barg.

Er schüttelte diese Gedanken ab, sie waren gefährlich und unnütz. Er mußte sie im Zaum halten. Die Vergangenheit existierte nicht, wenn man es nicht wollte. In diesen Vereinigten Staaten konnte die Vergangenheit ganz nach Wunsch geformt werden. Wenn du deine Arbeit machst und den Christengott fürchtest und ehrst und der Fahne huldigst wie ein guter Mensch, dann darfst du dich einen der Unsrigen nennen. Wir legen dir nicht zur Last, was du einmal gewesen bist. Wir sind ein Volk von Wanderern und Immigranten. Wir kommen von überall her. Wir waren alle irgend etwas, ehe wir Amerikaner wurden, doch nun sind wir alle ein Teil von Gottes Eigenem Land. Andere sind neidisch auf uns, aber wir kennen die anderen Länder nicht, und sie interessieren uns auch nicht. Wir haben alles, was wir brauchen. Wir sind Gottes auserwähltes Volk. Erschaffe dir ein Leben und sei willkommen.

Er hörte die Feinde wieder. Er mußte sich auf ihren Angriff konzentrieren. Die drei auf dem linken Flügel bewegten sich auf ihn zu; sie krochen an den Felsformationen entlang, während die anderen ihr Zangenmanöver einleiteten, mit dem sie schräg hinter ihn gelangen würden, wenn die erste Gruppe mit ihrem Sturmlauf anfing. Sie wußten, wo er war. Sie hatten ihn gefunden. Er hatte absichtlich Spuren hinterlassen, die sogar sie lesen konnten, die aber nicht so offensichtlich waren, daß sie ihn durchschauten. Er schätzte ihre Vorsicht, sie schoben sich behutsam auf ihn zu. Bald mußten sie sich aufrichten, wenn sie zum Schuß kommen wollten. Es war eine Sache des Timings. Sie mußten so nahe an ihn herankommen, daß er sie nicht alle auf einmal treffen konnte, wenn sie sich verteilten, auf Kommando aufsprangen und zur selben Zeit feuerten. Das war eine altbekannte, aber sichere Infanterietaktik. Es würde Verluste geben, aber das gehörte dazu. Letzten Endes würden sie siegen. Aber seiner Meinung nach waren sie sich nicht darüber im klaren, daß er genau wußte, wo sie sich befanden.

Ihre Taktik war doch ein wenig anders, als er erwartet hatte. Als sie die Felsvorsprünge erreicht hatten, sprangen die beiden auf dem linken Flügel auf und stürmten auf ihn zu. Wo waren die anderen? Er ließ sie herankommen und feuerte erst, als er sich ganz sicher war. Auf der Brust des Japaners bildete sich ein roter Fleck. Er stürzte. Gleichzeitig ertönten zwei Schüsse, einer von links, einer von rechts. Sie gingen weit daneben. Er machte eine Rolle, setzte sich in die Hocke und schoß wieder, und auch auf der Brust des anderen heranstürmenden Japaners erschien ein roter Fleck, der langsam größer wurde. Auch er fiel. Wo waren die anderen? Er ließ sich die sanfte Böschung hinabgleiten und kniete sich hin, als ein weiterer Feind um den Felsvorsprung bog, dem er einen frontalen Bauchschuß verpaßte. Das zur Tarnung geschwärzte Gesicht sah verwirrt und etwas komisch aus, als sich der Japaner auf seine vier Buchstaben setzte wie ein Wickelkind, das sich auf den Boden plumpsen läßt.

John Ericsson robbte nach rechts. Er war groß und muskulös, aber er bewegte sich geschickt und geschmeidig. Auf Feind Nummer vier traf er, als dieser in seinen Rücken zu kommen versuchte. Sie drückten fast gleichzeitig ab. John hörte es an seinem linken Ohr vorbeisausen, während sein eigener Schuß im Brustkorb des Widersachers landete. Jetzt verstand er ihre Taktik, aber seine Einsicht kam zu spät. Alles verlief wie geplant. Der Chef hatte denselben Weg wie die beiden anderen genommen, aber schon im Schutze der Dunkelheit, dort hatte er die letzten Stunden geduldig ausgeharrt. Nun stand er plötzlich auf der kleinen Anhöhe und konnte ungehindert auf John zielen.

John drehte sich um und feuerte – und merkte sofort, daß

es zu spät war, als die Farbpatrone auf seiner Schulter auch schon explodierte. Er ließ seine Pistole fallen und glitt seitwärts in den groben Sand, während er die lauten japanischen Stimmen und ihr Gelächter über das Schlachtfeld hinweg hörte. Er legte sich auf die Seite und stellte sich tot.

Der kleine Oberjapaner ging zu ihm hinunter. Er lächelte breit, und seine Augen glänzten vor Stolz und Freude. Er trug eine teure gelbbraune Tarnkleidung, die so gut saß, als wäre sie maßgeschneidert. Er nahm Schutzbrille und Mütze ab und blieb ein paar Schritte vor John stehen, der sich erhob und ebenfalls die Mütze absetzte. Der dichte Schopf des Japaners war von Staub und Sand verfilzt. Johns Haare waren hell und streichholzkurz geschnitten. Wenn er die Augen wegen der Sonne zusammenkniff, sah man deutlich seine Falten. Sie waren tiefer als bei einem Mann Anfang Dreißig üblich.

Der Japaner verneigte sich, und John tat es ihm nach, vielleicht eine Idee tiefer als sein Kunde. Dann kamen die anderen vier und verneigten sich ebenfalls, und John verbeugte sich in genau demselben Winkel wie sie. Dann verbeugten sie sich einzeln vor ihrem Anführer, dann voreinander und schließlich gemeinsam vor John, der sich auch noch einmal verneigte, bis sie endlich dazu übergingen, den Kampf zu analysieren. Es war ihre fünfte Übung, und John hatte dafür gesorgt, daß sie alle ihren Spaß und den nötigen Adrenalinkick dabei hatten, sich mit ihren modernen *paintguns* kunstvoll hinzurichten.

Der Chef sprach japanisch, und der junge Mann übersetzte:

»John-san. Kujoyaki-san möchte gerne seinen Dank und seinen Respekt für diese großartige Woche ausdrücken. Durch John-sans Augen hat sich die Wüste für ihn weit aufgetan.«

»Ich habe zu danken. Es war mir ein Vergnügen. Mit

Männern vom Schlage eines Kujoyaki-san und seiner Partner eine Woche in der Wüste zubringen zu dürfen war ein Privileg und eine Ehre für mich.«

»Die Ehre ist ganz auf unserer Seite, John-san.«

»Es war eines Soldaten würdig, wie sich Kujoyaki-san im Schutze der Dunkelheit an mir vorbeigestohlen und geduldig wie ein Wolf am Fluß auf das Tageslicht gewartet hat. Er hat mich überlistet.«

Er wartete auf die Übersetzung und bemerkte den Stolz in den schwarzen Augen, während die Gesichtszüge unverändert blieben.

»Das ehrt mich, John-san«, lautete die Übersetzung. »Sie sind kein Mann, der leicht zu überlisten ist. Sie sind ein Mann, der sich in Luft auflösen kann, obwohl die Landschaft ganz offen zu sein scheint. Sie sind ein Mann, der immer einen Ausweg kennt. Wie der Fuchs, der mehrere Fluchtwege hat.«

»Kujoyaki-san macht seinen Vorfahren alle Ehre. Es müssen große Samurai in seinem Geschlecht gewesen sein.«

Nun zeigte der Japaner ein kleines Lächeln, er verneigte sich, und John verneigte sich, diesmal im selben Winkel, um zu demonstrieren, daß sie hier ebenbürtig waren, Kujoyaki-san verneigte sich noch einmal, und dann überließ John sie ihren gegenseitigen Prahlereien. Er holte den Rucksack und teilte Wasser aus und achtete darauf, daß jeder ausreichend trank, bevor er ihre Waffen, Schutzbrillen und Tarnanzüge einsammelte, damit ihnen der Rückmarsch zum Auto leichter fiel. Sie bezahlten, also war es nur billig, daß er den Träger spielte. Von jetzt ab waren sie keine Kämpfer mehr, sondern Kunden, die eine Dienstleistung gekauft hatten.

Allerdings mutete er ihnen noch einen Umweg zu. Sie sollten bis zuletzt spüren, daß es eine strapaziöse Tour gewesen war, also führte er sie in schnellem Marschtempo um die Schlucht herum, dann auf der richtigen Seite über einen Höhenkamm, damit sie die schwarze Landstraße in der Ferne nicht sahen, die aus dem Tal führte, und dann hinab über die kreideweißen Formationen bis zu dem großen Chrysler, der im Schatten eines Felsvorsprungs abgestellt war. Es war ein Marsch von nicht ganz zehn Kilometern, aber er gab ein flottes Tempo vor, so daß sie verschwitzt und hundemüde waren, als sie den Wagen entdeckten, der unter der schattenspendenden Persenning stand, die er sechs Tage zuvor aufgespannt hatte.

Dankbar setzten sich die fünf Japaner in den Schatten und tranken das kühle Wasser aus dem Autokühlschrank, der an eine Extrabatterie angeschlossen war. Er faltete die Persenning zusammen, verstaute den Rucksack, ließ den Motor an und schaltete die Klimaanlage ein. Sie fuhren zu ihrem letzten Lagerplatz. Hier ließ er wegen der Kühlung den Motor laufen, während er die Zelte abbaute und die letzten Abfälle vergrub. Er legte das Gepäck der Japaner in den Laderaum, schaute sich noch einmal um und warf die Heckklappe zu.

Der junge Japaner sagte:

»Welcher Tag ist heute, John-san? Wir haben jedes Zeitgefühl verloren.«

John überlegte und dachte an den Vertrag.

»Wir haben Dienstag, den 11. September.«

Der Japaner übersetzte, der Chef sagte etwas, und alle lachten.

»Was ist daran so lustig?« fragte John.

»Entschuldigung. Kujoyaki-san sagt, solange wir in der Wüste sind, ist das Datum egal. Jetzt kehren wir in die Welt zurück. Das ist schon merkwürdig. Denn nach dem, was wir hier erlebt haben, sind wir nicht mehr die, die wir vorher waren. Aber die Welt? Die Welt ist, wie sie immer war. Das ist doch lustig, oder?«

2

Aber schon als John die letzten paar Meter zu Tom's Lodge hinauffuhr, spürte er, daß sich etwas verändert hatte. Die müden Japaner schliefen oder dösten in dem kühlen Auto, sie rochen ungewaschen, genau wie er selbst, das gehörte zum Spiel, eigentlich war alles wie immer, und doch – irgend etwas wirkte nicht normal. Er konnte noch nicht recht sagen, was, aber sein Instinkt machte sich immer als erstes bemerkbar. Er war wie ein feines Instrument, das jede Abweichung vom normalen Zustand sofort registrierte.

Irgend etwas lag in der Luft. Vielleicht weil so wenig Autos unterwegs waren, alle schienen sich verkrochen zu haben, obwohl es weiß Gott nicht übermäßig heiß war. Sie waren die Hügel hinaufgeschlichen und hatten das Tal des Todes verlassen, ohne das Radio anzuschalten. Das war Firmenprinzip. Weder Handy noch Laptop, noch Radio, bevor die Kunden in der Lobby abgeliefert worden waren. Er hatte dem Besitzer Okiniewsky selbst vorgeschlagen, diese Bedingung in die Verträge aufzunehmen, und natürlich hatten die Kunden die Berechtigung dieses Paragraphen sofort verstanden. Es machte die Touren viel authentischer. Und genau das wollten sie ja verkaufen – zusammen mit dem Traum von vergangenen Zeiten und dem ewigen Spieltrieb der Männer. Es war das Geheimnis von Tom Okiniewskys Erfolg: Erlaube den Männern, wieder Jungen zu sein und ihre Phantasien auszuleben, dann zahlen sie bereitwillig jede Summe.

Tom's Lodge lag am Rande des Nationalparks. Es war ein vierstöckiges Hotel, in dem auch die Verwaltung untergebracht war, hinzu kamen zwei Reihen rustikaler, aber luxuriöser Bungalows. Alles topmodern, aber in einem bewußt altmodischen Westernstil gehalten, mit dicken dunkelbraunen Brettern und einem falschen Holzdach. Hinter dem Komplex standen Pferde in Boxen mit weißen Holzplanken davor. Die mit Klimaanlage ausgestatteten Geländewagen mit Toms Firmenzeichen hielten vor dem Hotelgebäude.

Der Gesichtsausdruck des Angestellten, der das Gepäck der Japaner ins Haus trug, war merkwürdig versteinert. Tom Okiniewsky trat heraus. Er war ein stattlicher Mann um die Fünfzig mit einem sonnenverbrannten kahlen Schädel. Er hatte einen beeindruckenden Bauch, was nicht weiter auffiel, weil der dazugehörige Kerl so groß und breitschultrig war. Er trug Jeans, ein kurzärmliges Hemd und Cowboystiefel mit hohen Absätzen. Sein Gürtel war breit und mit einem Nietenmuster verziert. Er stammte aus Los Angeles, aber bei der Arbeit kleidete er sich wie John Wayne und übernahm auch dessen rollende Gangart. Kinderspiel, er war genauso O-beinig wie Wayne. Er mochte es, als etwas tumber Cowboy aufzutreten, der ein einfaches Leben führt, dabei war er ein mit allen Wassern gewaschener Geschäftsmann, Uniabschluß inklusive.

Tom begrüßte die Japaner höflich und fragte, ob alles wunschgemäß verlaufen sei, und der junge englischsprachige Mann versicherte, es sei ein großartiges Erlebnis gewesen, mit John-san das Death Valley zu erkunden. Es schien alles normal, aber Toms braungebranntes Gesicht war seltsam fahl, er schwitzte mehr als gewöhnlich und kaute angespannt auf einem dieser Kaugummis herum, die bei ihm schon vor Jahren die Zigaretten abgelöst hatten.

»Stimmt was nicht?« fragte John Ericsson.

»Have a nice day«, rief Tom den Japanern hinterher. Sie gingen in die Lobby und blieben plötzlich stehen, anscheinend, um wie alle anderen auf das Fernsehgerät zu starren.

»Was ist denn los, Tom?«

»Wir werden angegriffen. Amerika wird von ein paar dahergelaufenen Terroristen angegriffen. Sie sind ins World Trade Center und ins Pentagon geflogen. Nichts geht mehr. Keine Sau weiß, wo der Präsident ist. Scheißterroristen. Aus heiterem Himmel. Wumms!«

John begriff seine Worte nicht, aber trotz der Hitze lief es ihm kalt den Rücken hinunter. Er spürte, wie ihm die Haare zu Berge standen und sein Magen rumorte. Er hatte keinen Schimmer, wovon Tom da redete, aber er wußte genau, für ihn und Anna waren es schlechte Nachrichten.

»Ich kapier nicht, was du sagst.«

»Während du in deiner beschissenen Wüste warst, wurden wir angegriffen, verflucht noch mal.«

»Von wem?«

»Von Scheißterroristen, sag ich doch.«

»Was für Terroristen?«

»Weiß ich doch nicht. Ist doch auch völlig Wurscht. Wahrscheinlich irgendwelche beknackten Arabs. Oder welche von unsern eigenen rechtsradikalen Arschlöchern.«

»Wann?«

»Heute früh, verdammt. Gegen neun, Oststaatenzeit. Knallten einfach in die Türme. Ich hätte nie gedacht, daß mir die New Yorker irgendwann mal leid tun könnten. Dreckige Yankees, Schwule und Juden durch die Bank, aber das haben sie nicht verdient. Hier werden die Vereinigten Staaten angegriffen. Verdammt noch mal, die guten alten verfluchten Staaten. Mehrere tausend Tote. World Trade ist nur noch ein Loch im Boden.«

Toms Hemd war schweißnaß.

»Laß uns reingehen, da ist es kühler«, sagte John.

»Wie kannst du nur so ruhig sein, verflucht noch mal?«

»Ich hab immer noch nicht richtig kapiert, wovon du da redest.«

»Du bist immer so supercool.«

»Jetzt laß uns reingehen.«

Die kühle Lobby kam ihm plötzlich wie ein Eisschrank vor, als er die Fernsehbilder sah, die ständig wiederholt wurden. Unwirkliche Bilder. Aus verschiedenen Perspektiven wurden Flugzeuge gezeigt, die die hohen Zwillingstürme rammten, welche kurz darauf in Schutt und Asche fielen. Wo eigentlich die Gebäude stehen müßten, sah er nur eine graue Staubwolke, die ihn an die Wüste erinnerte, wenn der Wind plötzlich den Sand aufwirbelt. Besonders ein Bild brannte sich ihm ein: kleine Menschen auf den lodernden Wolkenkratzern, die wie verwundbare Schmetterlinge auf der Flucht vor den Flammen in den Tod flatterten. Und wieder die weißen Passagierflugzeuge, die mit großer Wucht die Türme rammten und explodierten. Es war ein Film ohne Anfang und Ende.

»Komm, wir trinken ein Bier«, sagte Tom.

Sie gingen in die Bar und setzten sich auf ihren Stammplatz am Ende der Theke unter dem Fernsehgerät. Sie konnten das Bild nicht sehen, und Tom bat den Barkeeper, den Ton leiser zu stellen. Das kühle Bier schmeckte herrlich, John leerte die Flasche mit drei Schlucken und bestellte noch eine. Dann klappte er sein Handy auf und rief zu Hause an. Er mochte die Bar mit ihrem Kunstleder, ihren kleinen Sitzecken und den großen, schönen Fotos von der mit Blumen übersäten Wüste, ein seltener Anblick. Sie waren in Kalifornien, es herrschte Rauchverbot, sogar in den Bars, und die Luft war kühl und sauber.

»Alles in Ordnung?« fragte er Anna, als er ihr melodisches, aber doch etwas nervöses und vorsichtiges *hello* vernahm.

»Ja, alles in Ordnung. Wo bist du?«

»Im Lodge.«

»Schrecklich, nicht wahr?«

»Ja.«

»Kommst du bald nach Hause?«

»Dauert nicht mehr lange.«

»Fein.«

»Ich liebe dich.«

»Ich dich auch.«

»Wie süß«, sagte Tom mit einem Anflug seines alten Sarkasmus. Er hatte sich wieder ein bißchen beruhigt. Vielleicht, weil sie die Bilder nicht mehr vor Augen hatten. Er erklärte mit seiner schleppenden, langsamen Stimme, was geschehen war. Aber in Wirklichkeit hatte keiner die geringste Ahnung, worum es hier eigentlich ging. Das ganze Land schien von Verwirrung, Trauer und Unverständnis ergriffen. Daß so etwas die USA treffen konnte! Daß die einzige Supermacht der Welt sich als ebenso wehrlos erweisen mußte wie irgendeine blöde Bananenrepublik! Daß bei diesem Angriff aus dem Nichts stinknormale Passagiermaschinen als Marschflugkörper verwendet wurden, und das ausgerechnet gegen die Symbole der amerikanischen Militär- und Wirtschaftsmacht! Und daß keine Sau verhindern konnte, daß es womöglich noch einmal passierte! Aber Amerikas Arm war lang, und die Schuldigen würden wie Tiere gejagt und niedergerungen werden! So was tut man der stärksten Nation der Welt nicht ungestraft an. *No, Sir. The fuckers will be punished. Hunted down. Brought to justice. Dead or alive.*

John antwortete nicht. Die Worte klangen sehr amerikanisch. Es herrschte Stille in der Bar, abgesehen von dem Gemurmel des Fernsehers und dem schwachen Summen der unsichtbaren Klimaanlage. Sie würden überreagieren, die Amerikaner, dachte er. Sie würden die Situation nicht rational meistern. Das entspricht nicht ihrer Natur. In ihrer Überreaktion würden sie das Netz sehr breit auswerfen, und dabei könnten er und Anna in Schwierigkeiten geraten. Eine Weile sagte er nichts. Schweigend genossen sie ihr zweites Bier. Ein kühles, bitteres Gefühl am Gaumen. Und trotzdem hatte er den Eindruck, als bliebe seine Kehle trocken.

»Seit vielen Jahren habe ich mal wieder Lust zu rauchen«, sagte Tom.

»Das wär dumm.« John vermißte das Rauchen nicht. Wie so vieles andere gehörte es einem früheren Leben an, das er mit allen Mitteln hinter sich lassen wollte.

»Stimmt. Aber was hältst du von diesem Mist?«

»Ich war in der Wüste. Ich hab keine Ahnung.«

»Es wird das Geschäft beeinträchtigen. Keiner wird es wagen, jetzt noch zu fliegen.«

»Das geht vorüber. Mit der Zeit geht alles vorüber.«

»Kein Mensch wird sich in nächster Zeit noch in so ein scheiß Flugzeug setzen.«

»Das geht vorüber. Es geht immer vorüber.«

»Sonnabend kommt eine neue Gruppe Japsen. Kannst du die übernehmen?«

»Klar.«

»Falls sie kommen.«

»Natürlich kommen sie.«

»Wenn sie dürfen. Alle Drecksflughäfen sind geschlossen.«

»Wird schon werden.«

Tom sah ihn an und schwenkte sein Bier im Glas, so daß sich kleine Schaumblasen bildeten.

»Du machst mir Spaß, John. Cool. Du hast die Japsen im Griff. Ich will nicht klagen. Seit du vor – wieviel? – drei Jahren gekommen bist, ist es immer nur bergauf gegangen. Die Schlitzaugen fragen immer nur nach dir. Sie kommen nur, wenn du sie führst. Willst du nicht mehr Lohn haben?«

»Doch. Danke«, sagte John überrascht.

»Mal sehen. Lustig und cool. Eines Tages warst du da. Ein paar Monate Barkeeper, nicht? Aber dazu warst du zu gut. Hab ich gleich gesehen. Als Talentscout bin ich nämlich unschlagbar. Und du hattest Talent. Wie du das angepackt hast. Dich behauptet hast. Es sagt etwas aus, wie sich ein Mann bewegt. Sich behauptet. Dabei ist. Das zählt, Mann. Das seh ich sofort. Der Typ da, der soll nicht hinter der Bar versauern. Der versteht sich auf Kunden. Hab ich gleich gesehen. Wo kommst du eigentlich her?«

»Aus dem Osten. Hier und da und nirgendwo.«

»So ist Amerika.«

»Meine Eltern kamen aus Schweden.«

»Ach, das Land der scharfen Blondinen mit den langen Beinen und den großen Titten.«

»Ganz genau.«

Tom lachte und schlug ihm auf die Schulter. John fand die Wendung, die das Gespräch genommen hatte, nicht eben ideal, aber er bewahrte seinen ruhigen Gesichtsausdruck und lächelte bloß. Als wollte er sagen: Du bist der Boß, du kannst dich aufführen, wie du willst. Wenn er lächelte, sah sein Gesicht sehr jung aus.

»Oh, *fuck*«, sagte Tom. »Das geht mich nichts an. Hier draußen geht die Vergangenheit eines Mannes niemanden was an, solange er nur seinen Job macht, gottesfürchtig ist und sich von Krawallen fernhält.«

»Sie kamen bei einem Autounfall ums Leben; da war ich sechzehn.«

»Das tut mir leid.«

»Es ist lange her.«

»Wann bist du in die Staaten gekommen?«

»Mit vierzehn.«

»Du redest ein klein bißchen komisch, aber wer tut das nicht?«

»Mußt du gerade sagen. Kannst du auch nur zwei Wörter rausbringen, ohne zu fluchen?«

»*Fuck*, ja!«

Sie lachten wieder. Und tranken.

Tom sagte:

»Fahr nach Hause und dusch dich! Du stinkst. Rasieren mußt du dich auch. Siehst aus wie ein Scheißterrorist oder wie 'n Outlaw.«

»Das gehört dazu.«

»Eben.« Tom sah ihn prüfend an. Er hatte braune Augen, die ins Schwarze hinüberspielten, wenn er besorgt oder wütend war. Im Augenblick waren sie sehr schwarz. John gefiel es immer weniger, daß Tom ihn auszuhorchen versuchte.

»Du bist richtig gut in der Wüste«, fuhr Tom fort. »Richtig gut für einen Scheißyankee, wenn du das überhaupt bist. Wo hast du das gelernt? Warst du in der Armee?«

»Hier und da. Von meinem Vater. Er war Jäger. Er hat die Natur geliebt.«

»Okay. Geht mich eh nichts an. Fahr nach Hause. Nimm dir einen freien Tag. Du hast es verdient.«

John leerte sein Glas.

»Danke.«

Er ging, und Tom rief ihm hinterher:

»Über die Lohnerhöhung reden wir nächste Woche.«

»Soll mir recht sein«, sagte John.

»Cool. Der coole John, der eines Tages einfach so aufgetaucht ist. Der Mann ohne Vergangenheit.«

John drehte sich um. Sein Gesicht war ausdruckslos, aber er zwang sich wieder zu einem Lächeln, obwohl er spürte, wie sein Puls raste.

»Sonst noch was, Boß?« fragte er mit ruhiger Stimme.

»Nein. Nimm ein Bad, rasier dich und grüß deine süße Anna. Aber wenn das hier so weitergeht, dann ist Essig mit dem höheren Lohn. Dann bist du arbeitslos und ich bin pleite. Scheißterroristen. Dreckige Araber. Nicht gut fürs Geschäft.«

»Schönen Tag noch, Tom.«

»*Fuck off*, John.«

John holte sein eigenes Auto und fuhr die fünfzehn Kilometer nach Hause. Der Heimweg führte ihn durch kultiviertes ehemaliges Wüstenland. Auf penibel gepflegten Grundstücken lagen Häuser, die Wohlstand und Sicherheit ausstrahlten. Ein Amerika der Vorstädte, in dem die Zeit stillstand und das Leben vorhersehbar und gleichförmig war. Er und Anna liebten es. Hier waren sie lediglich zwei Menschen unter tausend anderen in einer anonymen Landschaft aus Einfamilienhäusern, McDonald's, Wendy's, K-mart, Tankstellen und Shopping-Malls. Es kam darauf an, wie alle anderen zu sein. Bis heute war ihnen das gelungen. So mußte es bleiben.

Anna wartete an der Auffahrt zu ihrem hübschen Bungalow, der in einer baumbestandenen Nebenstraße lag. Nach amerikanischen Maßstäben war es kein sonderlich großes Haus, aber in ihren Augen hatte es alles, was das Herz begehrte. Es hätte die Kulisse für einen Film über die glückliche Mittelklasse in den USA sein können. Der Weg war still und friedlich. Ein wenig zu friedlich. Gewöhnlich radelten Kinder über die Bürgersteige, aber die Räder lagen in den Einfahrten, als hielten sich alle im Haus auf, um die neuesten Nachrichten zu verfolgen. »*America under attack*« stand auf den Bildschirmen. Vor den Garagen standen auch viel mehr Autos als sonst, so als wären die Männer heute morgen nicht zur Arbeit gefahren. Vielleicht weil die Flüge gestrichen worden waren oder weil die Amerikaner noch nicht so recht begriffen hatten, was eigentlich passiert war.

Er parkte, und die Zwillinge flitzten auf ihren kleinen Beinchen auf ihn zu, weil jeder als erster bei ihm sein wollte. Sie hatten Annas schwarze Haare und glichen einander eigentlich nicht mehr als bei Geschwistern üblich. Sie waren gleich groß, hatten gleichmäßige Züge und blaue Augen, die im Kontrast zu ihrer gebräunten Haut und dem schwarzen Haar standen. Er breitete seine Arme aus, setzte sie sich rechts und links auf die Hüfte und ging Anna entgegen.

»Daddy, du riechst«, sagte Cathy.

»Ja, Daddy, du stinkst«, sagte Jonathan.

»Tust du wirklich«, sagte Anna und küßte ihn auf den Mund. Sie hatte einen Pferdeschwanz, ihr Gesicht sah frisch aus, und sie war nicht geschminkt. Mit der beigefarbenen Bluse über den lockeren Shorts wirkte sie jung und sportlich.

»Du kratzt auch«, sagte Cathy fröhlich.

»Ja, du kratzt«, wiederholte ihr knapp eine Stunde jüngerer Bruder. John setzte sie ab, faßte sie an der Hand und ging mit ihnen ins kühle Haus.

»Weil ich in der Wüste war.«

»Und da ist es gefährlich. Da sind Schlangen, sagt Mama. Klapperschlangen, sagt sie.«

Der Junge war der Ängstlichere der beiden und phantasierte ständig von echten und eingebildeten Gefahren.

»Das macht nichts. Daddy hat alles im Griff. Auch Schlangen«, sagte Jonathans große Schwester.

John ließ sie plappern und von ihrem Tag erzählen, der so verlaufen war wie die meisten anderen Tage in ihrem Leben auch. Sie saßen in der großen Küche. Anna hatte einen Espresso gemacht. Als die Zwillinge zu Ende erzählt hatten und zu ihrem Videofilm zurückgekehrt waren, ging er ins Bad und kam frisch rasiert in einem kurzärmligen Hemd und Jeans in die Küche zurück. Anna hatte Weißbrot und etwas Aufschnitt bereitgestellt und noch einmal den Fernseher angemacht. Der wiederaufgetauchte Präsident hielt sichtlich erschüttert eine Rede. Die Verantwortlichen würden gejagt und die Gerechtigkeit werde siegen. Dann aufs neue die Bilder von dem brennenden Pentagon und den einstürzenden Türmen. Und das lodernde, rauchende Loch, das alle fast sofort *Ground Zero* nannten, weil dieser Begriff den Nullpunkt schlechthin bezeichnete. Man berichtete, daß die verschiedensten Polizei- und Sicherheitseinheiten der USA eingesetzt worden seien, um die Schuldigen im In- und Ausland zu finden. Vom CIA über örtliche Sheriffbüros bis hin zum FBI gab es vom ersten Tag an nur ein Ziel: Bringt die Schuldigen zur Strecke. Bestraft sie. Die Rache ist unser.

»Mach aus«, sagte John.

Anna schaltete den Fernseher aus:

»Was bedeutet das für uns? Ich habe Angst um die Kinder«, sagte sie auf serbokroatisch.

Sie war zu Tode erschrocken, als seine Hand wie eine Klapperschlange in der Wüste über den Tisch schnellte und ihr Handgelenk umklammerte. Er zischte sie auf englisch an:

»Halt den Mund. Ich will diese Sprache nie mehr hören. Sie existiert nicht. Sprich englisch.«

»Du tust mir weh.« Tränen standen in ihren Augen.

Er ließ sie los, und seine Züge wurden milder. Er stand auf und trat hinter ihren Stuhl, strich ihr übers Haar, küßte sie auf den Nacken und kreuzte seine Arme sanft über ihrer Brust.

»Anna, hör zu. Wir sind Amerikaner. Wir sind gesetzestreue Bürger, die ihre Steuern zahlen, ihren Garten in Schuß halten und jeden Sonntag in die lutherische Kirche gehen. Wir sind Anna und John. Wir sind erschüttert über das, was geschehen ist, wie alle ordentlichen Menschen, aber das sind Dinge, die dahinten im Osten passieren. Das geht vorbei. In diesem Land geht alles vorbei. Anna … hör mir zu. Wir sind Anna und John. Meine Liebste, Anna und John mit den süßen Zwillingen. Die Vergangenheit gibt es nicht mehr, wenn wir sie nicht selber heraufbeschwören. Anna und John. Das sind wir.«

Er beugte sich über sie und merkte, wie ihr Atem ruhiger wurde. Sie schlang ihre Arme um seinen Nacken und küßte ihn, ein fordernder, leidenschaftlicher Kuß, der sein Glied anschwellen ließ, daß es weh tat.

»Papa und Mama küssen sich. Papa und Mama küssen sich richtig!«

Sie mußten sich loslassen, weil die Zwillinge angelaufen kamen und sich zwischen sie drängten, und als er anfing sie zu kitzeln, löste sich die Situation in Gelächter und Toberei auf.

»Warum hast du feuchte Augen, Mama?« fragte Cathy. »Bist du traurig?«

»Nein, Schätzchen. Ich bin glücklich. Man kann auch vor Freude Tränen in den Augen haben. Ich freue mich, daß euer Vater nach Hause gekommen ist. Ich freue mich über euch beide. Ich freue mich über unser Haus. Ich freue mich über unser Leben. Ich bin einfach glücklich.«

»Wir werden immer zusammenbleiben, nicht, Mama? Wir werden immer zusammenwohnen. Bis wir sterben, nicht?« sagte Jonathan.

»Ja, mein Spätzchen. Wir bleiben zusammen, bis wir sterben«, sagte Anna und sah zu John hoch, der ihren Blick nur kurz erwiderte, damit sie den Schatten nicht bemerkte, der über seine Züge huschte. Plötzlich sah er sie verschreckt und allein in einem kroatischen Dorf, wo sie ihn behutsam und zärtlich von oben bis unten wusch. Es war der Abend, an dem er den kroatischen Autor liquidiert hatte. Sie hatte sein schwarzgefärbtes Haar und seinen Körper gewaschen, als könnte sie zusammen mit dem Schmutz auch das Blut und die böse Tat abspülen. Er erinnerte sich daran, wie er in ihrer gemütlichen Stube gestanden hatte, diesem weiblichen, sauberen Raum mit den Büchern und dem Nähzeug und dem orthodoxen Kruzifix über dem Doppelbett. Er konnte den Raum beinahe riechen, und er fühlte ihren Alptraum zurückkehren. Dieses grauenvolle Erlebnis, als sie fünfzehn war und ihre ganze Familie ausgelöscht wurde. Es lag in ihrem Innern verborgen, aber er fürchtete, die Dämonen könnten wieder auferstehen und ihre Seele martern. Er wußte auch noch, daß sie miteinander geschlafen hatten, er aber nicht über Nacht geblieben war. Noch ein Mal hatte er den Fluß überquert und sich auf einen Weg gemacht, der keine Vergebung verhieß, vielleicht aber Vergessen. Aber Vergessen und Erinnern sind eng miteinander verknüpft und können nicht immer kontrolliert werden. Er versuchte, die Gesichter seiner Opfer zu verdrängen, aber das gelang nicht immer. Und kein Mensch kann seine Träume kontrollieren.

Aber nachdem die Zwillinge eingeschlummert waren und er und Anna sich geliebt hatten, träumte er seltsamerweise einen angenehmen Traum. Wie immer war Anna vor ihm eingeschlafen, bei ihm dauerte es länger, so als fürchtete er, die Kontrolle zu verlieren. Zuerst hatte er an ihre Papiere gedacht. Sie müßten eigentlich in Ordnung sein. Er hatte sie für teures Geld gekauft, aber man konnte nie ganz sicher sein, wenn die Behörden erst anfingen, ernsthaft nach Fremden zu fahnden, nach *illegal aliens*. Und *eine* Sache war ohnehin nicht zu ändern. Die Fingerabdrücke. Anna brauchte sich keine Gedanken zu machen, aber seine Fingerabdrücke würden auf ewig verraten, wer er war und weshalb er unter falschem Namen lebte. Er ging alles noch einmal durch, überzeugte sich, daß Annas Legende hieb- und stichfest war, bis er dann doch noch einschlief und von Kopenhagen im fernen Dänemark träumte. Es war ein lichter und freundlicher Traum, es herrschte ein märchenhafter Sommer. Lautlos schaukelten die großen gelben Busse durch die Stadt, und die Mädchen auf ihren Fahrrädern winkten ihm lächelnd zu. Die sauberen Straßen waren sonnenbeschienen, in den Straßencafés tranken die Leute Bier aus großen Gläsern, und der Würstchenverkäufer auf dem Rathausplatz schwenkte eine dänische Fahne. Die Passanten lachten und riefen »guten Tag« und »willkommen zu Hause«. Er verstand nicht, warum. Hier war doch nicht mehr sein Zuhause. Er begann schneller zu gehen, weg vom Rathausplatz mit dem großen schwarzen Gebäude und den fröhlichen, zufriedenen Menschen, und mit einemmal stand er am Kanal bei Christiansborg und schaute auf die kleinen Unterwasserskulpturen hinunter, die sich in dem braunen trüben Naß sachte zu bewegen schienen. Wie hießen sie doch gleich? Es war sehr wichtig, daß er sich daran erinnerte, er gab sich jede erdenkliche Mühe, aber er kam nicht darauf. Er wußte, die Antwort war von entscheidender Bedeutung. Sonst drohte ihm eine Strafe. Und die Figuren wurden zu Menschen, die die Wasseroberfläche durchstießen, und auf ihren Gesichtern bildeten sich Beulen und Wunden, die sich schließlich mit Blut füllten. Die Figuren wuchsen ins Riesenhafte und überragten schon den Brükkenrand. Ihre Kleider waren voll von schleimigen Egeln und Ratten, aber es war ihr schrilles Gelächter über seine Unkenntnis der eigenen Stadt, das ihn so erschreckte, daß er laut aufschrie.

Er war schweißgebadet und spürte Annas Hand, die ihm über das Gesicht strich, während sie ihm gut zuredete, als wäre er eines der Kinder, das aus Angst vor der Dunkelheit in ihr Bett geschlüpft war.

»Vuk. Vuk. Vuk. Du hast nur geträumt. Kleiner Vuk. Ich bin doch bei dir. Es war nur ein Traum. Wach auf!«

Und obwohl er nicht mehr Vuk hieß und sie die verbotene Sprache sprach, war seine Angst zu groß, als daß er hätte böse werden und ihr erklären können, daß es Vuk nicht mehr gab, weder als Name noch als Mensch. Statt dessen schmiegte er sich an ihren warmen, weichen Körper und hörte ihren besänftigenden, vertrauten Worten zu, die allmählich wieder Frieden in seine gequälte Seele einkehren ließen.

»Agnete und der Meermann. Sie heißen Agnete und der Meermann«, sagte er, als er wieder ruhiger atmete und sein Puls langsamer ging. Und erst, als er Annas fragendes Gesicht im Schein der Leselampe bemerkte, wurde ihm bewußt, daß er zum erstenmal seit Jahren die andere verbotene Sprache gesprochen hatte, die Dänisch hieß und der Vergangenheit angehörte.

3

Am nächsten Morgen fuhr John zu Tom's Lodge. Das Frühstücksfernsehen hatte immer wieder dieselben Bilder gebracht. Dieselben nichtssagenden Analysen und mangelhaften Erklärungen, aber auch die ersten Verdächtigen. Es waren weit weniger Autos unterwegs als sonst an einem Mittwoch. Die Leute duckten sich hinters Steuerrad ihrer dicken Geländewagen, die in dieser Gegend ungeheuer beliebt waren, obwohl sie die asphaltierten Straßen sowieso kaum verließen. In der klimatisierten Kühle hinter den getönten Scheiben rollten sie verängstigt durch ihre gewohnte Vorstadtlandschaft, wo die Werbetafeln plötzlich deplaziert wirkten und das Geräusch eines Schildes, das im Wind quietschte, sie zusammenzucken ließ. Aber er fand das Leben in den Vereinigten Staaten gut und unkompliziert. Hier konnte man sich wunderbar in Luft auflösen. Freilich waren die Leute auch ziemlich naiv. Sie waren felsenfest davon überzeugt, daß die versammelte Erdbevölkerung nichts anderes zu tun hätte, als vom *american way of life* zu träumen. Außerdem hatten sie sich bis gestern für unverwundbar gehalten. Mal abgesehen von ihrem Bürgerkrieg hatte ja auch nie ein Krieg auf ihrem Boden stattgefunden. Die Amerikaner glaubten, Gott der Herr habe ihnen dieses Leben zugedacht. Nun war ihr Glaube erschüttert worden, aber seiner Einschätzung nach würden sie trotzdem so schnell wie möglich zu ihren alten Gewohnheiten zurückkehren. Sie konnten sich einfach nicht vorstellen, daß das Leben sich grundlegend ändern könnte.

Trotz des strahlenden Sommerwetters waren in den Gärten so gut wie keine Kinder zu sehen, und die gelben Schulbusse waren halb leer. An den Auffahrten zu den Häusern oder auf den Terrassen hatten die Leute amerikanische Fahnen aufgehängt, auch die Fassaden der Geschäfte und Tankstellen waren damit drapiert. Seine Unruhe wollte nicht vergehen. Und zwar nicht nur, weil die Stimmung allgemein so gedrückt war, sondern auch weil er ein Bild, das er im Fernsehen gesehen hatte, nicht richtig einordnen konnte. Es war das ältere Schwarzweißbild eines etwa dreißigjährigen Mannes, den die Fernsehanstalten als einen der Selbstmordattentäter bezeichneten, aber der Mann hinter ihm beunruhigte John mehr. Es sah aus, als wären sie auf dem Weg ins Flugzeug von einer Überwachungskamera aufgenommen worden. Sie gehörten offenbar gar nicht zusammen, der hintere Mann schien bloß durch Zufall auf das Bild geraten zu sein. Er war in Johns Alter. Er war glatt rasiert, und seine Augen kamen John bekannt vor, obwohl das Foto so grobkörnig war.

Das Personal war vollständig erschienen, aber die Gäste hatten sich wie gestern schon in der Lobby versammelt. Jeder hatte sein Handy am Ohr. Das Gepäck stand unordentlich herum. Die Leute glichen Passagieren, die auf einem bestreikten Flughafen festsaßen. Die modernen Schiffbrüchigen wollten nach Hause, aber es gab keinen Flug.

Tom hockte in seinem Büro, vor ihm stapelten sich Faxe und ausgedruckte E-Mails. Er trug eine Baseballkappe und hielt eine Zigarette in der Hand. Im Aschenbecher lagen schon vier Kippen. Wortlos wies er auf den Stuhl vor dem Schreibtisch. John setzte sich. Tom legte seine Lesebrille auf die Schreibunterlage, drückte die Zigarette aus und warf John einen Stapel Papiere vor die Nase. John überflog einige von ihnen und legte sie wieder hin.

»Scheiße, was?« sagte Tom.

John nickte.

Tom wühlte in dem Papierhaufen, als suchte er wenigstens nach einer einzigen Zeile, die etwas Gutes verhieß.

»Alles mehr oder weniger derselbe Mist«, sagte er. »Und ein Wort taucht in jedem dieser Briefe auf, hundertpro, und das heißt: Absage. Aus der ganzen Welt, aber auch aus den USA. Alle sagen ab, alle stornieren – außer denen hier, aber ich glaube trotzdem nicht, daß die kommen.«

Er schmiß John ein Schreiben hinüber, es segelte vor ihm auf den Tisch. Es war eine Reservierung für eine Woche Reiten plus dreimal Golf. Solche Sachen waren normalerweise nicht Johns Aufgabe.

»Guck dir mal die Adresse an«, sagte Tom.

John las und sah Tom an.

»Ja«, sagte der. »Die Firma residierte im World Trade Center. Was meinst du, John, kommen die Yankees nun, egal ob sie unter einer Million Tonnen Schutt liegen oder ob sie überlebt haben? Hhm, was meinst du, kommen sie trotzdem?«

»Kaum.«

»Kaum, sagt er. Kaum. Würde sagen, das ist die Untertreibung des Jahres. Die mieseste Untertreibung dieses Jahres. Denn ich sag dir, Junge, die kommen nicht. Und zwar scheißegal, ob sie am Leben sind oder nicht. Es wird verdammt lange keiner mehr kommen.«

»Das geht vorüber.«

Tom kniff die Augen zusammen und zündete sich eine

neue Zigarette an. Im Büro herrschte ohnehin schon eine Luft, die man kaum mehr als solche bezeichnen konnte, obwohl die Ventilation, der Lautstärke ihres Summens nach zu urteilen, bis zum Anschlag aufgedreht war. John fröstelte in seinem dünnen T-Shirt, aber das lag nicht nur an der Kälte – es kam eher von innen.

»Hast du gestern auch schon gesagt. In nächster Zukunft wird sich jedenfalls nichts ändern. Nimm dir frei. Das Personal muß ich zum größten Teil behalten, bis die Gäste von hier wegkönnen, aber die Animateure schicke ich nach Hause. Für euch gibt's nichts zu tun.«

»Schmeißt du mich raus?«

Toms Blick wurde ein wenig sanfter, seine Augen verloren ihren schwarzen Schimmer.

»Nein, John, ich schmeiß dich nicht raus. Ich gebe dir vorübergehend frei. Du hast eh noch was gut. Du kriegst noch ein Gehalt, dann werden wir weitersehen. Vielleicht hast du recht, vielleicht geht es vorüber.«

»Sonst noch was?« fragte John.

»Nein. Und John: Es tut mir leid.«

»Ist ja nicht deine Schuld.«

Auf dem Heimweg kaufte John eine amerikanische Fahne. Im Einkaufszentrum herrschte alles andere als geschäftiges Leben, aber das Sternenbanner, das er gerade noch ergattern konnte, war eines der letzten gewesen. Auch Waffen gingen weg wie warme Semmeln. Joe's Gunsmith war gerammelt voll mit Kunden, die Gewehre und Pistolen in den Händen hielten. Wozu sollte das gut sein? Aber daß die Amerikaner Waffennarren waren, hatte er längst einsehen müssen. War schon ein komisches Land, wo man in einer Bar nicht rauchen oder unter einundzwanzig Jahren keinen Drink bestellen durfte, sich aber problemlos und ganz legal todbringende Waffen beschaffen konnte.

Während er nach Hause fuhr, dachte er an seine Finanzen. Er durfte es nicht offen zeigen, aber das Geld war nicht das schlimmste Problem. Auf den Geheimkonten aus seinem früheren Leben im Untergrund lagen noch stattliche Beträge. Er hatte sich nie auf andere verlassen und immer dafür gesorgt, daß er genug Reserven hatte, um eine eventuelle Flucht zu finanzieren. Aber an das Geld zu kommen wäre schwierig. Außerdem bekäme er ein Erklärungsproblem: Wenn er seinen Job verlöre, würden die Nachbarn sich fragen, wovon er seine Familie ernährte. Und das war das letzte, was er gebrauchen konnte. Aber noch weniger wollte er, daß Anna und die Kinder dieses ruhige, stabile und banale Leben, das er in den letzten drei Jahren für sie aufgebaut hatte, aufgeben müßten.

Er hängte die Fahne ans Haus, setzte sich auf die Terrasse und las die Zeitungen, die er im Kiosk des Einkaufszentrums gekauft hatte, die *Los Angeles Times*, die *New York Times*, das *Wall Street Journal* und die amerikanische Ausgabe der *Financial Times*. Annas kleines Auto stand nicht in der Einfahrt. Wahrscheinlich war sie mit den Zwillingen zu ihrer Freundin Jenny gefahren, die acht Häuser weiter wohnte. Sorgfältig las er alle Artikel. Die Zeitungen schrieben von einem Terrornetzwerk, das sie al-Qaida nannten, und der Spinne im Netz namens Osama bin Laden. Der Name sagte ihm irgend etwas, aber in den letzten Jahren hatte er weder die Innen- noch die Außenpolitik verfolgt. Die Welt außerhalb ihres friedlichen Fleckchens Erde sollte ihnen nicht zu nahe kommen. Jetzt las er alles, was die Zeitungen schrieben, und schaute sich die Bilder an, darunter auch das Schwarzweißfoto aus dem Fernsehen, und dachte lange über das nach, was der amerikanische Justizminister unter der Überschrift »USA wollen Informanten belohnen« verkündet hatte: »Ausländer, die uns brauchbare Informationen über Terroristen geben, können zur Belohnung mit einer schnelleren Einbürgerung rechnen. Wir würden sogar mit dem Teufel zusammenarbeiten, wenn das nötig sein sollte, um die terroristische Bedrohung von den USA abzuwenden und die Terroristen unschädlich zu machen oder sie vor Gericht zu bringen.«

Er ließ die Zeitung in den Schoß sinken und blickte auf die gepflegten Rasenflächen. Dann ging er ins Wohnzimmer und holte Annas Ausweise. Er hatte sie über das alte KGB-Netz teuer erstanden, sie müßten in Ordnung sein. Er hatte alles genau geplant. In den ersten Jahren waren sie von Staat zu Staat gezogen, so daß ihre Spuren schwer zu verfolgen waren. Andererseits entnahm er den Medien, daß im ganzen Land eine Verhaftungswelle im Gange war. Er hielt die Bestätigungen ihrer Staatsbürgerschaft in der Hand. Sie hatten viel Geld gekostet. Zwei korrupte Anwälte hatten sie beschafft. Er hatte ihr weiteres Tun im Internet verfolgt. Der eine war vor einigen Jahren an Krebs gestorben, aber der andere lebte noch. Vuk sah ihn noch vor sich, in der Nebenstraße eines Slumviertels in Miami, in dem nur Spanisch gesprochen wurde. Der Anwalt war ein kleiner, fetter Kerl mit buschigem Schnurrbart und einem Hemdkragen, der vor Schmutz ganz streifig war. An jedem Finger trug er einen Goldring, der sich tief ins Fett eingrub. Er war das schwache Glied in der Kette. Er verdingte sich dem Meistbietenden. Er würde sie für Dollars verkaufen, so wie er ihnen für Dollars neue Identitäten verkauft hatte. Es könnte notwendig werden, diese Option aus der Welt zu schaffen. Ihm fiel auf, daß es nun Vuk war, der so dachte. Es waren Worte aus einer andern Zeit, die eine solche Handlung zu einer wohlüberlegten, kühlen Tat machten und nicht zu einem Mord. Option! Als ginge es darum, ob man irgendeine Aktie kaufen sollte oder nicht!

Er ging wieder auf die Terrasse und setzte sich. Sein Herz schlug schneller als normal, und seine Handflächen waren feucht. In den letzten Jahren hatte er die Gesichter der Toten vergessen oder verdrängen können. Selbst in den Träumen hatten ihn die bleichen Gespenster immer seltener heimgesucht. Es schien ihm tatsächlich gelungen zu sein, diesen Abschnitt seines Lebens wegzuschließen. Plötzlich mußte er an einen Lehrer denken, den er als Schüler in Dänemark gehabt hatte. Der hatte gesagt, das Gewissen stecke in einem wie eine scharf geschliffene Kurbel. Mit der Zeit könne sie stumpf werden, so daß sie sich drehe und drehe, ohne daß das Gewissen schmerze. Seine mußte rund sein wie ein Stein, den die Wellen des Meeres seit Millionen Jahren geschliffen hatten. Jedenfalls merkte er es nicht, wenn sie sich drehte. Wieder hatte er ein Gefühl in der Brust, als könnte er nicht mehr atmen. Nun erschienen ihm Lea, Vater und Mutter. Zuerst das fröhliche Gesicht der Schwester und die Mutter, die sich über die Suppe beugt, und dann ihre blutigen Leiber und seine eigene blutbesudelte Hand, die wieder und wieder das Messer auf den letzten muslimischen Täter niedersausen läßt.

Er stand auf und ließ den Blick über die friedliche, langweilige Gartenstadt schweifen, um die Schreckensphantasien und Dämonen zu verjagen. Sie durften nicht wiederkommen. Die Phantome der Vergangenheit mußte man sich vom Leibe halten. Er wollte sich weiterhin wie alle anderen Amerikaner verhalten, die überhaupt keine Reaktion zeigten, wenn irgendein dahergelaufener Talkmaster bloß das Wort »Serbien« aussprach. Das war alles vorbei. Großserbien war tot und würde nie wiederauferstehen. Es war von vornherein eine kranke Idee gewesen, aber es war die moralische Krücke, auf die er und die anderen sich stützten, wenn sie das Blut an ihren Händen erklären mußten. Die großserbische Idee hatte ihm über die Qualen der militärischen Ausbildung hinweggeholfen, bis sie wie eine Blase zerplatzte, als sein Kommandant ihn aufforderte, für Geld zu töten. Das war der endgültige Beweis dafür, daß alles, woran er geglaubt hatte, Lug und Trug gewesen war.

Er ging in die Küche und trank zwei Glas Wasser. Dann sah er sich noch einmal in Ruhe das Foto an, das im Fernsehen gezeigt worden war, und versuchte sich zu erinnern, wo er den Mann im Hintergrund schon einmal gesehen hatte. Langsam dämmerte es ihm. Es war in Berlin. Vor acht Jahren. Damals hatte der Mann lange Haare und einen Bart gehabt. Vielleicht war er Bosnier, vielleicht Araber, aber auf jeden Fall ein Verräter, und Vuks Auftrag lautete, ihm den Garaus zu machen. Ihn zu liquidieren. Allein das Wort. Ihn zu töten, bevor er der Sache noch mehr schaden konnte. Daraus wurde nichts, aber Vuk hatte ihn ausspioniert und seinen Tagesablauf und seine Bewegungsmuster studiert. Daran erinnerte er sich wieder, aber der Name, der fiel ihm nicht mehr ein, sosehr er sich auch anstrengte, auch die Adresse nicht, die er damals zu überwachen hatte. Nur daß der Gebäudekomplex im Osten Berlins lag, nicht weit von der alten Grenze, wo nur wenige Jahre zuvor die Mauer verlaufen war. In der Wohnung im vierten Stock hatten mehrere jüngere Männer gewohnt. Offenbar Bosnier oder Araber, obwohl sie sich wie Deutsche kleideten und Bier tranken.

Er streckte die Arme über seinen Kopf und dehnte die Muskeln. Das war jetzt auch egal. Er hatte die Tür zu einem Raum, den er sonst strikt geschlossen hielt, einen Spaltbreit geöffnet. Er warf einen Blick auf seinen Computer, aber es wäre hirnverbrannt gewesen, ihn zu benutzen. Er fuhr in ein Einkaufscenter, in dem es auch ein Internet-Café gab. Er bezahlte für eine halbe Stunde und loggte sich bei Yahoo ein. Der Typ, der den Laden führte, hatte bloß auf einen der acht Rechner gezeigt und dann wieder getan, was zur Zeit alle taten: die Augen auf den Fernsehschirm mit den erschreckenden Bildern und den hysterischen Reportern gerichtet.

Vuk ging auf die dänische Webseite von Yahoo. Er betrachtete die vertrauten und doch sonderbaren dänischen Wörter. Er verstand sie eigentlich sofort, übersetzte sie aber für sich trotzdem ins Englische. Er hatte Lust, diesen dänischen Wörtern nachzugehen und einfach durchs Netz zu surfen, schloß aber statt dessen die Augen und dachte nach. Bestimmte Dinge würde er nie vergessen. Bestimmte Kodewörter, die er in seinem Gedächtnis nur aufzurufen brauchte, denn sie waren der Schlüssel zum Überleben. Es gab bestimmte Mail-Adressen, die er aufrechterhielt, freilich nie von seinem Rechner zu Hause aus. Er klickte das E-Mailprogramm an und gab *soelvbjoern* als Benutzernamen und *bjoernesoelv* als Paßwort ein. Der Computer war schnell. Im Posteingang waren keine Spammails verzeichnet. Es war nie eine Mail verschickt worden, nur eine empfangen, die er sich selbst geschickt hatte, bevor er die Absenderadresse löschte. Diese kostenlosen Briefkästen im Internet waren eine Erfindung, die ihm in den letzten Jahren sehr von Nutzen gewesen war. Die Mail enthielt einen Kodeschlüssel. Er speicherte ihn und schloß die Mailadresse, bevor er sich aufs neue einloggte. Es waren vier Mails eingegangen. Er öffnete die erste. Es erschienen Kodezeichen. Er schaute sich um. Keiner sah in seine Richtung, als er die Zeichen entschlüsselte. Es war eine Berliner Adresse samt Namen. Er prägte sich beides ein und loggte aus. Er verließ Yahoo, dann löschte er die Internetordner, die er benutzt hatte. Die ganze Operation hatte nur einen Augenblick gedauert, aber er blieb noch eine halbe Stunde sitzen und surfte durchs Netz: unschuldige Webseiten über Jagd und Angeln, Internetzeitungen, die in diesen Tagen alle besuchten, und schließlich die neuesten Footballergebnisse. Die ließ er stehen, ehe er die zusätzlichen Minuten bezahlte und das Café verließ.

Er fuhr nach Hause zurück. Im Radio spielte Bruce Springsteen: *»You can't start a fire without a spark. This* *gun's for hire.«* Die Klimaanlage lief auf vollen Touren. Trotzdem hatte er feuchte Hände. Das war immer so, wenn er die Tür zu dem heimlichen Universum öffnete, das er gewöhnlich mied, aber eben doch nicht ganz verlassen konnte. Bis vor kurzem hatte er geglaubt, daß es in einigen Jahren vielleicht nur noch eine ferne Erinnerung sein würde. Wie die Narbe nach einer schwierigen Operation, die zwar noch an die Schmerzen erinnerte, aber eben keine schwärende Wunde mehr war, deren Heilung man nicht absehen konnte.

Als er Annas Auto in der Einfahrt stehen sah, entspannte er sich allmählich wieder. Er mußte Ruhe bewahren. Er mußte die Fassade aufrechterhalten und ein normales Leben führen. Er parkte hinter Annas Wagen, empfing die Kinder mit offenen Armen und signalisierte seiner besorgt dreinblickenden Frau, daß alles in Ordnung war und sich schon wieder einrenken würde.

»Warum bist du zu Hause?« sagte sie und verschränkte die Arme über der Brust.

»Die Kunden haben abgesagt. Ich habe ein paar Tage freigekriegt.«

»Und wann kommen sie wieder?« fragte sie.

Er richtete sich auf und ging ihr mit den Kindern an der Hand entgegen.

»Bald. Das geht schon vorüber. Die Gäste kommen irgendwann wieder. Machen wir uns in der Zwischenzeit ein paar schöne Tage. Was meint ihr, Kinder, sollen wir baden gehen?«

»Alle zusammen?« riefen die Zwillinge wie aus einem Mund.

»Genau. Alle zusammen«, sagte er und versuchte Anna mit seinem Blick zu beruhigen. »Die Leute kommen schon wieder, Schatz. Die Sache geht vorbei. Alles geht irgendwann vorbei.«

Die Kinder ließen seine Hand los und stürmten ins Haus. Sie legte die Arme um seine Taille. Tränen standen ihr in den Augen.

»Wo warst du?« sagte sie und spürte, wie sich sein Körper versteifte.

»Ich hab was erledigt«, sagte er.

Sie legte den Kopf an seine Schulter und flüsterte:

»Werde nicht wieder zu Vuk, hörst du? Es darf kein Zurück geben.«

Er gab keine Antwort, sondern sah über ihre Schulter hinweg durch die offenstehende Tür ins Haus. Die fröhlichen Stimmen der Kinder hörte er wie aus weiter Ferne, als wäre er gar nicht recht anwesend. Er spürte ihren Körper an seinem, empfand aber weder Lust noch sonst irgendwas. War das die alte Kälte? Was er am meisten fürchtete, war, daß ihm die Fähigkeit zu fühlen wieder abhanden kommen könnte.

»Es wird schon gehen«, sagte er.

»Ich sehe es an deinen Augen. Dieser Blick von früher ist wieder da.«

»Ich dachte, du liebst Vuk.«

»Das habe ich auch mal getan, aber jetzt liebe ich John.«

Er machte sich frei.

»Wird schon gehen. Alles kommt wieder in Ordnung. Glaub mir.«

4

Drei Wochen waren seit dem Anschlag auf das WTC vergangen, tröpfchenweise kehrten die Gäste in Tom's Lodge zurück, aber an dem Morgen, an dem John Ericsson endlich seine Arbeit wieder aufnehmen sollte, hielt Sheriff Joe

Davis mit einem Kollegen in dem großen Streifenwagen vor dem Haus. Das Fahrzeug hatte dieselbe beige Wüstenfarbe wie die Polizeiuniformen. Im Haus war wieder Ruhe eingekehrt, aber die heimlichen Blicke, die Anna ihm zuwarf, wenn sie sich unbeobachtet wähnte, zeigten ihm, daß ihr die Situation noch immer nicht ganz geheuer war. Er wußte, sie mußte stets daran denken, daß unter seiner amerikanischen Oberfläche ein anderer Mensch wohnte, den zu begraben ihnen nicht gelungen war.

Die Sonne brannte schon, aber die Luft duftete rein und verströmte das würzige Aroma der nahen Wüste. Er sah dem Sheriff entgegen. Joe Davis war ein großer und schlanker jüngerer Mann, der vor einem Jahr die Wahl zum Sheriff mit dem Versprechen gewonnen hatte, nach etlichen Jahren, in denen ein fauler, halbkorrupter Vorgänger am Ruder gewesen war, endlich für Ordnung zu sorgen. Er stand für Erneuerung, hielt aber an der Tradition fest. Zitate aus der Bibel waren bei ihm nicht selten, und sein Wahlslogan hatte geheißen: Auge um Auge, Zahn um Zahn. Mit Gott und Gesetz. John kannte ihn gut. Sie hatten eine Weile zusammen in der Wüste gearbeitet, ehe Joe sich entschlossen hatte, für die Sheriffwahl zu kandidieren. Er war nicht besonders helle, hatte aber einen ausgeprägten, freilich nicht gerade anspruchsvollen Gerechtigkeitssinn. Verbrecher gehörten in den Knast. Am besten so lange wie möglich. Er war unbestechlich und erweckte sofort bei allen Vertrauen und hatte die Wahl mit einer soliden Mehrheit für sich entschieden. Sein Kollege war ebenfalls jung und hatte einen kleinen Oberlippenbart. John kannte ihn nicht. Er hielt sich ein wenig hinter dem Sheriff und verbarg seine Augen hinter einer dunklen Sonnenbrille.

»Morgen, Sheriff!« sagte John. Er stand in der Tür, Anna und die Kinder hinter ihm. Als die Zwillinge den schweren

Revolver, den Knüppel und die Handschellen sahen, wurden ihre Augen immer größer.

»Morgen, John. Mrs. Ericsson«, sagte Joe Davis und tippte mit dem Finger an die breite Krempe seines Stetsons. »Kann ich dich einen Augenblick sprechen, John?«

»Weswegen?« fragte Anna.

»John?«

»Natürlich.«

John ging ihm zwei Schritte entgegen.

»Ich muß dich bitten, mit aufs Revier zu kommen«, sagte Joe. »Tut mir leid, aber es läßt sich nicht ändern.«

»Bin ich verhaftet?«

»Nein, wenn du einfach mitkommst.«

»Ich möchte keine Handschellen vor meinen Kindern.«

»Das dürfte auch nicht nötig sein. Wir sind alte Freunde. Hauptsache, du kommst mit, ohne Ärger zu machen.«

»Und warum?«

»Routine. Tom ist ein guter Patriot und hat seine Angestellten überprüft, worum ja alle Arbeitgeber gebeten wurden, und es sieht so aus, als gäbe es irgendeine Unregelmäßigkeit mit deiner Krankenversicherungsnummer.«

»Das muß ein Mißverständnis sein.«

»Bestimmt. Aber wir sind gezwungen, dem nachzugehen. Wir befinden uns im Krieg, sagt der Präsident. Und er sagt, wir müssen zusammenhalten, und das tun wir dann auch.«

»Ich komme natürlich mit. Ist doch klar. Ich wollte gerade zur Arbeit. Darf ich noch auf Wiedersehen sagen, oder haben wir's so eilig?«

Joe Davis lächelte nicht.

»So eilig haben wir's nicht«, sagte er.

John drehte sich zu Anna um. Er zwang sich zur Ruhe, obwohl er merkte, wie es ihm das Herz zusammenschnürte. Mit den Augen bedeutete er ihr, Ruhe zu bewahren. Jetzt blieb ihr nichts anderes übrig, als an ihre gemeinsame Vergangenheit und an ihr Leben zu denken und daraus die nötige Kraft zu schöpfen.

»Ich muß leider mit«, sagte er. »Wird schon alles werden.«

Die Angst in ihren Augen war nicht zu übersehen, und doch schaffte sie es, Joe mit ruhiger Stimme zu fragen:

»Entführst du mir meinen Mann, Sheriff?«

»Reine Routine, Mrs. Ericsson. Reine Routine.«

»Wenn du meinst.«

»Ja, natürlich.«

»Also muß ich keinen Anwalt anrufen.«

»Das ist Ihr gutes Recht, Maa'm, aber ich glaube nicht, daß es nötig ist.«

»Wenn du meinst.«

»Ja, natürlich, Maa'm.«

Sie trat auf ihren Mann zu und gab ihm einen flüchtigen Kuß auf den Mund. Er umarmte sie und flüsterte: »Wenn's Probleme gibt, weißt du, was du zu tun hast.« Sie nickte. Sie wußte, daß in Boston ein Bankfach mit Geld und Papieren auf sie wartete, wenn es nötig sein sollte. Als er ihr den kleinen vergoldeten Schlüssel übergeben hatte, den sie auch als Kettenanhänger tragen konnte, mußte sie ihm hoch und heilig versichern, daß sie im Ernstfall nur an sich und die Kinder denken würde. Aber er hatte auch betont, daß eine neuerliche Flucht reiflich überlegt sein wollte. Ihre Papiere waren praktisch hieb- und stichfest. Niemand hatte ihre Fingerabdrücke. Sie sollte bei der verabredeten Version bleiben, daß sie sich vor fünf Jahren in New York kennengelernt und wenige Monate später in Las Vegas geheiratet hätten. Falls seine wahre Identität durch die Fingerabdrücke enthüllt werden würde, sollte sie dabei bleiben, daß sie von dem Teil seines Lebens nichts wisse. Mit seinem Blick erinnerte er sie an ihr Versprechen. Sie kannten sich so gut, daß sie sich auch ohne Worte verständigen konnten.

»Bis heute abend, Schatz«, sagte er. »Ich fahr zur Arbeit, wenn die Sache mit Joe geregelt ist. Er wird mich bestimmt hinfahren.«

»Stets zu Diensten, mit einem Lächeln«, sagte Joe, aber seine Augen lächelten nicht.

Anna sah John in die Augen, winkte ihm zu und lächelte. Er war erleichtert. Sie hatte verstanden. Er ging zu dem Polizeiwagen und setzte sich auf den Rücksitz. Die Hintertüren ließen sich nicht von innen öffnen. Als sie außer Sichtweite des Hauses waren, wandte sich der junge Beamte um.

»Her mit den Händen.« John sah die Handschellen.

»Joe?« sagte er.

»Wir befolgen nur die Vorschriften, John. Streck die Hände aus.«

Die Handschellen klickten, sein Zorn wuchs, aber mit dem Zorn kam auch die Kaltblütigkeit, die nötig war, damit die Ohnmacht, die er im Augenblick empfand, durch jenen Lebenswillen ersetzt werden konnte, der Vuk bisher auch in den gefährlichsten Situationen gerettet hatte. Eine Möglichkeit gab es immer. Schlupflöcher boten sich überall. So war es bislang gewesen, und den Gedanken, es könnte diesmal anders sein, ließ er nicht zu. Er konnte ihn sich einfach nicht leisten.

Das Distriktgefängnis war zum Bersten gefüllt. Es war ein relativ neues Gebäude mit großen offenen Zellenbereichen. In jeder Zelle gab es vier Pritschen, aber in jeden dieser sterilen, kalten Räume waren mindestens zwanzig Personen gepfercht. In der Ecke stand eine Toilette aus rostfreiem Stahl ohne Brille. Hinter den schweren Gitterstäben drängelten sich Männer jedes Alters und jeder Hautfarbe, er hörte Russisch, Bulgarisch und Serbokroatisch, aber am meisten Spanisch. Es war ein Querschnitt der Illegalen, die in den USA ihren Traum hatten verwirklichen wollen. Es roch nach Schweiß, Urin und Tabakrauch, der in den Kleidern hing. Vor allem nach Angstschweiß, wie er ihn vom Schlachtfeld kannte oder von den Gefangenen, die zum Verhör geschleppt wurden und die wußten, daß der Schmerz in wenigen Minuten den Mittelpunkt ihres Lebens bilden würde. Hier würde es keine Folter geben, aber die Angst ließ auch die Unschuldigen schwitzen, weil ihnen die Ausweisung bevorstand. Weil all das Geld und die Energie, die sie aufgewendet hatten, um Amerikas Küsten zu erreichen, dann umsonst gewesen wären. Sie waren Gefangene in einem nicht erklärten Krieg. Oder eher unschuldige Opfer, die das Pech gehabt hatten, zur falschen Zeit am falschen Ort gewesen zu sein. Sie dienten der reichen Gesellschaft für einen schäbigen Lohn in der Hoffnung, ihren Kindern eine bessere Zukunft ermöglichen zu können, und jetzt mußten sie fürchten, daß der Traum vorbei war, noch ehe er richtig begonnen hatte. Aber vielleicht gab es außer ihm auch noch andere, die mehr zu verbergen hatten als einen Job ohne Arbeitserlaubnis.

Vuk hockte sich in eine Ecke und lehnte sich mit dem Rücken an die Wand. Sie hatten seine Brieftasche und seine Schlüssel konfisziert und ihm seine Fingerabdrücke abgenommen, und als er die deutlichen Linien auf dem Papier sah, wußte er, daß er die erste Runde dieser Schlacht verloren hatte. Jetzt hieß es, die Nacht zu überleben. Morgen wäre Schluß mit John Ericsson. Er wäre wieder Vuk. Wenn er überleben wollte, konnte er ihn ebensogut gleich aus dem Kämmerchen in seinem Innern herausholen, in dem er in den letzten Jahren geschlummert hatte.

Er ignorierte seine Mitgefangenen, bemerkte aber, daß sich schon eine Hierarchie gebildet hatte. Zwei kräftige spanischsprachige Kerle beherrschten das Territorium. Beide trugen die gleiche Tätowierung auf dem rechten Oberarm: eine Schlange, die sich um ein wuchtiges Schwert wand. Die blutigen Striemen im Gesicht eines schmächtigen Russen zeigten, daß sie ihn im Laufe der Nacht dazu benutzt hatten, ihren Herrschaftsanspruch zu demonstrieren. Solange es hell war, gab es keine Gefahr. Er döste ein. Er würde nicht viel Schlaf bekommen.

Die Nacht war voll von unterdrückten, verhaltenen Geräuschen. Es brannte kaum Licht. Man konnte bis in die Wachstube sehen, aber wenn sich der Streit um einen Schlafplatz in einer Schlägerei entlud, zeigten die Wächter keinerlei Reaktion. Gegen Mitternacht fingen die beiden spanischsprechenden Kerle an, von den Männern, die die Toilette benutzen wollten, Geld zu verlangen. Ein Mann mittleren Alters mit einem schlabbrigen, zerknitterten Anzug und schmaler Brille protestierte empört. Sein Akzent war wohl mitteleuropäisch. Er ging zum Gitter und rief nach dem Wächter. Der kam und leuchtete aus sicherem Abstand in die Zelle und hielt seinen Schlagstock in die Höhe, als wollte er die Gefangenen mit einem Bann belegen. Es war ein kurzgeschorener, fetter Polizist mit trägen blauen Augen, der keine Miene verzog. Als der Mitteleuropäer mit seiner Beschwerde fertig war und wieder verlangte, mit seinem Anwalt sprechen zu dürfen, reagierte der dicke Bulle überraschend schnell und schlug dem Mann mit dem Knüppel auf die rechte Hand, die den Gitterstab umklammerte. Der riß überrascht die Augen auf und heulte dann vor Schmerz auf.

»Ihr stinkt, haltet gefälligst die Fresse«, sagte der Fleischberg und machte seine Taschenlampe aus.

Vuk hörte, wie der Mann in der hinteren Ecke der Zelle abgestraft wurde. Sie hielten ihm den Mund zu und erstickten seine Schmerzensschreie. Hinterher lag er auf dem Boden und weinte. Der kleinere der beiden Latinos stopfte sich einen Zettel in die Tasche seiner engen Jeans. Was da wohl draufstehen mochte? Daß die Bezahlung fällig war, wenn sie wieder auf freien Fuß gesetzt worden waren? Der PIN-Kode für eine Kreditkarte? Die beiden waren berauscht von ihrem Erfolg und fingen an, von einem zum andern zu gehen. Er sah ihre großspurige Überheblichkeit und haßte sie. Sie waren davon überzeugt, sie könnten alle und jeden tyrannisieren. Eigentlich war es ihm scheißegal. Man holte sich nur eine blutige Nase, wenn man sie in anderer Leute Angelegenheiten steckte. Es gab genug Kämpfe im Leben zu bestehen, man mußte nicht noch die von Fremden ausfechten, andererseits wollte er gern die Wut loswerden, die sich in ihm aufgestaut hatte.

Vuk atmete tief ein und öffnete und schloß die Hände, ehe er sich aufrichtete und zur Toilette ging. Selbst in der heißen, stickigen Luft in der Zelle konnte er das Klobecken riechen. Der größere der beiden versperrte ihm den Weg. Lediglich zwei schwache Birnen spendeten Licht, aber Vuk konnte sehen, daß er eine Narbe unter dem linken Auge hatte, wahrscheinlich von einem Messer. Seine Augen waren stumpf, als wäre er süchtig und litte jetzt alle Qualen der Hölle.

»Wo willst du hin, weißer Arsch?« sagte er.

Vuk jagte ihm das Knie zwischen die Beine und hieb ihm mit gestreckter Hand in den Adamsapfel, so daß er gurgelnd zu Boden sackte. Der andere konnte bloß den Arm heben, bevor Vuk seine Hand ergriff und ihm mit einer blitzschnellen Bewegung fast zwei Finger brach und ihm dann zweimal ins Gesicht schlug, daß die Nase aufplatzte und blutete und er jammernd in der Ecke zusammensank. Die Aktion hatte bloß ein paar Sekunden gedauert, war aber so eiskalt kalkuliert und damit so schreckenerregend abgelaufen, daß die Zelleninsassen anfingen, gegen die Gitterstäbe zu trommeln und zu brüllen, sie wollten hier raus und weg von diesen Irren, die ihnen nicht einmal in ihren schlimmsten Alpträumen begegnet wären.

Der Fettwanst stampfte heran, machte sämtliche Lampen an und knüppelte auf die Hände los, die die Stäbe umklammerten. Die Zelle war ein Meer von Menschenleibern, die schrien und heulten, fluchten und weinten. Den Wächter ergriff Panik. Die Situation geriet außer Kontrolle. Auch in den anderen Zellen schwoll der Lärm an. Er nahm den Knüppel in die linke Hand, zog seinen Revolver und brüllte, sie sollten ihr beschissenes Maul halten, aber die Waffe machte die Panik nur noch schlimmer. In der Ecke lagen die beiden Latinos, der eine hielt sich die schmerzenden Finger und fluchte. Vuk ging langsam auf das Gitter zu. Trotz der Panik wichen die anderen Gefangenen vor ihm zurück.

Joe kam angerannt. Er hielt seinen Revolver in der Hand und war in Begleitung von drei Beamten mit Schrotflinten. Sie luden durch, man hörte das Geräusch trotz des Lärms. Joe spannte seine Smith & Wesson. Er sagte kein Wort, gelassen starrte er die Männer hinter dem Gitter an, während seine Männer die Flinten hoben und in die Zelle zielten. Allmählich verklang der Lärm, bis es abgesehen von einem leisen Wimmern ganz still wurde.

»Alle gehen zurück, ganz zurück«, sagte Joe.

Langsam wichen sie bis an die hinterste Wand zurück.

»Schließ auf, Jack«, befahl er.

Der fette Wächter schwitzte, in seinen Augen stand die Angst.

»Meinst du, das ist klug, Joe?«

»Wer gibt hier die Befehle, Jack?«

»Joe natürlich.«

»Also, worauf wartest du?«

Der Dicke zog sein Schlüsselbund hervor. Seine Hände zitterten. Die Gefangenen bewegten sich vorsichtig vorwärts, zogen sich aber gleich wieder zurück, als sich die Gewehrmündungen ein wenig hoben.

»John Ericsson, tritt vor!« sagte Joe. Die Zelle öffnete

sich, und Vuk kam heraus. Der Dicke beeilte sich, die Tür wieder zu verschließen.

»Stell dich an die Wand, John Ericsson!« sagte Joe. »Handschellen und Fußfesseln!« Vuk mußte die Beine spreizen und starrte die Wand an. Ein Polizist senkte das Gewehr und legte ihm Handschellen und Fußfesseln an.

»Und wir?« ließ sich eine Stimme aus der Zelle vernehmen. »Laß uns raus.«

»Er hat mir die Hand und die Nase gebrochen«, sagte eine zweite.

Die Stimme dieser groben blutverschmierten Visage klang überraschend hell, fast mädchenhaft.

»Du hast bestimmt schon Schlimmeres erlebt.«

»Ich will einen Arzt!«

»Der kommt morgen.«

»Scheiß Bullen! Ich hab Anspruch auf einen Arzt!«

Joe trat ans Gitter, und der Wächter machte die Tür noch einmal auf. Der hochgewachsene Joe ging durch die Gruppe schwitzender, verängstigter Männer zu dem Latino. Sein Kumpel kauerte daneben und hielt sich den Hals.

»Zeig deine Hand«, kommandierte Joe.

Der Kerl reichte ihm die Hand hin. Das Blut rann ihm aus der Nase. Joe ergriff sanft die Hand und drückte dann zu und hielt fest, trotz des Stroms von Flüchen, die der Latino ausstieß. Joe ließ los und sagte:

»Wahrscheinlich nur verstaucht. Das sieht sich morgen der Arzt an.«

»Wir haben unsere Rechte«, sagte sein Kumpan. »Das hier sind die fucking USA. Wir haben Rechte, Mann!« Seine Stimme war heiser und zischend.

»Einen Scheiß habt ihr. Sonst nichts«, sagte Joe. Er wandte ihnen verächtlich den Rücken zu und verließ die Zelle, aber die Pistole hatte er vorsichtshalber entsichert.

»Und was ist mit uns?« versuchte es ein jüngerer Mann.

Er trug ein weißes T-Shirt und Jeans und sah wie ein Junge aus der Mittelschicht aus, der wegen überhöhter Geschwindigkeit eingebuchtet worden war. »Die beiden da sind richtige Brutalos. Die sind gewalttätig, Mann. Ihr müßt uns gefälligst beschützen!«

Joe drehte sich um.

»Ihr dürft mit Licht schlafen, wenn ihr wollt. Weicheier«, sagte er.

Er packte Vuk am Ellbogen, ein zweiter ergriff den andern Ellbogen, und Vuk wurde in die Wachstube geführt. Dort standen zwei jüngere Männer in Anzug und Krawatte. Sie waren schwarz und hätten Zwillinge sein können, wenn sie nicht zehn Jahre auseinander gewesen wären. Garantiert vom FBI, dachte Vuk. Die Katze war aus dem Sack.

»Das ist der Mann, der sich John Ericsson nennt. Unterschreibt, dann gehört er euch«, sagte Joe.

Nach ein paar Sekunden drehte er sich zu John um und meinte:

»Wer, verdammt, bist du eigentlich? Hier schläft man arglos den Schlaf der Gerechten, und plötzlich bricht die Hölle los. Keine Ahnung, wer du bist, aber anscheinend haben es eine Menge Länder und Interpol und das FBI auf dich abgesehen. Als deine Fingerabdrücke erst einmal eingegeben und auf die Reise geschickt worden waren, haben die Computer aufgeleuchtet wie ein Kaufhaus zur Weihnachtszeit.«

5

Vizekriminaldirektor Per Toftlund tanzte im Wohnzimmer seines Hauses in Ganløse bei Kopenhagen mit seiner Tochter Freya. Durch die großen Fenster fiel das Nachmittagslicht und spielte trotz grauen Wetters in dem rosa bebänderten Pferdeschwanz des zweieinhalbjährigen Mädchens. Die laute Musik übertönte das Trommeln der Regentropfen gegen die Scheiben. Freya war mit großem Eifer dabei, und ihr fröhliches Hopsen auf dem hellen Parkett ließ ihn beinahe seinen Kater und den Überdruß vergessen, der ihn zur Zeit jeden Morgen erfaßte, wenn er neben einer unnahbaren und unglücklichen Lise aufwachte. Selbst der Waldlauf hatte ihn nicht auf andere Gedanken gebracht, obwohl er seinen Körper bis zum äußersten gefordert hatte. Weder sein keuchender Atem noch sein klopfendes Herz konnte die Gedanken an die lange, fruchtlose Streiterei verdrängen, mit der ihr gestriger Abend geendet hatte – wie so oft in den letzten Monaten. Natürlich hatte der übermäßige Genuß von Rotwein den Zwist noch gesteigert, aber er wußte, daß tiefer liegende Ursachen mitspielten, die er nicht so recht analysieren konnte. Er konnte sich kaum erinnern, worum sie sich überhaupt gestritten hatten. Wahrscheinlich ging es wie immer um seine Arbeit, einen Artikel in ihrer Zeitung oder um so etwas Lächerliches wie Aufräumen, Wäschewaschen oder Freya-Abholen. Bagatellen, die in gegenseitigen Beschuldigungen und Vorwürfen kulminierten. Andererseits waren die lautstarken Auseinandersetzungen eigentlich besser als die Eiseskälte, die auch zwischen ihnen herrschen konnte. Besser als die langen Abende, an denen das Fernsehen einen wunderbaren Vorwand dafür lieferte, sich gegenseitig anschweigen zu können. An denen die Rituale um Freyas Schlafenszeit eine Illusion der Nähe vorgaukelten, die aber sofort verpuffte, wenn die ruhigen, regelmäßigen Atemzüge des Kindes zu hören waren. Im übrigen war Lise abends oft weg. Die Arbeit an einer Tageszeitung erforderte eben häufige Nachtarbeit. Sagte sie. Aber was tat sie eigentlich? Was war mit ihnen geschehen? Warum lebten sie so aneinander vorbei? Warum betrog er sie? Und warum war es ihm – fast – egal, wenn sie ihm auch untreu war?

Selbstanalyse war nicht gerade seine Stärke. Und wenn seine Frau ihm etwas erzählen wollte, hörte er gar nicht mehr zu.

Streß und Schuldgefühle ließen erst ein wenig nach, als er Freya in der Kinderkrippe abholte und ihre kleinen Ärmchen um seinen Hals spürte und den ganz eigenen Duft ihrer zarten, glatten Haut einsog. Es war unmöglich, das Kind nicht zu lieben. Es war unmöglich, sich in Anwesenheit dieses arglosen Menschleins, das mit so viel Vergnügen vor seinem großen, schweren Körper herumsprang, nicht zusammenzunehmen.

»Jetzt hören wir Bruce, Papa«, sagte sie.

»Natürlich, mein Schatz.« Sie hatte Bruce Springsteen im Auto gehört. Neuerdings legte er automatisch seine *Greatest Hits* auf, und aus irgendeinem Grund war sie ganz verrückt nach *Dancing in the Dark*. Sie konnte ja nicht wissen, daß der Text ihm weh tat. *»You can't start a fire without a spark.«* Wie recht der Kerl hatte! Aber konnte man eine Liebe erzwingen? Freya nahm ihn an den Händen und hüpfte und lachte ausgelassen. »Tanzen, Papa! Komm, du sollst tanzen!« Er tat sein Bestes, aber er merkte, daß sein Tanzen ebenso wie sein ganzes Leben aus dem Takt geraten war. *»I check my look in the mirror / I wanna change my clothes, my hair, my face.«* Er spürte den pulsierenden Rhythmus, aber mehr noch seine Verzweiflung. Als wäre er in einem Labyrinth aus Spiegeln eingeschlossen.

Plötzlich drang ein Geräusch durch die laute Musik hindurch, das Telefon klingelte. Schon lange? Er machte den CD-Spieler aus.

»Nein, Papa!«

»Ich muß mal eben kurz ans Telefon.«

»Doofes Telefon!«

Es war Brian Gislev, einer von den Neuen im Polizeilichen Nachrichtendienst. Per empfand ihn als Bereicherung der Abteilung. Er arbeitete gern mit ihm zusammen und hätte sich gern mit ihm angefreundet, obwohl er sich seit dem Tod seines guten Freundes und Kollegen John einige Jahre zuvor auf dem Flakfort scheute, auf der Arbeit erneut eine Freundschaft anzuknüpfen. Er hatte Angst, wieder zu versagen, so wie er bei John versagt hatte und schuld an seinem Tod gewesen war.

»Hej, Per. Was machst du denn gerade?« Gislevs Stimme war hell, er sprach mit dem leicht jütländischen Dialekt seiner Heimatstadt Silkeborg.

»Ich tanze mit meiner Tochter.«

Gislev lachte, aber sein Lachen hörte sich etwas gezwungen an.

»Du solltest lieber den Fernseher einschalten.«

»Meine Tochter will lieber tanzen, du.«

»Schalte den Kasten an. Dann brauche ich nicht zu erklären, warum du auf der Stelle erscheinen sollst. Befehl von Vuldom. Wir treten alle an.«

»Worum geht's, zum Teufel?«

»Mach CNN an. Ich muß noch andere anrufen. Ich bin hier in einem Irrenhaus. *Over and out.*«

»Brian ...« Er hörte nur noch Tuten.

»Noch mehr tanzen, Papa.« Sie zog ihn am Hosenbein.

»Ich muß mal eben den Fernseher anmachen.« Die Fernbedienung lag auf dem kleinen Couchtisch. Er schaltete CNN an und sah die irreale Szene eines weißen Passagierflugzeugs, das geradewegs in einen der beiden Türme des World Trade Centers in New York City hineinflog. Er stand da und gaffte, es schien eine Ewigkeit zu dauern, die Szene wurde ständig wiederholt, er las die Wörter *»America under attack«*. Die erstaunlich ruhige Stimme des Sprechers stieg um eine Oktave, als sie beide, der Journalist in New York und Toftlund in seinem Wohnzimmer in Ganløse, in derselben unwirklichen Sekunde sahen, wie ein zweites Flugzeug in den anderen Turm krachte und in einer Wolke aus Feuer und Rauch explodierte.

»Shit!« sagte er bloß. »*Shit.* Verfluchter Mist!«

»Was ist denn, Papa? Ist das ein Film? Einer, den ich nicht gucken darf?«

»Ja, Schätzchen. Das ist einfach nur ein dummer Film.«

»Dann mach aus.«

»Ja, das tu ich auch. Aber du mußt zu Mama.«

»Warum denn?«

»Weil Papa arbeiten muß.«

»Na, gut«, sagte sie unbekümmert; glücklicherweise sind Kinder noch offen für die überraschenden Wendungen des Lebens.

Er erreichte Lise beim ersten Klingeln.

»Hast du den Fernseher an?« fragte er.

»Alle haben den Fernseher an. Ist das nicht schrecklich? Und unwirklich?«

»Doch. Wie in einem schlechten Film. Nur, daß kein Bruce Willis kommt und uns rettet.«

»Wie geht's dir?« fragte sie. Im Hintergrund hörte er dasselbe Fernsehprogramm, das er selbst gerade sah. Die Frage überraschte ihn. Diesen sanften, sinnlichen Tonfall, den er so liebte, hatte er schon lange nicht mehr gehört.

»Gut.«

»Und Freya?«

»Wir haben getanzt.«

Sie lachte.

»Dann geht's ihr auch gut!«

»Ich muß sie dir bringen ...«

»Du hast doch deinen freien Tag.« Ihre Stimme wurde mit einemmal kühl und geschäftsmäßig.

»Oder du kommst nach Hause.«

»Wir sind alle in der Redaktion. Das ist eine unglaubliche

Story. Das kannst du dir doch denken. Tagesen hat alle herbestellt.«

»Ich bringe dir Freya. Ich muß zum Dienst. Befehl.«

»Und deine Arbeit ist natürlich wichtiger als meine.«

»In genau diesem Fall tatsächlich. Da ist meine Arbeit wichtiger als deine.«

»Ich kann hier nicht weg, Per!« Er sah sie vor sich, wie sie mit ihren blonden Haaren und ihrem schönen sinnlichen Mund kerzengerade vor ihrem Rechner in der Kulturredaktion von *Politiken* saß, umgeben von Zeitungen, Büchern und Magazinen und vielleicht mit der Zigarette zwischen den Fingern, von der sie wieder abhängig geworden war.

»Dann muß sich deine Mutter um sie kümmern! Ich bin in zwanzig Minuten da. Wir treffen uns in der Eingangshalle.«

»Verflucht noch mal, es läßt sich echt nicht überhören, daß du beim Militär warst.«

»In einer Viertelstunde, Lise!« Sie konnte noch den Hörer auf die Gabel knallen, bevor er auflegte.

Er brauchte länger, weil sich Freya plötzlich auf die Hinterbeine stellte und extra für ihre Mutter ein neues Kleid anziehen wollte. Da wollte er nicht mitmachen, war aber zugleich außerstande, ihr deswegen böse zu sein. Dann mußte sie Pipi machen. Sie war sehr stolz, daß sie so gut wie trokken war. Aber mit dem Blaulicht auf seinem erst kürzlich erstandenen BMW schaffte er es in einer halben Stunde. Es war unverantwortlich, mit dem Kind durch den strömenden Regen zu rasen, aber das Adrenalin pumpte in seinem Körper, rücksichtslos drängelte er sich durch den Verkehr, und als er schließlich vor dem Zeitungsgebäude von *Politiken* am Rathausplatz hielt, ließ er das Blaulicht weiterblinken und den Motor laufen.

Lise stand hinter der Drehtür in der Halle. Sie rauchte

eine Zigarette. Sie wußte genau, daß er es auf den Tod haßte, wenn sie in Gegenwart von Freya qualmte. Freya war das egal. Mit wehenden Haaren und dem kleinen gelben Bären unterm Arm lief sie ihrer Mama entgegen. So klein, wie sie war, hatte sie doch schon die grazilen Bewegungen ihrer Mutter. Per blieb einen Moment lang stehen.

»Sag Papa auf Wiedersehen, Freya«, sagte Lise.

Freya drehte sich um, lief zu ihm und gab ihm einen Kuß auf den Mund und legte ihre Ärmchen um seinen Hals, und er wünschte plötzlich nichts sehnlicher, als daß sie alle drei glücklich zusammenleben könnten. Er setzte das Kind auf den Boden.

»Ich weiß nicht, wann ich nach Hause komme«, sagte er und wies mit dem Kopf auf die apokalyptischen Bilder des laufenden Fernsehers in der Halle, die die Blicke der Leute auf sich zogen.

»Okay.«

»Lise … ich …«

»Ich hab auch zu tun. Komm, Freya. Oma kommt gleich und holt dich ab, aber erst kannst du noch ein bißchen was malen, mit den vielen Stiften von Frau Hansen, weißt du?«

Er sah sie weggehen. Sie drehten sich beide nicht um. Sein Auto blockierte den Verkehr, aber die wütenden Zurufe waren ihm piepegal. Mit blinkendem Blaulicht raste er den Åboulevard zum Hauptquartier des Polizeilichen Nachrichtendienstes hinauf, der noch immer im zweiten Stock des Polizeireviers in der Borups Alleé residierte. Alle Fenster des rotbraunen Betongebäudes waren erleuchtet. Er war nicht der einzige, der mit quietschenden Reifen und dem magnetisch befestigten Blaulicht für Zivilfahrzeuge auf den Parkplatz bog. Er trabte direkt in Vuldoms Chefzimmer. Julie, ihre Sekretärin, hatte rote Wangen, preßte den Telefonhörer ans Ohr und schaute abwechselnd auf ihren Computer und einen kleinen Fernsehempfänger.

Jette Vuldom stand am Fenster und blickte in den Regen hinaus. Die Aussicht auf den gewohnten Verkehr und ein Zirkuszelt, das jeden Sommer auf der anderen Seite der mehrspurigen Straße errichtet wurde, hatte etwas absurd Alltägliches. Das große Zelt war grau und naß. Wahrscheinlich gab es nicht viele Orte auf dieser Welt, an denen es erlaubt gewesen wäre, ein vorher nicht weiter überprüftes Zelt so nahe am Herzen des Geheimdienstes aufzustellen. Sie rauchte eine Zigarette und sagte, ohne ihn anzusehen:

»Schön, daß du *beinahe* sofort kommen konntest.« Sie drehte sich um und wies auf den Stuhl vor ihrem Schreibtisch. Ihr Gesicht war ruhig und zeigte nicht die Spur von Erregung, die sie zweifellos empfinden mußte. In einer Situation, in der möglicherweise die ganze westliche Welt eine neue, massive Form des Terrorismus erlebte, hatte sie die oberste Verantwortung für die innere Sicherheit des Landes und den Schutz der Regierung und anderer wichtiger Personen und Institutionen. Es war keine beneidenswerte Aufgabe, aber sie war gewiß nicht die Schlechteste für diesen Job, dachte er.

Vuldom setzte sich auf ihren drehbaren Schreibtischstuhl aus Leder, beugte sich vor und sagte:

»Die Situation ist noch völlig ungeklärt. Der amerikanische Präsident wird von einer Airbase zur nächsten geflogen. Bislang gibt's keine Bekennerschreiben. Wir wissen, daß vorläufig mindestens vier Flugzeuge involviert sind, die wie Marschflugkörper benutzt wurden. Selbstmordattentate in einer bisher nie gesehenen Größenordnung. Die Amerikaner befehlen sämtlichen Flugzeugen zu landen. Sie machen ihren Luftraum dicht. Zu mehreren Maschinen hat man immer noch keine Verbindung herstellen können. In Europa wurden noch keine Angriffe gemeldet, aber man muß die Möglichkeit unbedingt in Betracht ziehen. Hier ist alles in Bereitschaft. Wir haben Kontakt zu allen Regierungsmitgliedern, dem Parlamentspräsidium usw. Der Regierungsbunker wird vorbereitet, für den Fall eines Angriffs. Sonderwachen vor der Amerikanischen Botschaft. Das Königshaus steht unter Beobachtung. Wir haben Leute in der Kommandozentrale des Polizeipräsidiums. Und Vuldoms Stellvertreter Mervig koordiniert den Austausch mit dem befreundeten Ausland. Alles scheint nach Plan zu verlaufen, aber unser Kopilot heißt Chaos. Der Anschlag kam wie ein Blitz aus heiterem Himmel. Und wir wissen nicht, ob noch mehr kommt.«

Sie steckte sich eine neue Zigarette an.

»Man weiß nicht, wer die Flugzeuge gesteuert hat?«

»Nein.«

»Keine Mitteilungen an die Medien?«

»Nein.«

»Verbindungen zu Dänemark?«

Sie zuckte die Schultern.

»Unbekannt. Das ist eine ganz neue Bedrohung, Per. Sie wirft alle Annahmen über den Haufen, mit denen wir bis jetzt gearbeitet haben. Wenn es nicht schon vorher eingetreten ist, so ist dies das endgültige Ende des Kalten Krieges. Neue Zeiten, neue Gefahren. Heute morgen bin ich aufgestanden und habe noch mit Interesse die Ergebnisse der Parlamentswahlen in Norwegen verfolgt, aber seit heute nachmittag um zehn nach drei haben sich die Prioritäten radikal verschoben. Vielleicht ist es ein Klischee, aber ab heute ist die Welt nicht mehr dieselbe und wird es nie mehr sein.«

»Okay. Was ist meine Aufgabe? Wo soll ich eingesetzt werden?«

Sie lächelte.

»Wie schon gesagt: neue Zeiten, neue Gefahren. Ich habe eine ganz andere Aufgabe für dich – eine, die etwas weiter in die Zukunft greift. Ich muß gleich ins Staatsministerium und den Sicherheitsausschuß informieren, das bedeutet also *take it or leave it*, Per.«

Er sah sich im Raum um, einerseits gespannt, andererseits ein bißchen verärgert. Sollte ausgerechnet er nicht an der hektischen Aktivität teilnehmen, die hier und jetzt herrschte? Vuldoms Büro war spartanisch eingerichtet, das paßte zu ihr. Mit klassischen dänischen Regierungsmöbeln und einigen ihrer eigenen hübsch abstrakten Gemälde an der Wand. Der auffälligste Einrichtungsgegenstand war ein großer weißer Geldschrank. Hier lagen die geheimsten Akten des Reichs fest unter Verschluß. Das Regal hinter ihr war mit Fachliteratur über Spionage und die Geheimdienste der Welt angefüllt. Einsichten in den allgegenwärtigen Krieg an der unsichtbaren Front.

»Okay«, sagte er bloß.

Sie lehnte sich wieder zurück.

»Ich möchte, daß du eine neue Einsatzgruppe leitest. Innerhalb eines angemessenen Rahmens bekommst du alle Mittel, die du brauchst, aber ich schlage vor, die Gruppe selbst bleibt klein und übersichtlich. Du sollst die neue Bedrohung untersuchen und analysieren, was sie für Dänemark und unsere Bereitschaftstruppen bedeutet. Al-Qaida hätten wir offenbar etwas ernster nehmen müssen. Das ist ein Terrornetzwerk, das seine Mitglieder anscheinend aus den islamistischen Kreisen auf der ganzen Welt rekrutiert. Wer sind sie? Was wollen sie? Operieren sie hier im Lande? Laufen ihre finanziellen Transaktionen auch über dänische Kanäle?«

»Ich weiß eigentlich gar nichts über den Islam oder die arabischen Länder.«

»Nein, Per. Wir wissen alle nichts. Wir haben Experten zuhauf für Polnisch und Russisch und für linksradikale Gruppen und Baader-Meinhof und was weiß ich nicht alles, aber über diesen Bereich wissen wir so gut wie gar nichts.

Herrgott, das Verteidigungsministerium hat die Arabischausbildung ihrer Sprachoffiziere 1997 abgeschafft. Aber ich glaube, die wird wieder eingeführt werden. Ich glaube, ab heute ändern sich die Prioritäten. Ich glaube, das bedeutet schärfere Gesetze und für uns großzügigere Budgets. Das wird unseren Alltag verändern.«

»Ich möchte gerne Gislev dabeihaben.«

»In Ordnung.«

»Und Carlsen, Jørgensen und Frede Skovgård und …«

»Die Liste kannst du mir später geben. Aber sieh zu, daß sie überschaubar bleibt. Du kannst auch welche aus den anderen Abteilungen dazuholen. Was ist mit Bastrup?«

Per haßte sich selbst dafür, aber er spürte, wie ihm das Blut in die Wangen stieg, und der scharfsichtigen Vuldom entging nur sehr wenig. Für ihre unschlagbaren Vernehmungsmethoden war sie ebenso bekannt wie für ihre Zurückhaltung in privaten und politischen Angelegenheiten. Sie konnte die Körpersprache ihres Gegenübers lesen, als wären es gesprochene Worte, und Verstellung und Lüge durchschaute sie sofort. Seine Affäre mit Charlotte Bastrup war heiß und leidenschaftlich, aber von kurzer Dauer gewesen und erst vor einem Monat von Charlotte ebenso selbstsicher beendet worden, wie sie sie angefangen hatte. Er verspürte absolut keine Lust, es zuzugeben, aber er wußte genau, daß er nicht ihr einziger Liebhaber gewesen war. Zu keiner Zeit.

»Charlotte … Hhm, ich weiß nicht recht«, sagte er und merkte, wie sich die Unsicherheit in seiner Stimme niederschlug.

»Wir befinden uns in einer Situation, in der persönliche Gefühle keine Rolle spielen dürfen.«

»Was willst du denn damit sagen?«

»Du weißt schon, was ich meine, aber das ist auch egal. Sie ist gut und effektiv, sowohl als Ermittlerin als auch als

Administratorin. Außerdem kann sie eigenständig denken.« Vuldom machte kein Hehl daraus, daß sie es als eine ihrer Aufgaben ansah, Frauen, und gerne jüngeren Frauen, karrieremäßig auf die Sprünge zu helfen.

»Sie kennt sich im Islam oder solchen Sachen genausowenig aus wie wir.«

»Nein. Aber die hier kennt sich darin aus.«

Wie eine Taschenspielerin zog Vuldom eine grüne Mappe aus ihrer Schreibtischschublade und legte sie offen vor ihn hin. Zuoberst lag das Foto einer dunkelhäutigen jüngeren Frau mit kurzgeschnittenem schwarzen Haar und braunen, fast sanften Augen. Toftlund hob das Foto an, darunter lag ein Sicherheitsbericht. Sie war überprüft worden, das war mehr als deutlich.

»Sie heißt Aischa Hussein. Sie ist 33, Palästinenserin, kam mit vier Jahren nach Dänemark, Diplom in politischer Wissenschaft, die erste Akademikerin in ihrer Familie. Der Vater ist im Vorruhestand, die Mutter quasi Analphabetin, zwei jüngere Brüder, der eine hat ein Gemüsegeschäft in Værløse, der andere studiert Medizin. Eine erfolgreiche Einwandererfamilie.«

»Seit wann holen wir uns Leute von außerhalb des PND?«

»Haben wir nie gemacht.«

»Eben.«

»Eben, Per. Und deshalb fangen wir jetzt damit an. Ich will dem Reichspolizeichef und dem Justizminister vorschlagen, daß wir so schnell wie möglich in den Tageszeitungen Anzeigen aufgeben, in denen wir – wie soll ich sagen – Berater suchen, Spezialisten, die sich mit dem Islam, arabischer Sprache und Geschichte auskennen. Eben alles mitbringen, was wir nicht haben.«

»Wäre es nicht auch möglich, daß amerikanische Rechtsextremisten hinter dem Anschlag stecken«, meinte Toftlund. Er konnte den Gedanken nicht ausstehen, daß Leute von draußen Einblick in seine geheime Welt bekommen sollten.

»Möglich schon, aber ich glaube es nicht.«

»Ist sie Muslimin?«

»Ja. Hast du was gegen Muslime?«

»Weiß ich nicht. Ich kenne keine. Außer denen, die ich im Laufe der Zeit festgenommen oder ausgewiesen habe, als ich bei der Grenzpolizei war.«

»Da kannst du mal sehen.«

»Aber das wird nicht gerade einfach, wenn Religion während der Arbeitszeit auf einmal eine Rolle spielt. Falls du verstehst, was ich meine.«

»Das will ich gar nicht erst kommentieren, Toftlund.«

»Was ist sie für eine?« Per zeigte auf den Sicherheitsbericht. »Und warum hast du sie überprüfen lassen?«

Vuldom lächelte.

»Du bist wie die meisten Männer, du bist konservativ und haßt Veränderungen, ich weiß, aber ich habe seit langem das Gefühl, daß wir ein Wissensdefizit haben, ich habe die Debatte in den Zeitungen verfolgt, und ich fand ihre Beiträge bemerkenswert. Sie ist Demokratin und Muslimin, sie ist sich ihrer Herkunft bewußt, aber sie fühlt sich als Dänin. Was sie ja auch ist. Sie ist intelligent und langweilt sich in ihrem Job im Lebensmittelministerium. Sie ist aktives Mitglied in einer Gruppe akademisch gebildeter Einwanderer der zweiten Generation. Sie sind fachlich und politisch aktiv, aber nicht fundamentalistisch. Weder Vater noch Mutter haben irgendeine Verbindung zu radikalen Gruppen. Sie ist über jeden Verdacht erhaben.«

»Was ist mit Männern?«

»Sie ist nicht verheiratet, aber es hat Männer in ihrem Leben gegeben, ein bißchen viele sogar, aber keinen, über den wir was hätten. Sie war mit gleichaltrigen Immigranten und ein paar Dänen befreundet. Im Gymnasium hatte sie einen dänischen Freund.«

»Was sagt die Familie dazu?«

»Ich vermute, sie mußte einige Kämpfe ausfechten, aber das macht sie nur noch brauchbarer für uns.«

»Und, will sie?«

»Ich habe vor, sie heute abend zu überzeugen. Vor einem Monat hatte ich ein kleines, inoffizielles Treffen mit ihr, da klang sie nicht uninteressiert, außerdem konnte sie sich natürlich schon denken, weswegen die Chefin des PND sie zu einem Imbiß ohne Schweinefleisch eingeladen hat.«

»Sehr witzig, Vuldom.«

»Ja, nicht?«

»Sehr vorausschauend.«

»Ja, nicht?«

»Das heißt, ich darf das Personal für meine kleine Gruppe nicht ganz alleine auswählen?«

»Nicht, wenn sie ja sagt. Dann wird sie deine engste Mitarbeiterin, von deren Sprachkenntnissen und Sachwissen du profitieren wirst und die du gleichzeitig mit den dunkleren und verborgeneren Seiten unserer Geheimdienstwelt vertraut machen wirst. Du bekommst dann auch ihr Dossier. Im übrigen mußt du dich sowieso an den Gedanken gewöhnen. Sie wird nur die erste von vielen sein. Was meinst du?«

»Du weißt, ich bin dazu erzogen, Befehle zu befolgen und zu tun, was der Boß sagt«, sagte er mit einem Lächeln.

»Na, nicht immer, Per. Aber lassen wir das.«

Sie sah auf ihre Uhr.

»Dann komm in die Gänge. Wegen Aischa sage ich dir heute abend Bescheid. Und zieh hier Leine, so schnell es geht. Nimm die Villa in Brønshøj. Ich habe schon veranlaßt, daß dort alles vorbereitet wird. Ich will nicht, daß du in diesem Chaos arbeiten mußt und zwischen den ganzen Presseleuten, die uns hier belagern.«

Toftlund stand auf. Die große alte Villa in Brønshøj war eines von mehreren *safehouses*, über die der PND verfügte. Während des kalten Krieges hatten sie Überläufer darin beherbergt. Heutzutage nutzte man sie eher als diskrete Arbeitsplätze für Kerngruppen mit besonderen Aufgaben. Die Villa in Brønshøj war mit Breitbandkabel und abhörsicheren Telefonen ausgestattet und wurde regelmäßig vom elektronischen Sicherheitsdienst des PND überprüft. Ein pensionierter PND-Mitarbeiter und seine Frau kümmerten sich um die Verpflegung und um die Reinigung des Hauses, zugleich waren sie das Alibi für die EDV-Firma mit Schwerpunkt Datensicherheit, die hier offiziell residierte und Wert darauf legte, nicht für Privatleute, sondern ausschließlich für Unternehmen zu arbeiten, die ihre Computersysteme vor dem unerlaubten Eindringen von Hackern schützen wollten. Das erklärte auch das gelegentliche Kommen und Gehen, wenn vorübergehend eine geheime Sondergruppe innerhalb des ohnehin schon geheimen Dienstes eingerichtet wurde. Dabei konnte es sich um eine spezifische Ermittlung oder einen besonderen Abhör- und Überwachungsauftrag handeln. Plötzlich freute er sich auf die Aufgabe.

Vuldom stand auf und gab ihm überraschenderweise die Hand. Ihr Händedruck war fest und trocken. Sie lächelte.

»Danke, Per.«

»Keine Ursache«, sagte er verblüfft. »Das ist doch mein Job.«

Er ist ein bißchen kräftiger geworden, dachte Vuldom, und sieht nicht mehr jünger aus, als er ist, aber sein geschmeidiger Körper strahlt nach wie vor Aggressivität aus, und daß er früher mal Angehöriger einer Sondereinheit war, sieht man ihm auch noch an. Bevor er bei der Polizei anfing, war Toftlund Froschmann gewesen. Er hatte die Vierzig überschritten, und das kurzgeschnittene Haar war ein wenig lichter geworden.

Er ließ ihre Hand los.

»Und, Per …«

»Ja?«

»Ich bin außerordentlich froh, daß du die Gruppe leiten wirst. Und umsonst soll es auch nicht sein. Du wirst Kriminaldirektor, höherer Dienstgrad, höheres Gehalt. Ich gehe nicht davon aus, daß der Reichspolizeichef größere Probleme damit haben wird, das Papier zu unterschreiben.«

»Im Augenblick unterschreibt er wahrscheinlich alles.«

»Vielleicht.«

Sie schaute ihm in die Augen.

»Und rechne nicht damit, daß du in den kommenden Wochen allzuviel Zeit mit deiner netten Frau und deinem kleinen Töchterchen verbringen wirst.«

»Nein. Das liegt auf der Hand.«

»Ist das ein Problem?«

»Nein. Das ist kein Problem«, sagte er, aber er konnte selbst hören, wie wenig überzeugend es klang.

6

Toftlund brauchte nur drei Tage, um seine neue Ermittlungsgruppe zusammenzustellen, aber bereits am Morgen des vierten Tages des Jahres Null, als er seine Truppe zum erstenmal versammelt hatte, saß Aischa Hussein mit dabei. Vuldoms Werben hatte Erfolg gehabt. Ihre Verführungstechnik bei der Rekrutierung von Agenten war legendär. In einem kurzen Telefongespräch hatte sie Toftlund mitgeteilt, daß die junge Dame mehr als willig sei, ihrem neuen Vaterland zu dienen, und daß sie hoffe und glaube, der Job werde die erwarteten Herausforderungen mit sich bringen – und Spannung. Vuldom hatte es keine Mühe gekostet, sie von ihrem bisherigen Job loszueisen. Zur Zeit wirkte das Wort »Terrorabwehr« wie ein modernes »Sesam-öffne-dich«: Es öffnete alle Türen. Vuldom hatte sie zu einem eintägigen Intensivkurs über Sicherheitsbestimmungen und Geheimhaltungsstufen geschickt. Das war natürlich viel zu kurz und oberflächlich, aber in dieser Situation nun mal nicht anders zu machen. »Du mußt ihr das Handwerk eben unterwegs beibringen, Toftlund«, hatte eine zunehmend gestreßte Vuldom gesagt.

Toftlund hatte die etwas andere Novizin kurz begrüßt, und sie hatte ihn mit ihrem festen Händedruck, ihrem freundlichen Lächeln und ihrem offenen Blick überrascht. Was hatte er erwartet? Ein scheues Wesen, verschleiert, drei Schritte hinter dem Mann hergehend? Er hatte doch ihr Dossier gelesen und kannte ihren Lebenslauf. Angenehmer Charakter, Diplomarbeit über das Thema *Euroislam und Demokratie* und darüber hinaus eine Abhandlung über Aufstieg und Fall der arabischen Nationen. Einsatz in der Energieverwaltung, dann im Energieministerium und schließlich in dem Ministerium, das früher mal Landwirtschaftsministerium hieß. Ihre Karriere in der staatlichen Verwaltung ähnelte der aller anderen jüngeren Kandidaten. Er hatte festgestellt, daß sie sich sowohl im Außen- als auch im Verteidigungsministerium beworben hatte, beides vergeblich. Es war aus der Sicht dieser verstaubten Institutionen wahrscheinlich einfach noch zu früh gewesen. Denn ihre Qualifikationen waren in Ordnung. Auch ihre Kleidung hatte ihn überrascht. Jeans, helle Bluse über einem T-Shirt und praktische, flache Schuhe. Etwas zuviel Make-up für seinen Geschmack. Sie duftete auch etwas zu würzig. Lise hätte wahrscheinlich gesagt, er müsse wohl noch ein bißchen an seinen Vorurteilen arbeiten, und ihm daraufhin eine kleinere Moralpredigt über die Segnungen der multikulturellen Gesellschaft gehalten, aber da er eh fast nie zu Hause war und sie sowieso nicht miteinander redeten, wenn er mal kam, um sich umzuziehen, war ihm das Lied von den schönen warmen Ländern erspart geblieben. Was ihn eigentlich nicht freute. Im Gegenteil, er empfand die häusliche Situation als ziemlich große Belastung.

Er betrachtete seine Gruppe. Sie bestand aus sehr unterschiedlichen Charakteren, aber gemeinsam könnten sie eine sinnvolle Einheit bilden, wenn er sie dazu brachte zusammenzuspielen. Einige von ihnen hatte er sich gewünscht, aber letztlich war es doch Vuldom gewesen, die die Fäden gezogen und die Mitglieder des kleinen PND-Satelliten, der nun von einem Haus in Brønshøj aus in Aktion trat, ausgewählt hatte. Was ihn nicht weiter überraschte.

»Ich werde dafür bezahlt, den Überblick zu haben, Toftlund«, so hatte sie sich ausgedrückt. »Wenn du nicht die bekommen kannst, die du liebst, dann mußt du lernen, die zu lieben, die du bekommst.«

Immerhin hatte er Brian Gislev bekommen, der vielleicht unerfahren war, aber energisch und von dem Wunsch beseelt, ein vollgültiges Mitglied dieses Geheimbundes zu werden. In seinen schicken Jeans, mit dem offenstehenden Hemd und der Dienstpistole im Schulterholster sah er mit seinem vom Golfspielen gebräunten Gesicht aus wie ein glücklicher Kerl. Neben ihm saß die schöne Charlotte Bastrup mit den dunklen, verführerischen Augen, die leidenschaftlich blitzen konnten, im allgemeinen aber kühl und berechnend waren. Da war das unbeschriebene Blatt Aischa, zu der Charlotte viel hinübergeschielt hatte. Er war nicht darüber erfreut, daß Charlotte dabei war, obwohl ihr Verhältnis beendet war. Aber sie konnte mit dem Computer umgehen und kannte alle Möglichkeiten, die das Internet bot. Der Cyberspace war zwar ein Mülleimer, aber auch eine Quelle für allerlei nützliches Wissen. Tove Seir war 54, ziemlich korpulent, mit einem breiten Mund und einem heiseren, maskulinen Lachen. Sie war die Mutter der Kompanie, die mit gezücktem Kugelschreiber und Stenoblock schon kampfbereit dasaß und bei allem, was mit Papieren, Besprechungen, angesammelten Überstunden und Gehaltsabrechnungen zu tun hatte, gnadenlos den Überblick behielt. Außerdem überwachte sie die verwickelten Wege von Gerüchten und Tratschereien aus dem Hauptquartier in Bellahøj, damit sie immer auf dem laufenden waren, was die interne Politik des Hauses anging. Sie trug Hosen, obwohl sie ihr nicht standen, aber sie gab sich schon lange keine Mühe mehr, ihren unförmigen Körper zu verbergen. Frede Skovgård war ein solider Bulle und sah auch so aus: Schnauzer, biederes Jackett und Bügelfalten. Toftlund konnte sich auf ihn verlassen. Er war nicht der Schnellsten einer, dafür aber sorgfältig und konsequent, hatte eine unendliche Geduld, wenn es um Details ging und verfügte über ein unübertreffliches Netz von Informanten im Unterweltmilieu. Ginge man auf der Straße an ihm vorbei, würde man ihn gar nicht bemerken. Er war vertrauenerweckend und hielt sein Wort, und zwar egal, ob er es Kollegen oder Kriminellen gegeben hatte.

Schließlich hatte Vuldom ihm Jørgen Bjerregaard, genannt JB, aufs Auge gedrückt. Den Erbsenzähler sah man ihm sofort an, immer dieselbe Tweedjacke, derselbe Schlips, die gleichen hellen Oberhemden, und mit seinen breiten Gesundheitsschuhen war er vor sechzig Jahren vermutlich schon auf die Welt gekommen. Aber Toftlund wußte natürlich, warum ihm der alte Agentenjäger und Spürhund zugeteilt worden war. JB hatte ein fotografisches Gedächtnis. Es gab nicht einen marxistischen Revoluzzer, der nicht hinter seiner hohen, glatten Stirn über dem länglichen Pferdegesicht gespeichert war. Im Unterschied zur Festplatte eines Rechners gab es keine Korrekturtaste, die sein Wissen löschen konnte. Die Modernisierung des PND hielt er für einen größeren Angriff auf die Sicherheit des Landes als alle Aktivitäten der früheren Dänischen Kommunistischen Partei zusammen. Die angestrebte Transparenz in geheimdienstlichen Dingen war in seinen Augen eine Idiotie, auf die eben nur Journalisten und Politiker verfallen konnten. Der parlamentarische Kontrollausschuß war ein Werk des Kremls. Frauen auf Chefposten waren nur ein weiteres Beispiel dafür, daß die Welt aus den Fugen geraten war. Daß legale politische Aktivitäten nicht beobachtet und festgehalten werden durften, war reine Sabotage an der Pflicht des PND, die Verfassung zu verteidigen. Woher sollte man denn bitte wissen, ob eine Aktivität legal war oder nicht, wenn man sie nicht beobachten durfte? Das Einstampfen von Archiven und Karteien war für ihn ein weiterer Beweis dafür, daß Dänemark von dunklen Kräften bedroht war. Hinter vorgehaltener Hand wurde auch gemunkelt, daß er die wichtigsten Akten gesetzwidrig kopiert und in seinem Haus in Ballerup bei Frau Bjerregaard verstaut habe, die ihren Mann in seinem einsamen, heroischen Kampf gegen Umstürzler seit über dreißig Jahren uneigennützig unterstützte. Toftlund glaubte nicht daran. Eine derart eklatante Gesetzwidrigkeit würde sich Bjerregaard nicht zuschulden kommen lassen. Er glaubte eher JBs eigener Erklärung, wenn der sich mit seinem langen Zeigefinger an den Schädel tippte, was schlicht bedeuten sollte: Hier ist es, und hier bleibt es, denn ich vergesse nichts. Er war reaktionär, unbequem und stur, aber wenn es darum ging, ein Bild der neuen heiligen Krieger in Dänemark zu entwerfen, war seine Fähigkeit, Verbindungen und Übereinstimmungen zu erkennen, Gold wert.

Eins war Toftlund allerdings klar: Zwischen JB und

Aischa Hussein würde es irgendwann krachen. Schon wie JB ihr am Tisch den Rücken zugekehrt hatte, ließ tief blicken. Freilich war sie clever genug gewesen, ihn zu durchschauen, und hatte ihm wie allen anderen auch mit einem netten Lächeln die Hand gereicht. Gislev war wahrscheinlich gleich in sie verknallt, Frede verbarg seine Überraschung, so gut es ging, während Tove die Neue sicher mit all der mütterlichen Fürsorge überhäufen würde, die ihr nun mal eigen war.

Toftlund schenkte sich eine Tasse Kaffee ein, trank einen Schluck und begann mit dem Ritual, das die kleine neue PND-Einheit hoffentlich auf einen fruchtbaren Weg führen würde.

»Ich hoffe, ihr habt euch artig von eurer Familie verabschiedet. Ihr werdet sie nämlich in der kommenden Zeit nicht allzuoft zu sehen kriegen. Die Aufgabe ist klar. Wir sollen so schnell wie möglich die neue islamistische Bedrohung identifizieren, falls es sie denn gibt. Mit Hilfe zugänglicher Quellen und unter Einsatz aller Mittel, natürlich im Rahmen der Verfassung – aber die wird momentan sehr freizügig definiert, Freunde – gilt es, mögliche Terroristen, die sich auf dänischem Boden befinden, zu entdecken, zu entlarven und möglichst festzunehmen und der Justiz zuzuführen. Und zwar bis gestern! Also seid kreativ. Mit allem, was euch zur Verfügung steht: V-Leuten, Infiltrationen, Abhören, Datenbanken, Milieukontakten. Nutzt Charlottes Fähigkeiten am Computer. Berichte bitte direkt an mich, ich berichte dann direkt an Vuldom weiter. Unsere Arbeit hat höchste Priorität. Wir sind eine kleine Gruppe, aber wir können die Reichspolizei in Anspruch nehmen, die Spionageabwehr und alle übrigen Organe, über die Dänemark verfügt. Wir bekommen in Zukunft mehr Geld, das kann ich euch versprechen. Das gilt für den PND und den Militärischen Abschirmdienst. Schluß mit den Einsparungen. Außerdem erhalten wir weitere Mitarbeiter. Aischa hier ist ein Beispiel dafür, wie schnell das jetzt geht.«

Bjerregaard lehnte sich über den Tisch.

»Ist für die da ein Gebetsraum eingerichtet worden, oder müssen wir dabei zugucken, wenn sie fünfmal am Tag ihren Kopf auf den Teppich knallt?«

Mit einemmal verstand Toftlund den Sinn der Redewendung: Ein Engel geht durch den Raum. Das Schweigen dauerte nur einige Sekunden, aber es fühlte sich an, als wären es ein oder zwei Minuten gewesen. Wie eine plötzliche unfreiwillige Pause im Rundfunk. Daß Toftlund den Gedanken selbst gedacht hatte, war dann doch etwas ganz anderes, als ihn laut auszusprechen.

»Meine Fresse, bist du bescheuert, JB!« Gislev war der erste, der seine Stimme wiederfand.

»Jørgen. So was sagt man nicht.« Tove Seir war die zweite.

»Also manchmal bist du wirklich unmöglich.« Bastrup war Nummer drei. Skovgård war perplex. Auch Toftlund hatte Bjerregaards Frage kalt erwischt, er dachte nur, das fängt ja super an. Jetzt ist meine Autorität gefragt. Sonst geht das Ganze den Bach runter, bevor wir überhaupt angefangen haben.

Aischas Stimme zitterte nicht und klang auch nicht wütend, als sie sich an JB wandte und in klarem Dänisch fragte:

»Glaubst du an Gott, Jørgen Bjerregaard?«

JB sah sie verblüfft an.

»Komische Frage.«

»Das finden die Dänen, ich weiß, aber du hast ja eben gesagt, ich täte es. Dann kann ich dich ja wohl auch fragen.«

»Ich bin Mitglied der Volkskirche.«

»Bist du getauft?«

»Na, und ob ich getauft bin und konfirmiert und kirchlich getraut. Willst du noch mehr über mein Privatleben wissen?«

Toftlund überlegte, ob er sich einmischen sollte, aber ihn faszinierte die Richtung, die das Gespräch genommen hatte; die anderen anscheinend auch. Aischa Hussein war ruhig, aber die Farbe ihrer Wangen war noch ein wenig dunkler geworden.

»Was denkst du über Christiania?«

»Was ist denn jetzt los?« Bjerregaard fummelte in der Tasche nach einem Zigarillo, den er in Toftlunds Nähe sowieso nicht anzünden durfte.

»Na ja, was meinst du? Sollte der Freistaat Christiania dichtgemacht werden?«

»Die Haschbude hätte längst geräumt werden müssen.«

Aischa nickte und wechselte das Thema.

»Was hältst du von Einwanderern, die der Gesellschaft auf der Tasche liegen? Sich des Sozialbetrugs schuldig machen?«

»Die sollten aus dem Land geschmissen werden.«

»Und Dänen?« fuhr sie sanft fort.

»Ins Gefängnis wandern.«

Toftlund merkte, daß JB langsam die Geduld verlor, er rutschte auf seinem Stuhl hin und her und warf seinem Chef einen Blick zu, der ihn aufforderte, der abartigen Fragerei Einhalt zu gebieten. Aber Aischa ließ nicht locker.

»JB? Nennt man dich nicht so? Sag mal, sollte man sein Leben lang mit demselben Menschen verheiratet sein?«

»Jetzt ist aber Schluß!« Bjerregaard erhob sich halb auf seinem Stuhl. »Ist das hier ein Verhör oder was?«

»Bleib sitzen, JB. Du hast selbst damit angefangen«, sagte Per mit seiner Verhörstimme, die alle darin erinnerte, daß er ziemlich ungemütlich werden konnte.

»Ich sehe nicht, was an Treue falsch sein sollte.«

»Sich ordentlich benehmen, seiner Arbeit nachgehen und seinen Verpflichtungen nachkommen. Nicht wahr?«

»Genau. Das sind Tugenden, die vielleicht aus der Mode gekommen sind, die man aber nicht geringschätzen sollte.«

»Nein. Und die Familie ist auf jeden Fall der Eckpfeiler der Gesellschaft, nicht?«

»Das versteht sich von selbst.«

»Klar. Und die Frauen sollen zu Hause bei den Kindern bleiben?«

»Oh, das ist vielleicht ein bißchen viel gesagt. Natürlich haben Frauen ein Recht auf Ausbildung, aber die Kinder werden nicht schlechter davon, wenn die Mutter ein paar Jahre zu Hause verbringt, wenn sie noch klein sind. Kleine Kinder sind nicht dazu geschaffen, mehrere Stunden im Hort zu verbringen.«

»Dann kann der Vater doch zu Hause bleiben.«

»Es gibt nun mal einen Unterschied zwischen Männern und Frauen. Männer kriegen keine Kinder. Ein kleines Kind braucht seine Mutter. So ist die Natur nun mal eingerichtet.«

Aischa lächelte. Es war ein nettes Lächeln, aber auch ein triumphierendes, das verriet, daß sie die nötige Aggressivität besaß und den Willen, den Panzer ihres Opfers zu durchbrechen. Eine Eigenschaft, die ihr gute Dienste leisten würde, wenn sie später einmal einen Festgenommenen verhören sollte.

»Weißt du, wer genauso denkt wie du? In fast allen Punkten?«

»Nein.«

»Mein Vater. Er ist exakt so reaktionär wie du. Ihr würdet unheimlich gut zueinander passen. Ihr könntet den ganzen Tag über den Verfall der Sitten, das Versagen der Frauen und die Faulheit der Jugend lamentieren, während meine Mutter euch wie selbstverständlich bewirten und mich ausschelten würde, weil ich mich eventuell in das Gespräch der Männer eingemischt hätte, statt scheu die Augen niederzuschlagen oder mich in der Küche nützlich zu machen.«

Das Gelächter fing bei Gislev an und griff dann auf die anderen über. Es war ein befreiendes Lachen, selbst JB mußte lächeln und den Kopf schütteln über diese Parallele.

»Aber wir beten nicht zum selben Gott«, sagte er dann.

»Gott und Allah sind ein und derselbe. Ihr wärt euch uneinig über die Rolle Jesu im Verhältnis zum Propheten, Ehre sei dem Barmherzigen. Ihr würdet euch wahrscheinlich gegenseitig als Ungläubige betrachten, aber ihr würdet echt gut miteinander auskommen. Ihr habt vieles gemeinsam. Ich wette, du kommst auch aus einem kleinen Dorf.«

»Aber ich strecke nicht fünfmal am Tag meinen Arsch in die Höhe und glaube, daß alles, was in der Bibel steht, die reine Wahrheit ist und auf Punkt und Komma eingehalten werden muß.«

»Mein Vater versteht nicht, wie du sonntags in der Kirche Jesu Blut trinken und Jesu Fleisch essen kannst. Er findet das furchtbar barbarisch, aber sonst seid ihr euch doch ziemlich ähnlich. Und noch was. Ich esse kein Schweinefleisch und trinke keinen Alkohol, und wenn ich, was selten genug passiert, die Moschee besuche, trage ich ein Kopftuch, aber ich knalle, wie du so poetisch sagtest – und zwar zum großen Bedauern meines Vaters –, den Kopf nicht fünfmal am Tag auf den Teppich. Klar?«

»Ja, ja«, sagte Bjerregaard.

»JB!« sagte Toftlund ermahnend.

»Okay, okay.«

»JB!«

»In Ordnung. Nichts für ungut, Fräulein.«

Die Stimmung war nach wie vor geladen, aber Charlotte Bastrup rettete die Situation, indem sie alle zum Lachen brachte.

»Könnten wir jetzt langsam mal loslegen, Per?« sagte sie

nämlich. »Oder bin ich hier an eine Außenstelle der Theologischen Fakultät abkommandiert worden?«

So verlief der erste Tag von Vuldoms neuer Mannschaft, die den Kodenamen »Troja« erhielt, während die schlichteren Geister auf den Fluren des PND von Anfang an meinten, der sehr viel passendere Name für die Gruppe wäre eigentlich: Toftlunds Kanakenbande.

7

Der Name blieb irgendwie hängen, und als er schon bald über Toves Kanäle in die Villa in Brønshøj gelangte und Tove ihn Aischa verriet, die herzlich darüber lachte, übernahmen ihn alle als Ehrennamen, mit Ausnahme von JB natürlich. Toftlunds Kanakenbande steckte von Anfang an in einem Berg von Arbeit, aber die erste Spur, die etwas versprach, tauchte nach drei Wochen auf. Sie entstand aus einer Kombination aus Skovgårds Kontakten im Umfeld des Rockermilieus, Charlottes Internetkünsten und Aischas Nahostwissen. Toftlund selbst hatte nicht viel damit zu tun. Sein Job bestand vor allem darin, für Vuldom Berichte über al-Qaida zu verfassen und in die europäischen Hauptstädte zu reisen, wo er sich bei Konferenzen mit Gleichgesinnten traf, die sich ebenfalls auf die neue Bedrohung eines unbekannten oder bislang zumindest unterschätzten Feindes einzustellen versuchten. Immerhin hatte er es geschafft, daß sein Team einigermaßen zusammenarbeitete.

So ganz problemlos war das nicht. Besonders JB machte kein Hehl daraus, daß er lieber Linksradikale jagte oder nach Maulwürfen im Apparat fahndete, als sich mit den Unmengen arabischer Namen zu beschäftigen, die er jetzt in seinen Computer eingeben mußte. Außerdem war sein Verhältnis zu Aischa alles andere als bereinigt. Sie behandelten einander höflich, aber für dänische Verhältnisse ziemlich formell. Und Toftlund hatte es tunlichst überhört, als JB offen seine Verwunderung darüber geäußert hatte, mit einer Fremdarbeiterin zusammenarbeiten zu müssen. Erst wollte er ihn deswegen zur Rede stellen, hatte dann aber darauf verzichtet. Die Situation war zwar nicht ideal, aber irgendwie funktionierte es, trotz des Drucks, unter dem sie pausenlos standen. Ihre Familien sahen sie praktisch nie. Er konnte sich nicht daran erinnern, mit Lise mehr als zwei, drei Stunden zusammengewesen zu sein, in denen der eine guten Tag und der andere auf Wiedersehen gesagt hatte. Wann sie zuletzt miteinander im Bett gewesen waren, darüber wollte er überhaupt nicht nachdenken. Am schlimmsten war Freya. Sie hatte angefangen, ihn zu ignorieren. Streckte er ihr die Arme entgegen, wandte sie sich demonstrativ an Lise oder Lises griesgrämige Mutter. Sie wollte nicht mehr mit ihm tanzen. Nicht einmal Bruce Springsteen konnte sie noch aufs Parkett im Wohnzimmer locken. Per fühlte sich wie ein verschmähter Tanzstundenkavalier. Wie schon so oft bekam das Leben erst durch die Arbeit irgendeine Art von Sinn.

In der ehemaligen guten Stube der Villa summten die Rechner, die Tafeln wurden mit globalen Terrornetzwerken bekritzelt und gleich danach wieder saubergewischt. Denn obwohl jeder Zutritt kontrolliert wurde, konnte man nie wissen. Bewahre deine Informationen in verschlüsselten Dateien auf oder im menschlichen Gehirn, das ist das sicherste Archiv der Welt, wie JB zu sagen pflegte. Die Gardinen vor den abhörsicheren Fenstern waren zugezogen, und mehrmals am Tag fuhr eine Patrouille an der anonymen Villa vorbei. Tausende von DIN-A4-Blättern wurden ausgedruckt, studiert und makuliert, aber keine einzige Spur wies auf das Königreich Dänemark, das wieder einmal verschont zu bleiben schien. Jeder braucht eine Freistatt. Dänemark war eine solche friedliche, oft langweilige Freistatt ohne größere Bedeutung für die Welt. Dänemark gewährte Organisationen Unterschlupf, die von der dahingeschiedenen kurdischen PKK über fundamentalistische Gruppen mit arabischen Namen bis zu Neonazis reichten, eine Toleranz, die dem Land vielleicht schlimmere Schläge ersparte. Warum sollte man die Ruhe zerstören, die man hier fand? Im Zweiten Weltkrieg war es genauso. Niemand träumte davon, die Schweiz zu erobern. Bei einem Krieg brauchen alle einen Ort, an dem keine Kriegshandlungen stattfinden und eine Art Normalzustand es möglich macht, Treffen abzuhalten oder einfach Entspannung zu finden.

Es war ein Vormittag. Draußen hinter den Gardinen schien die Sonne, aber als Toftlund vom Flughafen in die Stadt gefahren war, hatten schwarze Regenwolken über dem Øresund gehangen. Sie beriefen eine Sitzung ein, und Toftlund unterrichtete sie darüber, was er in London über al-Qaida erfahren hatte. Die Briten und ein ebenfalls teilnehmender spanischer Nachrichtenoffizier hatten Informationen über eine Reihe von Leuten in verschiedenen europäischen Ländern geliefert. Sie hatten Namen genannt.

»Sie sind bereit, für die Sache ihr Leben zu lassen. Sie sind davon überzeugt, daß sie Märtyrer sind, daß diejenigen, die im Kampf sterben, auf geradem Wege ins Paradies kommen. Sie glauben an etwas. Wir verstehen sie vielleicht nicht, aber für die Selbstmordattentäter in Israel oder die Millionen junger Männer in der arabischen Welt, die keine Zukunft sehen, ergeben ihre Taten leider einen Sinn. Die al-Qaida-Leute haben den Glauben an einen Dialog längst aufgegeben. Sie haben sozusagen das Gebetbuch zur Seite gelegt und das Schwert gezogen. Sie sind ein geradezu idealer Feind. Noch Fragen?« sagte er abschließend und legte seine Notizen vor sich auf den Tisch.

Aischa Hussein meldete sich.

»Darf ich etwas ergänzen?«

»Bitte, Aischa.«

»Du hast die vielen frustrierten Jugendlichen in den islamischen Ländern oder allgemein in der dritten Welt erwähnt. Das ist ein wichtiger Gesichtspunkt. Die Hälfte der Bevölkerung ist unter 25. Tatsächlich gibt es zwei Antriebskräfte für sie. Die eine ist der Haß gegen die westliche Lebensform. Die andere ist der ungeheuer starke Wunsch, ihrer aussichtslosen Lage zu entkommen und nach Europa oder in die USA auszuwandern. Sie leben in Diktaturen oder korrupten Despotien. Der Traum von einem anderen Leben und der Koran geben ihnen Hoffnung in einer hoffnungslosen Situation.«

JB beugte sich vor.

»Vielleicht sollten sie ihre Wut gegen die Verantwortlichen in ihren eigenen Ländern richten statt gegen uns!«

»Das ist leichter gesagt als getan«, sagte Aischa.

»Vielleicht sollten sie zur Abwechslung mal arbeiten, statt sich fünfmal am Tag auf die Erde zu schmeißen.«

»Wollen wir das jetzt alles noch mal durchkauen?«

»Nein. Wollen wir nicht. Aber unser Wohlstand ist uns eben auch nicht in den Schoß gefallen. Er ist das Ergebnis der harten Arbeit von Generationen. Er gründet auf Demokratie und Aufklärung. Er beruht unter anderem darauf, daß wir uns nicht vom Aberglauben in alten Büchern leiten lassen, sondern von Vernunft und Rationalität.«

»Der Glaube an Gott steht keineswegs im Gegensatz zum Glauben an Rationalität und Demokratie.«

»Versuch das mal deinen Mullahs und Imamen zu verklickern. Die wirken doch geistig eher unterbelichtet. Die predigen Dinge, die in eine Hirten- und Wüstenkultur gehören, wie es sie vor vielen Jahrhunderten mal gegeben hat.«

»So einfach ist das nicht.«

»Nein. Es gibt überhaupt nicht viel, das einfach ist, mein Fräulein.«

JB lehnte sich zurück. Auf Aischas Wangen hatten sich Anflüge von roten Flecken gebildet. Sie riß sich gewaltig zusammen, um nicht sauer zu werden oder gar ihre Selbstkontrolle zu verlieren, die ihrem Dossier zufolge ein wichtiger Zug ihrer Persönlichkeit war. Sie wollte einfach nicht durchfallen. Weil sie Immigrantin der zweiten Generation war, meinte sie, immer einen Tick besser sein zu müssen als die normalen oder ethnischen Dänen oder wie man das heutzutage nannte. Toftlund wußte, daß Vuldom ein Auge auf sie hatte. Nicht um sie bei einem Fehler zu ertappen, sondern um ihrer neuen Rekrutin unter die Arme zu greifen, wenn sie Unterstützung brauchte.

»Können wir vielleicht zu unserm eigenen kleinen Ententeich zurückkehren?« fragte Bastrup. »Oder geht die Religions- und Geschichtsstunde weiter?«

Toftlund setzte sich.

»Gibt es noch irgendwas, das ich wissen muß? Ich soll nämlich wieder einen Bericht schreiben. Langsam komme ich mir vor wie ein Gymnasiast, der ständig Aufsätze schreiben muß.«

»Ich hab da etwas, was ich gerne mit euch durchgehen würde.«

Es war Skovgård. Seine Stimme war genauso anonym wie sein Äußeres, ein wenig dunkel und weich, ein hübsches, gepflegtes Hochdänisch, schwer zu lokalisieren. Vielleicht mit einer etwas altmodischen Diktion. Auch die Stimme spiegelt die jeweilige Persönlichkeit wider, ebenso individuell wie ein Fingerabdruck, aber Skovgårds Stimme hatte kaum charakteristische Eigenschaften. Er trug wie üblich Jackett und Schlips, ordentlich, diskret, nichtssagend. Der etwas verstaubte Angestelltentyp.

Toftlund nickte. Draußen hatte es angefangen zu regnen, schwere Tropfen schlugen gegen die Scheiben und übertönten das Summen der Computer.

»Ich habe mich ja eingehend mit der Kriminalität im Rockermilieu beschäftigt, bevor ich in unsere Gruppe beordert wurde«, sagte Skovgård. »Ich habe meine Quellen. Die Rocker mußten sich eine Zeitlang mit Gruppen jüngerer Ausländer herumschlagen, um ihre Territorien zu verteidigen. Der Haschischgroßhandel liegt größtenteils in den Händen der Rocker, und die lassen natürlich keine größere Konkurrenz zu, werden jetzt aber von den neuen Banden bedrängt, die rücksichtslos und gut organisiert sind. Die Rocker beklagen sich, sie hätten es schwer. Auch weil die Politiker und die Medien und wir ihnen so auf die Finger schauen. Gegen eine Verlagerung des allgemeinen Interesses auf die Konkurrenz hätten sie also nichts einzuwenden. Deshalb bekam ich vor einigen Tagen einen Hinweis auf einen kleinen Tag-und-Nacht-Kiosk in Vesterbro. Illegal importierte Limo und solche Sachen, aber die Quellen sagen, der Eigentümer helfe mit, den Import eines großen Postens Haschisch aus Marokko über Spanien nach Dänemark zu organisieren und zu finanzieren. Fast eine Tonne. Sie ist schon im Schengen-Gebiet und auf dem Weg zu uns. Sie wußten zwar auch nicht, wie, aber wenn es uns gelingen würde, das Haschisch zu beschlagnahmen, wäre das ein harter Schlag für die Konkurrenz und würde die Preise in Christiania ordentlich in die Höhe treiben.«

Er hörte auf zu sprechen.

»Gut«, meinte Toftlund. »Und weiter ...?«

Charlotte faltete ihre Hände auf dem Tisch. Die kurzgeschnittenen Nägel ihrer feingliedrigen Finger waren in einer Farbe lackiert, die zu ihrem Lippenstift paßte.

»Der Eigentümer heißt Suleiman Erkaban«, sagte sie. »Nicht aktenkundig. Kam 1971 als junger Mann hierher.

Verschiedene Jobs als ungelernter Arbeiter. Er ist verheiratet und hat vier erwachsene Kinder. Zwei Jungen, zwei Mädchen. Die beiden Mädchen – die jüngsten der vier Geschwister – haben sich ihre Männer aus der Heimat geholt und wohnen heute in Nørrebro. Über sie haben wir nichts. Der Älteste kam vor sieben Jahren bei einem Verkehrsunglück in der Türkei ums Leben. Der jüngere Bruder heißt Bülent Erkaban. Wurde als Achtzehnjähriger eingebürgert. Abitur, studierte ein bißchen Jura, brach aber ab. Verschiedene Jobs. Er ist heute 31 Jahre alt und ist für einen ziemlich normalen Lohn im Kiosk seines Vaters angestellt, wohnt aber mit seiner türkischen Frau und seinen minderjährigen Kindern in einer Eigentumswohnung in Østerbro, die auf ein paar Millionen Kronen geschätzt wird. Sie leben recht gut. Die Kollegen hatten ihn schon mal auf dem Kieker, konnten ihm aber nichts nachweisen.«

Sie machte eine Pause, öffnete eine Flasche Zitronenlimonade, goß sich ein und trank.

»Hat dich Skovgård auf ihn angesetzt?« fragte Per und versuchte, ihren Busen unter der dünnen Bluse zu ignorieren.

»Ja. Bülent hat nämlich einen interessanten Freund, noch aus der Schulzeit. Ich habe also den größten Teil der Nacht im Netz verbracht. Der Freund heißt Marko Cemal und ist der Sohn eines jugoslawischen Gastarbeiters, der 1969 nach Dänemark kam. Marko wurde zwei Jahre später geboren und ist dänischer Staatsbürger. Ganz normale Familie. Der Vater ist mittlerweile pensioniert und hat einen Schrebergarten. Sehr dänisch. Die Mutter war immer Hausfrau. Marko hatte eine Schwester, die während eines Bombardements in Sarajewo starb, als sie dort zu Besuch war. Marko ist gelernter Kaufmann und hatte einige Jahre lang eine Teppichfirma, aber der Bürgerkrieg in Jugoslawien hat ihn verändert. 1992 meldete er sich freiwillig zur bosnischen Miliz.

Der Vater ist Muslim, praktiziert seinen Glauben aber nicht. Die Mutter auch nicht. Und Marko auch nicht – bis vor dem Krieg. Was eigentlich passiert ist, wissen wir nicht, jedenfalls kam er mit Bart und neuem Namen zurück: Mohammed Atlev. Er ging zum Freitagsgebet und hörte auf, Alkohol zu trinken und Schweinefleisch zu essen. Seine Freunde sagen, von da an sei er fanatisch und fundamentalistisch gewesen und habe vom Dschihad gefaselt und davon, daß sich alle Muslime zum Kampf in Tschetschenien und anderswo melden sollten, wo die muslimischen Brüder verfolgt würden. Dann ist er für ein paar Jahre verschwunden. Meiner Meinung nach war er in Jemen oder Afghanistan im Schulungslager. Da habe ich die Spur verloren. Bis vor zwei Jahren, als er seinen dänischen Paß erneuern lassen mußte. Jetzt ist der Bart weg, und er heißt wieder Marko. Als Beruf gibt er Honighändler an. Er ist eingetragener Alleineigentümer der Sweet Honey GmbH. Laut Handelsregister läuft die Firma glänzend. Er wohnt allein in einer Eigentumswohnung in der Nähe der Seen.«

Charlotte Bastrup schwieg und nahm einen Schluck Limonade. Als hätten sie sich abgesprochen, übernahm Skovgård das Wort.

»Die Rocker behaupten, die Sache mit dem Honig sei bloß Tarnung. Sie sagen, er sei der Finanzmann, der zusammen mit Bülent das Kapital heranschaffe, um in Marokko Hasch und in Afghanistan Heroin zu kaufen. Für die neuen Banden nichtdänischen Ursprungs oder wie das jetzt heißt.«

»Warum geben die solche Informationen an die Polizei weiter?« fragte Aischa. JB lächelte nachsichtig über so viel Naivität. Das waren so kindische Fragen, die man sich anhören mußte, wenn man Zivilisten rekrutierte. Skovgård hingegen antwortete auf seine höfliche, leise Art:

»Wenn wir ihn hinter Schloß und Riegel bringen, räumen

wir für sie einen Konkurrenten aus dem Weg, und sie brauchen ihn nicht zu liquidieren.«

»Danke.«

»Keine Ursache.«

»Aber wo ist die Verbindung zu Terrorismus und al-Qaida?« fragte Toftlund. »Und wie kommst du darauf, daß Marko in Afghanistan oder im Jemen gewesen sein könnte?« sagte er an Charlottes Adresse gerichtet.

»Ich sehe das an seinen Internetverbindungen«, antwortete sie, »er hat arabische Websites besucht.«

»Hast du dir eine richterliche Genehmigung geholt?«

»Noch nicht.«

»Dann besorg dir eine, verdammt noch mal!«

»Wird gemacht, Chef. Ich dachte, Formalitäten sind in unserer Situation nicht so furchtbar entscheidend.«

»Trotzdem.«

»In Ordnung. Jedenfalls, er hat arabische Websites besucht. Ich glaube, er kann jetzt Arabisch lesen, vielleicht sogar sprechen. Sieht aus, als wäre er ein kleines Sprachgenie. Sehr begabter Herr.«

Skovgård war wieder an der Reihe.

»Marko reist viel im Nahen Osten, aber das tun ja viele. Charlotte hat ihre Infos aus Madrid bekommen. Sie hat sie dann mit den Informationen, die sie über Interpol und Europol gekriegt hat, kombiniert. Die Spanier fanden eine Telefonnummer in Ronda. Das liegt im südlichen Spa…«

»Ich weiß, wo Ronda liegt, Skovgård«, sagte Toftlund. *»Hablo Español, sabes hombre?«*

»Schon gut, du bist ganz wild auf Spanien, aber die Sache mit der Telefonnummer ist interessant. Sie wurde nämlich vor drei Jahren als Markos damalige Mobilfunknummer registriert. Sein Handy hat er vor zwei Monaten als gestohlen gemeldet.«

»Wie hat die spanische Zelle diese Nummer gekriegt?

Und warum hat sie sie? Wo ist die Verbindung?« sagte Toftlund.

»Eben.«

Toftlund stand auf und ging auf und ab.

»Klasse Arbeit, Skovgård! Charlotte, klasse Arbeit! Wir setzen den ganzen Apparat in Gang. Dafür bist du verantwortlich, Brian. Ich möchte, daß der Kiosk und die Wohnungen überwacht und alle Telefone abgehört werden. Du mußt dir die Genehmigung im Laufe des Vormittags besorgen. Auch für Internet und E-Mail. Das gilt auch für die Eltern. Kann sein, daß sie wie die Unschuldslämmer aussehen, aber ich will sie so streng überwacht haben, daß sie nicht mal aufs Klo gehen können, ohne daß wir es wissen.«

»*Yes, sir*«, sagte Brian Gislev. So gefiel Per ihm am besten. Wenn er wagemutig und laut wurde, wenn man ihm deutlich anmerken konnte, daß er sich schon diebisch auf die Jagd nach dem ahnungslosen Opfer freute. Wenn er im Raum herumstolzierte mit diesem Ausdruck im Gesicht: Was kostet die Welt? Solche Auftritte kamen immer seltener vor, vielleicht kein Wunder, wenn man bedachte, was er durchgemacht hatte. Und auch, daß er geheiratet und ein Kind bekommen hatte. Gislev erlebte es ja bei seinen gleichaltrigen Bekannten, es war fast ein Naturgesetz. Um es geradeheraus zu sagen: Die Männer, die eine Familie gründeten, wurden schlichtweg langweiliger.

»Okay«, sagte Per und schlug die Hände zusammen, »kommen wir in die Gänge! Ihr könnt auch die Polizeizentrale in Anspruch nehmen, wenn's nötig ist. JB, du legst die entsprechenden Akten an und durchleuchtest die Verdächtigen. Versuche herauszufinden, ob sie noch mit anderen zusammenhängen. Charlotte, du verfolgst die internationalen Fäden weiter. Ich fliege in ein paar Tagen nach Madrid, wenn du die spanische Verbindung näher untersucht hast. Für alles Arabische wendet ihr euch an Aischa: Sprache,

Kultur, Geschichte, Übersetzung. Den ganzen Kram. Sie ist unsere Expertin, also fragt sie aus! Tove sammelt wie üblich die verschiedenen Ergebnisse. Skovgård geht als erstes zu seinen Informanten mit den phantasievollen Abzeichen auf dem Rücken und hört sich um, ob sie als gute dänische Patrioten und zu ihrem eigenen Vorteil nicht noch ein bißchen mehr aus dem Nähkästchen plaudern wollen ... Auf geht's!«

Mitten ins allgemeine Stühlescharren hinein sagte Aischa: »Es könnte vielleicht interessant sein, noch auf eine Sache hinzuweisen ...«

Gislev hatte sich schon halb erhoben, setzte sich aber wieder hin.

»Es geht hier um eine rein polizeiliche Ermittlung«, sagte er.

»Ihr habt Marko als Honighändler bezeichnet.«

»Ja, als solchen bezeichnet er sich selbst.« Charlotte Bastrup sah sie gespannt an.

»Kennt ihr die Honigbanken im Nahen Osten?«

»Was ist denn das?« sagte Per.

Aischa stand auf. Sie ging zu der weißen Tafel und nahm einen Filzstift. Falls sie unsicher war, zeigte sie es jedenfalls nicht. Vielleicht hatte sie schon oft an einer Tafel gestanden und unterrichtet, dachte Toftlund. Auf dem Papier war sie jedenfalls die am besten Ausgebildete der ganzen Truppe. Sie war die einzige mit einem akademischen Grad. Also, warum sollte sie an Minderwertigkeitskomplexen leiden? Nur weil sie sich mit den praktischen Abläufen einer Ermittlung noch nicht auskannte? Er konnte nicht umhin zu bemerken, wie schön sie war. Sie kokettierte nicht mit ihrer Attraktivität, aber die war nicht zu übersehen, und ob er wollte oder nicht, mußte er daran denken, wie es wäre, mit ihr ins Bett zu gehen. Er fühlte sich wie ein Arschloch. Er wollte Lise nicht schon wieder untreu werden. Er liebte sie doch, verdammt noch mal. Und sie liebte ihn, trotz aller Reibereien. Selbstverständlich konnten sie wieder zueinanderfinden. Er versuchte sich auf Aischas Worte zu konzentrieren. Und die wurden rasch so interessant, daß seine, wie er meinte, schmutzigen Gedanken von der Faszination über ihren Vortrag abgelöst wurden.

Daß ein so unschuldiges und süßes Naturprodukt wie Honig die Grundlage für globale Finanztransaktionen bilden konnte, deren sich die Terroristen bedienten, weil die Geldströme dabei keine elektronischen Spuren hinterließen, war eine ganz neue Welt für Toftlund. Aber er war schwer beeindruckt, wie simpel und doch kompliziert das Ganze organisiert und strukturiert war.

8

»Ihr kennt doch alle das Wort aus der Bibel, daß Israel das Land ist, in dem Milch und Honig fließt. Honig hat im Nahen Osten immer eine wesentliche Rolle gespielt. Auch der Koran spricht von seinen wertvollen, heilenden Eigenschaften, er ist in Kultur, Religion und Handel des Orients tief verwurzelt, und ich bin fest davon überzeugt, daß er zu den wichtigsten Geschäften von al-Qaida gehört.«

Aischa machte eine Pause. Alle hörten aufmerksam zu, sogar JB. Er war zwar ein Mann mit vielen Vorurteilen, die er Prinzipien nennen würde, aber er war auch mit Leib und Seele Ermittler, und das vielseitige Handelsgeschick des Menschen hatte ihn schon immer fasziniert – und wo Geschäfte gemacht wurden, da war die Kriminalität nicht weit.

Aischa ging vor der weißen Tafel auf und ab.

»Honig ist ein ebenso fester Bestandteil des nahöstlichen Lebens wie die Religion«, sagte sie. »Araber, Türken, aber auch Juden lieben süße Sachen. Deshalb findet man dort überall zahllose größere und kleinere Honigläden. Es gibt keinen Basar und kein Geschäftsviertel ohne einen Honighändler, von kleinen Buden bis hin zu großen, vornehmen Läden. Mit der feinste Honig wird im Jemen hergestellt, zu dem Osama bin Laden gute Kontakte unterhält. Er ist von reinster Qualität, sehr begehrt und teuer, so daß unter anderem auch von Dänemark Honig in großen Mengen eingeführt wird, um die Nachfrage zu befriedigen. Und die ist sehr groß, wie schon gesagt.«

»Weiß man, wie groß?« unterbrach JB sie.

»Ich habe die Zahl nicht im Kopf, aber ich weiß, daß jede saudiarabische Familie durchschnittlich ein Kilo Honig im Monat konsumiert. In anderen arabischen Ländern verhält es sich ähnlich. Damit habt ihr so ungefähr die Größenordnung. Es ist ein weitverzweigter Handel, bei dem die Rechnungen oft in bar bezahlt werden.«

Sie blieb stehen und verlagerte das Gewicht von einem Fuß auf den anderen, als erwartete sie eine Frage. Dann fuhr sie fort.

»Al-Qaida wird allgemein als eine Organisation oder ein Netzwerk bezeichnet. Ich würde es eher eine Bewegung nennen. Oder eine Firma. Eine Terrorbewegung, aber auch ein Geschäftsunternehmen, das seine Aktivitäten finanzieren und große Geldbeträge hin und her schieben muß. Und wie allen Unternehmen ist auch al-Qaida daran gelegen, möglichst effektiv zu sein und die Unkosten zu senken. Und dafür benutzt es, glaube ich, ein anderes uraltes Banksystem. *Hundi* oder *hawala*, wie wir es auf arabisch nennen.«

Sie schrieb die beiden unbekannten Begriffe an die Tafel und notierte im Laufe des Vortrags weitere Stichwörter. Sie sprach ohne jeglichen Akzent, trocken und undramatisch wie jeder andere dänische Durchschnittsredner. Wenn ihr

Aussehen nicht wäre, das man in den operativen Kreisen des PND eben nicht gewohnt war, wäre das alles nichts Besonderes, dachte Per. Das Schöne an einem Vortrag war, daß man den Redner betrachten konnte, ohne daß es peinlich wirkte. Ihre Bewegungen waren zurückhaltend, aber grazil, und sie hatte die Angewohnheit, sich ans rechte Ohrläppchen zu fassen, wenn sie nach einem Wort suchte.

»Hawala ist eine Form des Geldtransfers«, sagte sie. »Es ist oft ein Einmannbetrieb. Hawala-Händler gibt es im ganzen Nahen Osten, aber auch in den Ländern, in die Leute aus dem Orient oder beispielsweise aus Pakistan eingewandert sind. Es gibt auch größere Hawala-Organisationen. Besonders in den USA mit ihren unzähligen Immigranten aus der ganzen Welt. Eine der ganz großen ist *Barakaat.*«

Sie schrieb das Wort an die Tafel. Ihre Handschrift war gefällig und etwas seitlich geneigt, was vielleicht noch aus ihrer Schulzeit stammte.

»Eine andere ist *el-Taqua.* Sie vermittelt das Geld von Einwanderern in deren Heimatländer. Und zwar sowohl kleine Beträge als auch große Summen. Viele Einwanderer ziehen das Hawala-System den Banken vor, weil es schnell und billig ist und ohne Papierkram funktioniert, und, wie so vieles andere in meiner Kultur, weil man es eben schon immer so gemacht hat. Ein Terrornetzwerk wird ein solches System natürlich vor allem deswegen benutzen, weil die Transaktionen keine elektronischen Spuren hinterlassen – die ja für eure Arbeit so wichtig sind, wie mir in den letzten Tagen klargeworden ist.«

Sie machte eine Pause. Das kleine Wörtchen »eure« hatte Toftlund sehr wohl bemerkt. Noch war es nicht »unsere« Arbeit. Sie fühlte sich noch nicht als Teil der Gruppe. Sie hatte auch ihre Probleme damit, daß die anderen mit ihren Dienstpistolen mit der gleichen Selbstverständlichkeit herumspazierten, wie sie sich eine Jacke anzogen, wenn sie die Villa verließen. Von seinem Platz aus fragte er sie:

»Du hast vorhin auch etwas von *hundi* gesagt. Ist das etwas anderes als« – Per schaute auf das Wort an der Tafel – *»hawala?«*

»Nein, es ist nur ein anderes Wort für die gleiche Sache: ein uraltes System, das schon lange vor den Banken existierte. Hawala ist arabisch und bedeutet Veränderung oder Transformation. Hundi stammt aus dem Sanskrit. Ursprünglich bedeutete es Bankmann oder Finanzmakler. Ein Hawala-Händler heißt *Hawaladar.* Ein Hundi-Händler heißt *Hundiwala.* Im Grunde stammt das ganze System vom indischen Subkontinent.«

»Und warum benutzt man es? Und nicht eine Bank?«

Sie schwieg kurz und sagte dann:

»Darauf bin ich eben schon kurz eingegangen.« Sie nahm ihre Finger zur Hilfe. »Erstens ist es billig. Die Provision ist weit niedriger als die einer Bank. Zweitens ist es effektiv. Während eine Banküberweisung von einem Kontinent zum andern bis zu einer Woche dauern kann, wird eine Hawala-Überweisung an einem Tag erledigt. Drittens muß weder die Großbank noch die Partnerbank, noch die Filiale der Empfängerbank involviert werden. Viertens ist das System unbürokratisch, du brauchst nicht mal ein Konto, alles läuft in bar. Und das ist der fünfte Vorteil: Es hinterläßt keine Spuren in Form von Überweisungsunterlagen. Das war's wohl.«

»Verstehe«, sagte Per. »Dann versuch uns doch mal eine einzelne Transaktion zu beschreiben.«

»Wie meinst du das?«

»Na, ganz praktisch. Ich bin Palästinenser und möchte meinem Vetter in Jordanien Geld schicken. Wie mache ich das dann?«

»Okay. Dann kontaktierst du einen Hawala-Händler in

Kopenhagen, dem deine Familie vertraut. Mit dessen Familie man vielleicht schon seit Generationen Geschäfte gemacht hat. Den man in der Szene kennt. Das Geschäft wird oft genug vom Vater auf den Sohn vererbt. Oder der Hawala-Händler annonciert in einer arabischsprachigen Zeitung hier im Land oder im Internet. Vielleicht betreibt er nebenher ein Teppichgeschäft oder einen anderen Import-Export-Handel. Du gibst ihm das Geld, und er zieht eine kleinere Provision ab. Meist fünf Prozent der zu überweisenden Summe. Dann ruft er an, oder, was heute immer üblicher wird, er mailt einem Hawala-Händler in Jordanien. Wenn dein Vetter in Amman wohnt, bekommt er das Geld problemlos sofort ausbezahlt. Wenn er in einem Dorf in der Provinz lebt, dauert es vielleicht einen halben Tag, aber auf jeden Fall kann er das Geld innerhalb weniger Stunden in der gewünschten Währung in Händen halten, und zwar von dem Moment an, wo du den Hawala-Händler in Kopenhagen damit beauftragt hast. Wenn alles in Ordnung ist, werden nach der Transaktion sämtliche Spuren gelöscht.«

»Elegant«, sagte Charlotte Bastrup. »Aber E-Mail ist also auch mit im Spiel?«

»Ja. Manchmal. Es ist vielleicht ein altmodisches System, aber sie benutzen die modernen Medien genauso wie alle andern auch.«

»Das heißt, es gibt doch elektronische Spuren?«

»Ja. Wahrscheinlich. Davon verstehe ich nicht soviel. Aber Namen wird es in so einer Mail nie geben. Die werden kodiert und natürlich auf arabisch geschrieben.«

»Telefone können abgehört, E-Mails verfolgt werden, aber das ist schwierig, weil sie in der Regel sicher eine öffentliche Domäne benutzen.«

»Das weiß ich nicht. Weitere Fragen?«

Bastrup blieb hartnäckig.

»Aber irgendeine Form von Vereinbarung muß es doch

geben. Irgendwo müssen die Partner ihren Vertrag doch schriftlich fixieren.«

»Es wird Buch geführt«, sagte Aischa. »Aber nicht über die einzelne Transaktion. In der Regel nur über die gesammelten Transaktionen der beiden beteiligten Hawaladars. Die wickeln viele Geschäfte zusammen ab. Und die Bücher sind handgeschrieben, sehr selten auf englisch, und die Buchungen sind kodiert.«

»Und wie rechnen die beiden Hawala-Händler miteinander ab?« fragte Per, als ließe er sich das ungewohnte arabische Wort noch einmal auf der Zunge zergehen.

Aischa lächelte. Sie fühlte sich wieder auf sicherem Terrain, sie wußte, daß sie sprachgewandt war und gut formulieren konnte.

»Die beiden beteiligten Händler begleichen ihre Rechnungen, wenn sich eine Gelegenheit dazu bietet. Oder durch einen Mittelsmann, der etwas in Dänemark zu erledigen hat. Aber es wird alles in bar abgewickelt. Oder zum Beispiel mit einer Ladung Honig verrechnet. Die Ladung kann entweder zu hoch oder zu niedrig fakturiert werden, je nachdem, wer wem etwas schuldet. Oder die Bezahlung findet mit Elektroartikeln oder echten Teppichen statt, dann ist die Geldüberweisung in ganz legalen Rechnungen versteckt. Das Hawala-System an sich ist nicht illegal, aber man spricht von weißer und schwarzer Hawala. Ihr könnt euch schon denken, warum. Denn natürlich kann das System auch für illegale Transaktionen genutzt werden. Um Geld zu waschen. Es ist ein uraltes System, das auf persönlichen Kontakten und totalem Vertrauen beruht. So war es schon immer. Hawala ist nicht nur die Bankverbindung des kleinen Mannes, auf die er sich verlassen kann, weil es große Schande und Ausschluß und im schlimmsten Falle den Tod bedeutet, wenn man das Vertrauen eines anderen mißbraucht. Jahrhundertelang hat Hawala die Bezahlung und Überweisung von allem möglichen geregelt, von glitzernden Diamanten aus Afrika über heutiges Opium aus Afghanistan bis hin zu Summen, die für wohltätige Zwecke gedacht sind.«

»Wohltätige Zwecke?« sagte Per.

»Ja. Almosen sind im Islam sehr wichtig. Euren Berichten habe ich entnommen, daß mehrere arabische Wohltätigkeitsvereine in den USA im Verdacht stehen, Tarnorganisationen für al-Qaida zu sein. Also scheinbar legale Organisationen, die aber mithelfen, den Terrorismus zu finanzieren.«

Tarnorganisationen, dachte Per. Sie hat angefangen, unsere Termini zu gebrauchen. Sie wird da schon noch reinwachsen. Ihr Vortrag hat jedenfalls gezeigt, daß auch sie der Arbeit der Gruppe ihren eigenen kleinen Stempel aufdrücken konnte. Er sah, wie JB auf seinem Stuhl vorrutschte, und befürchtete schon das Schlimmste, als JB fragte:

»Hast du schon mal was vom Hjallerupmarkt gehört?«

Per sah, daß die Frage sie ein wenig verwirrte.

»Nicht so richtig, Bjerregaard.«

»Nein, das ist auch etwas sehr Dänisches. Aber etwas von dem, was du uns eben so interessant erzählt hast, erinnert mich an den Hjallerupmarkt.«

»Ich verstehe nicht ...«

»Na ja, das ist, wie gesagt, sehr dänisch. Der Hjallerupmarkt ist ein Pferdemarkt, den es seit vielen, vielen Jahren gibt. Heutzutage wird dort noch mit tausend anderen Sachen gehandelt, aber das ist wurscht. Wenn man auf diesem Markt ein Geschäft abschließt, dann besiegelt man es per Handschlag, und damit ist das Geschäft rechtskräftig. Zwischen den Partnern wird nichts Schriftliches ausgetauscht. Denn Handschlag ist Handschlag. Wenn man diese Abmachung dann nicht einhalten würde, wäre man unten durch für alle Ewigkeit. Kommt dir das bekannt vor?«

»Sicher«, sagte Aischa und strahlte JB an, der überraschenderweise selbst ein wenig die Mundwinkel nach oben zog. Sie *hatte* aber auch ein hinreißendes Lächeln, dachte Per. Dieser leicht schiefe Schneidezahn und der markante Amorbogen, sehr gewinnend … »Hawala beruht auf Vertrauen und Tradition. Auf jahrhundertealten ungeschriebenen Gesetzen, und keiner, der ein bißchen Ehre im Leib hat, denkt auch nur im Traum daran, sie zu brechen.«

»Elegant«, sagte Charlotte Bastrup wieder. »Das heißt, selbst wenn wir tausendmal die Genehmigung dafür erhalten würden, wir fänden in ihren Kontounterlagen und Bankbüchern nichts. Vielleicht ist es in einem verstaubten Buch in irgendeinem Hinterzimmer in Istanbul versteckt oder auch im Kopf des Händlers. Echt clever. Praktisch unmöglich weiterzuverfolgen.«

»Und da ist noch etwas«, sagte Aischa.

Toftlund nickte.

»Ihr kennt ja die Konsistenz von Honig. In Anbetracht der stolzen Mengen, die da so über die Grenzen transportiert werden, ist er als Versteck für Schmugglerware wie geschaffen. Auch eine alte Tradition. In Honig kannst du alles schmuggeln, Drogen, Waffen, Geld, Dokumente. Per Schiff oder per Laster. Früher auf Kamelen oder Eselsrücken. Der starke süße Duft macht auch Drogensuchhunde wertlos. Und es gibt nicht sehr viele Zollbeamte, die Lust haben, ihre Finger in die klebrige Masse zu stecken.«

Sie ging kurz zu ihrem Platz und schaute auf ihre Notizen, bevor sie an die Tafel zurückkehrte und fortfuhr.

»Dieser Mensch, den Charlotte vorhin erwähnt hat, dieser Suleiman Erkaban mit dem 24-Stunden-Kiosk. Ich kenne mich ja nun in der polizeilichen Ermittlungsarbeit nicht so aus, aber ich würde doch mal untersuchen, ob er oder Marko vielleicht auch mit Teppichen handelt. Oder mit Edelsteinen. Irgendein Import-Export-Geschäft. Neben ihrem Honighandel natürlich. Einer von beiden könnte durchaus nebenher ein Hawaladar sein.«

»Na, und ob wir uns unsern Freund Bülent plus Vater und Marko einmal näher angucken werden«, sagte Gislev. »Auf einmal ist es richtig spannend, daß ihm diese Sweet Honey GmbH gehört. Super, Aischa. Wirklich super!«

»Danke für diese Erläuterungen«, sagte Toftlund. »Sie waren sehr informativ. Dann können wir ja loslegen. Die Sitzung ist beendet.«

Wieder scharrten die Stühle, als sie beim Aufstehen nach hinten geschoben wurden. Tove kam als letzte hoch. Ihr Gewicht verhinderte übereilte Bewegungen.

»Tove, du legst für Marko ein eigenes Dossier an, ja?«

»Hast du ein Kodewort? Du bist doch immer so einfallsreich in solchen Dingen. Wie sollen wir ihn nennen?«

»Pu der Bär«, sagte er.

»Warum denn ausgerechnet der?« fragte Gislev. »Klingt ja nicht schlecht, aber trotzdem.«

Aischa kam Per zuvor.

»Weil Pu der Bär ganz wild auf Honig ist«, sagte sie.

»Ah, stimmt. Hatte ich vergessen. Cool.«

»Ab sofort heißt der Fall Marko ›Pu der Bär‹«, rief Tove den hinausgehenden Kollegen hinterher. Toftlund hielt Aischa noch einen Moment zurück.

»Darf ich dich kurz sprechen?«

»Natürlich.« Sie duftete immer noch würzig, aber nicht mehr so durchdringend wie neulich. Toftlund war nicht ganz klar, ob es ihr eigener, besonderer Duft war oder irgendein exotisches Parfüm. Lise benutzte kein Parfüm, sie begnügte sich mit Lotionen, die zu ihrem eigenen milden Duft paßten. Milch und Honig, dachte er. Danach dufteten sie und Freya, und plötzlich sehnte er sich nach ihrer Nähe. Oder vielleicht sehnte er sich auch nur nach dem Traum von einer Nähe, die einmal existiert hatte. Es war gar nicht so lange her. Auf jeden Fall sehnte er sich nach Freya und ihren warmen Ärmchen, die sich um seinen Hals schlangen.

»Sehr schöner Vortrag, Aischa. Könntest du noch ein bißchen mehr Material zusammentragen und daraus ein Gutachten erstellen?«

»Klar.«

»Und wäre es möglich, daß du mir die Namen der wichtigsten Hawala-Händler beschaffst? Nicht nur in Kopenhagen, sondern in ganz Europa. Ginge das?«

»Das ginge schon, aber vielleicht wäre es einfacher, wenn ich oder du oder wir beide mit dem Mann sprächen, der sich damit wahrscheinlich am besten auf der Welt auskennt.«

»Und das wäre?«

»Er heißt Ibrahim Krassilnikow. Er ist der Sohn einer Libanesin und eines russischen Adligen, der vor der kommunistischen Revolution aus Rußland geflohen und in Beirut Teppichhändler geworden ist. Ibrahim selbst ist im Libanon geboren und aufgewachsen. Er war Professor für Nahoststudien und ist dann während des Bürgerkriegs in den siebziger Jahren nach Europa geflohen. Er ist heute ein sehr alter Herr.«

»Und wo findet man ihn?«

»Er lebt in Venedig. Er lehrt nicht mehr, aber er forscht und schreibt noch. In Kreisen der Islamwissenschaftler und Arabisten ist er ein hochgeachteter Mann. Ich kenne seine neue Adresse nicht, aber die läßt sich leicht beschaffen.«

Toftlund zögerte ein wenig.

»Also gut«, sagte er dann. »Schreib das Gutachten, finde die Adresse heraus, und dann müssen wir halt bei Gelegenheit mal nach Venedig fliegen und Gondel fahren.«

Sie mußte lachen. Es war ein tiefes, aber schönes Lachen. Die Pupillen in ihren braunen Augen wurden noch schwärzer.

»Die Dänen und ihre kleinen Späße. Darauf könnt ihr nicht verzichten.«

Er mußte auch lachen. Es war ein schönes Gefühl.

»Klar, Aischa. Gelungener Einstand. Mach dich einfach an die Arbeit, klemm dich dahinter, dann wird sogar JB noch weich.«

»Daß der Berg zu Mohammed kommt, ist eine von mehreren Stellen im Koran, an die zu glauben man so seine Schwierigkeiten hat. Wenn man es wörtlich nimmt, meine ich«, sagte sie noch immer lachend.

»Per! Vuldom am Telefon!« rief Tove mit dem Hörer in der Hand. Sie saß breit und gewaltig an ihrem Schreibtisch am Ende des ehemaligen Wohnzimmers, in dem auch die Rechner standen, in die sich jeder mit einem Paßwort einloggen konnte. Hier herrschte sie. Die anderen Kollegen hatten ihre Büros in den früheren Kinderzimmern. Dort versuchten sie, in jenes Milieu einzudringen, dessen Protagonisten ihre Informationen und ihre Existenz mit dem gleichen Eifer zu verbergen suchten, mit dem Toftlunds Sondergruppe sie aufspüren wollte. Das Geprassel des Regens hatte aufgehört, hinter den Gardinen schien die Sonne hervorgekommen zu sein. Draußen in jener Welt, die nach einigen Tagen der Angst zur Normalität zurückfand. In der der Luftangriff auf die USA aus dem Alltagsbewußtsein des Normaldänen allmählich wieder verschwand. In der die Medien langsam zum täglichen Trott zurückkehrten.

Per ging zu Tove hinüber. Sie behielt den Hörer in der Hand.

»Sie ist süß, nicht?« sagte sie leise.

»Kümmre dich um deine eigenen Angelegenheiten, Tove«, sagte Per ohne bösen Unterton.

»Ich sag doch nur, daß sie süß ist. Stimmt es etwa nicht?«

»Das Telefon, Tove!«

Sie reichte ihm den Hörer.

»Komm sofort in die Zentrale, Per!« Vuldoms Stimme klang müde, hatte aber die Autorität, die sie immer dann zeigte, wenn sie entscheidende Anordnungen geben mußte.

»Selbstverständlich. Auf der Stelle, Frau Mama. Aber ja, danke. Ganz gut. Und wie geht's der gnädigen Frau?«

»Hör auf mit dem Blödsinn. Es geht um den serbischen Dänen ... Er ist wiederaufgetaucht.«

»Vuk!«

Es lief ihm eiskalt den Rücken runter, und sein Magen zog sich zusammen, daß es weh tat. Jedesmal, wenn er an den verfluchten Mörder dachte, der seinen besten Freund erschossen hatte und zwei weitere Menschen kaltblütig umgebracht, die Schriftstellerin Sara Santander und mehrere andere verletzt, Lise entführt und nebenher auch noch seine Karriere zerstört hatte, bekam er Magenkrämpfe vor Wut. Anfangs war er auf Geschwüre untersucht worden, die Säure hatte ihm den Magenmund verätzt und sich wie mit brennenden Pfeilen im ganzen Magen verteilt, aber der Arzt hatte nichts gefunden. Hatte nur irgendwas von psychosomatischen Reaktionen erzählt. Aber es passierte immer noch, daß er schweißgebadet und mit stechenden Schmerzen aufwachte und wußte, daß er von dem kalten jungen Mann mit den eisblauen Augen geträumt haben mußte.

»Vuk. Oder Janos oder wie auch immer. Ja. Genau der. Toftlund! Hörst du mir überhaupt zu?«

Vuldom mußte seinen Namen mehrmals wiederholt haben, aber er hatte nichts davon mitbekommen. Es war ihm, als wäre er in einen dichten rötlichen Nebel gehüllt. Nur langsam verebbten die Schmerzen, viel zu langsam. Er schluckte, als könnte sein Speichel die Magensäure neutralisieren, und erst allmählich nahm er den Raum, in dem sich auch Tove und Aischa befanden, wieder wahr. Sie beobachteten ihn. Wahrscheinlich war er leichenblaß geworden.

Seine Haut fühlte sich klamm und feucht an. Allzu deutlich stand die Szene noch vor seinem geistigen Auge, und das Geräusch hatte er auch noch im Ohr. Die beiden scharfen Schüsse aus der Beretta, die der gedungene Killer Vuk mit beiden Händen gehalten hatte, und die beiden dumpfen Laute, als die Projektile in Johns ungeschützte Brust schlugen. Als geschähe es in diesem Augenblick, hörte er Sara Santanders pfeifende Atemzüge unter seinem schweren Körper. Er hatte sie umgerissen und mit seinem eigenen Leib geschützt. Und dann die Schreie der verwundeten Presseleute. Am schmerzhaftesten aber erinnerte er sich an Lises entsetzt aufgerissene Augen, als sie begriff, daß er sie in jenem Augenblick verriet und der Mörder sie als Geisel nehmen konnte. Daß er sich nicht für sie entschied, sondern schlicht seinen Auftrag erfüllte und die andere Frau rettete, die unter seinen Schutz gestellt war.

»Ja, ja, ich höre dir zu, Vuldom«, sagte er. »Er ist also nicht tot. Ich hab's doch gewußt. Ich habe nie daran geglaubt. Wo ist das Schwein?«

»Du sollst herkommen, sage ich. Bist du taub? In mein Büro! In spätestens fünfzehn Minuten, Toftlund«, sagte sie und legte auf. Er gab Tove den Hörer zurück.

»Alles in Ordnung, Per?« sagte sie.

»Bist du okay?« fragte Aischa.

Er nickte und bemerkte, daß Aischa auf ihn zugetreten war und ihm die Hand auf den Arm gelegt hatte.

»Hat nicht den Anschein. Du siehst aus, als könntest du in Ohnmacht fallen oder einen epileptischen Anfall kriegen. Du bist weiß wie ein Laken.«

Es ärgerte ihn, daß er vor ihr die Fassung verloren hatte, andererseits freute er sich fast wie ein Kind, daß sie sich so um ihn sorgte, und ihre Hand auf seinem Arm fühlte sich sehr angenehm an. Er mußte sich verflucht noch mal am Riemen reißen. Was lief hier eigentlich ab? Als ob er das selber wüßte. Als ob er nicht hin und wieder mindestens so konfus war wie ein Pennäler.

»Schon gut«, sagte er mit nahezu normaler Stimme. »Alles in Butter.« Sie nahm die Hand von seinem Arm.

»Was war denn da los am Telefon?«

»Ein Gespenst aus der Gruft«, sagte Toftlund und griff nach seiner alten Lederjacke. »Ein verfluchtes Gespenst aus der Gruft.«

9

Lise Carlsen sah zu ihrer großen Überraschung, daß Pers blauer BMW im Carport ihres kleinen roten Reihenhauses in Ganløse stand. Natürlich hatte er wieder mal nicht angerufen. Was machte er denn am späten Nachmittag zu Hause? Mußte er nicht nach London? Oder war das gestern gewesen? Ihre Kalender waren ebenso schlecht aufeinander abgestimmt und chaotisch wie ihr übriges Leben.

Freya schlummerte selig im Kindersitz von Lises Renault, sie hatte den Kopf angelehnt und den Schnuller im Mund. Die Kleine war nach dem langen Tag in der Kinderkrippe einfach erschöpft. Lise dachte mit dem üblichen schlechten Gewissen daran, das ihr ständiger Begleiter zu werden schien. Auch der Schnuller sollte eigentlich nicht mehr sein, aber er tröstete so schön. Und Trost hatten sie beide nötig. Sie schüttelte ihre Haare. Sie hatte die Nase voll von ihrem Selbstmitleid und ihrer ewigen selbstgewählten Opferrolle. Sie war verdammt noch mal eine berufstätige Frau! Eine Journalistin, die in Dänemark anerkannt war. Eine erwachsene Frau. Es gab absolut keinen Grund für diese permanent in ihr nagende Unsicherheit und ihr fehlendes Selbstwertgefühl.

Sie ging am Haus entlang und betrat den kleinen Garten. Es lag schon wieder Regen in der Luft. Sie hörte eine Elster kreischen und fühlte den Wind im Haar. Sie fröstelte und verspürte die ersten Anzeichen des Kopfwehs, das neben dem schlechten Gewissen zur Zeit ihr zweiter ständiger Begleiter war.

Sie trat auf den Rasen. Er war naß und rutschig, aber noch schön grün. Sie konnte in die Küche der Nachbarn von gegenüber sehen. Das junge Paar stand mit einem Glas Wein in der Hand am Küchentisch und unterhielt sich. Es sah verdammt gemütlich aus. Sie wußte nicht recht, warum sie durch den Garten ging und nicht die Haustür benutzte, es war instinktiv geschehen, als wollte sie ihren eigenen Mann belauern, oder vielleicht hatte sie auch einfach keine Lust auf die übliche Gleichgültigkeit, die zwischen ihnen herrschte.

Per hantierte in der Küche, die zum Wohnzimmer hin offen war. Er hatte sie nicht bemerkt. Die Gardinen im Erker waren aufgezogen, so daß sie freie Sicht auf den ganzen Raum hatte. Jetzt konnte sie auch die Musik hören, klassische Musik, sehr laut. Es waren Vivaldis *Vier Jahreszeiten*, aber sie war sich nicht sicher, daß er das überhaupt wüßte, wenn sie ihn danach fragte. Er war dabei, Essen zu machen, und sah in seinem kurzärmligen Hemd und der blauen Männerschürze, die sie ihm zu Weihnachten geschenkt hatte, gutgelaunt und entspannt aus. Ganz der alte. Er war ein hervorragender Koch und fühlte sich in der Küche ganz in seinem Element. Er konnte sie mit seinen Kochkünsten verführen. *Hatte* sie verführen können. Es war nämlich schon lange her, daß er sie bekocht hatte. Sie betrachtete ihn. Er war ein rauher Typ, aber hatte sie nicht genau deswegen Feuer gefangen? Er war ganz anders als die andern Männer, die sie gekannt hatte, und ganz anders als Ole, mit dem sie verheiratet gewesen war. Per war frech, charmant und ein wunderbarer Liebhaber, freilich war er auch ein Mann, der sein Tun und Lassen niemals jemandem anvertrauen würde. Nie wußte sie, was er eigentlich den ganzen Tag so trieb. Sie hatte gehofft, das gemeinsame Kind würde ihn offener machen und ihn in die Lage versetzen, sein Leben mit ihr zu teilen. Die Hoffnung hatte sie aufgegeben. Zu Pers geheimem Leben hatte sie keinen Zutritt. Einst hatte sie geglaubt, sie besäße den Schlüssel zu seinem Innern. Aber vielleicht hatte auch die Erkenntnis, daß sie ihn eben nicht besaß und in diesem Innern womöglich auch gar nicht so viel verborgen war, ihre Liebe nach und nach erkalten lassen. Andererseits, wenn sie ihn so anschaute, wie er in ihrer gemeinsamen Küche die Töpfe schwang, mußte sie an leidenschaftliche Umarmungen, an seinen starken Körper und seine warmen Hände denken, und plötzlich wußte sie nicht mehr, ob sie hemmungslos heulen oder ins Haus stürmen und ihm die Kleider vom Leib reißen sollte.

Lise schüttelte sich. Die ersten Regentropfen trafen ihre Wangen. Sie konnte hier nicht ewig stehenbleiben. Was würden die Nachbarn denken? Was würde Per denken, wenn er sie entdeckte? Sie entfernte sich rückwärts vom Fenster und ging zum Auto zurück. Freya schlief noch. Sie hörte den Regen auf das Dach des Carports prasseln, als sie das schlummernde Kind losschnallte und sich innerlich darauf vorbereitete, ihrem Mann gegenüberzutreten.

»Hereinspaziert, meine Schönen«, sagte er und empfing sie in der Tür mit Kuß und Umarmung und nahm Freya auf den Arm und schaffte es wundersamerweise, das kaum erwachte kleine Mädchen zum Lachen zu bringen, indem er es herumwirbelte und ihm auf die Nase pustete. Er war ganz ausgelassen. »Setz dich hin. Heute wird was Gutes aufgefahren. Lecker Mus für die kleine Maus und nur vom Feinsten für meine vielbeschäftigte Gattin.«

Lise konnte nicht anders, sie mußte ebenfalls lachen.

»Was hast du geschluckt, Per? Glückspillen?«

»Brauche ich nicht. Ihr seid meine Glückspillen.«

»Man könnte meinen, du hättest die Pusher Street in Christiania geräumt und die Beute behalten.«

»No cara. Tengo buenas noticias!«

Wenn er ins Spanische überwechselte, war er richtig gut drauf, dachte sie und ließ sich wieder küssen und spürte seine Zunge und eine Sehnsucht im Unterleib, die sie in letzter Zeit ziemlich selten empfunden hatte. Freya kicherte und lachte, als merkte auch sie, daß gute Laune angesagt war.

»Per, das geht nicht ...« flüsterte Lise und wehrte ihn halbherzig ab.

»Nein, aber später, wenn Freya ihre Äuglein geschlossen hat.«

»Per, das geht nicht ...« Aber sie ließ sich wieder küssen und noch einmal, bis sie ihn endlich ganz außer Atem wegschubste.

Die unbeschwerte Stimmung setzte sich fort, und sie ließ sich von seiner Heiterkeit und dem sorglosen Lachen und Plappern des Kindes mitreißen. Sie ließ sich von ihm mit einem Gin Tonic ins Sofa drücken und mit überirdischen selbstgemachten Tapas verwöhnen: etwas Schinken und Melone, ein paar geräucherte Muscheln, Krabben mit Knoblauch und gute spanische Wurst. Er hatte eingekauft. Und zwar sorgfältig und nicht in irgendeinem zufällig am Weg liegenden *Netto*. Und er fragte, wie es in der Redaktion gewesen sei, und sie berichtete von den kleinen Querelen und Trivialitäten, die zu einem normalen Arbeitstag gehörten. Aber es tat so gut, darüber reden zu dürfen! Als Vorspeise gab es katalanischen Spinat mit Pinienkernen und danach gebratene Lammkoteletts mit Tomaten, es schmeckte himmlisch wie immer, wenn er sich Mühe gegeben hatte, und der dazu eingeschenkte Wein machte sie dösig und leicht zugleich, und als sie später Freya badete, während Per aufräumte, ertappte sie sich dabei, daß sie glücklich vor sich hin summte.

Sie setzten sich wieder an den Eßtisch. Sie hatten Freya noch eine Gutenachtgeschichte vorgelesen, dann war sie ohne Quengeln eingeschlafen. Er hatte einen Aschenbecher an Lises Platz gestellt. Freya schlief zwar, aber trotzdem. Was war heute abend nur in ihn gefahren? Aber vielleicht sollte sie es einfach nur genießen, ohne groß Fragen zu stellen, und sich an dem Mann ihr gegenüber erfreuen und an ihrem schönen Wohnzimmer, das mit dem Regen, der draußen im Herbstdunkel gegen die Fenster schlug, so gemütlich und warm wirkte.

»Okay, Per. Was ist los?« fragte sie dann doch.

»Sie haben ihn.«

»Wen? Osama?«

Er lachte.

»Nein. Vuk! Den serbischen Dänen.«

»Janos? Ich habe ihn als Carsten gekannt.«

»Ja, falls er so hieß. Die Amerikaner haben ihn festgenommen …«

Sie rührte sich nicht. Ihre Gefühle und Gedanken widersprachen sich. Einerseits die Freude, daß ein Mann, der sie beinahe getötet hätte und sie in ihren Alpträumen noch immer heimsuchte, hinter Gittern saß. Aber auch ein Gefühl der Angst und der Leere, weil er nun wieder in ihr Leben eindrang und sie an Ole erinnerte, den dieser brutale Auftragsmörder aufs grausamste umgebracht hatte. Nun würde die ganze schreckliche Geschichte wieder aufgerührt werden. Sie würde auf allen Fernsehkanälen und Titelseiten ausgewalzt werden und ihr Privatleben und innerstes Wesen okkupieren. Sie konnte den Gedanken kaum ertragen. Und sie verstand Pers Freude eigentlich nur, wenn sie versuchte, ein kleines bißchen rational zu denken.

»Wie haben sie ihn geschnappt?« fragte sie und war über

die Nüchternheit, die sie dabei in ihre Stimme legte, selbst überrascht. Als wenn das hier bloß ein Interview wäre.

»Wegen des 11. September werfen sie ja ein feinmaschiges Netz aus. Nehmen eine Menge illegaler Einwanderer hops und checken sie durch. Gegen unsern Mann hatten sie nichts vorliegen, aber ganz routinemäßig haben sie seine Fingerabdrücke über Interpol rausgeschickt. Bingo. Kann sein, daß der Mistkerl gut im Verkleiden war und irgendwo anonym gelebt hat, aber seinen Fingerabdrücken kann er nicht entkommen. Mit vier Morden, mehreren Mordversuchen, Entführung und was weiß ich noch allem steht Dänemark an der Spitze der Länder, die ihn ausgeliefert haben wollen.«

»Und dann?«

»Und dann? *Cara mia.* Was meinst du denn? Er kommt vor Gericht und kriegt lebenslänglich. Und zwar richtig lebenslänglich. Nicht irgendwie sechzehn Jahre und dann wieder ab in die Freiheit. Er hat kaltblütig Menschen erschossen. Meinen besten Freund John. Er hat deinen Mann erschlagen und seinen eigenen Freund erdrosselt. Er hat einem Kameramann, der dann später daran gestorben ist, durch den Hals geschossen. Der Mann ist ein kaltblütiger Mörder. Er gehört ins Gefängnis.«

»Ich dachte, er sei längst tot. Das hast du doch auch gedacht.«

Per schüttelte den Kopf.

»Doch, hast du.«

»Ich dachte, er würde von den Iranern oder der Mafia oder seinen eigenen Kumpanen vom Balkan um die Ecke gebracht werden, aber er hat sieben Leben wie eine Katze.«

»Also hast du auch gedacht, er sei tot.«

»Ja, wahrscheinlich«, sagte er nach einer Pause.

»Was hat er in den USA gemacht?«

»Keine Ahnung. Da war er ja noch nicht so lange. Hat

offenbar ein normales Leben geführt. Mit falschen Papieren.«

Sie ließ die Neuigkeit auf sich wirken. Nippte an ihrem Kaffee. Zündete sich eine Zigarette an und ignorierte, daß Per den Rauch wegwedelte. Sie konnte sich Vuks Gesicht nur schlecht ins Gedächtnis rufen, obwohl sie es in ihren Träumen immer ganz deutlich erkannte. Statt dessen sah sie Oles gequälte Züge vor sich, als er begriff, daß sie ihn verlassen wollte. Daß ihre Ehe am Ende war. Und dann war er von dem Killer erschlagen worden, den die Medien den serbischen Dänen getauft hatten, weil er eben Serbe und Däne war und sich bewegen konnte wie ein Fisch im dänischen Wasser. Und nie würde sie den Anblick von Ole und diesem Mikael im ehemaligen Waschkeller der großen weißen Villa vergessen und die Leichenflecke von dem abgesackten Blut und ihre leeren, toten Augen. Sie fröstelte und hatte Angst, daß sie wieder davon träumen würde.

»Und daß sie ihn gefangen haben, das macht dich so froh?«

»Ja, zum Teufel! Er hat es verdient, daß man ihn für den Rest seines Lebens wegsperrt. Ich persönlich werde ihm den Schlüssel zu seiner Zelle zeigen, bevor ich ihn wegschmeiße. *Forever, baby!*«

Sie seufzte, wurde sich dessen bewußt und seufzte gleich noch einmal. Das war überhaupt nicht auszuhalten, diese ewige Seufzerei.

»Hast du auch daran gedacht, daß er andererseits auch daran schuld ist, daß wir uns begegnet sind?«

»Ja, hab ich.«

»Oder vielleicht war es doch eher Sara Santanders Verdienst«, sagte sie.

»Es war das einzig Gute, das dabei herausgekommen ist.«

»Warum freust du dich so, daß sie ihn verhaftet haben?«

Er sah sie überrascht an.

»Na, weil er ein Verbrecher ist natürlich und Verbrecher ins Gefängnis gehören!«

»Ich glaube, du freust dich, weil du damit etwas zu Ende bringen kannst.«

»Schon möglich.«

»Ein primitives Rachegefühl.«

»Rachegefühle sind ein Teil des Menschen. Rache kann auch gerecht sein.«

»Selbstverständlich, aber trotzdem ...«

»Weißt du was, Lise. Ich bin kein besonders philosophischer Mensch, aber ich bin davon überzeugt, daß fällige Rechnungen bezahlt werden müssen, und diese Rechnung hier war überfällig.«

»Vielleicht ein bißchen einfach.«

»Kann schon sein, aber ich hab nun mal die Erfahrung gemacht, daß, wenn man sich an das Einfache hält, auch das Leben ein bißchen einfacher wird.«

»Rechnungen müssen bezahlt werden.«

»Ganz einfach.«

Sie verstummten. Und diesmal war es Per, der den erlösenden Satz sprach.

»Ich habe dabei auch an dich gedacht. Und an deinen Job.«

Sie schaute ihn an, und er fuhr fort: »Ich kenne euch Journalisten ja mittlerweile. Wie nennt ihr so was? Das ist eine super Story.«

»Ja. Und meine Kollegen werden uns beiden auf den Pelz rücken.«

»Eine supergute Story«, sagte er und grinste. Allmählich fiel bei ihr der Groschen.

»Du meinst, *ich* soll sie schreiben? Jetzt?«

Er nickte.

»Du sagst immer, ich dürfte niemals irgend etwas von

dem verwerten, was du mir erzählst. Ist allerdings auch nicht sehr schwer, weil du mir sowieso nie was erzählst.«

»Einmal ist immer das erste Mal.«

»Darf ich dich zitieren?«

»Nein. Polizeiliche Quellen …«

»Aber ich glaube, die Redaktion hätte gerne jemanden, der das Ganze bestätigt.«

»Hab ich mir auch gedacht. Deshalb wartet Vuldom auf deinen Anruf. Sie wird dir keine Einzelheiten verraten, aber genug, damit du die Sache morgen auf die Titelseite bringen kannst. Um dreizehn Uhr hält der Reichspolizeichef eine offizielle Pressekonferenz ab. Sie wird morgen früh einberufen.«

Lise schaute auf ihre Uhr.

»Das haut grade noch hin«

»Ich weiß.«

Jetzt grinste sie. Vor dieser Sache konnte sie sich nicht drücken, obwohl sie sie persönlich betraf. Aber eine gute Story, die ihr auch noch allein gehörte, versetzte ihr immer noch einen Adrenalinstoß.

»Deshalb hast du mir die Neuigkeit nicht gleich präsentiert. Damit die Zeitung nicht zuviel bringen kann. Du hast an unsere Deadline gedacht, nicht wahr?«

»Zuviel Ehre für ein so einfaches Gemüt. Es war Vuldoms Idee. Aber sie meinte auch, du hättest die Geschichte als erste verdient. Nach allem, was du durchgemacht hast. Wie sie sich ausdrückte.«

»Per, du bist ein verrückter Kerl, aber manchmal liebe ich dich einfach mehr als alles andere auf der Welt.«

»Das weiß ich doch. Also jetzt ruf an, schreibe, maile und dann komm endlich ins Bett!«

*

Am nächsten Abend saßen sie vor dem Fernseher und sahen sich die Nachrichten auf beiden Kanälen an. Per hatte keinem Journalisten erlaubt, an die Sache heranzukommen. Er überließ Vuldom und dem Reichspolizeichef die Mitteilung, daß Dänemark an die USA einen Auslieferungsantrag stellen werde. Man betrachtete es als reine Formsache, daß der serbische Däne ausgeliefert wurde. Nach den vorliegenden Informationen hatte er auf amerikanischem Boden keine strafbaren Handlungen begangen, abgesehen von dem Betrug mit den Sozialversicherungskarten und anderen Ausweispapieren. Die Medien wußten nicht sehr viel über sein Leben in den USA oder wo er sich zur Zeit aufhielt, aber man hatte Reporter ins kalifornische Death Valley entsandt, wo er festgenommen worden war. Die Nachricht von seiner Verhaftung wurde unterlegt mit Hintergrundinformationen über Vuk alias Janos und das blutige Drama auf dem alten Flakfort vor dem Kopenhagener Hafen, wo es der gedungene Mörder um ein Haar geschafft hätte, die Schriftstellerin Sara Santander zu töten.

Lise schmiegte sich an Per und dachte an die vergangene Nacht und freute sich schon auf die kommende. Freya schlief mit dem Schnuller im Mund am Fußende des Sofas, wo sie nach dem Abendessen eingenickt war. Es war ein anstrengender, aber auch sehr befriedigender Tag gewesen. Chefredakteur Tagesen hatte angerufen und ein Loblied auf sie angestimmt, und sie hatte fast sämtlichen Medien Interviews gegeben. Es war schon merkwürdig, sich selbst und die alten Ereignisse im Fernsehen zu sehen. Es war eigentlich unpersönlich und doch zugleich sehr persönlich. Sie hatte ja damals selbst eine Hauptrolle in dem Drama gespielt, sie sah ihr entsetztes Gesicht, Pers verzweifelten und rasenden Gesichtsausdruck, und sie hörte das Schreien und Rufen, das von den vielen Kameras und Aufnahmegeräten wiedergegeben wurde, die an jenem sonnigen Nachmittag an Ort und Stelle gewesen waren. Sie lauschte den Worten des Fernsehjournalisten.

»Gegen die iranischstämmige Schriftstellerin Sara Santander war vom iranischen Mullahregime die Fatwa verhängt worden. Seitdem hatte sie sich an einem geheimen Ort aufgehalten. Dänemark war das erste Land, in dem sie öffentlich auftreten wollte. Sie war vom Dänischen PEN und von der Tageszeitung *Politiken* eingeladen worden.«

Dann erschien die *White Whale*, die mit Tagesen, Sara und ihr selbst an Bord einfuhr, sowie Bilder des Flakforts. »Trotz weitreichender Sicherheitsmaßnahmen und Geheimniskrämerei gelang es dem Auftragsmörder, sich auf dem Flakfort zu verstecken. Er verwundete Sara Santander und mehrere Journalisten, tötete einen Polizeibeamten und einen Kameramann und ergriff mit der Kulturredakteurin Lise Carlsen als Geisel die Flucht.«

Noch einmal sahen sie und Per die dramatischen Szenen: Vuk hatte Lise im Schwitzkasten, in der andern Hand die Pistole. Er hatte einen dunklen Bart und dunkles Haar, so daß er nicht gleich zu erkennen war. Sie konnte sich noch an seine eisblauen Augen und seine furchteinflößende Ruhe erinnern. Sie sahen, wie das schlanke, braune Motorschiff ablegte und plötzlich, gefilmt durch die Telelinse der Kamera, weit draußen auf dem Meer von einer gewaltigen Explosion zerrissen wurde. »Die Polizei verlor die Spur des Terroristen. Zunächst glaubte man, er sei umgekommen, aber später fand man seinen Wagen in Stockholm am Anlegeplatz der Fähre nach Finnland.«

Dann wechselte das Bild zum Fernsehreporter auf dem Flakfort. Er schaute direkt in die Kamera. Im Hintergrund spielten einige Kinder Minigolf. »Heute ist von den blutigen Ereignissen auf der alten Festungsinsel nichts mehr zu sehen. Hier draußen, wo vor einem Jahr der blutigste Terrorakt seit dem Zweiten Weltkrieg stattfand, spielen heute glückliche Kinder. Der Verantwortliche des Blutbads sitzt jetzt in Amerika hinter Schloß und Riegel. Aber wer ist er eigentlich, dieser dänischsprechende Serbe. Wir wissen es nicht. Er nannte sich Vuk. Er nannte sich Janos. Er nannte sich Carsten. Er war der Terrorist mit den vielen Gesichtern und den vielen Identitäten, aber zuletzt half ihm das auch nicht mehr. Die Vergangenheit hat ihn eingeholt. Der Terrorist muß sich darauf gefaßt machen, den Rest seiner Tage in einem dänischen Gefängnis zu verbringen.«

»Quatsch«, sagte Per.

»Gestern hast du das auch gesagt.«

»Er war vieles, aber sicher kein Terrorist. Er war ein gemeiner Krimineller, der für Geld getötet hat.«

»Heutzutage dreht sich alles um Terror. Das weißt du doch.«

Er wandte sich ihr zu und drückte sanft ihren Busen.

»Nicht alles.«

»Nein. Gott sei Dank nicht alles.«

Er küßte sie.

»Und was ist mit Freya?«

»Sie schläft süß. Laß sie schlafen. Wir bringen sie danach ins Bett.«

»Nach was?«

»Wart's ab«, sagte er.

Sie erinnerte sich noch gut. Es war, als wären sie wieder frisch verliebt gewesen. Aber langsam holte der Alltag sie wieder ein. Noch nicht ganz, aber Per war schon wieder so abwesend. Nicht nur körperlich, sondern auch geistig. Er verschwand morgens und kehrte am frühen Abend zurück, verriet aber nichts über die Jagd auf diese Spukterroristen, wie sie sie nannte, die offensichtlich nur dazu dienten, die Gelder für den PND zu erhöhen und im Folketing schärfere Terrorgesetze durchzuboxen. Die Medien versuchten ständig neue Facetten der Story auszuschlachten, aber sie hatten die Spur in den Staaten verloren. Die Amerikaner hielten mit ihren Informationen hinterm Berg. Per wußte nicht, warum, aber er war überzeugt, daß Vuldom ihren Einfluß gegenüber den Kollegen von FBI und CIA nicht geltend gemacht hatte. Der merkwürdige Däne war unauffindbar. Die Journalisten hatten mit dem Eigentümer des Ferienzentrums gesprochen, für das er gearbeitet hatte, und mit den Nachbarn, aber Vuk und seine Frau waren wie vom Erdboden verschluckt. Ihr Haus war vom FBI versiegelt worden. Der dänische Justizminister und andere Politiker versuchten sich zu profilieren. Die nächste Wahl war nicht mehr weit, man mußte sich positionieren, und dafür war diese Sache wie geschaffen, aber wann Vuk ausgeliefert werden würde, darauf wußten auch sie keine Antwort.

Lise lag wach, obwohl es weit nach Mitternacht war. Seltsam, daß sie keinen Schlaf finden konnte. Sie hatten sich wieder geliebt, lange und beglückend. Und daran war auch gar nichts auszusetzen. Tatsächlich war sie kurz eingedämmert, aber dann war sie wegen eines blöden Traums, an den sie sich nicht erinnerte, wieder aufgewacht, und jetzt war sie hellwach, und die Gedanken kreisten wirr in ihrem Kopf. Sie dachte, daß sie einerseits unendlich traurig war und andererseits beinahe glücklich. Glücklich, weil Zärtlichkeit und Intimität in ihr gemeinsames Leben zurückgekehrt waren. Traurig, weil das Ende ihrer Beziehung nur aufgeschoben war. Per war euphorisiert, sie hatten den Mann gefangen, der ihn in seinen Träumen verfolgt hatte und, vielleicht mehr als er sich eingestehen wollte, auch in seinen wachen Stunden – aber die Euphorie würde nicht lange andauern, fürchtete sie. Der Alltag würde wiederkommen, und er würde wieder in seiner geheimen, verschlossenen Welt verschwinden, in der für sie und Freya kein Platz war.

Plötzlich klingelte das Telefon. Sie nahm ab und meldete sich.

»Lise Carlsen.«

»Hier Vuldom. Wie geht's, Lise?«

»Es geht. Wie spät ist es eigentlich?«

»Halb drei.«

»Oh.«

»Ja, ein bißchen spät. Oder früh. Wie du willst. Ist Per da?«

»Wo soll er sonst sein, morgens um halb drei, Vuldom?« sagte Lise, hielt den Hörer vom Ohr weg, ohne Vuldoms Antwort abzuwarten, und stieß Per an. Sie hätte sich wenigstens entschuldigen können, daß sie zu dieser unchristlichen Zeit anrief. Per wachte mit der Schnelligkeit auf, die sie oft an ihm bewundert hatte. Sie selbst brauchte morgens immer hundert Jahre, um in Gang zu kommen.

»Vuldom«, sagte sie und reichte Per den Hörer.

»Ja, Vuldom?«

Er lauschte und sagte:

»Werde ich machen. Bis morgen früh.«

Sie setzte sich auf und legte den Kopf in den Nacken.

»Was wollte sie?«

»Eine Neuigkeit überbringen. Vuk ist tot.«

»Wie bitte?«

»In den Staaten auf der Flucht erschossen.«

»Mein Gott. Und jetzt? Ist das gut oder schlecht? Ich weiß nicht recht. Was meinst du denn?«

»Ich finde das eine Riesensauerei. Ich hätte ihm gern in die Augen gesehen und ihm mitgeteilt, daß er nun für den Rest seines Lebens eingebuchtet wird. Ich bin nicht für die Todesstrafe. Für einen wie Vuk wäre das ein viel zu schnelles Ende.«

»Das heißt, du kriegst deine Rache nicht.«

»Nicht ganz. Ich darf den Schlüssel zu seiner Zelle jetzt doch nicht wegschmeißen.«

Sein Gesichtsausdruck war leer, als wäre er ganz woanders. Sie war nackt, aber das schien ihn nicht zu interessieren. Sie nahm ihren Bademantel vom Haken.

»Ich kann nicht schlafen. Ich gehe eine rauchen.«

»Ja, mach das«, sagte er. Seine Augen waren auf einen fernen Punkt gerichtet, zu dem sie keinen Zugang hatte.

10

Unter sich sah man nichts als das endlose Meer. Es lag grün und leer unter einem tiefblauen Himmel. Vuk beugte sich auf seinem Sitz behutsam vor, um noch mehr vom riesigen, faszinierenden Stillen Ozean überblicken zu können, aber der stämmige schwarze FBI-Mann neben ihm öffnete sofort seine Augen und warf ihm einen kurzen Blick zu, ehe er sie wieder schloß. Spezialagent Michael Kerry hatte klargestellt, daß er sich und ihn als siamesische Zwillinge betrachtete, bis er ihn an seinem Bestimmungsort abgeliefert hatte, der irgendwo im Pazifik liegen mußte, fernab von örtlicher Polizei und globaler Journaille. Vuk wußte nicht genau, wohin es ging, aber er tippte auf Hawaii. Er wußte auch nicht, wo Emma und die Kinder hingebracht wurden. Er hatte eine Minute lang am Telefon mit ihr gesprochen. Länger durfte er nicht. Sie hatte gesagt, sie seien an einen Ort nicht weit von Atlanta geflogen worden. Angeblich zu ihrem eigenen Schutz. Sie seien nicht direkt festgenommen worden, aber es sei doch am besten, wenn sie sich kooperativ zeige, solange sie überprüft wurden. Sie war klug gewesen und hatte am Telefon gesagt:

»Was hast du getan, John? Sie behaupten, du hättest eine Vergangenheit.« Dann wurde die Verbindung gekappt.

Er wollte wissen, wo genau sie sich mit den Kindern aufhielt. Die Antworten waren immer gleich. Er würde es möglicherweise erfahren, wenn er kooperierte. Er würde sie möglicherweise sehen dürfen, wenn er kooperierte. Er würde möglicherweise Straffreiheit und eine neue Identität erhalten, wenn er kooperierte. Und die Ware lieferte. Schnell hatte er verstanden, daß es zwei Begriffe waren, die das Gesetz beugten und einen Ausweg eröffneten: Kooperation zur Bekämpfung des Terrorismus, eines gesichtslosen Feindes, der Amerikas flüchtiges, aber beherrschendes Gespenst geworden war.

Und er hatte amerikanisch gedacht. *Make a deal.* Seine Ausgangsposition war nicht die beste, aber er hatte seine Karten so klug gespielt, wie es ging. Zwar war er an einen FBI-Mann gefesselt, aber immerhin befand er sich nicht auf dem Weg in ein dänisches Gefängnis. Solange er hier war, gab es Hoffnung oder zumindest Optionen. Und das hatte ihm sein alter Kommandant in seinem früheren Land immer eingetrichtert: Halt dir Optionen offen! Solange du Optionen hast, hast du einen Fluchtweg.

Sie hatten ihn in einem Auto mit getönten Scheiben in ein anonymes Büro unweit von Los Angeles gebracht und ihn die Nacht über und den größten Teil des folgenden Tages verhört. Er hatte sich entschlossen, ihnen die entscheidenden Informationen nicht tröpfchenweise zu geben. Er mußte alles auf einmal liefern, damit sie seine Aussagen überprüfen und feststellen konnten, daß sie einen wertvollen Fang gemacht hatten.

Er hatte die Amerikaner richtig eingeschätzt. Ihre Stärke waren die Ergebnisse, nicht die ausgeklügelten Operationen. Mit den Methoden nahmen sie es nicht so genau. Er konnte sie gut leiden. Die meisten waren unkomplizierte Leute ohne Falsch, aber auch recht naiv. Es fehlte ihnen die Fähigkeit, Worte zu durchschauen, für sie zählten Taten. Nun hatten sie einen furchteinflößenden anonymen Gegner bekommen. Konnte man dieser Bedrohung ein Gesicht geben, würden sie sich vertrauensvoll revanchieren. Das Prinzip von Kauf und Verkauf verstanden sie instinktiv. *Manus manum lavat.* Er hatte ihnen die Wohnung in Berlin geliefert und damit auf jeden Fall zwei Gesichter, zwei Menschen, die, wenn auch nur am Rande, mitgeholfen hatten, den Terrorangriff auf Gottes eigenes Land zu bewerkstelligen. Soweit er es mitbekommen hatte, hatten sie die Wohnung in Zusammenarbeit mit der deutschen Polizei gestürmt. Es war verblüffend, wie schnell die sonst so trägen Behörden momentan reagieren konnten. Die Computer in der Wohnung hatten weitere Namen und Telefonnummern enthalten.

Danach hatten sie ihn förmlich, aber höflich behandelt. Sie hatten ihn in eine anonyme Villa überführt, die er in der Nähe von Santa Monica vermutete. Darin durfte er sich ohne Handschellen bewegen. Nach ein paar Tagen wurde er dann kommentarlos wieder gefesselt und zum Flughafen transportiert. Er hatte erleichtert aufgeatmet. Ihm war klar, daß er nicht ausgeliefert werden würde. Mit seinen Informationen hatte er ihnen zu erkennen gegeben, daß er noch mehr wußte. Und sie wußten, daß er dieses Wissen nicht auf einmal preisgeben würde, und hofften, daß sie es im Kampf gegen al-Qaida einsetzen konnten. Jede Information, die ihnen half, Rache zu nehmen, wollten sie bezahlen. Die Sicht der Amerikaner war biblisch. Rache erschien ihnen natürlich. Konnte Gott das rächende Schwert nicht führen, mußten sie es eben selbst tun. Und half man ihnen dabei, waren sie willig, Dankbarkeit zu zeigen.

Vuk und sein Aufpasser saßen auf den vordersten Plätzen des gecharterten Privatjets, der sie, davon war er mehr und mehr überzeugt, nach Hawaii flog. Hinter ihnen saßen noch andere Fluggäste, aber er bekam sie nicht zu Gesicht. Er versuchte, die Reste der Erinnerungen wachzurufen, die unlösbar mit Bosnien und Serbien und dem Krieg in den neunziger Jahren verbunden waren. Es war nicht leicht. Er hatte viel Energie darauf verwandt, diese Jahre zu verdrängen, aber genau von dieser Zeit hing seine Zukunft ab, sie entschied, ob er mit Emma und den Kindern zusammenleben oder im Gefängnis landen würde. Irgendwann würde er Zugang zu einem Rechner und zum Internet benötigen. Es gab da noch sein Dossier zu der Aktion, die seine Arbeitgeber, die zu Miloševićs Geheimpolizei gehörten, »Operation Grüne Flagge« getauft hatten. Obwohl er damals nur am Rande dabei war, wußte er doch einiges darüber. Schon damals und trotz seiner Jugend hatte er geahnt, daß dieses Wissen während jener gnadenlosen Auseinandersetzung, in der sich Serbien damals befand, lebensentscheidend sein konnte. Als der Feind nicht nur aus bosnischen und kroatischen Milizen, sondern auch aus Verrätern und Banditen im Herzen Serbiens bestand. Oder aus den autonomen Milizeinheiten, die mit oder ohne Segen des Regimes in einem Bürgerkrieg operierten, dessen Brutalität ihn schon nach kurzer Zeit nicht mehr erstaunte. Und sein Gewissen nicht mehr belastete. Jedenfalls am Tage. Die nächtlichen Alpträume konnte er nicht steuern. An den Tagen zwischen den Einsätzen hatte er sich die Dämonen mit Hilfe der Flasche vom Leibe halten können.

Es war sein alter Kommandant gewesen, der sich die »Operation Grüne Flagge« ausgedacht hatte. Auch deshalb war Vuk dazu einberufen worden. Die Idee stammte von den französischen Fremdenlegionären, die den Tod eines ihrer Kameraden gerächt hatten, indem sie sich hinter die feindlichen Linien schlichen, wo sie zehn serbischen Milizionären den Hals durchschnitten. Das widersprach dem UN-Mandat, aber den Legionären war das scheißegal. Ihre Botschaft lautete: Wenn ihr einen von uns tötet, töten wir zehn von euch. Das hatte gewirkt. Der Befehl von Arkan und den andern Milizführern lautete daraufhin: Haltet euch von den französischen UN-Soldaten fern.

Vuk schaute über das Meer. Er erinnerte sich an die Worte seines Kommandanten mit den nikotinfleckigen Zähnen und der rostigen Stimme: »Was die französischen Ärsche können, können wir auch, Vuk. Wir schicken Leute hinter die Linien und schneiden den sogenannten Freiwilligen die Hälse durch. Sie sind Fanatiker und werden immer mehr. Sie führen einen heiligen Krieg. Wenn wir die Wichtigsten und Gefährlichsten von ihnen ausschalten, dann ziehen die übrigen vielleicht ab, und in den arabischen Ländern wird sich die Einsicht verbreiten, daß Bosnien nicht Afghanistan oder Tschetschenien ist. Daß wir Serben uns von Allahs Kriegern nicht auf der Nase herumtanzen lassen.«

In Wirklichkeit spiegelte die »Operation Grüne Flagge« die wachsende Verzweiflung des Regimes wider. Das Kriegsglück war nicht mehr auf seiner Seite. Die Serben standen unter Druck, besonders durch die internationale Gemeinschaft. Aber an den vielen unklar verlaufenden Fronten der Schlachtfelder wurden die serbischen Milizen vor allem von den neuen Freiwilligen unter Druck gesetzt, die nach Bosnien strömten, um ihren muslimischen Brüdern beizustehen. Dort stieß Vuk erstmals auf den Namen Osama bin Laden und sein Netzwerk al-Qaida. Es bedeutete Basis, hatte man ihm erklärt. Osama war zwar ein Sohn aus reicher saudischer Familie, hatte seinem privilegierten Leben aber den Rücken gekehrt, um die Russen in Afghanistan zu bekämpfen. Hier traf er Gleichgesinnte und rekrutierte junge Männer aus aller Welt für den Kampf gegen die Sowjetmacht. Er hatte sie nicht nur in den arabischen Ländern gefunden, sondern auch in den westeuropäischen Großstädten. Und nicht nur unter Immigranten, sondern auch unter Jugendlichen, die zum Islam konvertiert waren, um die ihrer Ansicht nach degenerierte westliche Gesellschaft zu bekämpfen. Die neuen Glaubensbrüder waren oft die fanatischsten.

Es gehört zur Ironie der Geschichte, daß ausgerechnet der Paria Serbien das Land war, das als erstes die neue Gefahr erkannte und etwas dagegen unternahm. Wäre dies zehn Jahre später geschehen, stünde sein Land jetzt anders da, und Milošević säße nicht in Den Haag und wartete auf sein Urteil. Die Amerikaner verfuhren wieder nach dem Motto: Der Feind meines Feindes ist mein Freund. Aber Serbien war Vergangenheit. Das hatte er bereits erkannt, bevor es zusammenbrach. Bevor die Horden von Feiglingen mit der Beute, die sie gerade noch an sich raffen konnten, das Weite suchten.

Aber das war jetzt nicht das Entscheidende. Das war etwas anderes. Er war damals einbezogen worden, weil Gerüchte von einem dänischen heiligen Krieger umgingen, der die serbischen Flüchtlinge in Angst und Schrecken versetzte. Und der Kommandant war der Meinung, daß Vuk mit seinem dänischen Hintergrund mithelfen könnte, ihn zu identifizieren und anschließend zu liquidieren.

Es war mißglückt. Sie hatten ihn zwar einkreisen können und hatten in Erfahrung gebracht, daß er sich Azim der Große nannte und tatsächlich etwas mit Dänemark zu tun hatte. Jedenfalls hatte Vuk ein Abhörband gehört, auf dem er mit einem Mann in Spanien dänisch sprach. Er wußte nicht mehr, wo in Spanien es gewesen war, aber das stand in besagtem Dossier. Sie hatten ihn auch mit anderen Kampfgenossen arabisch sprechen hören, als er eine Zeitlang leichtsinnigerweise sein Mobiltelefon benutzte. Aus einigen Quellen ging hervor, daß Azim wie viele andere westliche Muslime aus einer Mischehe stammte. Sein Vater war Marokkaner oder Kurde, seine Mutter Dänin. Zu jener Zeit war er Mitte Zwanzig. Er war in einem Ausbildungslager in Afghanistan gewesen. Wo steckte er heute? Wer war er heute? Denn er war mehr als ein ordinärer al-Qaida-Soldat. Davon war Vuk überzeugt. Er erinnerte sich an Bruchstücke der Tonbandaufzeichnung. Unter anderem hatte Azim zu seinem spanischen Verbindungsmann gesagt: »Ich kann dir ohne Probleme rote Laufschuhe besorgen.« Vuk war sich sicher, daß damit die begehrten rotebetefarbenen dänischen Pässe gemeint waren. Warum hatte er mit einem Mann in Spanien dänisch gesprochen? Ihr Dänisch war ohne Akzent gewesen, als wären sie beide in Dänemark geboren und aufgewachsen. Er hatte ein weiteres Abhörprotokoll gelesen, es war aus dem Arabischen übersetzt worden. Darin sprach Azim mit einem Mann in Ishøj bei Kopenhagen. Es war anscheinend ein harmloses Gespräch, das von einer von zwei kurdischen Familien arrangierten Hochzeit handelte, einer aus Dänemark und einer aus Kirkuk im irakischen Kurdistan. Eine ziemlich übliche Sache. Es gab Probleme mit dem Mädchen in Dänemark. Sie wollte den Mann nicht so ohne weiteres akzeptieren, auf den sich die beiden Familien geeinigt hatten. Azim versprach, mit der betroffenen Familie in Kurdistan zu sprechen. Es war eine Frage der Ehre. Es ging wohl auch darum, daß der Wert des Mädchens auf dem Heiratsmarkt nicht sehr hoch war, weil sie im Ruf stand, ein zu dänisches Leben zu führen.

Vuk war sich nicht ganz darüber im klaren, warum ihm die serbischen Geheimdienstler die Abschrift gezeigt hatten, aber vermutlich deshalb, weil man im Nachrichtendienst einfach jede Spur untersucht. Vuk konnte sich nicht an jedes Wort des Gesprächs erinnern, aber an den Namen des Mannes in Ishøj erinnerte er sich noch. Weil er das Mädchen kannte. Sie waren in der Volksschule und später im Gymnasium in eine Klasse gegangen. Sie war in Dänemark geboren, hieß Fatima und war damals ein schönes, fröhliches Mädchen. Er konnte verstehen, daß sie keine Lust hatte, einen Vetter aus einem gottverlassenen Dorf im Nordirak zu heiraten. Er wußte auch noch den Namen ihres älteren Bruders, er hieß Mustafa Mussin. Er hatte

Fatima oft zur Schule gebracht und wieder abgeholt, als sich bei ihr in der siebten Klasse die ersten weiblichen Formen abzeichneten. Mustafa war ein großer Mann mit durchtrainiertem Körper und kräftigem Haar und Schnäuzer. Man hätte ihn mit Saddam Hussein verwechseln können. Vuk mußte auf einmal daran denken, daß er Fatima dem serbischen Geheimdienst gegenüber nie erwähnt hatte. Er wußte nicht mehr, warum. Vielleicht weil sie mit dem schmutzigen Krieg in den bosnischen Bergen im Grunde nichts zu tun hatte. Oder hatten ihn schon damals Zweifel beschlichen, ob die Motive, auf die er sich berief, wirklich so hehr waren, wie er dachte? Bekam sein anerzogener Glaube, die Welt habe es auf die Serben abgesehen, die ihrerseits die menschliche Zivilisation mit ihrem Blute hatten verteidigen müssen, schon damals die ersten Risse? Oder hatte ihn plötzlich alles angewidert und hatte er sich nur nach dem unkomplizierten Leben zurückgesehnt, das seine Familie in Dänemark geführt hatte? Der Gedanke an Fatima, wie sie da in der Klasse vor ihm saß, hatte ihn gerührt. Er wollte nicht, daß sie mit dem schmutzigen Bürgerkrieg in Zusammenhang gebracht wurde. Hatte er sich in einem schwachen Moment erlaubt, sentimental zu sein? Aber das war jetzt auch egal. Heute interessierte ihn nur eines: daß Fatima und ihr großer Bruder Mustafa wissen mußten, wer Azim war. Und der wiederum war sein größter Trumpf gegenüber den Amerikanern.

Das Flugzeug neigte sich, und Vuk blickte auf die See, und als es sich wieder aufrichtete, tauchte am Horizont eine üppig grüne Insel auf. Sie wuchs aus dem Meer empor, und hinter ihr erschienen weitere, ebenfalls dichtbelaubte Inseln. Das *Fasten seatbelts*-Lämpchen leuchtete auf, und die Maschine begann mit dem Landeanflug. Michael Kerry setzte sich aufrecht und zog dabei an Vuks Handschellen.

»Wohin soll ich hier eigentlich fliehen?« fragte Vuk.

»Ich befolge nur die Anweisungen, Kumpel.«

»Hast du Angst, daß ich aus dem Fenster springe?«

»Weißt du was? Ich habe vor gar nichts Angst, aber die Drecksterroristen haben die Flugzeuge nur in ihre Gewalt bekommen, weil sie ein paar Messer hatten. Ich gehe kein Risiko ein. Du wirst diesen Flieger nicht als Marschflugkörper mißbrauchen.«

Vuk beugte sich zu ihm hinüber. Wie so viele amerikanische Männer duftete er nach Rasierwasser oder irgendeinem Körperspray.

»Hawaii?«

»Yep.«

»Nicht schlecht.«

»Ich glaube kaum, daß man dich nach Hawaii schickt, damit du hier mit Mai Tais und Hulamädchen auf der faulen Haut liegst.«

»Was ist Mai Tai?«

»Ein Cocktail, Mann. Rum und Ananas und irgendeine geheime Zutat, die in jeder Bar anders ist. Lokaler Sonnenuntergangsdrink.«

»Das heißt, du bist schon mal dagewesen?«

»Auf Hochzeitsreise.«

»Ah ja.«

»Aber das geht dich nichts an.«

»Und auf welcher Insel?«

»Mann, bist du neugierig. Aber was soll's? Maui. Wir fliegen gerade drüber weg.«

»Und wo sollen wir hin?«

»Auf eine der anderen.«

»Das kann ich mir denken.«

»Abwarten. Aber okay, es ist Kauai. Die kleinste. Die einsamste. Mitten im Pazifik. Da werden dir dann bestimmt auch die Handschellen abgenommen. Denn wo solltest du da schon hinlaufen?«

Vuk lachte.

»Ich kann schwimmen.«

»Viel Vergnügen. Vor der Küste verlaufen ein paar Querströmungen, die selbst dem besten Schwimmer den Garaus machen können. Wenn eine große Welle übers Riff bricht, kann sie nicht wieder raus und sucht zusammen mit den anderen Strömungen die Küste ab, bis sie eine größere Öffnung im Riff findet. Da wird sie mit einer Geschwindigkeit durchgepreßt, als würde sie aus einer Kanone abgefeuert, und reißt dich unweigerlich mit.«

»Ist dir das passiert?«

»Dann würde ich nicht hier sitzen. Und dann gibt's noch die Haie. Nein, nein, ich halte mich lieber an den Swimmingpool.«

Die Insel tauchte auf, und sie flogen an der Küste entlang. Sie war von der Sonne beschienen, abgesehen von ihrer Mitte, wo ein vulkanisches Massiv in schwere Wolken gehüllt war. Es sah aus wie in einem Film, und als könnte Michael Kerry Gedanken lesen, sagte er:

»Wenn du meinst, du hättest das schon mal gesehen, liegst du richtig. War die Kulisse für *King Kong*. Der lebte da. Ist der feuchteste Ort der USA. Sogar der ganzen Welt!«

»Schön.«

»Nicht wahr? Ein paar Szenen aus *Jurassic Park* sind auch hier gedreht worden. Und der *Jäger des verlorenen Schatzes*, einer von den Indiana-Jones-Filmen.«

»Was du alles weißt.«

»Das sind geile Filme. Und die Gegend hier ist einfach phantastisch, Mann.«

Sie war phantastisch. Wie auf einer Postkarte oder in einer Reisebroschüre, die mit einem Urlaub im Tropenparadies lockte. In den letzten Jahren hatte er mitten in der Wüste gelebt, so daß ihn das ganze Wasser hier ziemlich überwältigte. Aus der Luft sah die Insel recht klein aus. Er wußte nicht viel über Hawaii. Nur daß es ein amerikanischer Bundesstaat war, daß die Japaner 1941 Pearl Harbor angegriffen hatten und daß reiche Amis im Winter herkamen, um Golf zu spielen. Die Maschine bereitete sich zur Landung vor. Vuk hörte, wie die Räder ausgefahren wurden, und kurz darauf rasten Palmwipfel an seinem Fenster vorüber. Mit einemmal mußte er an Emma und die Kinder denken, es schnürte ihm das Herz zusammen. Eigentlich sollten sie jetzt neben ihm sitzen, in einem ganz normalen Linienflugzeug auf dem Flug zu einem Winterurlaub auf Hawaii, wie eine stinknormale amerikanische Familie. Er versuchte die Gedanken zu verscheuchen, aber es gelang ihm nicht. Er nahm ihren Duft wahr. Er sehnte sich so sehr nach ihnen, daß es schmerzte. Es waren gefährliche Gedanken. Sie schwächten ihn. Wenn er Emma und die Kinder wiedersehen wollte, mußte er stark sein.

»Bist du okay?« Kerry schien wirklich besorgt.

»Ja, alles okay.« Er wußte selbst, daß seine Stimme nicht aufrichtig klang.

»Bist du sicher? Du bist weiß wie ein Laken. Dir ist doch nicht schlecht, oder?«

»Nein, mir geht's gut. Alles im grünen Bereich.«

Die Maschine hielt in einer Ecke des kleinen Flughafens. Er hieß Lihue. Die Luft war warm und frisch und führte diesen reichen und sanften Meeresduft mit sich, den er ganz vergessen hatte. Kerry brachte ihn geradewegs zu einem schwarzen Chrysler-Van mit schwarzgetönten Scheiben. Sie setzten sich auf die Rückbank. Der Fahrer war ein Mann mittleren Alters in einem geblümten Hemd, neben ihm saß ein jüngerer Mann. Die Pistole im Schulterholster beulte seine leichte Jacke aus. Im Wageninnern war es fast kalt. Als wäre die Klimaanlage vorher auf vollen Touren gelaufen.

»Du kannst sie ihm ruhig abnehmen, Kerry«, sagte der jüngere Mann, während sich das Auto lautlos in Bewegung setzte. Er hatte ein breites amerikanisches Gesicht und die Sattelnase eines Boxers. Er war gar nicht so jung, wie Vuk zunächst angenommen hatte. Die Falten an Augen und Mund ließen vermuten, daß er auf die 45 zuging. Die Augen waren grau und kühl. Sein Haar war streichholzkurz und schwarz ohne eine graue Strähne.

»Yes, Sir«, sagte Kerry. Er holte den Schlüssel heraus und schloß die Handschellen auf. Vuk massierte sich die Handgelenke.

Der Mann auf dem Vordersitz streckte ihm die Hand entgegen, und Vuk drückte sie überrascht.

»Phil Marker, CIA.«

»John Ericsson.«

Der Mann lachte. Das Lachen war ebenso tief wie seine Stimme.

»Wenn du meinst. Wir werden die nächste Zeit gemeinsam verbringen, also können wir uns ruhig zivilisiert benehmen. Wenn ich es richtig verstanden habe, kannst und willst du Onkel Sam helfen. Wenn du es kannst, bist du mein Freund. Wenn nicht, dann haben wir mal wieder nur ein Gespenst gejagt. Unser Chauffeur heißt Joe. Er wohnt auf der Insel und wird zusammen mit seiner Frau für Essen und Trinken sorgen, während du uns deine Geschichte erzählst. Michael kennst du ja. Er paßt auf dich auf. Obwohl, wo willst du schon hin? Bei den neuen Sicherheitsvorschriften kann man nicht mehr einfach so in einen Flieger hüpfen. Der 11. September hat das Leben auf den Inseln verändert. Und zwar für immer. Stimmt doch, Joe, oder?«

Joe wandte den Kopf halb um. Er hatte braune Augen, schwarze Haare und einen hellbraunen Teint und sprach mit leichtem Akzent. Er mußte zur einheimischen Bevölkerung gehören.

»Aloha, John. Willkommen in Hawaii«, sagte er und fuhr fort: »Ja, früher haben wir nachmittags immer gesagt: Na,

Schatz, sollen wir nicht in Honolulu ins Kino gehen? Jede Viertelstunde gab es eine Maschine, und ein Ticket hatten wir immer in der Schublade. Man kriegte sie im Supermarkt hinterhergeschmissen, wenn man seine Bonuspunkte sammelte. Damit ist jetzt Schluß. Jetzt brauchst du einen Ausweis mit Bild und Namen, und dein Ticket wird doppelt und dreifach überprüft und was weiß ich nicht noch alles, nur weil man mal eben auf die große Insel oder auf die anderen Inseln oder aufs Festland will. Phil hat schon recht. Das Leben wird nie mehr so sein, wie es mal war.«

Vuk wunderte sich über ihre Freundlichkeit. Als könnte Phil Gedanken lesen, sagte er:

»Wir machen einfach das Beste aus der Situation, okay? Aber wenn du Zicken machst, ziehen wir die Samthandschuhe aus, verstanden?«

»Ihr braucht mir nicht zu drohen. Ich habe doch gesagt, daß ich mit euch kooperiere.«

»In Ordnung. Dann brauchen wir nicht mehr darüber zu reden. Die Sache ist geklärt.«

Sie verließen die Stadt, die mit ihren Tankstellen, Shopping-Malls und schaukelnden Mammutautos aussah wie alle anderen amerikanischen Städte auch. Die Palmen und die Leute in Shorts und diesen geblümten Hemden erinnerten Vuk an Florida. Auf einmal fiel ihm ein, daß man sie in Dänemark tatsächlich Hawaiihemden nannte. Sie fuhren die Küste entlang nach Norden. Der Ozean, der sich bis zum Horizont erstreckte, war von einem unbeschreiblichen Grün. Auf der anderen Straßenseite konnte Vuk Zuckerrohrfelder und Palmen und kleine Häuser sehen, die an den Berghängen emporzuwachsen schienen. Sie fuhren in der Sonne, aber über den Gipfeln in der Mitte der Insel hingen schwere graue Wolken. Je weiter sie nach Norden kamen, desto grüner und tropischer wurde die Landschaft. Es gab kleine Orte und Wegweiser zu den Golfplätzen und wenig

Verkehr. Das Licht war von einer überirdischen Schönheit, so als würfe das Meer sein eigenes Licht zum Himmel hinauf und erhielte es zehnfach zurück. Die Straße führte sie wieder näher an die Küste heran. Er sah, wie sich die Wellen in schäumender Gischt an den Klippen brachen. Sie erreichten einen kleinen Ort namens Hanalei und fuhren an einer Schule, an Restaurants und Werbeschildern vorbei, die dazu aufforderten, Kajaks oder Tauchausrüstungen zu mieten.

Joe bog in eine Einfahrt und steuerte ein grünbraunes Haus auf Pfählen an, das am Strand lag. Als Vuk ausstieg, empfing ihn eine angenehme Wärme, und der Duft des Meeres raubte ihm beinahe den Atem. Deutlich hörte er die schweren Wellen, die mit symphonischem Brausen gegen das Riff schlugen.

Ein Mann kam die Treppe herunter, die zum Haus hinaufführte, es war dreistöckig und von hohen Palmen umstanden. Der Mann rauchte eine Zigarre. Er war kräftig, aber vor allem dick. Als wäre er einst ein Boxer oder Ringer gewesen, dessen Muskeln mit dem Alter zu Fett geworden waren. Er war etwa Mitte Fünfzig und nicht an die Sonne gewöhnt. Seine sommersprossige Haut war an den Armen und Beinen krebsrot. Über seinem Bauch spannte sich ein grünes Polohemd bis zum Zerreißen, und er trug Shorts, die ihm bis zu den Knien reichten. Auch seine Füße in den Sandalen waren rot. Er war offensichtlich noch nicht lange auf Hawaii und hatte die Sonne unterschätzt. Er hatte schmale Lippen, eine breite Nase und blaue Augen, die von tiefen Falten umgeben waren. Sein Kopf war kahl. Ein leichter Schatten im Nacken ließ erkennen, wo die Haargrenze verlief.

Er trat Vuk entgegen, zog an seiner Zigarre, und Vuk konnte den Rauch auf seinen Stimmbändern hören, als er sagte:

»Mein Name ist Oberst Carl Jorgensen. Im allgemeinen nennt man mich schlicht Oberst und Sir. Ich bin vom Nationalen Sicherheitsrat. Ich gebe hier die Anweisungen. Die Zeiten haben sich geändert. Nur der Präsident und Gott setzen meiner Handlungsfreiheit gewisse Grenzen, kapiert?«

Vuk nickte.

»Fein, Sohnemann. Wir werden in den nächsten Monaten sicher prima miteinander auskommen. Wenn du kooperierst. Das ist das einzige, worum es geht. Kooperation. Dann läuft die Sache. Denn weißt du was, mein Sohn? Du bist tot. Du existierst nicht mehr. Onkel Sam hat dich ins Jenseits befördert. Das weiß Interpol. Das wissen die Leute in Dänemark, die noch ein Hühnchen mit dir zu rupfen hatten. Das Land meines lieben Großvaters würde viel dafür geben, wenn du nicht tot wärst. Aber du bist tot. Bis auf weiteres jedenfalls. Wenn du also kooperierst, darfst du weiter tot bleiben. Onkel Sam bezahlt nämlich seine Schulden. Wenn du uns allerdings nichts zu bieten hast, dann gibt es verschiedene Möglichkeiten.«

Er nahm die Finger zu Hilfe wie ein Buchmacher.

»Du kannst zum Leben erweckt und nach Dänemark geschickt werden. Wir können dich zusammen mit den anderen Arschlöchern nach Guantánamo bringen. Dort könnt ihr dann für den Rest eurer Tage verrotten. Oder wir überlassen dich den schlimmen Querströmungen, die diese schöne Insel umgeben. Die transportieren dich zu den lieben Haien, und dann ist bald nichts mehr von dir übrig.« Er machte eine Pause, zog erneut an seiner Zigarre und sagte dann:

»Wir haben viele Optionen. Du hast nur eine.«

»Und die wäre?«

Der Oberst hob seine Augenbrauen. Sie waren grauweiß und buschig.

»Und die wäre, Sir?«

»Schon besser. Die Wahrheit sagen und uns geben, was wir wollen.«

»Verstanden.«

»Dann kannst du glücklich leben bis ans Ende deiner Tage.«

»Verstanden.«

»Das ist ein Pakt mit dem Teufel, aber den gehe ich gerne ein«, sagte der Oberst und sah ihn durchdringend an, bevor er fortfuhr:

»Hast du das verstanden?«

»Das habe ich verstanden, Sir.«

»Ich hoffe. Morgen fangen wir mit den Verhören an. Willkommen auf Hawaii.«

ZWEITER TEIL

Die andere Welt

»Das muß der Wald sein, in dem nichts einen Namen hat«, sagte sie sich nachdenklich. »Was wohl aus *meinem* Namen wird, wenn ich hineingehe?«

Lewis Carroll, *Alice hinter den Spiegeln*

11

Es war der 3. April, kurz nach Ostern, es war schon nach zehn Uhr, und Per Toftlund hatte einen verteufelten Kater. Er hatte Schmerzen nicht nur im Kopf, sondern auch im Ellbogen, weil er nähere Bekanntschaft mit dem Bürgersteig geschlossen hatte, als er aus dem Auto gestiegen war. Die ersten Anzeichen des Frühlings lagen in der Luft, aber er fühlte sich derart mitgenommen, daß er außerstande war, es zu genießen. Dabei hatte die Sonne gar nicht mehr aufgehört zu scheinen. Bald würden Bäume und Blumen zu blühen beginnen. Alles wartete nur auf den Mai, dann würde Dänemark nach einem in jeder Hinsicht kalten und miesen Winter endlich wieder zu den zivilisierten Ländern gehören.

Er saß mit einer Tasse Kaffee und den Morgenzeitungen in seinem Arbeitszimmer in der Villa in Brønshøj und versuchte, die Zeit totzuschlagen, bevor er sich zum verabredeten Rapport bei Vuldom nach Bellahøj aufmachte. Er sah ihm nicht gerade ungeduldig entgegen. Große Ergebnisse konnte er nämlich nicht präsentieren. Vuldom hastete von einem Bautermin zum anderen, weil der Polizeiliche Nachrichtendienst über kurz oder lang ein neues Hauptquartier beziehen sollte, und sie und der PND waren konstant in den Medien, und das nicht mit guten Nachrichten. Es hätte so wunderbar laufen können mit der neuen Mitte-Rechts-Regierung, die den verschiedenen Diensten fast jeden Wunsch erfüllte, Hauptsache, es nützte der Bekämpfung des Terrorismus. Doch es knirschte im Getriebe.

Mein Gott, damit konnte man leben. Aber es war weniger gut damit zu leben, daß er und Lise bis auf weiteres auseinandergezogen waren. Schöner Ausdruck! Als wäre es ihr gemeinsamer Beschluß gewesen. Sie hatte ihn rausgeschmissen. Kurz vor Ostern. Wie pathetisch! Sie sehne sich danach, allein zu sein. Sie wolle im Augenblick nicht darüber reden. Sie nahm Freya mit nach Jütland, wo sie die Ostertage mit einer Freundin verbringen wollte, die »auch mit einem kleinen Kind allein war«. Sie habe Unmengen von Überstunden abzufeiern und komme nicht vor Ende April zurück. Er habe also locker Zeit, irgendwas zum Wohnen zu finden, vielleicht zur Untermiete. Und nein, es gebe keinen anderen Mann in ihrem Leben. Und selbst wenn, dürfte ihn das ja wohl kaum interessieren, so wenig Zeit, wie er für sie gehabt habe. Sie waren sowieso nie zusammen, dann konnte doch auch jeder für sich wohnen. Eine Weile jedenfalls. Wie lange dauert eine Weile? Werden wir sehen, hatte sie mit der professionellen Frostigkeit geantwortet, die sie üblicherweise bei Interviews mit widerspenstigen Machttypen an den Tag legte.

Deshalb hatte er einen Kater. Er hatte den größten Teil der Nacht mit einem alten Freund gezecht, der als Jäger nach Afghanistan entsandt worden war. Mistkerl, glücklicher! Bei dem passierte wenigstens was. Per konnte währenddessen in seiner Bleibe unterkommen. Sie lag im Südwestbezirk, hatte zwei Zimmer und war so spartanisch eingerichtet, daß Per sich sofort heimisch fühlen würde. Was ein Mann so brauchte, war da, sonst nichts. Ein Bett, ein Tisch, vier Stühle, eine Küche, Stereoanlage, ein Fernseher mit Fernsehsessel und eine Bar. Die Wände waren weiß und ohne jeden Schmuck. Vielleicht hätte ihm die Einrichtung früher einmal gefallen, aber jetzt würde er Lise und Freya und ihr Durcheinander doch vermissen. Er konnte die Wohnung in ein paar Tagen übernehmen. Sie lag in einer Ecke von Kopenhagen, in der jene Dänen, die bei der allgemeinen Wirtschaftswunderparty keinen Zutritt hatten, in Suff und Drogen versackten. Zugedröhnte Dänen und verschleierte Frauen. Ganløses Vorstadtidylle hätte sich ebensogut auf einem ganz anderen Planeten befinden können.

Er versuchte, sich auf die Zeitung zu konzentrieren, aber er mußte ständig an Lise denken. Natürlich wußte er, was schiefgelaufen war. Aber so war er eben. Er konnte sich nicht hinstellen und lauthals verkünden, ab sofort ein anderer zu sein. Unmöglich.

Er würde noch einige Tage in Ganløse bleiben und dann in die Wohnung seines Freundes ziehen. Wenn Lise auf ihren langen Spaziergängen an der Nordsee genug nachgedacht hatte, müßten sie ihre Probleme am Telefon besprechen. Er wollte Freya sehen, klar, aber er hörte schon wieder Lises spitze Bemerkung, er habe sich sowieso kaum um sie gekümmert, da dürften ihm ein paar Wochen der Trennung doch wohl nichts ausmachen.

Es klopfte an der Tür. Es war Aischa. Sie lächelte.

»Hej, Peter. Schöne Ostern gehabt?«

»Keine Ahnung, echt nicht. Feiert ihr das auch?«

»Ich bin doch Dänin, oder? Darf ich reinkommen?«

»Ja, sicher. Setz dich!«

Sie setzte sich. Sie trug einen Rock und blaue Strumpfhosen, die zu ihrem Pulli paßten. Sie wirkte entspannt und ausgeruht. Aischa und Bjerregaard waren vielleicht nicht gerade Busenfreunde geworden, aber sie arbeiteten gut zusammen und hatten eine Menge neuer islamischer Organisationen erfaßt, die der PND im Auge behalten wollte. Bjerregaard war Profi genug, um den Unterschied zwischen Islam und Islamismus schnell zu begreifen. Ersteres war eine Religion. Das zweite eine politische Bewegung mit kleinen Zellen, die gefährlich werden und sich mit der Zeit vergrößern konnten. Toftlunds Kanakenbande hatte ihre Pflicht getan. Die erste Euphorie war vorüber. Jetzt war es gewöhnliche Polizeiarbeit. Das routinemäßige Sammeln von Informationen. Das unumgängliche Abhören und das Schreiben von Berichten für Vuldom und den übrigen Apparat, damit man sich ein möglichst exaktes Bild von der Bedrohung machen konnte. Noch hatten sie nichts gefunden, weder allgemeine Vorbereitungen noch konkrete Pläne für terroristische Aktionen auf dänischem Boden.

Aischa beugte sich vor. Sie hatte eine Mappe und ein Aufnahmegerät mitgebracht.

»Operation Pu der Bär«, sagte sie.

Er lächelte. Der Kodename für Marko war anfangs ganz lustig gewesen, mittlerweile fand er ihn albern.

»Ja, Aischa.«

»Während ihr die Osterfeiertage genossen habt ...«

»Oder auch nicht ...«

»... habe ich mir das Material zu Marko angesehen. Und da gibt es etwas, das ich nicht verstehe und mit dir erörtern möchte. Hast du Zeit?«

»Schieß los!«

Sie stellte das Tonbandgerät auf den Schreibtisch und öffnete die Mappe. Zuoberst lagen einige handgeschriebene Notizen. Darunter konnte er ein paar ausgedruckte Seiten und Schwarzweißfotos erkennen. Sie hatte feine, bedächtige, sehr feminine Bewegungen. Ihre Finger waren lang und schmal, der rote Lack paßte überaus gut zu ihrer dunklen Haut. Die Männer, mit denen sie zusammengewesen war, konnten sich glücklich schätzen, dachte er und schämte sich ein wenig, daß er so viel über sie wußte, ohne daß sie es ahnte. Er wußte über ihr Leben Bescheid, jedenfalls bis zum Tag ihrer Anwerbung. Sie hatte drei Jahre lang mit einem Kommilitonen zusammengelebt, aber er hatte keine Ahnung, ob sie im Augenblick einen festen Freund hatte. Aber eigentlich ging ihn das auch einen feuchten Kehricht an. Sie duftete leicht würzig. Er fand ihr Parfüm jetzt überhaupt nicht mehr zu stark.

Aischa räusperte sich, und er versuchte sich zu sammeln.

»Ich fange am besten vorne an, damit ich mich nicht verzettele«, sagte sie. »Wir überwachen Marko Cemal. Und zwar schon seit längerer Zeit. Neben anderen natürlich. Beispielsweise unserem Freund Bülent Erkaban und dessen Vater Suleiman. Das Interessante ist, daß Marko erwiesenermaßen ein Doppelleben führt. Auf der einen Seite ist er der erfolgreiche Honighändler, der auch Hawala-Geschäfte macht. Alles legal. Er zahlt seine Steuern korrekt und führt die Mehrwertsteuer ab. Dann sieht er so aus.«

Sie reichte ihm ein Foto. Es zeigte einen gepflegten Mann Anfang Dreißig in einem konservativen, aber eleganten dunklen Anzug. Kurze Haare, hohe Stirn, aufrechte Haltung. Seine Augen waren zusammengekniffen, als ob er spürte, daß er im Visier einer versteckten Kamera war.

»Das wurde neulich auf dem Flughafen Kastrup aufgenommen. Marko auf Geschäftsreise nach London.« Sie reichte ihm ein anderes Bild. Marko im hellen Polohemd an einem Gartentisch. Die Sonne scheint. Auf dem Tisch Bier und eine Flasche Schnaps. Am Tisch sitzt auch noch ein älterer Mann, dem Marko ähnlich sieht. Mit dabei auch eine ältere Frau, deren Gesichtszüge man allerdings nicht erkennen kann. Die Aufnahme wurde mit dem Tele gemacht, ziemlich grobkörnig, aber deutlich genug. Aischa sagte:

»Das ist im Schrebergarten des Vaters, jetzt zu Ostern. Waren ja richtig schöne Tage.«

»Was macht der Gerstensaft auf dem Tisch? Ich denke, er ist Muslim.«

»Bosnischer Muslim. Bis zum Bürgerkrieg waren die einigermaßen weltlich eingestellt und nahmen den Koran nicht sehr ernst. Das änderte sich erst, als diese arabischen

Gotteskrieger kamen. Viele von ihnen sind geblieben und haben geheiratet. Sie wollen Bosnien liebend gern in einen islamischen Staat verwandeln. Aber nicht Markos Vater. Er mag Dänemark, Bier und Slibowitz. Bosnische Muslims sind ziemlich liberal. In Kopenhagen findest du sicher mehr verschleierte Frauen als in Sarajewo.«

»Gut. Und?«

Sie gab ihm das dritte Foto. Es war unverkennbar Marko, aber er sah ganz anders aus. Er geht eine verkehrsreiche Straße entlang und trägt eine Dschellaba, und eine dunkle Sonnenbrille. Zwei, drei Schritte hinter ihm folgt eine Frau. Sie sieht schlank und ziemlich jugendlich aus, aber das ist schwer auszumachen. Ihr Haar ist bedeckt und der Körper von einem weiten Umhang verhüllt.

»Dieses Foto ist kürzlich in London aufgenommen worden. Ich hatte die Kollegen in London gebeten, ein Auge auf ihn zu haben. Interessanterweise hat Marko in London eine Wohnung und ist mit einer Frau verheiratet, die übrigens auch Aischa heißt. Sie leben streng nach dem Koran. Sie sprechen arabisch miteinander. Aischa stammt aus Palästina. Ihr Bruder hat vor vier Jahren ein Selbstmordattentat verübt und gilt jetzt als Märtyrer. Sie wurde vor drei Jahren mit Marko verheiratet, da war sie siebzehn. In den islamistischen Kreisen Londons ist Marko ein geachteter Mann. Er unterrichtet in verschiedenen Moscheen und wirbt, glaube ich, junge frustrierte Männer an, die in der, wie sie finden, rassistischen Gesellschaft keine Chance für sich sehen. In London heißt er nicht Marko, sondern Mohammed Atlev, das ist sein alter Kriegsname aus Afghanistan.«

»Sehr interessant.«

»Wird noch besser.« Sie reichte ihm ein paar Seiten.

»Du brauchst das nicht zu lesen«, sagte sie beruhigend. »Es ist der Abhörbericht der Briten. Das Gespräch wurde aus einer Telefonzelle in der Nähe seines Hauses geführt.

Seine Beschatter haben bemerkt, daß er die Zelle öfter benutzt, und haben sie angezapft. Hör zu!«

Aischa drückte auf die Starttaste des Aufnahmegeräts. Die Tonqualität war nicht die beste. Es hörte sich an, als telefonierte sein Gesprächspartner mit einem Handy. Toftlund konnte erkennen, daß sie sich auf arabisch unterhielten, aber sonst verstand er nur Bahnhof. Irgendwann wurde der andere lauter, er schien wütend zu sein. Aischa drückte auf *Pause* und sagte:

»Sie sprechen über eine Honiglieferung. Klingt alles sehr harmlos, es sei denn, man ersetzt das Wort Honig durch Waffen oder Sprengstoff. Markos Arabisch ist echt gut. Nur hier und da stockt es ein bißchen. Der andere spricht fließend Arabisch. Ein sehr klassisches Arabisch, ich kann nicht heraushören, woher er kommt. Aber wie gesagt, alles sehr harmlos und geschäftsmäßig. Allerdings kommen auch ein paar Sätze des Inhalts vor, daß man ein guter Muslim sein kann, auch wenn man die Gebote des Korans nicht immer befolgt. Weil Allah demjenigen vergibt, der reinen Herzens ist. Es wirkt zwar, als sprächen sie über einen Dritten, aber ich glaube, damit ist Marko gemeint. Irgendwann wird Markos Gesprächspartner ziemlich böse. Er hat Marko zuvor kritisiert, weil der nicht dafür gesorgt hat, daß die erwähnte Honiglieferung rechtzeitig bei ihren gemeinsamen Freunden angelangt ist. Marko entschuldigt sich und sagt, es wird nicht wieder vorkommen, *Wali al-ahd*«.

»*Wali* wie bitte?«

»*Wali al-ahd* bedeutet ›Der Thronfolger‹. Der Mann reagiert heftig und sagt, das Wort dürfe er am Telefon nie wieder benutzen.«

»Der Thronfolger!«

»Ja, aber wessen Thronfolger? Einiges deutet darauf hin, daß Freund Marko für al-Qaida arbeitet und deshalb ein Doppelleben führt. Ein weltliches Leben als Geschäftsmann im friedlichen Dänemark. Die perfekte Tarnung. Und das richtige Leben in London, von dem er sich Vergebung für sein sündiges Leben in Kopenhagen erhofft.«

»Also ist Marko ein Maulwurf. Wie im kalten Krieg. Eingeschleust, um zu spionieren oder Dänemark als Ausgangspunkt für den heiligen Krieg in Osamas Namen zu gebrauchen. Fabelhaft, Aischa.«

»Warte, da ist noch mehr«, sagte sie. »Ich habe das Band nicht übersetzt. Muß einer eurer Externen gewesen sein. An einer Stelle habe ich die Übersetzung nicht verstanden, also habe ich die Kassette angefordert, und da bin ich über etwas gestolpert, das nicht übersetzt wurde.« Sie spulte vor, schaute auf den Zähler und drückte auf Start. Man hörte dieselben Stimmen und dann ein paar leise gesprochene Worte im Hintergrund. Aischa spulte zurück und spielte die Sequenz noch einmal ab. Jetzt hörte er es auch. Es klang, als hielte der Mann, mit dem Marko telefonierte, den Hörer vom Mund weg und sagte: »Ich hab zu tun. Mach die Tür zu.« Und er sagte es auf dänisch.

»Darf nicht wahr sein«, sagte Toftlund.

»Ist aber wahr. Der Thronfolger spricht Dänisch. Wer ist das?«

»Wissen die Briten, von wo aus er angerufen wurde?«

»Ich habe mir schon gedacht, daß du das wissen willst, und habe sie gefragt, ob sie es rauskriegen können. Das Gespräch verlief zwischen der Telefonzelle und einem Handy über einen Sendemast in der spanischen Stadt Cuenca. Es ist ein Handy mit Prepaidkarte. Die SIM-Karte ist nur dieses eine Mal benutzt worden, sagen sie. Keine Ahnung, woher sie das wissen.«

»Von der spanischen Telefongesellschaft. Handys sind ganz leicht zu orten und abzuhören. Deshalb benutzt der Thronfolger immer neue SIM-Karten. Er verwendet sie nur ein einziges Mal und wirft sie dann weg.«

»Okay«, sagte sie und wartete. Sie sah stolz aus.

»Ich muß schon sagen«, meinte Toftlund. »Was haben wir denn da? Eine al-Qaida-Zelle in Kopenhagen. Vielleicht schläft sie noch, aber irgend etwas ist offensichtlich im Gange.«

»Wir können das nicht beweisen, aber etwas deutet darauf hin, wenn man sich überlegt, wie sie sonst operieren und daß sie dabei immer langfristig denken.«

»Vielleicht wäre es an der Zeit, Marko zu einem kleinen Gespräch einzuladen.«

»Skovgård und Bjerregaard glauben nicht, daß unser Material für eine Vorladung reicht.«

»So, so. Aber deshalb können wir doch mit ihm reden.«

»Skovgård meint, es sei vielleicht noch zu früh, ihm zu zeigen, daß wir uns für ihn interessieren.«

»So, tatsächlich?«

»Ja, und er hat ja Erfahrung. Aber ich glaube, wir können Marko auf andere Weise packen. Über seinen Freund, den Türken Bülent Erkaban. Wir können Marko zu einem Gespräch laden, ohne daß er merkt, daß er es ist, für den wir uns interessieren.«

»Ist Skovgård da?«

»Er sitzt im Gemeinschaftsraum und wartet.«

»*Vamos chica.* Klasse Arbeit. Ich habe glatt vergessen, daß ich einen Kater habe.«

Skovgård saß an einem Computer, wie immer in Jackett und dunkler Hose. Er loggte sich aus, stand auf und setzte sich mit Toftlund und Aischa an den Konferenztisch.

»Was hast du über Bülent?« fragte Toftlund.

Sie hatten Bülent beschattet und abgehört, seit Skovgård den Tip aus dem Rockermilieu bekommen hatte, aber offenbar hatte die Ermittlung nicht so viel ergeben, daß man es für nötig befunden hätte, Toftlund regelmäßig zu unterrichten. Es war einer der vielen losen Fäden, die sie in der

Hoffnung auf einen Durchbruch verfolgten. Jede Ermittlung war so: eine Mischung aus geduldiger Routinearbeit und dann und wann einem Quentchen Glück.

Skovgård fummelte an einer Büroklammer herum. Seine Pfeife fehlte ihm, aber im Gemeinschaftsraum durfte er nicht rauchen.

»Die Rocker hatten und haben recht«, sagte er mit seiner trockenen, leisen Stimme. »Sowohl Vater Suleiman als auch Sohnemann Bülent sind am Haschschmuggel nach Dänemark und weiter nach Norwegen beteiligt. Vielleicht handelt es sich nicht um die Quantität, von der die Rocker fabulieren, aber der Umfang ist doch beträchtlich. Meine Quellen sagen, der Sohn habe selbst einmal eine Lieferung mit dem Boot nach Falster gebracht, aber heute ist er eher der Finanzmann. Angeblich will er sich auf das Opium- und Heroingeschäft stürzen. Nach der Niederlage der Taliban rechnet das Milieu mit einer steigenden Opiumproduktion, und er hat Verbindungen zu den türkischsprachigen Minderheiten im nördlichen Afghanistan. Womöglich wird die alte Route quer durch Rußland wiederbelebt. Wir könnten sie jetzt packen. Gestern hat mir einer meiner Informanten gesagt, daß in einer Garage im Südhafen eine Lieferung Haschisch lagert. Die Garage ist von irgendeiner GmbH gemietet, aber sie gehört eigentlich den Herren Erkaban. Bestimmt werden überall ihre Fingerabdrücke zu finden sein.«

»Und was hat Marko damit zu tun?«

»Marko hat nichts damit zu tun, glaube ich. Sie sind alte Klassenkameraden und Freunde. Ich weiß nicht, ob sie jeweils wissen, was der andere eigentlich so treibt.«

»Wem gehört die GmbH offiziell, die die Garage mietet?«

»Irgendeiner Teppichfirma. Wir finden den Eigentümer nicht. Er ist in der Türkei, sagt seine Frau, die ansonsten kein Wort Dänisch kann. Aber wir wissen, daß Suleiman und sein Sohn die Miete jeden Monat *cash* zahlen, und zwar an einen Typen, der eine ganze Reihe von Garagen und Schuppen in der Ecke verwaltet.«

»Und wer ist das?«

»Ein Däne. Alter Bekannter. Ein paar Betrügereien mit Einzimmerapartments, Garagen und Postfächern. Kleine Hehlereien. Kein großer Fisch. Er verdient sich damit ein bißchen Geld für sein tägliches Bier. Stammgast im Knast. Du kennst die Typen doch, Per. Ich will damit sagen, du fischst im falschen Gewässer. Marko hat mit dem Haschhandel nichts zu tun. Ich weiß, das ärgert dich, weil wir so viel Kraft und so viel Zeit darauf verwendet haben, aber ich glaube, daß sie einfach nur alte Freunde sind.«

Toftlund dachte nach. Er merkte, daß Skovgård irgend etwas wurmte.

»Was ist los, Skovgård?«

»Ich finde es unmöglich, daß wir sie nicht aus dem Verkehr ziehen. Suleiman und Sohn stecken tief im Drogenhandel. Sie sehen sich nicht mal besonders vor. Ich bin mir sicher, daß wir sie beide in Untersuchungshaft nehmen könnten. Ich verstehe nicht, warum wir das Material nicht den Kollegen im Präsidium übergeben. Es sind immerhin zwei mittelgroße Fische.«

»Manchmal muß man eben das eine Verbrechen übersehen, wenn man dadurch ein größeres aufklären kann. Das weißt du doch selber.«

»Trotzdem.«

Toftlund überlegte und sagte dann:

»Ich gehe gleich zu Vuldom. Mal sehen, was sie sagt, aber ich werde ihr vorschlagen, daß wir die beiden festnehmen lassen. Für einen Durchsuchungsbefehl für ihre Wohnungen und den Kiosk und die Garage haben wir auf jeden Fall genug Belastungsmaterial. Wenn wir sie dann hoffentlich in U-Haft genommen haben, laden wir Marko vor.«

»Per, Marko hat damit nichts zu tun.«

»Das wissen du und ich, aber Marko weiß nicht, daß wir es wissen.«

»Das heißt, du willst ihn nur ein bißchen am Kragen pakken und schütteln?«

»Ich will ihn so sehr schütteln, daß er uns erzählt, wer der Dänisch sprechende Thronfolger im al-Qaida-Netzwerk ist. Es gibt spanische, britische, französische, deutsche und nun auch dänische Verbindungen. Was wir jetzt haben, könnte das Wichtigste sein, was bislang überhaupt herausgefunden wurde. Also, keine Widerrede. Ich werde den lieben kleinen Marko in die Zange nehmen, und zwar ordentlich!«

*

Vuldom gab ihm grünes Licht. Sie rauchte eine Zigarette, die Luft in ihrem Arbeitszimmer war zum Schneiden, und der Aschenbecher verriet ihm, daß sie ihrer Lunge tatsächlich keine Pause gönnte. Auf ihrem Schreibtisch lagen eher ungewöhnliche Unterlagen. Bau- und Einrichtungspläne für die neue PND-Zentrale. Vor dem Fenster trieben weiße Wolken über einen blauen Himmel, und Per erinnerte sich sogleich daran, wie er seine Lederjacke aufgeknöpft hatte, weil Frühling in der Luft lag. Einen kurzen Moment lang hatte er sich beinahe glücklich gefühlt, bis ihm das leere Haus einfiel, das ihn erwartete. Vuldom wirkte müde, gestreßt und verstimmt, als hätte sie sich eine Frühjahrsgrippe eingefangen. Es fehlte das Feuer in ihren Augen. Es war zuletzt aber auch wirklich eine harte Zeit gewesen. Zuerst die Panik wegen dieses tödlichen weißen Pulvers, das per Post in der Weltgeschichte herumgeschickt worden war. Sie hatte auf alle Anrufe reagieren müssen. Durfte kein Risiko eingehen. Die Drohungen waren falscher Alarm, hätten aber durchaus wahr sein können. Dann wäre sie in die Schußlinie geraten. Der PND pennt unter ihrer Führung, hatte die Presse in ihren Reportagen über die Verbindungen zwischen Osama bin Laden und Dänemark geschrieben. Die Politiker zogen nach. Lautstark wurden Untersuchungen gefordert. Und zuletzt dann der Skandal mit dem irakischen Heereschef, den man im Land geduldet hatte. Das könnte der Tropfen sein, der das Faß zum Überlaufen bringt, dachte Toftlund. Man konnte ihr wirklich nicht vorwerfen, daß sie müde und gestreßt aussah. Erst als er ihr von dem mysteriösen dänischsprachigen Thronfolger berichtete, leuchteten ihre Augen auf. Sie hatte das gleiche Jägertemperament wie er. Sie lehnte sich zurück und sagte:

»Ausgezeichnet, Per. Und Bjerregaard hat ebenfalls ein ordentliches Schulterklopfen verdient. Gestern habe ich seinen letzten Bericht bekommen. Seine Bestandsaufnahme der extremistischen Gruppen im Lande ist vorbildliche Nachrichtenarbeit. Ihr seid eine gute Gruppe.«

»Ohne große Ergebnisse.«

»Die sind selten in unserer Branche. Es sind die kleinen Schritte. Die Analyse zählt. Gewalt ist in diesem Land nicht erlaubt, aber es ist erlaubt, von Gewalt als einer möglichen Waffe zu sprechen.«

»Trotzdem.«

»Ihr habt gute Arbeit geleistet. Und das haben wir allesamt, egal was die Zeitungen schreiben. Die Welt ist eine andere geworden, aber wir haben uns schnell auf die neue Wirklichkeit eingestellt. Auf die neue Bedrohung.«

»Und wir bekommen jetzt also ein neues Haus«, sagte er und zeigte auf die vor ihr liegenden Papiere. »Wird sie schön, unsere neue Residenz am Klausdalsbrovej?«

Geradezu gleichgültig blickte Vuldom auf die Unterlagen und zündete sich eine Zigarette an.

»Sie wird zweifellos ganz hervorragend sein und wird alle zufriedenstellen. Wir werden mehr Platz haben.«

»Na, ist doch prima.«

Sie beugte sich vor.

»Wir haben so einiges zusammen durchgestanden, Per, ich möchte dir gern etwas anvertrauen. Aber das bleibt unter uns, klar?«

»Das mußt du mir nicht sagen, das weißt du doch.«

»Nun habe ich's aber gesagt. Also. Ich hege so meine Zweifel, daß ich das neue Hauptquartier überhaupt noch erlebe.«

»Du willst doch nicht deinen Hut nehmen? Ich weiß, du redest oft von deinem Polizeipräsidentenjob in der Provinz, so als Ausklang deiner Karriere. Aber doch nicht gerade jetzt! In dieser Situation!«

»Ich weiß nicht, ob ich eine Wahl habe.«

»Wirst du vom Minister gefeuert?«

»Das kann er nicht. Das ist Aufgabe des Reichspolizeichefs.«

»Du weißt schon, was ich meine.«

Sie blickte ihm in die Augen.

»Wir sind in Dänemark, nicht wahr? Bei uns wird so etwas diskret erledigt. Ich bekomme meinen Polizeipräsidentenposten etwas früher als gedacht und vielleicht nicht gerade dort, wo ich es mir gewünscht hätte. Aber ich werde nicht verhungern. Eine neue Regierung braucht neue Besen. Im Falle dieses irakischen Befehlshabers muß ein Sündenbock her. Der könnte ich sein. Als man ihm unter der alten Regierung Aufenthalt gewährte, war ich hier die Chefin. Die jetzige Regierung kann auf diese Weise tatkräftig und mit sauberen Händen auftreten. So funktioniert Politik, Per.«

Er schaute sie an. Die Fältchen um ihre Augen hatten sich vermehrt, und die Haut war schlaffer als noch vor einem halben Jahr. Es war in jeder Hinsicht ein langer Winter gewesen.

»Wir waren es doch, die ihn hier untergebracht haben, nicht wahr, Vuldom? Wir haben ihn sozusagen zu uns hereingeholt?«

Sie lächelte.

»Du warst immer ein guter Nachrichtenmann, Per. Du kannst denken und kombinieren. Ja. Wir haben den Amerikanern einen Dienst erwiesen.«

»Weil?«

»Weil das nächste Land auf ihrer Liste schon immer der Irak mit Saddam Hussein war. Es ist nur eine Frage der Zeit, dann erledigt der Sohn, was dem Vater nicht vergönnt war. Natürlich gewinnen die USA den kommenden Krieg, aber das Schwierige wird sein, den späteren Frieden zu gewinnen. Man wird Iraker brauchen, die Saddam gegenüber nicht loyal sind. Davon gibt es nicht so viele. Die meisten sind tot, aber die wenigen, die man hat, müssen irgendwo ihr Wartezimmer haben. Bis der Tag gekommen ist.«

»Das hört sich fast biblisch an.« Er mußte lächeln.

»Wir leben wieder in einer religiösen Zeit, Per.«

»Das heißt, ein neuer Schurke ersetzt einen alten Schurken.«

»Ja, aber er ist unser Schurke.«

»Okay. Also wir haben ihnen einen Dienst erwiesen?«

»Wir haben der CIA geholfen. Klar. In unserer Welt ist nichts gratis. Wenn wir nichts zu bieten haben, können wir auch nichts erwarten. Das weißt du, aber die Politiker wissen es nicht. Und wir waren mit der Bezahlung im Rückstand.«

»Das brauchst du ihnen doch nicht zu erzählen.«

Sie seufzte und blies den Rauch ihrer Zigarette aus.

»Leider doch. Ich muß den Sicherheitsausschuß innerhalb einer vertretbaren Zeit über die Zusammenhänge in Kenntnis setzen. Und irgendwann kommt der Tag, an dem der Mann auch wieder hinausgeschafft werden muß. Wenn ich dem Minister und möglicherweise auch dem Kontrollausschuß den Zusammenhang erkläre, dann ist das politische Gerangel vorbei, und ich muß gehen. Ist eigentlich auch in Ordnung. Man opfert einen Bauern, um eine Königin zu schützen.«

»Das tut mir leid zu hören.«

»Alles hat seine Zeit, Per. Außerdem wird es nicht gleich passieren.«

»Wann denn?«

»Ach. Den Sommer müssen wir noch zusammen durchstehen. Und wahrscheinlich auch noch ein Weilchen darüber hinaus.«

»Okay. Und danke.«

»Keine Ursache.«

Sie begleitete ihn zur Tür und gab ihm die Hand.

»Grüß deine süße Frau.«

»Werde ich tun.«

»Wenn du sie siehst.«

»Was willst du damit sagen?«

»Du weißt schon, was ich damit meine. Darf ich dir einen Rat geben?«

»Du tust es doch so oder so, auch wenn ich nein sage.«

»Es ist sehr einfach. Überleg doch mal. Du hast nur ein Leben.«

Er ließ ihre Hand los.

»Du bist vielleicht gut, Vuldom. Deshalb hast du mir deine Geschichte anvertraut. Du meinst, ich sollte mich auch nach etwas anderem umschauen.«

»Ich denke immer an das Wohl und Wehe der mir anvertrauten Mitarbeiter. Auf Wiedersehen, Per.«

»Du kannst mich mal, Vuldom.«

»Immer so zuvorkommend, unser Toftlund«, sagte sie mit einem Lächeln und schloß die Tür hinter ihm.

12

Per war verblüfft. Aischa bestellte ein Glas Wein.

»Ich dachte, du bist Muslimin«, sagte Toftlund. »Am ersten Tag hast du zu Bjerregaard gesagt, daß ...«

»Ich weiß, aber das war eine andere Situation. Ich bin auch Muslimin, aber nicht so richtig. Ich bin das, was meine Feinde in meiner Kultur eine Kokosnuß nennen. Außen braun, innen weiß.«

Er lachte.

»Na, denn Prost! Vielleicht sollten wir Schweinebraten bestellen.«

Jetzt lachte sie. Sie hatte ein helles, beinahe mädchenhaftes Lachen.

»Na, ich jedenfalls nicht. Schwein kann ich einfach nicht essen. Das sitzt zu tief. Das wird uns von Geburt an eingetrichtert. Das ist bäh. *Nijis.* ›Unrein‹ im Arabischen. Als würde man in Rattenfleisch beißen. Mit Hunden ist es ganz ähnlich. Ich kann das Verhältnis der Dänen zu ihren Hunden nicht verstehen. Daß sie sie streicheln und in ihren Häusern halten. In der Kultur, aus der ich komme, ist das einfach unappetitlich.«

»Wie bei den Grönländern.«

»Den Grönländern? Die fahren doch Hundeschlitten. Angeblich gibt's da mehr Hunde als Menschen.«

»Stimmt. Die Grönländer lieben ihre Hunde, weil sie von ihnen abhängig sind, aber in ihren Häusern wollen sie sie nicht haben. Sie finden das widerlich, und sie können überhaupt nicht begreifen, wie die Dänen sie ins Haus und manchmal sogar in ihr Bett lassen können.«

»Ich auch nicht. Warst du schon mal in Grönland?«

»Schon oft. Als junger Mann. Ich war bei den Kampftauchern. In Grönland haben wir den Winterkrieg geübt. – Und was nimmst du?«

Es war eine spontane Eingebung gewesen, als er von einer strategischen Besprechung im Polizeipräsidium zurückgekommen war. Aischa hatte in ihrem Büro am Computer gesessen, da hatte er sie gefragt, ob sie mit ihm essen gehen wolle. Er sei allein zu Hause und habe keine Lust, für sich zu kochen. Zu seiner Überraschung hatte sie ja gesagt, und nun saßen sie in einem zur Zeit sehr angesagten Lokal an einem weiß gedeckten Tisch mit zwei Gläsern Rotwein vor sich und waren von jüngeren Menschen in Designerklamotten umzingelt, die sich über irgendwelche Fernsehberühmtheiten unterhielten.

Aischa lehnte sich über den Tisch.

»Also in Grönland warst du auch. Du weißt eine Menge über mich, weil du mein Dossier gelesen hast. Aber ich weiß gar nichts über dich. Wo kommst du eigentlich her?«

»Aus Tondern.«

»Und was macht dein Vater?«

»Er ist pensioniert. Ursprünglich hat er in einer Bank gearbeitet, meine Mutter war Krankenschwester. Dann haben sie lange Jahre einen Campingplatz geführt. Jetzt spielen sie Golf.«

»Und?«

»Was, und?«

»Na, und du? Warum bist du Polizist geworden? Statt was Anständiges zu lernen.«

»Wie bitte?«

»Wie ich. Eine akademische Ausbildung zu machen. Jura zum Beispiel.«

»Wir können doch nicht alle zur Uni gehen. Einer muß auch fürs Grobe zuständig sein.«

Sie lächelte wieder. Das konnte sie gut. Sie brach sich ein Stück Brot ab und fragte, ehe sie es in den Mund steckte:

»Hast du Abi gemacht?«

»Klar hab ich Abi gemacht. Ist das hier ein Verhör oder was? Spar dir deine Talente für Pu den Bären auf.«

»Ich versuche nur, die Unterhaltung in Gang zu halten. Sei doch nicht so empfindlich.«

»Frauen sind einfach immer so neugierig.«

Sie brach sich noch ein Stück Brot ab.

»Das ist ungerecht. Du weißt jede Menge von mir. Ich weiß nichts von dir.«

»Da gibt's nicht viel zu erzählen. Nach dem Abitur wußte ich nicht, was ich wollte. Da habe ich erst einmal meinen Wehrdienst gemacht. Ich mochte das Militär. Es war was Handfestes. Anforderungen und Ziele waren klar. Ich habe mich bei den Kampftauchern gemeldet. Es war hart, aber vielleicht die beste Zeit meines Lebens. Der Körper hält es nur nicht so lange aus. Dann habe ich mich bei der Polizei beworben. Ende der Geschichte.«

»Du bist verheiratet und hast ein Kind, soweit ich weiß.«

»Da bin ich nicht der einzige.«

»Aber im Augenblick bist du allein?«

»Wer sagt denn das?«

»So was bekommt man eben mit in einem Büro. Und auch wenn unseres geheim ist, so ist es doch ein typisch dänisches Büro mit typisch dänischem Kaffeepausenklatsch.«

»Tove sollte gefälligst ihre Klappe halten.«

»Aber du bist allein.«

Das war eine Aussage, keine Frage. Er zuckte die Schultern und brach sich auch ein Stückchen Brot ab. Konnte schon sein, daß das Lokal trendy und teuer war, aber fix waren sie hier nicht gerade.

»Wir haben uns vorübergehend getrennt.«

»Das tut mir leid.«

»Ach ja?«

»Ja.«

Sie schwiegen, ehe Aischa wieder eine Frage stellte. Er sah sie an. In den Augenwinkeln hatte sie feine Fältchen, sonst war ihre Haut glatt und zart, und ihr Haar war pechschwarz ohne eine einzige graue Strähne. Sie war nur leicht geschminkt, aber ihre Lippen waren leuchtend rot.

»Man sagt, es sei da was mit dem Flakfort gewesen.«

»Sagt man das?«

Seine Stimme hatte jetzt einen dunklen Klang, und er schaute weg.

»Was ist denn da passiert?«

»Ich glaube, es gibt keinen Grund, darüber zu reden.«

Er merkte, daß seine barsche Antwort sie ein wenig erschreckte, vielleicht erinnerte sie sich auch plötzlich daran, daß er ja trotz allem ihr Chef war. Der Kellner rettete sie, sie bestellten Lamm. Sie unterhielten sich über Wind und Wetter, Fernsehprogramme und die neue Regierung. Toftlund war im großen und ganzen sehr zufrieden mit den Initiativen, die eine breite Mehrheit im Folketing schon abgesegnet hatte oder bald absegnen würde. Sie bekamen dadurch einfach bessere Instrumente an die Hand, um ihre Ermittlungen durchzuführen. Es war auch höchste Zeit, daß ihre Abteilung die Möglichkeit erhielt, V-Leute in terroristische oder kriminelle Milieus einzuschleusen. Es überraschte ihn nicht, daß Aischa Bedenken hatte. Sie war Akademikerin, keine Politikerin. Die nahmen immer diese einfache, verantwortungslose Haltung ein, dachte er wieder einmal. Und stellten diese abstrakten Fragen: Wie weit darf eine Demokratie zu ihrer Verteidigung gehen und sich trotzdem noch Demokratie nennen? Er und die Kollegen durften dann in der Zwischenzeit den Dreck wegräumen.

Aber das war schon in Ordnung. Es war auch in Ordnung, daß sie beim Essen hin und wieder schwiegen. Er empfand es als ganz natürlich. Als ob sie sich schon lange kennen würden. Und zwar gut. Das Stück Lamm war übrigens ebenfalls sehr gut. Der Kellner hielt ihnen einen längeren Vortrag über die wertvollen Zutaten. Das war jetzt überall so. Ohne Vorlesung mit einem Haufen auswendig gelernter Vokabeln kriegte man heutzutage keinen Teller mehr hingestellt. Die Köche waren die neuen Stars. Sie machten kein Essen, sie schufen Kunstwerke. Er nickte eifrig, aber wenn man ihn nach dem Inhalt des Vortrags gefragt hätte, hätte er ziemlich blaß ausgesehen.

Toftlund hatte gegen einen guten Bissen nichts einzuwenden und Aischa offenbar auch nicht, obwohl sie fast ein Drittel auf dem Teller ließ, während er alles wegputzte. Sie bestellten Kaffee. Einen doppelten Espresso. Toftlund dachte an Aischas Dossier und an ihr Leben, das sich von seinem oder auch von Lises so grundlegend unterschied. Aber die nackten Fakten in den Personalunterlagen verrieten weder die inneren Kämpfe noch die Gefühle, die zum Gepäck jedes Menschen gehören. Oberflächlich gesehen war Aischas Leben eine Erfolgsgeschichte. Eine Mustereinwanderin, dachte er. Der Vater 1970 aus Palästina gekommen. Die Frau folgte ein paar Jahre später. Den größten Teil seines Lebens war der Vater Fabrikarbeiter gewesen. Die Mutter hatte nie gearbeitet. Sie wohnten nach wie vor in ihrer Vierzimmerwohnung in Hvidovre. Der eine jüngere Bruder hatte ein Gemüsegeschäft in Rødovre. Der andere schloß im Sommer sein Medizinstudium ab. Zwei Akademiker in so einer Familie. Eigentlich beeindruckend. Erst die große Schwester, dann der kleine Bruder. Und Aischa war die einzige von ihnen, die politisch ein wenig aktiv gewesen war. Er hatte einige ihrer Beiträge gelesen. Sie waren von Vernunft und Dialogbereitschaft geprägt. Sie nannte sich kulturelle Muslimin, war keine praktizierende Gläubige, fand es aber wichtig, daran festzuhalten, daß der Islam ein Teil ihrer Herkunft war. Sie fühlte sich als Dänin mit arabischem Hintergrund. Sowohl von Dänen als auch von fundamentalistischen Muslimen hatte sie Prügel bezogen. Nun war sie 34. Unverheiratet und Eigentümerin einer Zweizimmerwohnung in Østerbro. Sie zahlte ihre Rechnungen pünktlich. Sie hatte eine längere Beziehung zu einem gleichaltrigen Kommilitonen syrischer Abstammung gehabt. Der PND hatte nichts über ihn vorliegen. Er arbeitete als Ausländerbeauftragter einer Stadtrandgemeinde. Die Nachforschungen hatten auch ergeben, daß sie einige kurze dänische Bekanntschaften gehabt hatte sowie am Ende ihrer Gymnasialzeit eine Beziehung zu einem Gleichaltrigen, der heute mit einer Frau aus Fünen verheiratet war und zwei Kinder hatte. »Sie war wundervoll, aber ich glaube, sie war mehr aus Trotz gegen die eigene Familie mit mir zusammen. Sie wollte ihnen verdammt noch mal zeigen, daß sie eine freie Frau war. Trotzdem legten wir unsere Route mit dem Festwagen nach dem Abitur so, daß wir zuerst an ihrem Haus vorbeifuhren. Hinterher trank sie Bier wie wir auch, um zu zeigen, daß sie wie alle anderen war und daß sie sich nichts gefallen ließ. Sie hatte es nicht immer leicht, und es war schon komisch, eine Freundin zu haben, deren Eltern einen nicht zu Gesicht bekommen durften«, hatte er gegenüber dem PND zu Protokoll gegeben.

Per ertappte sich dabei, wie er ihr auf den Busen starrte und ihren zarten, geraden Hals bewunderte. Ihre Geliebten müssen wirklich Glückspilze gewesen sein. Vielleicht gab es ja jetzt auch so einen Glücklichen. Er wußte es nicht. Wenn sie erst einmal verpflichtet worden waren, kontrollierte man das Privatleben der PND-Mitarbeiter nicht mehr. Wieder mußte er daran denken, wie es wohl wäre, mit ihr ins Bett zu gehen. Er versuchte sie sich nackt vorzustellen, aber es ging nicht. Warum baggerte er sie nicht einfach an? Es konnte wohl kaum etwas mit ihrer Religion zu tun haben. Er selbst war nicht religiös. Er war Mitglied der dänischen Volkskirche, aber das war man eben einfach, wenn man aus Tondern kam und getauft und konfirmiert war. Vielleicht war es nur der Gedanke an Lise, der ihn hemmte. Denn wer weiß? Vielleicht hätte Aischa ja Interesse? Immerhin war sie ohne Zögern mit ihm essen gegangen. Sie mußte nicht vorher irgendeinen Kerl benachrichtigen. Sie war eine erwachsene Frau. Sie konnte ja oder nein sagen. Das hatte nichts mit ihrer Herkunft zu tun. Sondern eher mit seiner eigenen Unsicherheit und seinem allgemeinen Gefühl des Versagens und des Fiaskos.

»Sag mal, Per, hörst du mir überhaupt zu?«

»Aischa, entschuldige. Ich war mit den Gedanken woanders. Es waren harte Tage zuletzt.«

»Das sagen Männer immer, wenn das Gerede der Frauen sie langweilt.«

»Ach komm, doch nicht immer.«

»Was meinst du, wie lange sich die Regierung hält? Mit diesem Koalitionspartner?«

»Keine Ahnung. Was meinst du denn?«

Sie fuhr fort, über Politik zu reden, und er zwang sich, nicht mehr an Sex zu denken, und kehrte zu den trockenen Informationen zurück, die er über die Menschen in Aischas Leben gelesen hatte, die ihr etwas bedeutet hatten. Alle waren rein wie der Schnee, der in der Kindheit fiel, dachte Toftlund. Es war ein völlig normales dänisches Leben. Abgesehen von ihrer Herkunft.

Der Kaffee duftete gut und stark. Schweigend rührten sie den Zucker um. Er ließ sie einen kleinen Schluck nehmen, ehe er fragte:

»Wieso bist du nicht mit irgendeinem Vetter aus der Heimat verheiratet?«

»Bist du immer so direkt?«

»Wieso?«

»Eben haben wir noch über ganz andere Sachen geredet. Und eine Dänin würdest du so was nie fragen.«

»Du bist eine Dänin.«

»Ach ja?«

»Klar, verdammt.«

»Bjerregaard ist da ganz anderer Meinung.«

»Bjerregaard ist doch wirklich ein reaktionärer alter Blödmann.«

Sie sah ihn an. Die braunen Augen waren sanft und scharf zugleich.

»Dann gibt es viele reaktionäre alte Blödmänner in Dänemark.«

»Mensch, Aischa. Du bist ein absolutes Musterexemplar. Ein Vorbild. Wie nennt man das heute: ein Modell. Für alle Frauen anderer ethnischer Abstammung. Oder?«

Sie lächelte.

»Für dich vielleicht. Für Dänen bin ich vielleicht ein Modell. Für meine Familie und ihre Freunde bin ich ein abschreckendes Beispiel. Seht nur, wie es Husseins Aischa ergangen ist, sagen sie. Das kommt davon, wenn man den Jugendlichen erlaubt, ein dänisches Leben zu führen. Die Arme ist weder ehrbar noch verheiratet. Sie hat Schande über Husseins Haus gebracht.«

»Du redest die ganze Zeit von den Dänen und den anderen. Von denen und uns. Du bist doch dänische Staatsbürgerin, oder?«

»Selbstverständlich. Aber so ist das eben. Wir haben viele Namen. Zweite-Generations-Einwanderer. Dänen anderer ethnischer Abstammung. Neudänen. Aber weißt du, wie wir am häufigsten genannt werden?«

Er schüttelte den Kopf, obwohl er genau wußte, was jetzt kam.

»Fremde. Ich bin dänische Staatsbürgerin, aber Fremde. Seltsam, nicht?«

»Ich weiß nicht. Mein Großvater war auch ein Fremder, als Nordschleswig noch deutsch war. Meine Mutter war auch eine Art Fremde im Grenzland.«

»Das ist nicht das gleiche.«

»Trotzdem.«

Sie brach kleine Stückchen von ihrem Brot ab und ließ sie wie Schnee auf ihren Teller rieseln. Es war eine Unsitte von ihr, wenn sie nervös war.

»Paß auf, Per«, sagte sie. »Die meisten Dänen sind keine Rassisten. Sie wollen einfach sie selbst sein. Die meisten Dänen denken, sie haben die beste Gesellschaft der Welt erschaffen und alle anderen sind darauf aus, Dänemark zu zerstören. Ich war nie direktem Rassismus ausgesetzt, aber ich begegne immer dieser kleinen Distanzierung. Diesem kleinen Blick. Man hält Abstand. In Dänemark fühle ich mich oft fremd. In New York oder London nicht. Dort bin ich eine Frau mit guter Ausbildung und werde auch als solche angesehen. In Dänemark bin ich in erster Linie eine Fremde unter vielen.«

»Nicht für mich.«

»Nein, nicht für dich. Aber weißt du was?«

Er schüttelte den Kopf.

»Manchmal habe ich Lust, ein Kopftuch umzubinden. Wir haben darüber in der Gruppe von Akademikerinnen ...«, sie sprach das folgende spöttisch aus, »... anderer ethnischer Abstammung gesprochen, die sich hin und wieder trifft. Daß wir aus Protest Kopftuch tragen sollten. Wenn ihr uns abstempeln wollt, dann bitte! Kopftücher sind eine uralte Tradition, aber unter jungen Mädchen sind sie heute oft eine Art Protest.«

»Aber du tust es nicht?«

»Nein. Ich habe für meine Freiheit gekämpft, um nicht

mit dem Vetter verheiratet zu werden, von dem du geredet hast. Einfach war's nicht.«

»Kann ich mir vorstellen.«

»Nein. Kannst du dir nicht vorstellen. Du weißt nicht, was Ehre und Schande in meiner Kultur bedeuten.«

»Dann sag's mir!«

»Mein geliebter Vater hat gelernt, mit seiner Enttäuschung über meine Entwicklung zu leben. Er wird mir wohl nie verzeihen, aber er liebt mich einfach zu sehr. Die Schande, daß ich die Familienehre verletzt habe, sollte trotz allem nicht dazu führen, daß ich ausgestoßen werde ...«

»Oder ermordet.«

»Auch das, ja.«

»Und deshalb hast du nie geheiratet und Kinder bekommen.«

Sie lachte, aber ihre Augen lachten nicht.

»Das, Per Toftlund, geht dich nichts an.«

»Du hast Liebhaber gehabt.«

»Steht das auch in meinen Unterlagen?«

»Das unterliegt der Geheimhaltung, was da drinsteht.«

»Da kannst du mal sehen. Du bist ständig im Vorteil, immer einen Schritt voraus. Du darfst mein Dossier lesen. Ich nicht.«

»So ist es nun mal. Ich bin dein Chef.«

»Okay, Chef. Dann möchte ich mich für den schönen Abend bedanken.«

Er lächelte. Sie gefiel ihm immer besser.

»Bitte sehr. Aber sag mir doch noch schnell – und dann lasse ich dich in Ruhe –, wie bist du dem Vetter entkommen?«

Sie lächelte zurück.

»Das geht dich eigentlich nichts an, aber jetzt habe ich anderthalb Gläser Rotwein getrunken und wieder mal gegen den Koran verstoßen, da macht das jetzt auch nichts mehr.

Er hieß Jens. Er hatte braune Augen und braune Haare und trug eine Brille. Er war dünn und alles andere als ein Kerl. Bei uns waren die Jungs Machos. Sie quatschten immer von der Ehrbarkeit ihrer Schwestern und von den dänischen Nutten. Hinter denen waren sie her. Mit hängender Zunge. Sie behängten sich mit dicken Goldkettchen und schwänzelten auf eine Art durch die Gegend, die mich rasend machte. Jens war das schiere Gegenteil. Sanft und belesen. Schmalschultrig und verständnisvoll. Im Abijahr habe ich mich Hals über Kopf in ihn verliebt. Am Tag nach meinem achtzehnten Geburtstag, vier Tage, bevor ich nach der Lesung des Folketings auf die Liste der neuen dänischen Staatsbürger gesetzt wurde, ließ ich mir von ihm meine kostbare Unschuld rauben. Das war nicht angenehm, aber es wurde angenehm, und es war so lange angenehm, wie wir zusammen waren. Meine Eltern waren außer sich, der eine kleine Bruder ist völlig ausgerastet, der andere Bruder hat mich verteidigt, und ich bin standhaft geblieben. Da ich die Beziehung nicht geheimgehalten habe, war die Schande groß, und mein Wert auf dem Heiratsmarkt ist rapide gesunken. Wie gesagt, meine Eltern haben mir nicht vergeben, aber sie haben gelernt, mit ihrer Enttäuschung zu leben. Also entschuldige, daß es so banal klingt, aber es war die Liebe, die mich vor dem Vetter bewahrt hat. Meine Liebe zu Jens. Und die Liebe meiner Eltern zu mir.«

»Es muß hart für dich gewesen sein.«

»Ich habe gute Eltern. Für andere junge Frauen ist es viel härter.«

»Dabei hört es sich eigentlich so an, als wären deine Eltern ganz schön verstockt.«

Er merkte, daß sie böse wurde. Er war zu weit gegangen. Es stand ihm nicht zu, über ihre Eltern oder ihr Privatleben im allgemeinen moralische Urteile zu fällen. Ihr stieg das Blut in die Wangen, ihr Blick wurde hart, sie versuchte ihren Zorn zu verbergen, aber es gelang ihr nur unzureichend. Sie mußte sich höllisch zusammenreißen.

»Entschuldigung«, sagte er. »Ich hätte nicht ...«

»Vergiß es, Per. Du verstehst das sowieso nicht.«

Ein peinliches Schweigen entstand. Er drehte sich um und signalisierte dem Kellner, daß er bezahlen wollte. Sie waren unter den letzten Gästen. Die Zeit war wie im Fluge vergangen. Es war ein schöner Abend gewesen, der ihn ein wenig von Lise abgelenkt und seine Sehnsucht nach Freya in eine fernere Ecke seines Herzens verlagert hatte. Aischa atmete tief ein und sagte:

»Mein Vater ist 1970 nach Dänemark gekommen. Er hat drei bis vier Stunden für den Flug gebraucht, aber er kam aus einem völlig anderen Zeitalter, auf seiner Reise hat er fast hundert Jahre zurückgelegt, was die Zeit und die Kultur und den Ort anbelangt. Er kam aus einem kleinen palästinensischen Dorf und hat die ländlichen Werte und Überzeugungen ins moderne Dänemark mitgebracht. Zum Beispiel daß der Vater das Oberhaupt der Familie ist. Daß er ihr Versorger ist und ihre Ehre hüten muß. Im Gegenzug verlangt er Gehorsam und Respekt. Wie die meisten seiner Generation träumt er noch immer von dem Tag, an dem er in sein Dorf zurückkehren wird. Er weiß, daß ich weiß, daß meine Eltern das nie tun werden. Aber das würde er nie zugeben, weder mir noch meinen Brüdern, noch seiner Frau, noch sich selbst gegenüber. Aber er hat das Recht, davon zu träumen und jedes Jahr, wenn wir das Ende des Ramadans feiern, zu sagen: Nächstes Jahr feiern wir zu Hause.«

»Na, gut.«

»Nein, das ist nicht gut. Das ist eher traurig, aber leider nicht zu ändern.«

»Und wieso ist es dir gelungen, wenn es so vielen anderen nicht gelingt?«

»Ich weiß es nicht. Hartnäckigkeit. Dadurch, daß ich

mich weigere, ein Opfer zu sein. Und weil mein Vater doch das Beste für seine Kinder wünscht und weiß, daß er einlenken muß, auf Kosten der alten Traditionen, auch wenn er sich das nie eingestehen würde. Und durch meine Mutter. Sie sagt nicht soviel. Sie weiß nicht so viel, aber sie hat mehr gesagt, als man ihr zutraut. Und sie bekommt oft ihren Willen, und sie liebt ihre Kinder. Ich habe nie ein Kopftuch getragen. Es gab nicht so viele von meiner Sorte, als ich aufs Gymnasium kam, und meine Eltern waren sich einig, daß ich mich von den andern nicht zu sehr unterscheiden sollte. Als ich dann in die Pubertät kam, sollte ich mich ehrbar bedecken. Ich wurde wütend und knallte mit den Türen. Sie gaben nach. So wie sie nachgegeben haben, als ich Jens kennenlernte und dann nach Århus ins Studentenwohnheim gezogen bin. Aber es hat sie sehr, sehr betrübt, und sie haben sich sehr, sehr geschämt. Mein Vater hat sich sogar den Schnurrbart abrasiert. Er ließ ihn sich erst wieder wachsen, als mein jüngerer Bruder eine ehrbare Frau aus guter Familie geheiratet hat.«

»Warum hat er sich denn den Bart abrasiert?«

»Als Zeichen seiner Schande, daß er nicht in der Lage war, seine Familie zu führen. Ohne Schnurrbart sieht er eher aus wie eine Frau. Wenn ein Araber zeigt, daß er seine Familie im Griff hat, sagt man, er habe einen Schnurrbart. Den hat er dann verloren, als ich meine Unschuld verloren habe. Er war am Boden zerstört. Meine Schande war die Schande der Familie. Die ganze Familie bekam schwarze Gesichter, wie wir auf arabisch sagen. Es war eine furchtbare Zeit. Mein Vater wollte nicht einmal mehr in seinen Klub gehen. Aber das ist überstanden. Mein Vater hat seinen Schnurrbart wieder.«

»Und das freut dich?«

»Ja, natürlich, aber manchmal bin ich doch im Zweifel, ob es die ganze Sache wert war, aber so ist es nun mal. Ich hoffe, Allah wird mir dereinst vergeben.«

»Das wird er schon tun.«

»Na, da bin ich mir nicht immer so sicher, manchmal überkommen mich Zweifel, und ich höre wieder die Imame aus meiner Kindheit oder meinen Vater, wie sie mir erzählen, was die Sünder in der Hölle erwartet.«

Toftlund bezahlte, und sie gingen in Richtung Nørreport-Station. Er hatte ihr angeboten, sie nach Hause zu fahren, aber sie wollte die S-Bahn bis Svanemøllen nehmen. Sie hakte sich bei ihm ein. Er empfand es als intime, zugleich aber auch kollegiale Geste. Es war kalt und windig geworden, und selbst hier in der Stadt konnte man den Regen riechen. Sie war angenehm groß und machte lange Schritte in ihren flachen Schuhen. Sie überquerten den Kultorvet. Es waren nur wenige Menschen auf der Straße. Die Caféstühle waren noch gestapelt und warteten ebenso ungeduldig wie die Menschen auf das richtige Frühjahr. Der Aprilfrühling war ja trügerisch. Auf der Steinbank an der Skulptur, die zwei alte Menschen darstellte, hockten drei junge Ausländer. Alle hatten Jeans und dunkle Lederjacken an. Der eine redete in sein Handy. Vor Aischa und Toftlund leuchtete das rote S-Bahn-Schild vor dem schwarzen Nachthimmel auf. Sie gingen an den Burschen vorbei. Sie waren nicht älter als fünfzehn, sechzehn. Einer von ihnen sagte laut etwas auf arabisch, und er spürte, wie sich Aischas Hand an seinem Arm verkrampfte. Es fielen noch ein paar arabische Worte, und er fühlte, wie ihr Griff noch fester wurde.

»Was sagen die, Aischa?« fragte er und blieb stehen, aber sie versuchte ihn weiterzuziehen.

»Ist egal.«

Er drehte sich zu den Jungen um. Sie blieben hocken und musterten ihn mit provozierendem Blick. Ihn packte die Wut. Er mußte sich vorsehen, er lief mit Dienstmarke und Pistole herum. Und sie hatten ja nichts getan. Es war nicht verboten, auf dem Kultorvet zu hocken und Arabisch zu reden.

»Komm, Per«, sagte sie, »es ist nicht so schlimm.«

Der größte von den dreien sagte wieder etwas. Diesmal lauter.

»Was sagen die da, verdammt?« wiederholte Per.

»Die sagen, ich bin eine Nutte, natürlich.« Ihre braunen Augen waren wütend. Und feucht. »Die sagen, ich bin eine Nutte, die in die Hölle kommt, weil ich mit einem ungläubigen Schweinefresser gehe und nicht verschleiert bin.«

»Verflucht noch mal«, sagte Toftlund, machte sich frei und ging auf die drei Jungen zu. Sie erhoben sich und bauten sich vor ihm auf. Nicht direkt bedrohlich, ihre Arme ließen sie an den Seiten herabhängen, aber sie versuchten, kämpferisch auszusehen.

»Per, laß es gut sein!« Er hörte, wie verzweifelt sie war, aber er spürte auch, wie sein Blut vor Wut kochte. Er kannte sich gut genug, er mußte jetzt wirklich aufpassen. Er durfte nicht den Fehler begehen, all die Frustrationen, aus denen sein Leben momentan bestand, an drei ungezogenen Rabauken auszulassen. Daß sie drei gegen einen waren, daran verschwendete er keinen Gedanken. Sie hätten ohnehin keine Chance gegen ihn. Er trat auf sie zu, aber sie blieben stehen. Plötzlich sagte Aischa etwas zu ihnen, lang und schroff, und auf arabisch. Die Typen erstarrten, drehten sich wie auf Kommando um und rannten auf ihren Turnschuhen über den Platz und die Købmagergade hinunter.

Toftlund wandte sich zu ihr um.

»Was hast du ihnen gesagt, zum Donnerwetter?«

Ihre Augen leuchteten wieder, und sie lächelte.

»Ich habe gesagt, du bist mein Mann und Muslim, und daß du Bulle bist und ihren Vätern einen Besuch abstatten würdest, die sie dann windelweich schlagen, wenn du das nicht vorher selbst schon erledigst. So was in der Art.«

»Verflucht noch mal«, sagte Toftlund.

»Mußt du immer so viel fluchen?«

»Nein, das ist eine schlechte Angewohnheit, verdammt noch mal!«

Sie lachten beide.

Sie stellte sich auf die Zehenspitzen und gab ihm einen flüchtigen Kuß auf die Wange.

»Vielen Dank für den schönen Abend, Per. Und für das wunderbare Essen.«

»Danke gleichfalls«, sagte er und sah ihr nach. Auf den letzten paar Metern zum S-Bahnhof Nørreport drehte sie sich nicht mehr um. Sie ging energisch und mit erhobenem Kopf, und er blickte ihren wiegenden Hüften nach und dachte an Ganløse, wo alles so dunkel und still war.

13

Einige Tage später luden sie Marko vor. Suleimans Verhaftung war in den Medien gemeldet worden, und Toftlund hatte Brian Gislev zu Marko geschickt, um ihn um ein Gespräch zu bitten. Der hatte nichts dagegen. Er war freundlich und kooperationsbereit und sehr erstaunt, daß sein alter Freund festgenommen worden war. Sie baten ihn ins Kopenhagener Polizeipräsidium. Einerseits wollten sie ihr zwischenzeitliches Hauptquartier in Brønshøj nicht verraten, andererseits pflegte das Präsidium mit seinen imposanten Säulen, dunklen Geschichten und zahllosen Räumen den Menschen einen gewissen Respekt einzuflößen.

Am späten Vormittag standen Gislev und Toftlund vor einem der vielen Vernehmungszimmer. Aischa stand etwas abseits und wirkte nervös. Sie knabberte an ihrem Daumen. Toftlund hatte ihr am Tag zuvor mitgeteilt, daß sie bei der

Vernehmung dabeisein, anfangs aber noch den Mund halten sollte. Er hatte ihr genaue Anweisungen gegeben, ihr gesagt, was er von ihr erwartete, wie sie angezogen sein sollte, wie sie die Situation deuten und wann sie einschreiten sollte. Sie hatte versucht, etwas einzuwenden, aber er hatte auf dem Absatz kehrtgemacht und ihr bedeutet, daß es sich um einen Befehl handelte und sie hier nicht in einem Diskussionsklub war.

Gislev kaute auf seinem Nikotinkaugummi. Er hatte wieder einmal aufgehört zu rauchen. Er sprach und kaute dabei, was Toftlund ziemlich auf den Nerv ging. Warum konnten die Leute diese bescheuerte Angewohnheit nicht einfach aufgeben?

»Per?«

»Ja, Brian?«

»Ich finde das hier nicht gut.«

»Was findest du nicht gut?«

»Na ja, die ganze Situation. Der Mann ist nicht verhaftet, aber ich glaube, du hältst mit irgend etwas hinterm Berg. Ich will nur sagen, ich will hier nicht in irgendwas Ungesetzliches reinschliddern. Wenn du verstehst, was ich meine.«

»Nein, das verstehe ich nicht, Brian.«

»Warum muß sie dabeisein?«

»Weil sie muß.«

»Das ist es doch, was ich meine. Da ist irgendwas im Busche.«

»Weißt du was, Brian. Wenn du meinst, ich wollte die nassen Handtücher wiederaufleben lassen, die in diesem Hause so sattsam bekannt sind, dann hast du dich geschnitten. Das ist nicht meine Art. Wir reden mit dem Mann. Wenn er nicht reden will, nehmen wir ihn fest, dann hat er alle Rechte eines Beschuldigten. Und fangen noch mal von vorne an. Und wenn er einen Anwalt will, dann kriegt er einen. Klar?«

»Klar.«

»Nur eins noch.«

»Ja, Per?«

»Ich stelle Aischa als Kriminalkommissarin vor.«

»Das ist sie doch gar nicht.«

Gislev schaute Aischa an, die so tat, als ginge das Gespräch sie nicht das geringste an.

Per schielte zu Aischa hinüber und sagte:

»Nein. Aber ich stelle sie so vor.«

»Sie ist Beraterin. Warum soll sie beim Verhör dabei sein?«

»Brian. Sie ist eine von uns. Sie ist gecheckt. Sie hat den Sicherheitskurs und den Schießkurs absolviert und auch noch einen in Vernehmungstechnik. Heute ist sie Kriminalkommissarin Aischa bint Hussein. Verstanden, Kumpel?«

»Per, verdammt.«

»Hast du das verstanden?«

»Ja, das habe ich verstanden.«

»Fein. Dann sei bitte ein guter Gastgeber und hole den kleinen Marko am Haupteingang ab und führe ihn in den Raum 314.«

»Jawohl, Sir.«

»Na bitte, geht doch.«

Marko kam in seiner Businеßuniform. Er trug seinen dunklen Armani-Anzug mit Selbstsicherheit und einer gewissen Arroganz. Dazu hatte er ein Hemd in gebrochenem Weiß an und einen gemusterten breiten Schlips mit Windsorknoten. Seine Nägel waren gepflegt und kurz geschnitten, und er sah Per in die Augen, als dieser ihn begrüßte. Er war größer, als es auf den Überwachungsbildern aussah, schlank, aber mit breiten Schultern. Bis auf den Schnurrbart, den er sich gerade stehen ließ, war er frisch rasiert. Die Uhr war eine teure Omega Sportsmaster, und am Ringfinger der linken Hand trug er einen Goldring. Es konnte ein Ehering, aber auch ein reiner Schmuckring sein. Sein Händedruck war fest und trocken.

Toftlund dankte ihm freundlich für sein Kommen und bat ihn, Platz zu nehmen. Es war ein fast quadratischer, fensterloser Raum mit schmutziggelben Wänden und einem billigen Tisch mit vier Stühlen. Ein Geruch nach abgestandenem Rauch, Angst und nackten Lügen hing in der Luft. Die Neonröhre an der Decke spendete ein grelles, scharfes Licht. Auf dem Tisch standen ein Aschenbecher, eine Schale mit Zucker in schmalen Papiertütchen, eine Thermoskanne und zwei Becher. Daneben lag ein Aufnahmegerät. Toftlund nahm es in die Hand und fragte:

»Haben Sie etwas dagegen, daß wir das Gespräch aufnehmen, Marko?«

»Durchaus nicht. Ist das Kaffee?«

»Ja, warten Sie, ich gieße Ihnen ein.« Toftlund legte das Aufnahmegerät hin und goß Kaffee in die beiden Becher.

»Sahne? Ich kann Ihnen welche holen lassen.«

»Nein, danke. Zucker ist wunderbar.« Marko schüttete ein Tütchen in seinen Becher und rührte mit ruhigen Bewegungen um. Falls er nervös war, konnte er es gut verbergen. Seine Hände zitterten nicht im geringsten, am Haaransatz war keinerlei Schweiß zu sehen, und die Augen flackerten nicht. Sein Dänisch war praktisch ohne Akzent. Nur einige Betonungsfehler verrieten, daß es nicht seine Muttersprache war.

Toftlund drückte die Aufnahmetaste und sagte:

»Zeit: 10.40 Uhr. Ort: Polizeipräsidium Kopenhagen. Anwesend sind Marko Cemal, der sich bereit erklärt hat, bezüglich der Festnahme von Suleiman und Bülent Erkaban auszusagen. Ebenfalls anwesend sind die Kriminalkommissare Brian Gislev und Aischa bint Hussein und ich, Kriminaldirektor Per Toftlund.«

Er wartete auf eine Reaktion, aber es kam keine. Marko drehte sich fast träge um und machte zunächst eine Kopfbewegung in Richtung Aischa, dann nickte er Brian zu. Aischa stand hinter ihm, er konnte sie nicht sehen. Sie hielt eine gelbe Mappe in der Hand. Toftlund stellte das Aufnahmegerät auf den Tisch, so daß das Mikro auf Marko zeigte, und fragte:

»Sie sind Marko Cemal, Eigentümer eines Import-Export-Geschäfts, dänischer Staatsbürger mit Wohnsitz in Kopenhagen?«

»Korrekt.«

»Sie kennen Suleiman und Bülent Erkaban?«

»Korrekt.«

»Kennen Sie sie gut?«

»Ich kenne sie praktisch seit eh und je. Bülent ist einer meiner besten Freunde. Wir sind zusammen zur Schule gegangen. Ich glaube nicht, daß sie das getan haben, was Sie ihnen vorwerfen. Es scheint mir reine Schikane zu sein. Nur weil sie Einwanderer sind. Sie arbeiten hart und haben in Dänemark ihr gutes Auskommen, und das ist nicht so einfach, wenn man Ausländer ist, möchte ich nur mal anmerken.«

»Sicher nicht, aber wir haben in einer Garage eine große Lieferung Haschisch mit ihren Fingerabdrücken gefunden, und wir haben andere eindeutige Indizien. *Deshalb* hat der Richter Untersuchungshaft verfügt, Marko. Nicht weil sie Einwanderer sind.«

»Wenn Sie meinen.«

»Allerdings meine ich das.«

»Ich glaube nicht daran. Sie sind ehrliche und fleißige Menschen.«

»Nicht mal ein bißchen Schwindel mit der Mehrwertsteuer? Oder unzureichend deklarierter Import von Limonade für den Kiosk, hmm?«

Marko lachte. Es war ein kurzes, heiseres Lachen, aber es wirkte ehrlich.

»Meine Güte, Toftlund«, sagte er, »das weiß ich nicht, aber wenn Sie auf so was aus sind, müssen Sie die Hälfte der dänischen Bevölkerung einsperren. Denn es gibt eine Sache, die man als Neubürger in diesem Land sehr schnell kapiert, daß nämlich die Prozentrechnung nicht zu den Stärken der Dänen gehört. Herrgott noch mal!«

»Darauf sind wir nicht aus.«

»Auf die Gefahr hin, mich zu wiederholen: Es sind ehrliche und fleißige Menschen, und ich bin stolz darauf, daß sie meine Freunde sind.«

»Haben Sie Geschäfte mit ihnen gemacht?«

»Das ist ein paar Jahre her. Wir haben uns im Import echter Orientteppiche versucht, aber das klappte nicht so recht. Sonst sind wir einfach Freunde. Und ich bin Patenonkel von einem von Bülents Kindern.«

»Sie leben gut, nicht?«

»Sie arbeiten hart.«

»Und Sie, Marko, Sie leben auch gut.«

»Ich arbeite auch hart.«

Toftlund lehnte sich zurück und betrachtete ihn. Marko saß ruhig auf seinem Stuhl und umfaßte den Kaffeebecher mit beiden Händen. Gislev scharrte mit den Füßen, und außer dem leisen Summen des Kassettengeräts hörte man auch Aischas Atemzüge. Sie war gespannter, als sie zeigen wollte. Sie sah Toftlund an und blickte dann auf Markos Nacken hinunter. Sie wirkte ruhig und ausgeglichen und hatte einen konzentrierten Blick. Sie ist bei der Sache, dachte Toftlund. Sie ist aufmerksam. Das ist gut und notwendig.

»Und was arbeiten Sie?« fragte Toftlund, als er die Pause genug in die Länge gezogen hatte.

»Ich bin Honighändler. Internationaler Honighändler, der fast auf der ganzen Welt kauft und verkauft, aber vor allem im Nahen Osten. Sie müssen wissen, Honig ist in den arabischen Ländern sehr gefragt, und Dänemark produziert hervorragenden Honig, aber viele Menschen, die heute in Dänemark leben, wollen trotzdem gern den Honig aus ihren alten Heimatländern essen. Ich importiere und exportiere Honig. Das ist meine Arbeit.«

»Und das läuft gut?«

»Sie können es gerne bei der Handelsverwaltung nachprüfen, dann werden Sie sehen, daß meine Geschäfte in der Tat glänzend laufen.«

»Das machen Sie also. Sie kaufen und verkaufen Honig.«

»Korrekt.«

»Man kann im Honig auch das ein oder andere schmuggeln, nicht wahr?«

»Was wollen Sie denn damit sagen?«

»Na ja, eine klebrige, dickflüssige Masse …«

»Ich mag Ihre Andeutungen nicht. Und Ihren Ton auch nicht.«

»Das brauchen Sie auch nicht. Ich stelle nur ein paar Fragen.«

»Ich dachte, Sie hätten mich eingeladen, damit ich Ihnen etwas über meine Freunde erzähle. Und das geht sehr schnell. Es sind ehrliche und fleißige Leute, und Sie befinden sich in einer Sackgasse. Es sind gute Menschen.«

Markos Stimme klang nach wie vor ruhig, aber Toftlund hatte den Eindruck, daß etwas in den dunklen, schmalen Augen vor sich ging. Es war so etwas wie Wut darin zu erkennen, die, wie Toftlund hoffte, in ihm brannte und die er mit seinem feinen Anzug und der sorgfältig gebundenen Krawatte unter allen Umständen unter Kontrolle zu halten versuchte. Diese Wut mußte herausgekitzelt werden. Toftlund mußte versuchen, die passenden Worte zu finden.

Er beugte sich vor, blickte ihm in die Augen und fragte:

»Marko, wissen Sie, was ein Hawaladar ist?«

Sein Blick flackerte, nur einen Moment, aber Toftlund spürte die erste Unsicherheit.

»Darf man rauchen?«

»Bitte sehr.«

Marko angelte sich eine Packung Zigaretten und ein altes Einwegfeuerzeug aus der Tasche, steckte sich eine an, inhalierte tief und blies den Rauch aus. Toftlund ließ ihn noch ein paar Sekunden schmoren, dann stellte er die Frage erneut.

»Natürlich weiß ich das«, sagte Marko. »Ein Hawaladar ist jemand, der eine Art Einmannbank führt. Eine vollkommen legale Beschäftigung.«

»Sie wissen es, weil Sie selber ein Hawaladar sind, nicht wahr?«

»Ich war der Meinung, dies sei ein freundliches Gespräch. Aber es erinnert mich eher an ein Verhör. Ich möchte darauf aufmerksam machen, daß ich freiwillig hier bin.«

»Wofür wir auch außerordentlich dankbar sind, Marko. Aber das ist keine Antwort auf meine Frage.«

»Ja, ich habe das eine oder andere Hawalar-Geschäft gemacht. Das ist korrekt. Aber es ist nicht meine Haupttätigkeit. Ich helfe nur, wo ich kann. Es ist nicht immer leicht, Neubürger in diesem Land zu sein.«

»So, so. Aber Ihre Tätigkeit ist bei den Steuerbehörden nicht registriert.«

Nun erschienen die ersten Schweißperlen auf seiner Stirn. Er zog heftig an seiner Zigarette, seine Augen flackerten, der Blick suchte ein Ziel irgendwo links unten. Vermutlich begriff er langsam, daß Toftlund wußte, daß er log.

»Dazu möchte ich mich nicht weiter äußern. Nicht ohne meinen Anwalt.«

»Na, klar. Das ist ohnehin ziemlich bedeutungslos. Es würde sich höchstens um eine Nachzahlung und eine Geldstrafe handeln. Nichts Besonderes …«

»Das ist eine andere Firma. Die ist in Dänemark überhaupt nicht eingetragen.«

»Eine Geldstrafe wegen Steuerhinterziehung. Damit können wir alle leben. Es sei denn …«

»Es sei denn was?«

»… Ihre Hawalar-Tätigkeiten finanzieren den Drogenhandel. Dann reden wir nicht mehr über eine Geldstrafe, Marko.«

»Das ist völlig an den Haaren herbeigezogen. Wollen Sie behaupten, ich finanziere Bülent …?«

»Tun Sie das denn?«

»Natürlich nicht! Wie oft soll ich denn noch sagen, daß Bülent mein Freund ist, daß er ein ehrlicher Mann ist und daß wir keine gemeinsamen Geschäfte machen?«

»Sie sind oft auf Reisen.«

»Ich bin internationaler Honighändler. Reisen gehören zu meinem Job. Ich bin bestimmt mehr als hundert Tage im Jahr nicht zu Hause. Ich fördere den Export, der dazu beiträgt, daß einer wie Sie sein Gehalt bekommt.«

Toftlund fand es prima, wie sich das Gespräch entwikkelte. Marko hatte vergessen, daß Gislev und Aischa auch noch anwesend waren. Sie befanden sich beide in einer Machtprobe, bei der Toftlund ihn absichtlich zappeln ließ. Und ihn darüber im ungewissen ließ, was sie über ihn wußten. Marko hatte ein schlechtes Gewissen, aber wenn Toftlund recht hatte, dann nicht weil er mit Drogen handelte, sondern weil er den Terrorismus unterstützte. Marko mußte befürchten, daß sie sein Doppelleben kannten, aber sicher konnte er sich nicht sein. Er mußte jetzt grübeln, ob er überwacht worden war und was sie dabei wohl entdeckt hatten. Er konnte nicht sicher sein, obwohl er immer Vorsichtsmaßnahmen getroffen hatte. Er hoffte, es handelte sich bloß um Erkabans Drogenhandel. Wenn es dabei bliebe, konnte er beruhigt sein. Denn auch Toftlund war davon überzeugt, daß Marko mit der Sache nichts zu tun hatte, obwohl er zugleich davon überzeugt war, daß er von den gesetzwidrigen Geschäften der Freunde wußte. Anders konnte es nicht sein. Aber er hatte weggeschaut und sich rausgehalten.

Marko zündete sich eine neue Zigarette an. Toftlund entschloß sich, die bisherigen Spielchen zu lassen und zum Kern der Sache zu kommen. Denn wenn Marko jetzt aufstand und ging, konnten sie ihn kaum zurückhalten. Natürlich konnten sie ihn festnehmen lassen, aber um ihn in U-Haft zu nehmen, war ihre Ausbeute zu mager, wenn er einen einigermaßen kompetenten Anwalt hatte. Jedenfalls nicht hier und heute. Und wenn er nach einer Beschuldigung erst das Weite suchte, wäre er nach Toftlunds Einschätzung schnell über alle Berge und würde sich nach London oder wahrscheinlicher noch nach Syrien oder Saudi-Arabien absetzen.

Toftlund lehnte sich zurück und faltete seine Hände im Nacken. Als wäre es nur eine entspannte Unterhaltung am Cafétisch mit einem guten Freund, der von einer kürzlich unternommenen Reise erzählen wollte. Marko richtete sich auf. Er war ein wenig in sich zusammengesunken und nahm jetzt den letzten Schluck aus seinem Becher. Toftlund nickte ihm zu, als er nach der Kanne griff und sich wieder einschenkte. Er schüttete zwei Tütchen Zucker in seinen Kaffee, rührte um, trank und lehnte sich zurück. Er schaute auf seine Uhr. Anscheinend hatte er die Ruhe und Selbstsicherheit wiedergewonnen, die er schon bei seiner Ankunft zur Schau getragen hatte.

»Ich habe noch einen Termin. Also …?«

»Sie können jederzeit gehen.«

»Okay.«

»Aber nun haben Sie sich eben nachgeschenkt, vielleicht darf ich Ihnen dann doch noch eine Frage stellen, bis Sie ausgetrunken haben.«

»Wenn's schnell geht.«

»Kommt natürlich drauf an ...«

»Auf was?«

»Auf Ihre Antwort.«

»Was wollen Sie denn wissen?«

Der Panzer war dünn, dachte Toftlund und fragte:

»Sind Sie ein guter Muslim, Marko?«

»Wie bitte? Was ist das denn für 'ne Frage? Sind Sie ein guter Christ?«

»Nee.«

»Darf ich fragen, was Sie das angeht, ob ich religiös bin oder nicht, he? Das ist ja fast Rassismus, das hier!«

»Sie sind oft in London, nicht wahr?«

Marko war erregt, aber er riß sich zusammen und antwortete, als spräche er mit einem begriffsstutzigen Kind.

»Ja. Ich bin oft in London. Ich habe geschäftlich viel in London zu tun.«

»Sind Sie auf Ihren Reisen nach London zufällig schon einmal einem Menschen namens Mohammed Atlev begegnet?«

Bingo. Die Pupillen reagierten, er konnte nichts dagegen tun, und die Hand, die die Zigarette hielt, zitterte ein wenig. Marko drückte sie hastig aus. Seine Stimme war heiser. Er konnte seine Rage nur schwer überspielen.

»Ich habe nichts mehr zu sagen. Ich gehe jetzt.«

»Atlev ist ein interessanter Herr. Er ist offensichtlich in einem Übungslager in Afghanistan gewesen, als diese Dunkelmänner von Taliban am Ruder waren. Bis sie von den Amis einen Tritt in den Arsch gekriegt haben. Er ist anders als du, Marko. Oder? Atlev ist verheiratet und läuft in arabischen Klamotten herum und ist Stammgast in der Moschee. Du doch nicht, oder?«

»Wie gesagt, ich habe nichts mehr zu sagen. Ich kenne keinen Mohammed Atlev.«

»Ach, nein? Aber Atlev kennt einen Mann, den du vielleicht auch kennst. Er nennt sich ›Der Thronfolger‹. Auf arabisch heißt es wohl – und ich bitte meine Aussprache zu entschuldigen – *Wali al-ahd*.«

»Ich weiß nicht, wovon Sie sprechen. Und ich kann kein Arabisch.«

»Komisch. Atlev hat mit dem Thronfolger telefoniert. Auf arabisch.«

»Kann jeder behaupten. Ich habe keinen blassen Schimmer, wovon Sie reden. Fragen Sie doch diesen mysteriösen Mohammed.«

»Gute Idee. Werde ich tun. Und übrigens: Ich behaupte es nicht. Ich weiß es.«

»Good for you.«

»Atlev ist ein richtig guter Muslim«, sagte Toftlund. »Er befolgt die Gebote des Korans. Im Gegensatz zu dir. Du spielst den Playboy mit schnellen Drinks und flotten Damen und bist ein gern gesehener Gast beim Jetset in der Stadt. Nicht wahr? Atlev ist ganz anders. Führt ein völlig anderes Leben als du, Marko. Oder nicht? Haben wir es etwa mit einem Menschen zu tun, der zwei Leben lebt? Und warum tut ein Mensch das? Im kalten Krieg haben wir solche Typen ›Maulwürfe‹ genannt.«

Come on, Aischa, dachte Toftlund, dein Auftritt! Das Stichwort ist gefallen. Leg los, Mädchen! Er fürchtete schon, sie sei plötzlich nervös oder nicht ausgeschlafen genug, um ihre verabredete Rolle zu spielen, aber da erklang auf einmal ihre melodische Stimme mit den harten arabischen Konsonanten. Während sie sprach, trat sie an Markos rechte Seite. Sie legte ihm das Foto vor, das ihn im Schrebergarten zeigte. Sie hatten abgesprochen, sie solle irgend etwas in der Art sagen, daß er in der Hölle schmoren werde, weil er Schweinefleisch esse und Alkohol trinke und rauche und das sogar während des heiligen Ramadans. Die einzigen Wörter, die

Toftlund verstand, waren Mohammed Atlev und Ramadan. Offenbar hielt sie sich an ihre Absprache. Jedenfalls reagierte Marko heftig, als er das Foto sah. Er fegte es vom Tisch, wobei er seltsamerweise die Kaffeebecher verschonte. Aischas Wangen waren rot, aber sie legte ihm ruhig das Bild vor, auf dem er als Atlev zu sehen war. Sie trug eine kurzärmlige, helle Bluse. Toftlund hatte sie gebeten, ihre Haare hochzustecken, damit ihr langer Hals entblößt war, und sie hatte unter Protest eingewilligt, einen kurzen Rock anzuziehen. Er reichte ihr bis zu den Knien. Sie trug eine Strumpfhose und sah sehr feminin und sexy aus. Sein schlechtes Gewissen verschwand sofort wieder, als Marko etwas zischte, was Aischa bis an die Ohren erröten ließ. Wut stieg in ihr auf. Toftlund verstand nicht, was sie sagte, aber es ließ Marko explodieren. Er sprang so unvermittelt auf, daß sein Stuhl nach hinten kippte.

Er überrumpelte Toftlund, der sich selbst verfluchte, daß er nicht vorausgeahnt hatte, wie groß seine Wut und sein Haß waren. Ehe Toftlund wieder hochgekommen war, hatte Marko Aischa mit der flachen Hand ins Gesicht geschlagen und noch einmal mit dem Handrücken, so daß sie mit blutender Nase an die Wand geschleudert wurde. Gislev reagierte schneller. Er stieß Marko an die gegenüberliegende Seite. Marko versuchte ihn zu schlagen, aber Gislev drängte ihn gegen die Wand und versuchte ihm den Arm umzudrehen. Er haute ihm zweimal mit der Faust in die Nieren, aber Marko war stark und konnte den einen Arm losreißen. Endlich war Toftlund auf den Beinen. Er packte Markos freien Arm und drehte ihn hart auf den Rücken, so daß Marko vor Schmerz aufstöhnte. Gislev ergriff den anderen Arm, und sie drückten ihn mit ihren Körpern gegen die Wand. Gislev ließ die Handschellen zuschnappen. Markos Flüche und Verwünschungen erfüllten den Raum. Sonst waren nur Aischas schwere Atemzüge und ihr leises

Wimmern zu hören. Blut rann ihr aus der Nase und färbte ihre Bluse rot.

Toftlund zog Marko an den gefesselten Handgelenken in die Höhe, so daß sein Oberkörper nach vorn gedrückt wurde. Er drehte ihn um. Marko leistete Widerstand, aber Toftlund jagte ihm das Knie in den Schenkel und zwang ihn auf den Tisch, wobei die Kaffeebecher auf den Boden fielen. Er hatte seinen Widerstand aufgegeben, aber Toftlund spürte, daß er immer noch außer sich war vor Wut und womöglich ausschlagen würde wie ein wild gewordener Gaul. Zu seinem Ärger sah er, daß Marko eine geringe Hautabschürfung an der Wange davongetragen hatte. Die Wunde könnte eventuell anschwellen. Vor Gericht sähe das nicht so günstig aus.

»Marko Cemal alias Mohammed Atlev. Es ist 11.32 Uhr. Sie sind festgenommen wegen gewaltsamen Angriffs gegen eine Polizistin im Dienst und werden beschuldigt, Verbindungen zum Terrornetzwerk al-Qaida zu unterhalten. Sie haben das Recht, einen Anwalt hinzuzuziehen und die Aussage zu verweigern.«

Markos Lippen entströmte ein Schwall arabischer Worte. Toftlund verstand natürlich nichts, aber nie hatte er eine so tiefe Wut gesehen wie in den schwarzen Augen, die ihn von schräg unten anblickten. Das war schon an sich erschrekkend, aber das erschreckendste war, daß darin absolut keine Angst zu erkennen war. Es schien eine Ewigkeit zu dauern, bis endlich zwei Uniformierte hereinstürmten und halfen, den rasenden Marko unter Kontrolle zu bekommen. Das Hemd hing ihm halb aus der Hose, und der Ärmelausschnitt der teuren Jacke war eingerissen.

»Schaff ihn weg, Brian. Ins Westgefängnis mit ihm. Fang mit der Gewaltanwendung an, um den Rest kümmern wir uns morgen vor der richterlichen Vernehmung. Und ruf eine Beamtin mit einem Erste-Hilfe-Kasten.«

Toftlund kümmerte sich um Aischa. Sie saß an der Wand. Sie hatte den Kopf in den Nacken gelegt, aber aus einem Nasenloch blutete es nach wie vor. Toftlund war noch immer außer Atem, und sein Herz hämmerte.

»Was hast du bloß zu ihm gesagt, Aischa, verdammt?«

»Was wir abgesprochen hatten.«

Sie sprach durch die Nase, als wäre sie furchtbar verschnupft.

»Du mußt doch noch was anderes gesagt haben.«

»Er hat gesagt, daß ich keine *a'ard* habe. Daß ich eine Schlampe bin und daß er von Schlampen, die in Diensten von *Alkufar* stehen, keine Anweisungen annimmt.«

»Ich kapiere nicht die Hälfte von dem, was du da redest. Was hast du dann gesagt?«

»Nichts.«

»Ich muß das wissen. Das ist auf der Kassette, verflucht noch mal!«

»Ja ibn al-sharmutah.«

»Was ist los?«

»Hurensohn. Ich habe ihn Hurensohn genannt.«

»Klasse, Aischa. Einfach klasse.«

»Ich war wütend. Ich will nicht Nutte genannt werden.«

Toftlund hatte sich über sie gebeugt. Er reichte ihr die Hand, besann sich dann aber anders und richtete sich auf.

»Du verstehst mich falsch. Ich meine, es war in Ordnung. Hat doch gewirkt. Wir haben ihn aus der Defensive gelockt. Es lief viel besser als erwartet.«

»Er hat mich geschlagen.«

»Das wird ihn teuer zu stehen kommen. Wie geht's dir?«

Er hörte ihre Antwort nicht mehr. Eine jüngere Beamtin trat ins Zimmer.

»Raus mit dir, Toftlund!«

»Hej, Helle.«

»Raus, habe ich gesagt. Was habt ihr hier bloß veranstaltet?«

Toftlund wandte sich an Aischa.

»Was hat Marko eigentlich am Schluß gesagt?«

Aischa zog Blut in ihre Nase hoch.

»Er sagte, wir wären alle Verdammte. Daß wir alle in der Hölle braten werden. Das Feuer *al-na'r* wird uns vernichten. Unsere ungläubige Welt wird in Schutt und Asche sinken wie die beiden Türme, und *dar al-harb*, das Haus des Krieges, wird ersetzt von *dar al-islam*, weil der große *jihad* im Gange ist und nicht aufgehalten werden kann, so wahr wie Allah groß ist und die Märtyrer im Paradies an seiner Seite sitzen. Und dann einen Haufen Verwünschungen auf unsere Nachkommen bis in alle Ewigkeit.«

Toftlund schaute sie an. Helle schielte zu ihm herüber. Aischa war blasser geworden. Es war wohl nur das Nasenbluten, vielleicht aber auch eine leichte Gehirnerschütterung. Das schlechte Gewissen machte sich wieder bemerkbar, andererseits konnte er seine Zufriedenheit nur schwer verbergen.

»Kümmer dich um sie, Helle. Vielleicht sollten wir sie doch lieber noch im Krankenhaus untersuchen lassen.«

»Nun laß uns mal alleine, Toftlund.«

»Selbstverständlich. Aber, Aischa? Was ist denn das für ein Haß? Warum haßt Marko uns so?«

»Frag Ibrahim. Ich finde, wir sollten Ibrahim in Venedig besuchen. Er kann dir deine Fragen beantworten.«

14

Zwei Minuten war Vuk nun schon unten, aber er wußte, daß er es locker noch eine Minute länger aushalten konnte. Er liebte dieses Gefühl der Kraft und der Leichtigkeit seines Körpers, wenn er senkrecht zu den Fischschwärmen und den farbenprächtigen Klippen hinabtauchte. Durch das Glas der Tauchermaske erschien alles verzerrt und ein wenig vergrößert. Die Harpune ausgestreckt und die Beute in Reichweite. Es war ein Gewimmel von Fischen, deren Namen ihm unbekannt waren. In allen Größen und Farben. Es war eine andere, friedliche Welt, obwohl er natürlich wußte, daß sie genauso unerbittlich war wie die Welt über Wasser. Am Meeresgrund angekommen, drehte er sich um und blickte durch das giftgrüne Wasser hinauf. An der Oberfläche schaute Mike suchend zu ihm hinunter. Mikes schwarzer Körper mit den feuerroten Badeshorts. Mike, sein Aufpasser und Fastfreund, auch wenn keiner von ihnen je zugeben würde, daß er sich in der Gesellschaft des anderen wohl fühlte. Die Konventionen erlaubten es nicht. Er genoß den Geschmack des salzigen Wassers, und die Lichtstreifen sahen durch den Wasserspiegel gefiltert aus wie Notenzeichen auf einem wogenden Bildschirm. Das Meer war ruhig heute. Aber das konnte sich innerhalb weniger Minuten ändern. Es konnte still und grün daliegen und sich plötzlich in haushohen Wellen erheben. Das Dröhnen der langen Dünungen konnte die Villa, in der er wohnte und verhört wurde, so gewaltsam erschüttern, daß man meinte, die ganze Insel in ihren Fugen knarren zu hören. Das Meer lebte, ohne Vorwarnung änderte es sein Temperament. Es konnte sanft und zärtlich sein wie sein Leben mit Anna und gnadenlos wie seine Vergangenheit, mit der er jeden Vor- und Nachmittag bei den Verhören konfrontiert wurde. Er liebte das Meer. Die Insel war ein angenehmes Gefängnis, aber ein Gefängnis war es trotzdem.

Träge schwebte er umher. Er spürte den anwachsenden Druck in den Lungen. Er mußte bald hoch. Damals als Froschmann konnte er sich bis zu fünf Minuten unten halten, aber da war er noch jung gewesen. Er hielt seine Druckluftharpune schußbereit, aber an diesem Aprilmorgen hatte er eigentlich keine Lust zu jagen. Er wollte eins sein mit dem Wasser und dem Licht und die Schwerelosigkeit spüren. Wenn er einmal sterben müßte, wollte er so sterben. Im Gefühl des Nichts, im Empfinden, das Meer würde ihn verschlucken und im ewigen Vergessen verschwinden lassen. Es wäre ein kurzer Schmerz, der aus dem stärker werdenden Verlangen der Lungen nach Sauerstoff erwüchse, aber dann verginge er, alles würde grün und still, und ein letztes Mal sähe er seinen Vater und seine Mutter und die kleine Lea vor sich. Sie würden ihm zuwinken. Ihm zurufen. Licht und Wärme wären dort, und hinter ihnen lägen Weinfelder und die bosnischen Berge in der Sonne, und ein Duft von Thymian und Lorbeer durchzöge ein Land, das mit sich selber Frieden gemacht hatte. Und das grüne Dunkel, das ihn verschlucken und auflösen würde, würde ihm auch die Alpträume nehmen. Aber jetzt noch nicht. Noch nicht. Er bewegte die Flossen und begann seinen behutsamen, kontrollierten Aufstieg durch das warme Wasser.

Vuk, der von den Aufsehern nur John genannt wurde, durchbrach neben Mike Kerry den Wasserspiegel und pustete so kräftig, daß der Wasserstrahl aus seinem Schnorchel schoß wie bei den Buckelwalen, die sie so oft beobachtet hatten. Er schob seine Tauchermaske in die Stirn und sog begierig Luft in die Lungen. Mike trat Wasser und schob seine Maske ebenfalls in die Stirn.

»Meine Fresse, John, du bist ja ein regelrechter Fisch, Mann. War deine Mama eine Meerjungfrau?«

Vuk lachte.

»Klar, was denkst du denn?«

»Ja, von wegen. Du bist ein alter Froschmann. Weiß ich doch. Ich komme aus New York. Das einzige Wasser, das ich kenne, ist der Teich im Central Park.«

»Manhattan ist doch von Wasser umgeben, soweit ich weiß.«

»Das ist doch kein Meer, Mann. Das ist eine Kloake. Voller Scheiße und Mafialeichen. Ich hab in einem Becken schwimmen gelernt, Mensch. Das Meer war viel zu gefährlich mit den ganzen Haien und Feuerquallen und fiesen Strömungen.«

Vuk lachte wieder. Mike brachte ihn schnell zum Lachen.

»Du hast es immerhin gelernt«, sagte er.

»Ich hatte ja auch einen guten Lehrer.«

Sie traten Wasser. Sie waren nicht mehr als hundert Meter vom Strand entfernt, genau über dem Riff, und schauten auf die Kokospalmen und die hohen, dichtbewaldeten grünen und braunen Berge. Wie gewöhnlich umlagerten regenschwere Wolken die Gipfel des Waialeale und des Kawaikini, aber davon abgesehen war der Himmel ein mächtiges klares Gewölbe. Und so ganz unveränderlich waren die Wolken auch nicht, es kam vor, daß sie durch Sonne und Wind plötzlich aufbrachen und an den Seiten der erloschenen Vulkane hinabsanken, so daß die Wasserfälle zu sehen waren, graue Ströme aus Silber. Hinter dem weißen, feinen Sand sahen sie die Küstenstraße mit gemächlich fahrenden Autos und die großen Villen auf Pfählen. Es war ein strahlender Morgen. Nur die Surfer saßen mißmutig vor ihren Zelten auf dem Campingplatz und hielten nach Wellen Ausschau, auf denen sie reiten konnten, wobei sie die Hände auf ihr Surfbrett legten, als wäre es der Schenkel ihrer Geliebten. Das Meer war erstaunlich ruhig. Nach den Stürmen und den heftigen Platzregen des Winters hielt jetzt der Sommer Einzug. Vuk fühlte nur eine schwache Strömung an seinen Beinen, wenn er sie langsam bewegte. Die Dünungen machten keine Gischt, sondern brachen schwer und flach über die Klippen nahe der Küste. Wenn es ein Paradies auf Erden gab, mußte es Kauais Nordküste sein. Er wagte den Gedanken gar nicht zu Ende zu denken, aber wenn alles gutging, würde er Emma und die Zwillinge herholen und die Insel nie wieder verlassen. Er würde ihnen das Shaka-Zeichen zeigen: die drei mittleren Finger auf den Handteller legen und den Daumen und den kleinen Finger in die Höhe strecken, die Hand träge hin und her bewegen und Aloha sagen. Er würde ihnen das *hang loose* beibringen, das alle Insulaner aus dem Effeff beherrschten. Nur im Hier und Heute leben und weder an die Vergangenheit noch an die Zukunft auch nur einen Gedanken verschwenden.

»Das glaubst du doch selber nicht, Mike«, sagte er. »Laß uns an Land schwimmen.«

»Katie findet es toll, was du aus meinem Körper gemacht hast.«

»Ach, hör doch auf!«

Katie war Mikes Frau. Sie hatten zwei kleine Töchter. Er war zu Weihnachten und vor ein paar Wochen mal zu Hause gewesen, aber sonst saß er hier genauso gefangen wie Vuk. Wenn der stolze Ehemann und Vater seine Anekdoten von Katie und den Kindern zum besten gab, beschlich Vuk ein zärtliches und zugleich bitteres Gefühl. Oder wenn Mike die Fotos von seiner schönen schwarzen Frau und den beiden süßen Kinderchen mit dem blendend weißen Lächeln und den Riesenschleifen im Haar zeigte. Dann wurde Vuks Sehnsucht nach Emma und den Zwillingen unerträglich. Es ging ihm buchstäblich an die Nieren. Er bekam Sodbrennen, und die Galle kam ihm hoch. Es ging ihnen gut in Atlanta. Soviel war immerhin klar. Einmal pro Woche durfte er auch mit Emma telefonieren. Die Maskerade hatte ein

Ende. Er hatte die Karten auf den Tisch gelegt und ihnen alles erzählt. Emma konnte auch nicht so gut lügen. Sie hatte sich schnell in Widersprüche verstrickt. Er hatte gehofft, daß seine Familie nun, da die Amis die Wahrheit kannten, gleich nach Hawaii kommen könnte, aber diese Prämie hatte er sich noch nicht verdient, wie sich der Oberst auf einer ihrer vielen Sitzungen auszudrücken beliebte.

»Ich war noch nie so gut in Form, sagt sie.« Mike hörte nicht auf. »Sie ist ganz wild auf meinen neuen festen Körper, Mann. Und ich dachte immer, ich bin durchtrainiert. Auf der Akademie war ich einer der Besten, aber jetzt …«

Vuk antwortete nicht, sondern kraulte mit langen, gemessenen Zügen zum Strand. Mike folgte ihm, aber er zog die Tauchermaske über die Augen. Seine Begeisterung für das Schnorcheln war noch immer so neu und groß, daß er nicht müde wurde, die Unterwasserwelt zu betrachten, die ihm sein merkwürdiger und gefährlicher Gefangener in den letzten Monaten eröffnet hatte. Es war eine eher kuriose Aufgabe, die das FBI ihm da zugeteilt hatte. Und wenn seine Familie nicht so weit weg gewesen wäre, auch eine sehr angenehme. John wirkte überhaupt nicht gefährlich und schien nicht den geringsten Wunsch zu verspüren, das Weite zu suchen. Wohin auch? Er wußte ohnehin, daß es zur Kooperation nur eine einzige Alternative gab: eine kleine, heiße und offene Zelle in Guantánamo, wo all die anderen dreckigen Terroristen verfaulten, na ja, und wenn es nach Mike ging, konnten sie dort gerne bis ans Ende ihrer Tage bleiben.

Hinterher saßen sie vor der Villa am Strand. Joes Frau fegte die Veranda. Sie winkte zu ihnen hinunter, und sie winkten zurück. Sie war eine kräftige Hawaiianerin mit schwarzen Haaren, die häufig lächelte, und mit den Fischen, die sie in der See aufspießten, vollbrachte sie in der Küche wahre Wunderwerke. Zwischen den Pfählen, die das Haus trugen, lagen ein altes Auslegerkanu und in der Ecke ein Schlauchboot, das in sich zusammengesackt war, sowie ein Haufen welker Palmblätter. Einer der Pfosten sah neu aus. Der alte hatte ersetzt werden müssen, als der Hurrikan Iniki die Insel 1992 mit seiner ganzen Wucht erwischt hatte. Manche Häuser waren in ihre einzelnen Bestandteile zerlegt worden, als hätte eine Bombe sie getroffen, aber die Villa des FBI und des Nationalen Sicherheitsrats hatte das Wüten des Wirbelsturms mit einigen unbedeutenden Schäden überstanden. Vuk mochte das Haus. Es stand inmitten von Kokospalmen, war hellrot ausgebleicht und abgenutzt, aber solide und geräumig. Ein solches Haus könnte er sich für sich und seine Familie gut vorstellen. Es hatte drei Stockwerke, eine Veranda mit weißgestrichenem Holzgeländer und feine weiße Fenster mit dunklen Sprossen. Er konnte sehen, wie sich die Gardinen in den offenen Fenstern seines großen Zimmers unterm Dach sanft im Wind bewegten. Im Nachbarzimmer wohnte Mike. Der zweite Stock war dem Obersten und seinen Mitarbeitern vorbehalten. Hier wurde er jeden Nachmittag vernommen, anfangs auch vormittags. Damit war nun Schluß. Die endgültige Prüfung stand kurz bevor.

Vuk lehnte sich zurück und stützte sich auf seine Ellbogen. Er schaute über das Meer. Mike zog zwei Flaschen Wasser aus seinem Rucksack. Darin lagen auch seine FBI-Marke und seine Dienstpistole, aber er sah Vuk schon lange nicht mehr als Gefangenen an, sie waren verbunden durch ein Schicksal und einen Verlauf von Ereignissen, die sie beide nicht selbst bestimmt hatten. Sie tranken schweigend. Plötzlich zeigte Mike aufs Meer.

»Guck mal, John! Guck doch mal, Menschenskind! Wie schön! Das ist zu schön. Ich sag dir. Als ich noch ein kleiner Junge in der Bronx war, hätte ich mir das nie träumen lassen. So ein Anblick, du. Mann, ist das schön!«

»Ja, ja, Mike. Jetzt halt mal die Klappe«, sagte Vuk, aber ohne ihm böse zu sein.

Mike gab ihm einen freundschaftlichen Klaps auf die Schulter, und gemeinsam beobachteten sie die Buckelwale wenige hundert Meter vor der Küste. Es waren ein paar Weibchen mit ihren Jungen. Weiter draußen schwamm ein Männchen, das sich sehr wichtig tat. Es hob sich aus dem Wasser und stand wie ein mächtiger brauner Bogen in der Sonne, ehe es mit einem Donnerschlag, der bis zur Küste rollte, wieder auf der Meeresoberfläche aufschlug. Die Weibchen glitten mit zwei großen Jungtieren davon. Sie schwammen unbeschwert und elegant, und die großen Buckel der ausgewachsenen Säuger tauchten auf und nieder. Regenbögen entstanden, wenn sie ausatmeten und einen Wasserstrahl in die klare Luft schickten. Eine Gruppe Delphine folgte ihnen, und wenn sie sprangen, hingen ihre glänzenden silberfarbenen Körper einige Sekunden lang ausgestreckt über dem grünen Meeresspiegel. Als trotzten sie dem Gesetz der Schwerkraft. Die Schwanzfinnen der Wale erhoben sich in die Luft und tauchten wieder ein. Vuk war fast ein wenig traurig. Jetzt verschwanden sie und konnten sich viel zu lange unter Wasser aufhalten. Sie hatten die Wale den ganzen Winter über gesehen. Im November kamen sie aus den kalten Strömen Alaskas herunter, manche zur Paarung und andere, um die Jungen zu ernähren. Es waren wundervolle Tiere, die trotz ihrer Größe im Wasser wie graziöse Tänzer wirkten.

»Wir haben April. Jetzt treten sie ihre lange Rückreise nach Alaska an«, sagte Vuk. Sie warteten noch ein wenig und hofften, sie würden noch einmal springen, aber sie sahen nur noch die Delphine, die ins offene Meer hinauszogen.

»Phantastische Tiere«, meinte Mike. »Unglaublich schön. Welcher Idiot kann nur darauf kommen, sie zu töten, Mann? Kannst du mir das vielleicht sagen?«

»Menschen fällt alles mögliche ein.«

Mike drehte sich halb zu Vuk um.

»Die Wale sind wie du. Jetzt ziehen sie ab. Das tust du auch bald.«

»Was willst du damit sagen?«

»Weißt du doch selber. Die Zeit ist da.«

»Es kommt auf morgen an.«

»Ich darf es ja nicht sagen, aber eigentlich sind sich alle einig, daß du geeignet bist.«

»Ihr könnt mich gebrauchen?«

»Mann, ich darf nichts sagen.«

»Schon gut.«

Mike zögerte etwas und sagte dann:

»Manchmal vergesse ich, wer du bist.«

»Das tue ich selber auch, aber das hilft ja nichts.«

»Fühlst du dich nicht selber schlecht, wenn du dran denkst, was du getan hast?«

»Das bringt doch nichts. Die einen sterben im Krieg, die andern töten.«

»Denkst du wirklich so?«

»Ich versuche, gar nicht zu denken.«

Mike zögerte wieder. Vuk wandte den Blick von ihm ab und schaute übers Meer.

»Ach, ist ja auch egal«, sagte Mike. »Wir hatten eine super Zeit zusammen. Du hast mir das Schnorcheln beigebracht. Manchmal vergesse ich eben einfach, daß du eigentlich ein Gefangener bist.«

»Und du mein Aufseher?«

»Und ich dein Aufseher.«

»Komm, laß uns noch mal rausschwimmen, Aufseher.«

»Du bist ein Fisch, Mann. Sohn einer Meerjungfrau«, sagte Mike, aber er trat sich hastig die Turnschuhe von den Füßen, folgte Vuk in die sanften Wellen und kraulte mit ihm auf das Riff zu.

Die Welle war mehrere tausend Kilometer entfernt entstanden. Auslösende Ursache war ein Seebeben, das den Meeresgrund in zweitausend Meter Tiefe zerriß. Die Welle hatte sich aus dem Meer erhoben, ohne auf Widerstand zu stoßen, und einen Teil ihrer Kraft verloren, war aber noch immer von unvorstellbarer Wucht, als sie nach der langen Reise über den Stillen Ozean auf ihr erstes Hindernis prallte. Es war Kauais Nordküste. Vuk spürte ihren Sog, ehe sie ihn und Mike erfaßte. Sie hatten ihr den Rücken zugewandt, hätten sie aber ohnehin nicht bemerken können. Der größte Teil ihrer Energie lag unter Wasser. Wie gewöhnlich waren sie ein paar hundert Meter hinausgeschwommen und ließen sich jetzt kurz hinter dem Riff auf dem Rücken treiben und träumten in den blauen Himmel hinein. Die Dünung bewegte sich unter der Meeresoberfläche und reichte bis auf den sandigen Boden hinab. Sie glitt unter ihnen hindurch, so daß die beiden Männer zuerst nur sanft ins Schaukeln gerieten, aber als sie in Küstennähe mit dem flachen Klippengrund in Berührung kam, wuchs ihr Zorn über den Widerstand. Die nachdrängenden Wassermassen türmten sich zu einem grün-weißen Bogen auf, der zunächst senkrecht stehenblieb, als hielte Gottes unsichtbare Hand ihn auf, und der Krach der Kaskaden, die das Ufer erreichten, steigerte sich zu einem ohrenbetäubenden Brüllen. Aber als sich die unermeßlichen Wassermassen, die über Riff und Küste gerast waren, zurückziehen wollten, wurde ihnen der Weg vom Riff versperrt. Sie suchten in beiden Richtungen des Ufers, bis sie die tiefe Öffnung im Riff fanden, durch die sie dorthin zurückfluten konnten, woher sie gekommen waren. Die vielen kleinen Querströmungen stoppten ihre Flucht längs der Küste, verharrten einen Augenblick, ehe sie wie auf ein verabredetes Zeichen zu dem Loch im Riff zurückdrängten und sich tosend in einem grünweißen Wirbel zusammenschlossen. Er bildete den mächtigen Kopf der nun vereinigten Querströmungen, der mit einem Druck ins Meer hinausgepreßt wurde, um zig Tonnen stärker als derjenige, mit dem die Große Welle gegen das Ufer geschmettert war. Er packte Vuk und Mike wie mit Eisenhand, um sie in jene Tiefen zu entführen, aus denen die Welle so unvermittelt und ohne Warnung herangeschossen war.

Sie war jähzornig geworden. Die Wasseroberfläche schäumte und schnaubte, als wenn Geysire ringsum verrückt spielten, sie wurden hin und her geschleudert, aber die Hauptströmung riß sie mit bestürzender Geschwindigkeit ins freie Meer hinaus. An Mikes Augen erkannte Vuk, daß ihn Panik ergriff, als sein Kopf vom Wasser überspült wurde. Mike versuchte, gegen den Strom zu schwimmen.

»Laß dich treiben, Mike! Nicht dagegenhalten! Laß dich treiben!« schrie Vuk zu ihm herüber.

Dann verschwand Mikes Kopf, und Vuk ließ sich aufs Meer hinausziehen, wie von der Hand eines Riesen umschlossen. Er zwang sich zur Ruhe. Nur nicht in Panik verfallen! Daran denken, daß die Kraft der Strömung mit der Zeit nachließe. Es hatte keinen Wert, dagegen anzukämpfen. Man mußte sie nutzen. Er kraulte mit der Strömung hinaus. Es war, als ritte er auf einer mächtigen Welle. Er erreichte Mike, der von den Wirbeln immer wieder hinabgerissen wurde, sobald er an Land zu schwimmen versuchte. Vuk gelangte unter seine fuchtelnden Arme und seinen keuchenden, mit Wasser gefüllten Mund. Mike war drauf und dran zu ertrinken. Vuk schluckte selbst zu viel Wasser. Mike war in heller Panik. So würden sie beide untergehen. Vuk verpaßte ihm eine saftige Ohrfeige. Mike tauchte wieder unter, aber Vuk bekam seinen Kopf zu fassen, zerrte ihn am Hals hoch und gab ihm noch eine Ohrfeige. Um sie herum schäumte das Meer vor Wut, für einen kurzen Moment sah er, wie sich trotz des Grauens und Entsetzens das Leben in

Mikes Augen zurückmeldete, und er hielt ihn über Wasser, bis er sich um ihn drehen und ihn in den Rettungsgriff nehmen konnte, wobei Mikes Kopf auf seiner linken Schulter zu liegen kam. Langsam schwanden seine Kräfte, während die des Wassers unerschöpflich schienen. Sich um Mike, der sich nicht fallen ließ, sondern Widerstand leistete, herumzukämpfen, ihn zu ergreifen und sich mit ihm von der Strömung mitreißen zu lassen, als befänden sie sich auf einer überdimensionalen Rutschbahn – all das hatte ihn viel Kraft gekostet. Enorm viel Kraft. Er verspürte Angst, aber die Angst verlieh ihm Flügel. Das Adrenalin pumpte in seinem Körper. Welch eine Sensation! Er befand sich inmitten von Kräften, die der Mensch nicht kontrollieren konnte. Es kochte, tobte und schäumte um ihn herum, und auf einmal verging seine Angst und wurde durch ein Gefühl triumphalen Wahnsinns ersetzt. Er spürte die Hand der See, und sie trug ihn mit rasender Geschwindigkeit auf das große, offene Meer und in die Freiheit hinaus. Mikes Körper war noch immer starr vor Entsetzen und leistete Widerstand. Seine Panik würde sie beide hinunterziehen. Das machte nichts. Eine kurze, aber wunderbare Zeit lang wäre das alles ein überwältigendes Erlebnis. Ein Todesritt auf einer Kraft, die einer anderen Welt entstammte. Er ritt auf dem Meer. Vuk überbrüllte die tosenden Wassermassen. Als fiele er von einer hohen Brücke oder raste in einem wahnwitzigen Achterbahnwagen abwärts.

»Mike!« schrie er. »Das ist eine Rutschbahn, Mann! Entspann dich! Das ist eine Rutschbahn!« Und obwohl sich sein Mund mit Wasser füllte, lachte er laut auf. Er konnte sich nicht erinnern, jemals so laut gelacht zu haben.

Er fühlte, wie Mike sich in seinen Armen merklich entspannte, während sie mitgerissen wurden, und Vuk lachte, ja, allmählich fing Mike an, mitzuhelfen und mit den Füßen zu paddeln, nicht mehr gegen, sondern mit dem Strom. Er hustete Wasser, aber nach und nach beruhigten sich seine Atemzüge. Vuk hielt ihn weiter fest und ließ sich mit ihm treiben, während die gurgelnden Wirbel langsam schwächer wurden.

Weit draußen lockerte die Querströmung endlich ihren Griff, die See war wieder friedlich, als wäre nichts geschehen. Die Insel erschien aus der Entfernung schön, grün und unberührt.

»Alles okay, Mike?«

»Gar nichts ist okay, Mann. Ich war fast übern Jordan!«

»Aber nur fast. War das nicht toll? Wie auf einer Rutschbahn.«

»Du hast echt eine kranke Art von Humor, Mensch.«

»Was für eine Kraft!«

»Einen kranken, beschissenen Humor, Mann! Und vielleicht kannst du mich mal loslassen, Kerl. Wir sehen ja aus wie ein paar Schwule!«

Und dann lachten sie und schwammen umeinander herum und bespritzten sich mit Wasser wie übermütige Kinder, die nach einem langen, dunklen Winter erstmals wieder baden gehen können.

Mike war der erste, der mit der ausgelassenen Toberei aufhörte, und die Angst und der Schock kehrten in seine Augen zurück. Er drehte sich auf den Rücken und ließ sich treiben. Vuk tat es ihm nach. Er hatte Mike beigebracht, daß allein die Luft in seinen Lungen ihn in dem salzigen Wasser tragen konnte, wenn er sich nur entspannte.

»Du hast mir das Leben gerettet«, sagte Mike.

»Spar dir die Kräfte, Mike.«

»Du hast mir das Leben gerettet.«

»Du, es ist noch nicht überstanden. Wir müssen noch an Land.«

Mike richtete sich auf. Die Küste war mindestens zwei Kilometer entfernt.

»*Fuck*. So weit schaff ich's nicht. Das sind Meilen bis dahin. Und Haie gibt's hier bestimmt auch.«

Vuk sagte nichts. Er spürte die Strömung. Sie war nicht sehr stark, aber sie trug sie unablässig hinaus. Er selbst würde es wohl schaffen, aber Mike? Die Strömung war ein ernstzunehmender Gegner. Nach wie vor wurden sie mit unerwartet hoher Geschwindigkeit abgetrieben. Die Insel wurde immer kleiner, es war, als versänke sie im Meer. Vielleicht waren sie sogar noch weiter draußen. Die klare Luft machte es schwer, die Entfernungen richtig einzuschätzen. Sie trieben aufs offene Meer hinaus. Das rettende Ufer entfernte sich immer mehr. Und er war sich nicht sicher, daß er Mike so weit ziehen konnte. Über kurz oder lang würde auch er schlappmachen, und dann würde die Luft in den Lungen sie auch nicht mehr tragen.

Vuk sah es zuerst.

Das große Schlauchboot aus der Villa. Joe bediente den starken Außenbordmotor, und im Steven saß der Oberst mit einem Zigarrenstummel im Mundwinkel. Auch CIA-Mann Phil Marker war an Bord. Sie sahen die Bugwelle, und Mike fing an, in der Luft herumzufuchteln.

»Spar dir deine Kräfte, Mike. Sie haben uns gesehen. Spar dir deine Kräfte.«

Joe drosselte die Geschwindigkeit, umkreiste sie und würgte fast den Motor ab. Mike und Vuk schwammen auf den großen schwarzen Zodiac zu, es war der gleiche Typ, wie das Militär ihn benutzte. Sie hatten ihn von einer Firma gemietet, die damit Touristen hinausfuhr, um Buckelwale zu beobachten. Mike und Vuk ergriffen das Tau, das an der Seite hing. Joe hielt das Boot auf der Stelle, indem er gegen die Strömung lenkte.

»Braucht ihr eine Mitfahrgelegenheit, Mädels?« fragte der Oberst, ohne den Stummel aus dem Mund zu nehmen. »Kannst du ihnen bitte mal helfen, Phil? *Fucking idiots!*«

15

Der Oberst gab ihnen für den Rest des Tages frei. Brüsk blieb er weiterhin, das war einfach sein Stil, aber der Totentanz, den Vuk und Mike miterlebt hatten, hatte ihn wohl doch ein bißchen milder gestimmt. Ihre Rettung hatten sie Joe zu verdanken. Er hatte die Welle, diesen plötzlichen Wechsel, für den der Stille Ozean an der Nordküste Kauais berüchtigt war, vorausgeahnt. Dann hatte er gesehen, wie sie von der zurückdrängenden Strömung gepackt und aufs Meer hinausgetragen wurden, und war zum Bootssteg gestürmt, um das Schlauchboot klarzumachen.

»Heute gibt's nichts mehr zu besprechen. Für morgen ist alles vorbereitet, wenn der Psychologe mit seinem Polygraphen kommt. Chauffier den Gefangenen ein bißchen durch die Gegend, Mike!«

Mike schlug vor, im nahegelegenen Ort Hanalei einen Hamburger zu essen. Vuk spürte, daß Mike noch immer erschütterter war, als es nach außen hin den Anschein hatte. Er versuchte sich zusammenzureißen, das war klar. FBI-Agent und traditioneller Amerikaner. Als er sah, daß der Oberst kein Mitgefühl zeigte, wußte Mike, daß er es wie ein Mann zu nehmen hatte. Es war überstanden, und niemand war verletzt. Es gab keinen Grund, ihr Tête-à-tête mit dem Tod noch weiter zu erwähnen. Aber womöglich würde Mike einen Psychologen brauchen. Er war dem Tod noch nie so nah gewesen, das steckte ein Mensch nicht so ohne weiteres weg. Das konnte durchaus positiv sein. Man sah alles klarer. Farben wurden kräftiger und die Luft reiner. Aber es konnte auch eine ganz andere Wirkung haben. Der Schock würde mit Verspätung einsetzen und konnte die Menschen in eine tiefe Depression stürzen, aber Mike benahm sich wie immer. Er sagte bloß: »Du hast mir das Leben gerettet. Ich spendiere dir ein Essen bei Zelo's.«

Nun saßen sie an ihrem üblichen Tisch. Hanalei war ein stilles Dorf wenige Meilen von der Villa entfernt. Es lebte von Surfern und Hikern. An der verschlafenen Hauptstraße lagen eine Handvoll Geschäfte, die örtliche Schule und ein paar Restaurants. Die Häuser waren blau und grün. Die unvermeidlichen Kokospalmen beugten sich sanft im Wind. Vuk erinnerte sich noch an den Tag, als ihre großen Blätter den Erdboden gepeitscht hatten, so stürmisch war es gewesen. Am folgenden Morgen bedeckten sie die Erde wie ein grüner Teppich. Mike und Vuk waren Stammgäste bei Zelo's. Der Ort paßte zum Lebensrhythmus der Insel. Bei ihrem ersten Besuch war Mike im Streß gewesen und hatte um ein bißchen Tempo gebeten. Die Kellnerin hatte sie nur angeguckt, ihr Kaugummi gekaut und gemeint: »Wenn ihr's eilig habt, dann seid ihr hier falsch.« Es war das Mantra von Zelo's und der Nordküste. Eile mit Weile. Wer die großen Inseln und die Hetzerei des Festlandes vermißte, wohnte hier einfach nicht.

Zur Mittagszeit war das Restaurant wie immer gut gefüllt. Sie saßen auf der offenen Veranda und schauten zu dem Geschäft hinüber, das Surf- und Tauchausrüstungen und Kajaks verlieh. Der Tisch war aus Holz und hatte eine genoppte, schachbrettartige Oberfläche. Innen an der Eingangstür hingen die Nachbildung einer alten hawaiianischen Maske und ein Poster mit Hulamädchen. Zelo's Kunden bestanden aus jungen Insulanern und Touristen, die übliche Mischung. Sie waren schwer zu unterscheiden. Alle trugen Shorts, T-Shirts und Sandalen. An der langen Bar tranken vier Männer mexikanisches Corona-Bier und sahen Baseball im Fernsehen. Über ihnen hing ein altes Plakat der eingegangenen Fluggesellschaft Pan Am. *»You ought to be in Hawaii«*, stand über einer Stewardeß in hellblauer Fünfziger-Jahre-Uniform. Die Naivität des Werbeplakats gefiel Vuk. An der Decke hing ein rotes Auslegerkanu zwischen zwei Ventilatoren, die sich langsam und monoton drehten. Es herrschte Rauchverbot, man roch nur das Essen und das Meer. An den Wänden hingen Bogen und Köcher und Schwarzweißfotos von irgendwelchen Baseballhelden. Überall standen Blumen, und aus der unsichtbaren Anlage ertönte nur selten mal ein Song, der nach 1980 produziert worden war. Vuk liebte den Ort. Er strahlte Ruhe und Frieden aus. Hier stand die Zeit still. Er würde gern für immer irgendwohin ziehen, wo die Zeit stillstand und Vergangenheit und Zukunft zu einer Gegenwart verschmolzen, die ewig Bestand hatte, und wo niemand überflüssiges Gepäck aus der Vergangenheit mit sich herumschleppte.

Joe-Ann, die Bedienung in ihren engen Jeans und dem knappen Top, kam an ihren Tisch. Sie kannte sie natürlich und vermutete, daß sie Zivile waren, obwohl nur Mike eine Pistole unter seinem Hawaiihemd trug. »Hallo, Jungs. Worauf habt ihr heute Lust?« fragte sie und stellte zwei große Gläser Eiswasser auf ihren Tisch. Sie bestellten Hamburger und Eistee. Beim Essen sagten sie nichts und schauten auf die Straße hinaus und lauschten der Musik von Grateful Dead. Schräg gegenüber, links neben der Schule bemerkte Vuk einen mächtigen Eukalyptusbaum, der ihm nie aufgefallen war, weil das hinter der Schule aufragende Bergmassiv alle Blicke auf sich zog. Eukalyptusbäume waren wie vieles andere importiert worden, wie Phil ihm erzählt hatte. Importiert wären er und Emma auch. Aber sie könnten Wurzeln schlagen. Und die Zwillinge könnten fast noch richtige Einheimische werden, und wenn man sie später fragte, woher sie kämen, würden sie Kauai angeben. Da hätten sie gar keine Zweifel. Sie müßten sich nicht mit verbotenen Sprachen herumschlagen, sie sprächen nur die Sprache, die alle sprachen, und vielleicht noch eine, die sie auf der Schule oder an der Uni lernten. Das war das größte Geschenk, das er ihnen mitgeben konnte.

Abrupt schob Mike seinen Teller von sich. Er hatte nur die Hälfte seines Burgers und ein paar Fritten gegessen. Seine Hände zitterten leicht, er war aschgrau unter seiner dunklen Haut.

»Stimmt was nicht?« fragte Vuk.

»Weiß nicht. Mein Herz fing nur gerade wie wild an zu hämmern.«

»Das ist der Nachschock. Atme ein paarmal tief ein. Und langsam ausatmen. Entspann dich.«

»Hilft nichts.« Mike atmete schwer. Vuk befürchtete, daß er kurz davor war zu hyperventilieren, aber Mike stand auf und ging, ohne nach rechts oder links zu sehen, über die Straße zu dem großen Eukalyptusbaum. Ein Pick-up mußte scharf bremsen. Vuk beobachtete, wie Mike sich gegen den Baumstamm lehnte und sich erbrach. Er ließ ihn zufrieden. Er aß seinen Burger und die grobgeschnittenen Pommes frites, trank seinen Eistee und bestellte Kaffee. Eine Viertelstunde später kam Mike zurück. Er steuerte direkt auf die Toiletten zu. Als er wiederkam, sah er etwas frischer aus, aber die Leblosigkeit in seinen Augen, die würde nicht so schnell verschwinden, dachte Vuk. Mike setzte sich und leerte sein Glas mit Eistee und das noch halbvolle mit Wasser auf einen Zug.

»Danke«, sagte er schlicht.

»Ich habe doch nichts gemacht.«

»Eben.«

Mike machte Joe-Ann ein Zeichen und bat um die Rechnung.

»Tust du mir einen Gefallen?« sagte er.

»Wenn ich kann.«

»Fahr uns ein bißchen spazieren. Ich habe jetzt keinen Bock auf den Obersten. Nicht jetzt.«

»Ja, gern, aber … ich habe keinen Führerschein. Ich habe überhaupt keine Papiere.«

Mike lächelte. In seine Augen kehrte nun doch ein bißchen Leben zurück.

»Ich werd dich schon nicht verhaften.«

»Und was, wenn uns der Ortsbulle anhält?«

»Ich hab meine Marke, Mann.«

Sie fuhren aufs Geratewohl los. Mikes Dienstwagen war ein unauffälliger, fast neuer Buick. Es war herrlich, wieder Auto fahren zu können. Es war wie radfahren, man verlernte es nie, und die amerikanischen Wagen mit ihrem automatischen Getriebe waren so kinderleicht zu lenken wie Autoskooter. Auf den schmalen Straßen begegnete ihnen kaum ein anderer Wagen. Mike schaltete das Radio an und sie hörten alte Rocknummern. Sie machten die Klimaanlage aus, rollten mit offenen Fenstern durch die Gegend und ließen sich die warme Luft um die Nase wehen. Rinder oder Pferde standen auf Weiden, die wie in einem Western von weißen Gattern umzäunt waren. Später, als sie die braunen Lavahänge herunterkamen, fuhren sie an Zuckerrohrfeldern vorbei. Sie sagten nichts. Sie gondelten planlos über die Insel, bogen nach Gusto in kleine Sträßchen ein, ließen sich vom Radio berieseln und vom Fahrtwind streicheln. Mike entspannte sich von Minute zu Minute mehr.

Auf den schmalen gewundenen Höhenstraßen im Norden gerieten sie in einen unerwarteten, heftigen Schauer, der die Berge in ein traumhaftes, seidiges Licht hüllte, bis er ebenso plötzlich aufhörte, wie er eingesetzt hatte, und ein Regenbogen zwischen den Gipfeln zu sehen war. Mike döste ein. Er schlief mit halb geöffnetem Mund. Er hatte kleine Unreinheiten in seinem schwarzen Teint, und durch das kurzgeschnittene Haar glänzte die Kopfhaut. Mikes Dienstpistole beulte das locker hängende Hemd aus. Es wäre ein leichtes gewesen, ihn zu überrumpeln und ihm die Pistole abzunehmen. Aber wozu? Vuk käme nicht von der Insel weg, und besonders Emma und den Zwillingen würde es nichts nützen. Anna und den Zwillingen. Eine solche Aktion würde ihnen nur den Neuanfang vermasseln, sonst nichts. Er hatte eine Menge Chancen in seinem Leben gehabt. Dies hier war die letzte.

Mike wachte auf und reckte sich.

»Mein Gott, ich hab geschlafen wie ein Baby.«

»Geht's dir besser?«

»Alles im grünen Bereich, Mann. Wo sind wir eigentlich?«

»Auf dem Heimweg. Es ist nicht mehr weit.«

»Kannst du mal anhalten?«

»Hier?«

»Ja, einmal wenden, bitte. Da, die kleine Kirche. Ich möchte gerne beten.«

Vuk bremste und drehte und fuhr zu einem Kirchlein, das umgeben von kleinen Holzhäusern an einer Wegkreuzung stand. Es gab einen K-mart und eine Tankstelle. Am Ende der einen Straße sah man das Meer. Die Villa war nicht mehr weit. Vuk wunderte sich nicht. An das unbekümmerte Verhältnis der Amerikaner zur Religion hatte er sich mittlerweile gewöhnt. Ich gehe ins Kino. Ich gehe in die Kirche. Ich gehe einen trinken. Ich gehe beten. Alles geschah mit der gleichen Selbstverständlichkeit. Es war kein Mensch zu sehen, aber die Kirchentür war offen. *Willkommen* stand darüber. Alle sind willkommen, die bei uns beten wollen. Er ließ Mike eintreten. Er selbst blieb draußen. Das weiße Holzkirchlein sah ziemlich neu aus, der dazugehörige Friedhof war deutlich älter. Verwitterte Grabsteine neigten sich über struppiges grünes Gras. Die Gräber waren nicht geschmückt, hier schien schon lange niemand mehr begraben worden zu sein. Ein stattlicher Magnolienbaum warf in der späten Nachmittagssonne einen langen Schatten. Es war totenstill.

Vuk ging durch die Reihen. Er wollte Mike in Frieden beten lassen. Das war wohl ein Teil von Mikes Therapie, das war in Ordnung. Sein Blick streifte einen hohen Grabstein, glitt über die Inschrift und blieb hängen. Es war wie ein Schock. Ein plötzlicher Sprung zurück in die Vergangenheit, als er die fremden und doch so bekannten dänischen Worte las. Er ging in die Hocke, fuhr mit den Fingerspitzen über den Stein und las die Inschrift noch einmal. Als könnte er es nicht glauben, daß es hier dänische Worte geben konnte, Abertausende von Kilometern von diesem kleinen windzerzausten Land im Norden entfernt. Der Stein war rauh und trotzdem ein bißchen glatt vom Moos. Es war ein alter, ehemals weißer Stein, der inzwischen gelb und braun geworden war, aber die schwarzen Buchstaben waren unter dem Moos gut lesbar.

Saved to the memory
of
Peder Møller
Born
in Copenhagen
Aug 20 1850.
Died in Kilauea
April 7 1890.

Gud være os alle naadig
og barmhjertig.

Peder Møller war nicht einmal vierzig Jahre alt geworden. Was hatte er hier gemacht? Wie war er hier gelandet? War er Walfänger? Oder Fischer? Oder hatte er auf einer Ananas- oder Zuckerrohrplantage gearbeitet? Wie war er hierhergekommen? Eine unendliche Reise war das damals. War er wie Vuk auf der Flucht gewesen und hatte das Glück möglichst weit weg von der Heimat gesucht? Oder war er von unbändiger Abenteuerlust getrieben? Die sieben dänischen Wörter drohten einen Gedankengang loszutreten und Erinnerungen heraufzubeschwören, die ihm gerade jetzt absolut nicht in den Kram paßten.

»1850. Da war mein Ururgroßvater Sklave auf einer Baumwollfarm bei Richmond. Was dieser Peder Møller hier wohl getrieben hat? Hier gab's bestimmt auch Sklaven. Vielleicht war er Aufseher.« Mike hatte sich unbemerkt neben ihn gehockt.

»Kann sein. Aber wahrscheinlich eher Walfänger.«

Mike beugte sich über den Stein.

»Und was steht da am Ende? Was ist denn das für eine Sprache?«

»Das ist Dänisch. *Gott sei uns allen gnädig und barmherzig*«, übersetzte Vuk.

Mike ließ sich im Gras nieder.

»Amen. Das Beten hat mir geholfen. Ich hatte einfach das Bedürfnis, Gott zu danken. Betest du nie?«

»Nein.«

»Warum denn nicht?«

»Es nützt nichts.«

Und wie aus heiterem Himmel drängte sich ihm das Bild des betenden Imams in Sarajevo auf. Die serbische Seite hatte die Nase voll gehabt von diesem Imam: fünfmal am Tag dieser bescheuerte Singsang vom Balkon des halb zerschossenen Hochhauses. Sie hatten das Los sprechen lassen, Slobodan und er. Er hatte gewonnen. Sie hatten sich mit Branntwein betäubt, aber seine Hand war ruhig und das Imamgesicht im Zielfernrohr ganz deutlich. Vuk hatte sich nachts über die feindliche Linie geschlichen. Jetzt lag er in einem Gebäude gegenüber dem Hochhaus und wartete auf das Erscheinen des Imams zum Morgengebet. Jemand mußte die Wohnung kürzlich noch bewohnt haben, obwohl die Einrichtung völlig zertrümmert war. Der Fußboden war mit leeren Flaschen übersät, und die Matratze in der Ecke wies einen großen Fleck auf, als wenn sich dort jemand übergeben hätte. Vuk benutzte die Fensterbank als Stütze für sein Gewehr. Es war eine leichte Übung, der Abstand betrug keine zweihundert Meter. Nichts verstellte die Schußlinie. Die bärtige Visage war in einer Wolke aus Blut explodiert, als das schwere Projektil präzise auf der Nasenwurzel auftraf. Er hatte seitdem nicht mehr an ihn gedacht. Slobodan und er hatten sich vollaufen lassen, aber in dieser Nacht erschien ihm die Blutwalze in seinen Träumen zum erstenmal.

Vuk schüttelte sich und setzte sich ins Gras.

»Mir hilft es. Ja, es wird kühler«, hörte er Mike sagen, aber die Stimme schien meilenweit entfernt. Er mußte sich zusammenreißen. Es waren destruktive Gedanken.

»Wir sollten lieber nach Hause fahren«, sagte Vuk und hoffte, daß das Zittern seiner Stimme unbemerkt blieb. Aber Mike hörte nichts. Es sah aus, als hätte er sein inneres Gleichgewicht wiedergefunden. Er blickte auf den hohen, verwitterten Grabstein und fragte:

»Bist du Däne? Was das auch heißen mag. Wenn jemand ›dänisch‹ sagt, denke ich an Kaffee und Frühstück in New York. Du kannst ja Dänisch. Bist du Däne? Ursprünglich, meine ich.«

»Ich bin in Dänemark geboren. Ich bin in Dänemark aufgewachsen. Ich war mal dänischer Staatsbürger, aber meine Eltern waren Jugoslawen. Serben.«

»Und was ist mit ihnen passiert?«

Vuk dachte daran, daß Mike bei den Verhören nicht dabei war. Er wußte nicht viel.

»Sie starben während der Kriege in den neunziger Jahren in dem Land, das einst Jugoslawien hieß.«

»Das tut mir leid. Sind die auch nicht in die Kirche gegangen? Bist du nicht getauft?«

»Doch. Meine Mutter ging in die Kirche. Mein Vater war Sozialist. Titoist.«

»Was ist das denn?«

»Das ist eine lange Geschichte. Und es ist auch egal. Es hat heute keine Bedeutung mehr. Meinst du nicht, wir sollten langsam nach Hause kommen?«

»War es schön in Dänemark?«

»Ja, es war schön. Es war eine wunderbare Zeit.«

»Wie hast du die Kriege überstanden?«

»Meine Eltern sind in ihr altes Land zurückgezogen. Und ich wurde einberufen. Ich habe meine jugoslawische Staatsbürgerschaft nie verloren. Ich war erst neunzehn.«

»Das heißt, du warst Soldat?«

»Ja.«

»Du warst kein Terrorist?«

»Ich war Soldat, Mike.«

Mike legte sich ins Gras und faltete die Hände im Nakken. Er seufzte.

»Freut mich zu hören, Mann. Du hast getötet. Das weiß ich. Aber du warst Soldat. Soldaten töten. Amerikanische Soldaten töten in diesem Augenblick in Afghanistan. Ich bin dafür trainiert worden, zu schießen und zu töten. Es war noch nie nötig, aber ich werde es tun, wenn die Pflicht es erfordert. Du warst Soldat. Freut mich zu hören, Mann.«

»Das hat heute keine Bedeutung mehr.«

»Doch, hat es, Mann. Ich habe eben für dich da drinnen gebetet. Ich habe Gott gedankt, daß er dich erschaffen hat, so daß du mein Leben retten konntest. Ich habe für dein Seelenheil gebetet und für die Vergebung deiner Sünden. Ich habe Gott für Katie und Mary-Lou und Jodie gedankt und dafür, daß er dich als Werkzeug benutzt hat, um meinen schwarzen Arsch zu retten.«

»Gott war nicht dabei, Mike«, sagte Vuk. Der Kinderglaube der Amerikaner an Gott erstaunte ihn immer wieder. Sie sprachen vom Herrn, als wohnte Er irgendwo in den USA, die Er höchstpersönlich unter allen Nationen auserwählt hatte und über die Er ganz besonders seine schützende Hand hielt.

»Gott ist immer dabei.«

»Warum glaubst du das?«

»Weil es so ist. Ich bin so erzogen, Mann. Meine Eltern waren Baptisten. Meine Großeltern waren auch Christen. Katie ist Baptistin. Unsere Kinder sind getauft. Wir gehen jeden Sonntag in die Kirche. Das ist genauso selbstverständlich wie amerikanischer Apfelkuchen. Ich glaube an Gott und Vaterland. So ist es halt.«

»Ist klar.«

Mike sah ihn an.

»Warum glaubst du nicht an Gott?«

»Weil die Menschen Gott benutzen, um unbegreifliche Verbrechen zu begehen. Schwert und Gebetbuch sind wie Erde und Wasser. Das eine ist ohne das andere nicht vorstellbar.«

»Das sind nur muslimische Fanatiker.«

»Die Muslime glauben an denselben Gott wie die Christen.«

»Es sind Fanatiker, Mann. Ich kenne viele schwarze Brüder, die Muslime sind, aber sie sind in erster Linie Amerikaner. Du darfst sie nicht mit den Schweinen in einen Topf werfen, die am 11. September Amerika angegriffen haben.«

»Was ist mit den Christen in den USA? Abtreibungsärzte werden niedergeschossen. Deine Vorfahren wurden in Gottes Namen gelyncht. In Europa verbrannte man im Mittelalter Leute auf dem Scheiterhaufen, weil sie sich gegen den Aberglauben gewehrt haben, den die Pfarrer verbreiteten. In Jugoslawien haben sich beide Seiten auf Gott oder Allah berufen, um ihre viehischen Taten zu rechtfertigen. Du kannst mich jagen mit deiner Religion. Gott ist schon lange tot.«

»Das sind unwissende Menschen, Mann. Das ist nicht Gott. Vielleicht wird Er ihnen vergeben. Aber ich hoffe, sie werden in der Hölle schmoren bis in alle Ewigkeit.«

Vuk stand auf.

»Du mußt es ja wissen, Mike.«

»Hilf mir auf die Beine, Mann.«

Vuk reichte ihm die Hand und zog ihn hoch. Sie standen sich einen Moment gegenüber, dann breitete Mike die Arme aus und drückte Vuk fest an sich. Vuk konnte sich nicht erinnern, wann er zuletzt einen Mann in aller Freundschaft umarmt hatte. Mike schlug ihm auf die Schulter.

»Danke, mein Junge. Vielen Dank. Du hast mir das Leben gerettet. Sie sagen, du wärst ein Killer, aber du bist auch mein Freund. Egal, was sie sagen, du bist mein Freund.«

Vuk machte sich frei.

»Vielleicht solltest du am Steuer sitzen, wenn wir bei der Villa ankommen. Sonst rastet der Oberst aus.«

Er warf Mike den Autoschlüssel zu.

»Wo du recht hast …«

»Und nichts mehr von Religion, okay?«

»Okay. Nur noch eine letzte Predigt, mein Freund. Die Terroristen, die uns am 11. September angegriffen haben, waren nicht von Gott erfüllt. Sie waren haßerfüllt. Wenn man haßerfüllt ist, hat man Gott verstoßen. Es ist kein Platz für beides. Kann sein, daß sie Allah anriefen, aber sie werden dem Teufel begegnen, wenn der Tag gekommen ist.«

Vuk öffnete die Beifahrertür und sah zu Mike hinüber.

»Meinst du wirklich, sie haben Allah angerufen in der letzten Sekunde, bevor sie in die Türme geknallt sind.«

»Wen denn sonst?«

»Ihre Mutter. Ich glaube, sie riefen nach ihrer Mutter.«

Mike lachte befreit.

»Steig ein, Gefangener. Der Jüngste Tag ist nah. Und such mal richtig gute Rapmusik im Radio. Ich bin jetzt in der Stimmung dafür. Wenn Hawaii keinen Rap zu bieten hat, dann lege ich Beschwerde ein beim Gouverneur, beim Präsidenten und sogar bei unserm Oberst Alleswisser.«

In der Nacht träumte Vuk zum erstenmal seit vielen Monaten wieder von der Blutwalze. Aber diesmal war es anders. Schon zu Beginn des Traums saß er selbst auf der Walze. Es war dieselbe Landschaft wie sonst: Feuerrote Berge und Täler und Menschen, die blutüberströmt vor der riesigen, alles zermalmenden Straßenwalze flohen. Aber die, die er da gleich überrollen würde, waren nicht seine Eltern und sein Schwesterchen Lea. Es waren Emma, Jonathan und Cathy. Emma hielt die Kinder an der Hand. Sie lächelte, und die Kinder winkten. Schweiß brannte ihm in den Augen und bedeckte seinen ganzen Körper. Er verkrampfte sich. Der Aufprall war unumgänglich – da änderte der Traum unvermittelt seinen Charakter. Er befand sich mit Emma im Bett ihres alten Hauses in der Heimat. Sie war nackt und saß rittlings auf seiner Brust und schüttelte ihr Haar über seinem Gesicht. Dann schwebte sie langsam rückwärts, als wäre sie schwerelos, hob ihren Unterleib, rieb ihre Scham an seinem harten Glied und führte es langsam ein, und es verschwand in ihr und hörte gar nicht mehr auf damit, und ganz unmerklich veränderte sich ihr Antlitz, als er die Hände ausstreckte und auf ihre Brüste legte. Die Veränderung ihres Gesichts, die sich da anbahnte, machte ihm angst, aber seine Lust war stärker. Er hat nie erfahren, was Emmas Gesicht zu zeigen sich anschickte, denn er schreckte mit einem halbunterdrückten Schrei auf und spürte den warmen Erguß auf seinem nackten Bauch und bemerkte den ersten zarten Schimmer des Morgens hinter den weißen Gardinen.

16

Das entscheidende Verhör fand nicht in dem üblichen Zimmer statt. Der Oberst hatte dafür einen kleineren Raum im Erdgeschoß ausgesucht. Das klare Morgenlicht fiel grün durch die großen Fenster. Der Duft des Meeres und das Rollen der behäbigen Brandungswellen übten eine beruhigende Wirkung auf Vuk aus. Er hörte das sanfte Summen der Autos von der Straße und ein Frauenlachen, das glücklich und verliebt klang. Er hörte den Wind in den Palmblättern. Er hörte ihr Rascheln und Säuseln. Alles stand ihm klar und deutlich vor Augen. Es war dasselbe Gefühl wie früher vor einer Aktion. Alle Sinne in höchster Alarmbereitschaft. Vuk fühlte die Spannung, aber auch die Ruhe. Er fühlte sich wie in einer Examensprüfung, aber er hatte sich optimal vorbereitet. Etwas Glück mußte auch hinzukommen. Das hatte er nicht in der Hand.

Der Lügendetektor war schon aufgebaut.

Vuk mußte mit dem Rücken zum Fenster und zum Meer sitzen. Ihm gegenüber der Psychologe und der Oberst. Als sie am Morgen ihre übliche Strecke gelaufen waren, hatte Mike ihm gesagt, daß er nicht dabeisein würde.

Der Lügendetektor stand auf einem kleineren Tischchen, es war kein besonders großer Apparat. Er war an einen Laptop angeschlossen. Drei verschiedene Sätze Kabel und Schläuche waren fein säuberlich ausgelegt und sollten gleich mit Vuk verbunden werden. Es sah beinahe wie bei einer ärztlichen Untersuchung aus, aber in dieser kühlen Technik lag die Zukunft von Emma und den Kindern. Und seine eigene natürlich, aber ohne seine Familie hatte die Zukunft ohnehin keinen Sinn.

Neben diesem klinischen, kalten Gerät glich der FBI-Psychologe einem Penner. Er war fett und hatte schon so früh am Morgen gewaltige Schweißflecke unter den Armen. Vuk wußte, daß er am Abend zuvor aus dem frühjahrskühlen Nordamerika eingeflogen worden war. Er roch nach Zigarrenrauch, und sein dünnes Haar hatte er sich über den Schädel geklatscht, aber er hatte freundliche, scharfe und intelligente graue Augen. Die kräftigen weißen Arme waren von langen schwarzen Haaren bedeckt. Er lächelte freundlich, gab Vuk die Hand und bat ihn, sich zu setzen. Er nannte ihn John.

Vuk setzte sich auf den Stuhl, der eine hohe Rückenlehne hatte. Der Psychologe befestigte ein paar Schläuche an Vuks Oberkörper.

»John, mein Name ist Peter Larkin. Ich bin Psychologe, angestellt beim FBI. Dieses Ding hier ist ein Polygraph, im Volksmund auch Lügendetektor geheißen. Polygraph bedeutet schlicht Vielschreiber, und er wird in den USA mit ungebrochenem Vergnügen benutzt. Das hier ist eine analoge Maschine. Es gibt Raffinierteres, digitale Maschinen, aber der Oberst meinte, das wäre nicht nötig. Was wir aufzeichnen, wird nirgendwo sonst verwertet. Diese Gummischläuche messen Ihre Atemzüge. Sitzen sie einigermaßen? Oder sind sie zu eng?«

Vuk schüttelte den Kopf. Er roch die Melange aus Schweiß und Tabak, als Larkin ihm zwei Metallplättchen an den Fingern befestigte.

»Die messen Ihre Schweißabsonderung, John. Sitzen sie gut? Prima.«

Dann spannte er etwas um seinen linken Arm, das Vuk an einen Blutdruckmesser erinnerte.

»Das Gerät hier mißt Blutdruck und Puls. Sitzt es zu stramm?«

»Nein. Ist in Ordnung.«

»Haben Sie Durst? Ein Glas Wasser?«

»Mir geht's sehr gut.«

»Na, herrlich.«

Peter Larkin schleppte sich zu dem Computer zurück und schaltete ihn an. Er setzte sich.

»Super. Funktioniert alles. Sehen Sie, John, ich weiß eine ganze Menge über Sie. Ich habe Ihre Dossiers gelesen und die Videoaufnahmen Ihrer Gespräche mit dem Oberst studiert. Ich finde, ich kenne Sie richtig gut. So gut, daß ich sagen möchte, ich habe Respekt vor Ihnen. Ich verstehe Ihre Traumata, und ich verstehe Ihre Beweggründe, warum Sie den Vereinigten Staaten unter die Arme greifen wollen. Ich bin Psychologe und kein Richter. Ich mache mich nicht zum Richter über Sie und Ihr Leben. Meine Aufgabe könnte lauten, Ihnen zu helfen, aber so lautet sie heute nicht. Meine Aufgabe ist, dem Obersten Jorgensen und der Regierung der USA bei der Einschätzung behilflich zu sein, ob das, was Sie uns erzählen, wahr ist. Ich weiß von Ihrer Familie und kenne deshalb den Preis, aber auch den Lohn dieses Tests. Ich sehe Sie als vollkommen gesund an. Ich habe Ihre ärztlichen Gutachten und den ersten psychologischen Befund gelesen. Sie sind in glänzender Form – wenn ich doch nur das gleiche von mir sagen könnte! – und im Vollbesitz Ihrer geistigen Kräfte. Sitzen Sie bequem?«

»Ich sitze sehr gut.«

»Das sehe ich. Sie sind vollkommen ruhig.«

Larkins Stimme war sanft und angenehm. Sein Akzent war schwer einzuordnen. Kam weder aus Norden noch Süden, Osten oder Westen. Es war das ruhige, deutliche Englisch des gebildeten Amerikaners. Zwischen seiner Stimme und seinem Körper bestand ein himmelweiter Unterschied. Sie war beinahe einschläfernd, auf jeden Fall ungemein beruhigend und melodisch. Er mußte ein unschlagbares Talent zum Hypnotisieren haben und konnte sicher die tiefsten Geheimnisse zutage fördern, wenn er die Seele eines Menschen bloßzulegen wünschte.

Larkin schaute auf seinen Bildschirm und sagte:

»Okay. Alles ist, wie es sein soll. Normalerweise verlangt so etwas mehrere Sitzungen, aber die Zeit ist knapp, und das Ergebnis ist nicht für den Gerichtssaal bestimmt. Das wäre in vielen Staaten sowieso nicht möglich. Sie haben sich freiwillig zur Verfügung gestellt, und es ist meine Pflicht, hinterher zu beurteilen, ob Sie die Wahrheit gesagt haben. Klar?«

»Klar.«

»Gut. Zuerst ein paar allgemeine Fragen. Dann ein paar persönlichere, und am Schluß wird Ihnen Oberst Jorgensen einige eher operative Fragen stellen. Der Apparat ist nicht fehlerfrei, aber gut genug, um zusammen mit dem Material, das ich über Sie studiert habe, zu einer objektiven Einschätzung zu gelangen. Alles klar? Haben Sie verstanden, was ich gesagt habe?«

»Vollkommen.«

»Prima. Dann können wir ja loslegen.«

Larkin senkte seinen Blick auf den Bildschirm. Der Oberst saß hinter ihm und starrte ebenfalls auf den Schirm, auf dem man Vuks Blutdruck, Atmung, Schweiß und Puls ablesen konnte, wobei an der Art der Kurve sofort zu erkennen war, ob er log oder nicht. Vuk konnte sich gut verstellen. Lug und Trug waren jahrelang seine treuen Begleiter gewesen. Er wußte, daß er Menschen mit Leichtigkeit verführen und ihnen Sand in die Augen streuen konnte, aber er war nicht arrogant. Er bildete sich nicht ein, eine Maschine hinters Licht führen zu können. Der Preis für die Lüge, für das zweischneidige Schwert des Betrugs, war schlichtweg zu hoch. Er atmete tief ein und konzentrierte sich.

»Fein«, sagte Larkin. »Sie haben einen hervorragend funktionierenden Körper. Sie reagieren normal. Sagen Sie etwas, von dem Sie wissen, daß es absolut wahr ist.«

»Ich liebe Hawaii.«

Larkin lächelte.

»Zu heiß für mich. Sagen Sie etwas, von dem Sie wissen, daß es absolut unwahr ist.«

»Mein Name ist John Ericsson, und ich bin amerikanischer Staatsbürger.«

»Perfekt. Haben Sie Angst?«

»Nein.«

»Sind Sie nervös?«

»Ein bißchen.«

»Ja oder nein?«

»Ja.«

»Lieben Sie Ihre Frau und Ihre Kinder?«

»Absolut!«

»Ja oder nein?«

»Ja.«

»Heißen Sie Vuk?«

»Nein.«

»Heißen Sie Janos?«

»Nein.«

»Nein?«

Larkin schaute auf den Bildschirm und dann in Vuks Augen.

»Können Sie das erklären?« fragte er.

Vuk setzte sich anders hin. Er schwitzte ein wenig, aber es war auch wärmer geworden im Raum. Draußen hatte der Wind zugenommen, und deutlich hob sich das Rauschen der Palmblätter von der Brandung ab.

»Mein Geburtsname ist Retjko, aber das war für die Dänen ein echter Zungenbrecher. Ich wollte gern so sein wie meine Kameraden. Janus war damals ein ziemlich normaler dänischer Name, aber ich hatte ihn nicht richtig verstanden, denn ich nannte mich Janos. Das ist ungarisch und in Jugoslawien überhaupt nicht verbreitet, aber so hieß ich in

Dänemark, und meine Eltern haben es akzeptiert. Hauptsache, mir ging's gut, dann waren sie glücklich.«

»Und Vuk?«

»Vuk wurde mein Name, als ich in den Krieg ging.«

»Als Ihre Eltern ermordet wurden?« hörte Vuk die sanfte, ruhige Stimme fragen.

Vuk atmete aus. Er sah dem Psychologen an, daß sein Schmerz an den Bildschirmkurven abzulesen war.

»Ja. Es wurde mein Name, als meine Eltern ermordet wurden«, sagte Vuk nach einer Pause.

»Ihr Vater und Ihre Mutter und Ihre kleine Schwester?«

»Vater und Mutter und Lea, ja.«

»Tut es weh, wenn Sie daran denken?«

»Scheiße, was denken Sie denn?«

»Ich denke gar nichts. Ich frage bloß.«

»Dann fragen Sie!«

»Tut es weh?«

»Ja, verflucht.«

»Immer?«

»Nicht immer.«

»Weniger als früher?«

»Ja.«

»Gibt es etwas, was dagegen hilft?«

»Mit Anna und den Kindern zusammenzusein, dann rollt die Blutwalze nicht.«

»So. Ihre Blutwalze. Darüber könnten wir lange reden, aber das ist jetzt nicht meine Aufgabe. Haben Sie Angst vor der Blutwalze?«

Vuk spürte, wie er anfing zu schwitzen und sein Herz schneller schlug.

»Ich möchte nicht so gerne darüber sprechen.«

»Haben Sie Angst vor der Blutwalze?«

»Ja. Ich habe Angst vor der Blutwalze.« Sein Herz raste. Wann und wo hatte er davon erzählt? Es mußte in dem

Gespräch mit diesem Psychologen vor langer Zeit gewesen sein. Er sollte über seine Träume berichten und hatte den Traum mit der Blutwalze gewählt. Aber er war sich eigentlich sicher, daß er einfach drauflosgeredet hatte, nur um den Seelenklempner zufriedenzustellen. Larkin entging wirklich nichts.

»Sind Sie wieder bereit, John?«

»Ja. Ich bin bereit«

»Hassen Sie Muslime?«

»Nein. Das ist vorbei. Ich hasse überhaupt keine Gruppen mehr.«

»Aber hassen Sie nicht die Muslime in Bosnien, die Ihre Eltern und Ihre Schwester auf dem Gewissen haben?«

»Doch. Nur denke ich an sie nicht als Muslime, sondern als Menschen, die meine Familie getötet haben, weil sie sich von nationalistischer und religiöser Propaganda haben mitreißen lassen.«

»Haben Sie auch getötet?«

»Ja.«

»Wie oft?«

»Ich weiß es nicht.«

»Sie wissen es nicht? Oder wollen Sie es nicht wissen?«

»Ich will nicht daran denken.«

»Haben Sie die Mörder Ihrer Familie getötet?«

»Ja.«

»Was haben Sie dabei gefühlt?«

»Nichts. Alles war leer.«

»Haben Sie überhaupt nichts empfunden?«

Vuk machte eine Pause. Der Schweiß lief ihm die Achselhöhlen hinunter, und sein Herz schlug wieder heftiger. Larkin konnte das natürlich ablesen. Er fragte:

»Ist Ihnen die Situation unangenehm?«

»Ja.«

»Dann wiederhole ich die Frage: Haben Sie überhaupt nichts empfunden?«

»Ich war traurig.«

»Vorher und nachher?«

»Vorher und nachher.«

»Als Sie sie getötet haben, haben Sie da nichts empfunden?«

»Nein. Alles war finster. Ich war mitten im Nichts.«

»Im Nichts?«

»Einem Ort ohne Zweifel, ohne Trauer, ohne Freude. Man *ist* einfach nur.«

»Und hinterher?«

»Hinterher habe ich gekotzt und mich vollaufen lassen.«

Vuks Herz schlug langsamer, er wurde ruhiger. Larkins Maschine registrierte bestimmt auch das. Jedenfalls lächelte der Psychologe ihm zu, und in seinen scharfen und zugleich milden, sonderbaren grauen Augen war Mitgefühl zu erahnen.

»Bereuen Sie Ihre Taten, John?« Larkins Stimme war sanft und freundlich, wie die eines Vaters, der mit seinem Sohn sprach.

»Nein.«

»Warum nicht?«

Vuk beugte sich ein wenig vor und spürte, wie die verräterischen Schläuche seine Brust einschnürten und die Blutdruckmanschette auf den Oberarm drückte. Er sagte:

»Weil man seine Taten nicht bereuen kann. Man kann es nur bedauern oder Trauer darüber empfinden. Ich bedauere viele meiner Taten, aber ich kann sie nicht rückgängig machen. Ich kann sie nicht bereuen.«

»Ist das nicht eine heuchlerische Unterscheidung?«

»Mag sein. Ich bin kein Philosoph oder … Psychologe.«

Larkin lächelte wieder und sagte rasch:

»Bedauern Sie, daß Sie die Mörder Ihrer Familie getötet haben?«

»Nein.«

»Warum nicht?«

»Ich weiß es nicht. So ist es eben.«

»Okay, John. Es läuft doch gut. Haben Sie Durst?«

»Ja.«

»Sie bekommen gleich ein Glas Wasser. Ich habe nur noch wenige Fragen. Darf ich?«

»Bitte.«

»Haben Sie auf amerikanischem Boden strafbare Handlungen begangen?«

»Ja.«

»Welche?«

»Ich habe falsche Papiere benutzt und die Behörden und meine Arbeitgeber belogen. Ich habe unter falschem Namen gelebt und bin mit falschen Papieren in die USA eingereist.«

»Das ist bekannt. Haben Sie andere kriminelle Taten auf amerikanischem Boden begangen? Gewalttaten? Mord? Raub? Diebstahl?«

»Nein.«

»Gut. Haben Sie jemals einem amerikanischen Staatsbürger geschadet?«

»Nicht daß ich wüßte.«

»Einen amerikanischen Staatsbürger getötet?«

»Nicht daß ich wüßte.«

»Bewußt und vorsätzlich amerikanischen Interessen hier oder im Ausland geschadet?«

»Nicht daß ich wüßte.«

»Ja oder nein?«

»Nein.«

»Haben Sie zum jetzigen Zeitpunkt Geld oder Papiere in den USA versteckt?«

»Ja.«

»Haben Sie Oberst Jorgensen davon erzählt?«

»Nein.«

»Warum nicht?«

»Er hat mich nicht danach gefragt. Speziell nach dem Konto, meine ich.«

»Werden Sie ihm verraten, wo es ist?«

»Ja.«

»Gut. Warum haben Sie Geld und Papiere versteckt? Das verstößt gegen das Gesetz.«

»So bin ich nun mal konditioniert.«

»Wie ein Fuchs, immer mehrere Fluchtwege?«

»Kann man so sagen, ja.«

»Aber sonst haben Sie keine strafbaren Handlungen verübt, die gegen die USA oder deren Staatsbürger gerichtet waren?«

»Nein. Nie.«

»Warum wollen Sie den USA helfen?«

»Wegen meiner Familie.«

»Nicht wegen Ihrer Loyalität den USA gegenüber?«

»So denke ich nicht.«

»So denken Sie nicht. In Ordnung. Wollen Sie ein Glas Wasser, bevor der Oberst übernimmt?«

»Gern.«

Aber der Oberst erhob sich schwerfällig und meinte:

»Das kann noch warten. Ich habe nur ein paar Fragen.«

»Wie Sie wollen«, sagte Larkin. Die Rangordnung war klar, dachte Vuk, als der Psychologe aufstand und der Oberst sich wieder hinsetzte. Er fischte einen Zigarrenstummel aus der Brusttasche, kaute darauf herum, ließ ihn von einem Mundwinkel in den anderen wandern und legte ihn vor sich hin, ehe er sagte:

»Okay, John. Bringen wir kurz die Geschichte mit dem

Bankschließfach hinter uns. Was ist das für eins, und wo ist es?«

»Es befindet sich in der First National Savings Bank in Boston, Filialnummer vier. Es ist ein gewöhnliches Aufbewahrungsfach. Die Miete ist für zehn Jahre im voraus bezahlt.«

»Wer hat den Schlüssel?«

»Meine Frau Anna.«

»Emma?«

»Emma, ja. Anna trägt den Schlüssel wie ein Schmuckstück an einer Halskette.«

»Was befindet sich in dem Fach?«

»Dänische und niederländische Pässe, Dollars und ein Haufen inzwischen sicher wertloser D-Mark.«

»Wertlos?«

»Die haben jetzt den Euro.«

»Stimmt. Sind die Pässe sauber?«

»So gut wie. Besonders die dänischen. Sie sind leicht zu fälschen, aber meine stammen aus einer Ladung, die vor mittlerweile vielen Jahren gestohlen wurde. Ich habe sie von dem Mann in Florida, den ich schon vor einiger Zeit erwähnt habe.«

»Gibt es sonst noch Fächer oder Internetgeheimnisse, von denen wir nichts wissen?«

»Es gibt keine mehr.«

»Da bist du dir ganz sicher?«

»Ja.«

»Gut, John. Du hast mir von einem Mann erzählt, der sich Azim nennt. Existiert er tatsächlich?«

»Ja.«

»Wer ist er?«

»Ich weiß es nicht.«

»Du hast mir gezeigt, was du in deinem Dossier im Netz gespeichert hattest. Aus deiner Zeit als Mitarbeiter des Serbischen Geheimdienstes. Kannst du mir deine Theorie mit eigenen Worten darlegen?«

»Azim ist nach meiner festen Überzeugung ein hochrangiger Mann innerhalb von al-Qaida. Er hat irgend etwas mit Dänemark zu tun, denn ich habe ihn Dänisch reden hören. Wir dachten zunächst, seine Mutter sei Dänin und sein Vater Marokkaner, aber das war eine bewußte Irreführung – ein Teil seiner Tarnung. Wir haben herausgefunden, daß er Kurde war. Ich habe Ihnen die Berichte gegeben, die ich kopiert habe.«

»Schon gut. Weiter.«

»Azim ist ein Deckname. Seinen richtigen Namen kenne ich nicht. Hier in den USA haben Sie ja ebenfalls festgestellt, daß er in Verbindung zu al-Qaida steht. Sie haben entdeckt, daß die Telefonnummer in Spanien, die ich in meinem Dossier hatte, einem bekannten Mitglied von Osamas Netzwerk gehört. Dieser Mann wurde jetzt zusammen mit den anderen Mitgliedern seiner Zelle in Madrid festgenommen, aber Azim war nicht dabei. Das ist sicher. Ich weiß nicht, wer Azim ist, aber ich kann ihn finden.«

»Und wie?«

»Indem ich nach Dänemark fahre und eine alte Klassenkameradin namens Fatima aufsuche. Über die komme ich an ihren älteren Bruder Mustafa Mussin heran. Mustafa hat mit Azim gesprochen. Das weiß ich. Das ist bewiesen. Mustafa kann mich zu Azim führen, und ich kann Sie zu ihm führen. So sehe ich meine Aufgabe. Der Rest ist Ihre Sache. Was Sie mit ihm anstellen, geht mich dann nichts mehr an.«

»Und Fatima und Mustafa werden mit dir sprechen?«

»Fatima ja. Mustafa werde ich schon zum Sprechen bringen.«

»Und wie?«

»Ich habe meine Methoden, die ihn überzeugen werden.«

»Okay. Aber warum tun wir das nicht einfach selber?«

»Weil sie nur mit mir reden werden. Sie reden nicht mit Amerikanern. Ihr könnt die Dänen dazu bringen, die beiden an Land zu ziehen, aber sie werden nichts sagen. Fatima aus Loyalität gegenüber ihrer Familie. Und Mustafa, weil er Mustafa ist und ein harter Brocken.«

»Okay, John. Vorläufig stimmt alles, was du sagst. Jetzt mußt du aufpassen. Ich höre zu, und die Maschine und Peter Larkin hören auch zu. Kapiert?«

»Kapiert.«

»Bestens. Du hast eine Theorie, wer dieser Azim in Wirklichkeit sein könnte, stimmt's?«

»Stimmt.«

»Worauf baut deine Theorie auf?«

»Auf den Kopien der serbischen Nachrichtenberichte, die in meinem Geheimdossier lagen.«

»Die du mir gegeben hast?«

»Fast.«

»Wieso fast?«

»Es gab da eine Information, die nicht schriftlich fixiert war.«

»Eine Information Azim betreffend?«

»Genau.«

»Und was ist das für eine Info?«

Vuk atmete tief ein und aus und bemühte sich, ruhig zu bleiben und mit der gleichen tonlosen Stimme zu sprechen, mit der er die anderen Antworten gegeben hatte.

»Wir haben uns in Belgrad darauf verlassen – das ging aus den Mitteilungen klar hervor –, daß Azim Kurde war, aber was heißt das schon? Kurden gibt's ja überall auf der Welt. Aber er war irakischer Kurde.«

»Nun wird's interessant.«

»Wir waren überzeugt, daß Azim bereits als ganz junger Mann Anfang der achtziger Jahre von Bagdad nach Dänemark geschickt worden ist. Er hat in Dänemark Asyl beantragt. Für Iraker war das damals kinderleicht. Azim kriegte sein Asyl, später die Aufenthaltserlaubnis und schließlich die dänische Staatsbürgerschaft. Fürs erste lautete sein Auftrag, die Saddam-Gegner in Dänemark und anderen europäischen Ländern im Visier zu behalten und für die Logistik zu sorgen, falls Saddam Hussein Mordkommandos auf den Weg schicken sollte. Nach 1988 wurde er das Verbindungsglied zu al-Qaida. Das hört sich vielleicht theoretisch an, ist aber plausibel. Jedenfalls waren wir überzeugt, daß es so zusammenhing. Das haben die Untersuchungen meiner Kollegen gezeigt, außerdem hat es ein bosnischer Muslim in einem Verhör bestätigt.«

»Wie hieß der?«

»Daran kann ich mich nicht mehr erinnern.«

»Du willst nicht oder du kannst nicht?«

»Ich kann nicht.«

»Warst du bei dem Verhör dabei?«

»Nein, aber ich habe den Bericht gelesen.«

»Wurde Druck ausgeübt?«

Vuk brach in Gelächter aus. Die beiden Männer wurden davon völlig überrascht. Es war ein trockenes und kurzes, fast bellendes Gelächter, voll Bitterkeit und Schmerz.

»Druck? Sie haben ihn zu Tode gefoltert, Mann. Das war der Balkan in den Neunzigern.«

»Unter Folter geben die Leute zu, was man will.«

»Ja. Aber zwischendurch sagen sie auch die Wahrheit.«

»Warum sollte ein Kurde für Saddam arbeiten? Der hat Tausende von Kurden ermorden lassen. Er hat sie vergast.«

»Der Heereschef, der hinter den Massakern stand, war selber Kurde. Das sagt gar nichts. Verräter gibt's in allen Nationen.«

»Vielleicht, das werden wir ja sehen ...«

Der Oberst schwitzte. Vuk bemerkte, wie seine Halsschlagader pochte. Er schaute in seine Notizen und beugte sich vor. Nahm den Stumpen, kaute auf ihm herum, ließ ihn von einem Mundwinkel in den anderen wandern und legte ihn wieder neben die Papiere auf den Tisch. Er schaute nicht auf den Schirm des Detektors, sondern Vuk direkt in die Augen, und Vuk erwiderte den Blick, als der Oberst mehr erklärte als fragte:

»Du sagst, du kannst beweisen, daß Azim in Wirklichkeit ein irakischer Maulwurf ist.«

»Ja, das sage ich.«

»Du sagst, du kannst ihn finden und aufdecken, daß er ein irakischer Agent ist.«

»Ja, das sage ich.«

»Du sagst, du kannst damit, falls du ihn findest, ohne jeden Zweifel dokumentieren ...«

»*Wenn* ich ihn finde.«

»Wenn du ihn findest, kannst du ohne jeden Zweifel eine deutliche und unbestreitbare Verbindung zwischen Saddam Hussein und Osama bin Ladens Terrornetzwerk nachweisen.«

»Korrekt. Ich kann al-Qaida und Saddam so miteinander verknüpfen, daß kein Zweifel mehr besteht, daß Saddam und Osama einen gemeinsamen Krieg gegen die USA führen, auch wenn Saddam dies nie zugeben würde.«

»Kannst du das beschwören?«

»Das kann ich beschwören.«

Der Oberst lehnte sich zurück. Ein kaum zu bemerkendes Lächeln vertiefte die Falten an seinen Mundwinkeln. Er beugte sich wieder vor und fixierte Vuk.

»Du glaubst ja nicht an Gott, worauf willst du dann schwören? Was ist dir eigentlich heilig, John?«

»Meine Familie. Anna, Jonathan und Cathy.«

»Schwörst du auf die Zukunft und das Wohl deiner Familie, daß du mir die Wahrheit gesagt hast?«

»Ich schwöre auf die Zukunft meiner Familie, daß ich Ihnen die Wahrheit gesagt habe.«

»Das hoffe ich, John. Das hoffe ich wirklich. Für dich, für deine Familie und für die Vereinigten Staaten von Amerika hoffe ich, daß du die Wahrheit gesagt hast.«

17

Wenige Tage später war der Oberst aus Washington zurückgekehrt. Er hatte einen Beschluß im Gepäck. Vuk saß im klaren Morgenlicht auf der Veranda, trank Kaffee und las die Zeitungen, die jeden Tag von der Ost- und der Westküste des Festlands eingeflogen wurden und zu denen er jetzt uneingeschränkt Zugang hatte, als Mike kam und ihn fragte, ob er ein paar Minuten Zeit habe. Mike sah rundum zufrieden aus und reckte seinen Daumen in die Höhe.

Der Oberst wollte Golf spielen gehen. Er saß hinter seinem Schreibtisch im alten Salon der Villa und trug ein grünes Polohemd, lange karierte Shorts und eine Baseballkappe, auf der »Hawaii« stand. Er hatte einen Golfball in der Hand und warf ihn leicht in die Luft. Der Raum stank nach seinen Zigarren, aber er lächelte so breit, wie es seine schmalen Lippen erlaubten.

»Hallo, John. Willkommen an Bord. Du bist überprüft, und ab sofort bist du im Dienst.«

»Danke. Wann darf ich meine Familie sehen?«

»Mein Job ist beendet«, fuhr der Oberst ungerührt fort. »Ich will heute früh nur noch eben achtzehn hübsche Löcher machen, dann fliege ich nach Washington zurück. Nicht eben gern. Die Stadt ist ein Drecksloch, das nur an Politik denkt und daran, die Leute über den Tisch zu ziehen, aber Pflicht ist Pflicht. Die CIA übernimmt die operative Seite. Von jetzt an führt dich Phil Marker. Ihr fangt heute mit den Vorbereitungen an.«

»Und meine Familie, Oberst?«

»Immer langsam mit den jungen Pferden, John. Möchtest du eine Zigarre?«

»Nein, danke.«

»Komisch, daß man nicht genießen darf, was der liebe Gott uns schenkt. Das können die Dreckskommunisten in Kuba wirklich. Eine gute Zigarre rollen, also scheiß drauf, daß es das Gesetz nicht erlaubt. Der heutige Tag ist wie geschaffen für eine gute Zigarre. Oder zwei.«

Der Oberst steckte den Golfball in die Tasche und nahm sich eine Zigarre vom Tisch, zündete sie umständlich an, sog daran und stieß den Rauch wieder aus. Dann lehnte er sich in seinem extrabreiten Bürosessel zurück und sagte:

»Phil beschafft die Papiere, Paß, Flugscheine und den ganzen Mist. Darum kümmern sich die Jungs von der CIA, während wir bei der NSA unsern Grips gebrauchen. So ist es eben. Wird Zeit, daß die Spione in Langley in die Puschen kommen. Teufel auch, wenn die ihre Arbeit gemacht hätten, hätte es den 11. September nie gegeben. Aber das ist Geschichte. Wir arbeiten jetzt zusammen. Sagt George W. auch. Also machen wir's. Du bist einer von uns. Ich will nicht behaupten, daß du ein Musterknabe bist. Bewahre. Kann man nicht behaupten, aber wer ist das schon in einem Krieg. Der Feind deines Feindes ist mein Freund. So ist es eben, nicht wahr?«

»Meine Familie, Sir.«

»Komm' ich noch drauf. Ich schätze, in zwei, drei Wochen kannst du nach Dänemark und noch weiter, falls die Umstände es verlangen. Vielleicht ist Dänemark nicht gerade der sicherste Ort. Für dich, meine ich. Ich war nur einmal in Kopenhagen. Hübsche Stadt. Hübsche Girls. Kriegen super Beine vom vielen Radfahren. Aber eine Riesenstadt ist es nun mal nicht. Hast du daran gedacht?«

Vuk schaute ihn an. Der Oberst redete viel mehr als sonst. Als könnte er jetzt erleichtert aufatmen. Die Aufgabe war erledigt. Nun waren andere an der Reihe, und er konnte die Terroristen von einem anderen Schreibtisch an einem anderen Ort der USA bekämpfen.

»Ich habe daran gedacht«, sagte Vuk. »Ich glaube, die Gefahr hält sich in Grenzen. Die Fotos, die die Dänen von mir haben, sind alt, darauf habe ich einen Vollbart und schwarze Haare. Ich habe mir das Haar wieder wachsen lassen und kann mir einen schönen Scheitel ziehen, ich bin blond und werde mir wohl eine nette Brille zulegen. So klein ist Kopenhagen nun auch wieder nicht.«

Er fuhr sich mit der Hand über den Kopf. Es war ein seltsames Gefühl, keinen Igel mehr zu haben, er war ja fast bis auf die Kopfhaut rasiert gewesen. Mittlerweile waren die Haare ein paar Zentimeter gewachsen, sie fühlten sich lang und weich an.

»Vor deinen Fingerabdrücken kannst du nicht davonlaufen.«

»Nein. Aber ich kann dafür sorgen, nicht in die Lage zu kommen, daß man sie mir abnimmt.«

»Das reicht zwar nicht, aber du kannst ruhig schlafen, John. Ich fahre in ein paar Tagen nach Europa und treffe mich in London mit einem Vertreter des dänischen Nachrichtendienstes. Nur um mich zu vergewissern, daß sie die Wichtigkeit der Aufgabe kapiert haben.«

»Meinen Sie, das ist klug, Sir?«

»Das laß mal meine Sorge sein. Namen werden nicht genannt. Was ist schon ein Name? Etwas, das man annehmen kann, wie man ein neues Hemd anzieht. Nichts von Bedeutung. Du kriegst zwar keine Lebensversicherung, aber ich bezahle eine Beitragsrate.«

»Die Dänen werden das wohl anders sehen.«

»Dänemark ist ein kleines Land, es wird von den USA beschützt und ist Mitglied der NATO. Ohne uns hätten Stalin und die Banditen nach ihm es längst eingesackt. Du mußt wissen, daß die NATO-Länder miteinander durch dick und dünn gehen. Wir haben den Eid der Musketiere abgelegt: Einer für alle und alle für einen. Der Angriff auf die USA war ein Angriff auf die ganze Allianz. Die Dänen werden schon mitspielen.«

»Okay.«

»Und eigentlich geht dich das einen feuchten Kehricht an. Ich informiere dich nur, weil ich gute Laune habe und gleich Golf spielen gehe. Du bist jetzt Soldat in Onkel Sams Streitkräften, und als guter Soldat tust du, was dir befohlen wird, gell, Sohnemann?«

»Nur wenn meine Familie ihre Immunität und die amerikanische Staatsbürgerschaft erhält. Und zwar, bevor ich abreise.«

Der Oberst überraschte Vuk durch schallendes Gelächter. Es war das erste Mal, daß er ihn lachen hörte. Es war ein tiefes Lachen mit eingebautem Lungenröcheln. Der Oberst zog eine Schublade auf und legte Vuk drei Dokumente vor.

»Hier, John. Die Staatsbürgerschaftsnachweise für eine gewisse Anna Ericsson und ihre Zwillingskinder, Jonathan und Catherine.«

Ein viertes Dokument mit dem US-amerikanischen Siegel behielt er noch in der Hand.

»Und das hier ist der Staatsbürgerschaftsnachweis für einen gewissen John Ericsson. Den kriegt er später.«

Vuk konnte seine Freude und seine Erleichterung nicht verbergen, sie machten sich in seinem Gesicht und seiner Körpersprache bemerkbar. Er hatte ein gewagtes Spiel gespielt, aber der Einsatz hatte sich gelohnt.

»Danke«, sagte er bloß.

»Jetzt zeige auch, was in dir steckt. Du und deine Familie, ihr werdet neu geboren. Es gibt nicht viele Menschen auf dieser Welt, die die Chance bekommen, von vorne anfangen zu dürfen. Verspiele sie nicht, John. Amerika ist großzügig, aber Amerika ist auch nachtragend, wenn es lächerlich gemacht oder zum Narren gehalten wird. Mit andern Worten: Ich bin ein rachgieriges Schwein, und wenn du mich verarschst, werde ich höchstpersönlich dafür sorgen, daß du bis ans Ende der Welt gejagt wirst. *Capito?*«

»*Yes, Sir.*«

Der Oberst lachte wieder.

»So, Schluß mit der Predigt. Das erste Loch wartet. Ich habe es so arrangiert, daß in zwei Tagen ein örtlicher Richter kommt und deiner Frau den Eid abnimmt und durch sie auch ihren Kindern. Sie kann auf die Fahne schwören und das ganze Trallala, damit alles legal und ordentlich vor sich geht. Damit hat Onkel Sam seine erste Rate bezahlt, dann liegt es an dir, ob wir auch die zweite bezahlen.«

Plötzlich ging Vuk auf, was der Oberst gerade gesagt hatte.

»Heißt das, sie kommen her? Hab ich dich richtig verstanden?«

»Oberst oder Sir. Hast du das noch immer nicht gelernt?«

»Habe ich Sie richtig verstanden, Sir?«

»Cleveres Bürschchen. Du wirst dich schon durchboxen. Und jetzt verpiß dich, ich will zum Golf.«

»Danke.«

»Hau ab. Ach, und John …?«

Vuk war schon aufgesprungen und auf dem Weg zur Tür. Er empfand eine derartige Erleichterung und Wärme im ganzen Körper, daß er sich nicht erinnern konnte, wann er zuletzt so froh und beinahe glücklich gewesen war.

»Ja, Sir?«

»Viel Glück. Und versaue es nicht. Wir bereiten einen neuen Krieg vor. Und der ist von anderem Kaliber als der in Afghanistan. Wir müssen der Welt erklären, warum wir in den Krieg ziehen. Wir könnten auch ohne, aber mit Motiv ist es eleganter. Ist dir klar, was ich da sage? Ich hab mein Geld auf dich gesetzt, und ich hasse Verlieren.«

*

Vuks Tagesablauf hatte einen neuen Rhythmus bekommen. Das lag an Anna und den Zwillingen. Mit ihnen verbrachte er die raren Stunden, die er den Vorbereitungen, Planungen und Unterrichtungen mit Mike und dem CIA-Mann Phil Marker abknapsen konnte. Er hatte mit dem großen, schlanken CIA-Agenten vorher nicht sehr viel zu schaffen gehabt. Nachdem Marker Vuk und Mike am Flughafen abgeholt hatte, war er nur gelegentlich in der Villa aufgetaucht. Er war weiterhin freundlich und lächelte gern, aber in der Zwischenzeit hatte ihn ein unerklärlicher Unmut ergriffen. Vuk vermutete, daß es etwas mit der Politik zu tun hatte und eine Reaktion auf die Kritik war, die im Kongreß und in den Medien auf die CIA niederprasselte, weil sie trotz ihres Mammutbudgets weder den Terrorangriff vorausgesehen hatte noch imstande gewesen war, Osama bin Laden oder einen seiner engsten Vertrauten zu schnappen oder zu töten.

Phil Marker hatte ihm zunächst zwei freie Tage mit der Familie gegönnt. Sie durften in einem Haus auf Pfählen wohnen, das verborgen hinter mächtigen Palmen auf dem angrenzenden Grundstück lag. Vuk hatte nicht gewußt, daß auch das Nachbargebäude ein *safehouse* war. Anna, wie er sie wieder nannte, hatte geweint wie ein Schloßhund, als Mike sie erschöpft nach dem langen Flug von Atlanta hierher zum Haus brachte. Sie hatte abgenommen, so daß sie von einer fast zerbrechlichen Anmut war, die seine Liebe zu ihr nur noch verstärkte. Sie hatte sich die Haare kurz schneiden lassen, wodurch ihr sanftes Gesicht besser zur Geltung kam. Die Kinder waren erst ein wenig zurückhaltend gewesen, aber es dauerte nicht lange, bis sie wieder auf ihm herumkletterten, und als er es dann geschafft hatte, daß sie mit einer Mischung aus Lust und Schrecken angesichts der großen Krebse in der Brandung am Riff aufjuchzten, war es, als wären sie nie getrennt gewesen. Als sie nach dem Abendessen in der großen Villa ins Bett gesteckt worden waren, hatte er mit Anna geschlafen, lange mit ihr gesprochen und sie noch einmal geliebt, und zum erstenmal seit wer weiß wie langer Zeit hatte er angefangen zu weinen, und Anna mußte seine Tränen wegküssen und fing auch an zu weinen und wiederholte unentwegt, daß sie ihn liebe und daß sie glücklich sei und daß sie immer zusammenbleiben würden, und er hatte es nicht über sich gebracht, ihr böse zu sein, obwohl sie doch die verbotene Sprache benutzte. Aber das war jetzt nicht mehr wichtig. Einerlei, was ihm zustieß – Anna und die Zwillinge waren in Sicherheit.

Nach den zwei freien Tagen ging Vuk jeden Morgen wie ein ganz normaler Amerikaner zur Arbeit, während Anna und die Kinder allein oder zusammen mit Mike die Insel erkundeten – in ihrem eigenen Auto, wie andere amerikanische Frauen. Vuk brachte die Vormittage im Internet zu, wo er auf den dänischen Seiten surfte und die dänischen Zeitungen las. Weniger wegen ihres Inhalts, sondern eher, um wieder ein Gefühl und ein Verständnis für die Sprache zu entwickeln. Er surfte auf allen möglichen Homepages und versuchte sein früheres Land darin wiederzuerkennen, das verändert und unveränderlich zugleich zu sein schien und Lichtjahre entfernt. Er versuchte sich zu erinnern, wie die Dänen miteinander verkehrten und miteinander redeten. Wie sie gingen. Wie sie einander an ihren Bewegungen und ihrem Auftreten augenblicklich erkannten. Er sah sich die dänischen Fernsehnachrichten an, um herauszufinden, ob neue Ausdrücke entstanden waren. Denn die Dänen erkannten sich natürlich auch an der Sprache. Wer dänisch aussah und ohne Akzent Dänisch sprach, wurde sofort akzeptiert. Dann gehörte man dazu. Und es wurden keine weiteren Fragen gestellt.

Er sah sich die Wettervorhersagen an, der Mai ging seinem Ende entgegen, und sie näherten sich dem Monat Juni. Bald sollte er abreisen. Es war ihm ein unerträglicher Gedanke, aber die Reise war unumgänglich, wenn er sich von seiner Vergangenheit endgültig frei machen wollte. Emma war nicht mehr Emma, sondern Anna. Marker hatte ihr die neuen Taufscheine ausgehändigt, für sie und die Zwillinge, außerdem neue Sozialversicherungsnummern und einen Führerschein für Anna Ericsson, vollgültige amerikanische Staatsbürgerin mit einer Vergangenheit, die CIA und NSA in die alles umfassenden Computersysteme eingespeist hatten. Sie stand unter Schutz und damit auch die Kinder.

»Wir schließen auch eine Lebensversicherung für dich ab«, sagte Phil Marker einige Tage später. Sie saßen im Verandazimmer und tranken Eistee. Durch die halb geöffnete Tür konnte Vuk Anna und die Kinder am Strand sehen. Die Kleinen bekamen langsam eine kräftige Hawaiibräune, obwohl Anna sich bemühte, sie vor der Sonne zu schützen. Mike wuselte in seinen roten Badeshorts um sie herum. Er kompensierte die Sehnsucht nach der eigenen Familie, indem er die Zwillinge hemmungslos verhätschelte und Anna bemutterte, als wäre sie ein zartes Pflänzchen. Das war sie auch, und gleichzeitig hatte sie mehr Gewalt und Blut in ihrem Leben gesehen, als Mike jemals würde ertragen müssen.

»Du bist operativ, da gehört das zum Standard. Den Rest

hast du mit Oberst Jorgensen abgesprochen, wir können uns also um die eigentliche Sache kümmern. Hörst du mir überhaupt zu?«

Phil Marker war so braungebrannt, daß die Falten in seinem Gesicht deutlich hervortraten. Er hatte ein helles kurzärmliges Hemd an und eine helle Hose. Die Pistole saß in einem Holster unter seinem Arm. Er hatte Vuk gebeten, einen Plan zu erarbeiten, und hatte diesen ganz offensichtlich mit seinen Vorgesetzten diskutiert, und nun schien es allmählich konkret zu werden. Marker zog einen Ordner aus seiner Mappe, legte Paß und Tickets auf den Tisch und sagte:

»Deine Papiere sind alle da. Unglaublich, was man heutzutage alles aus Behördenhand bekommen kann, wenn man das Zauberwort ›11. September‹ sagt. Auch in puncto Zusammenarbeit hat es Wunder gewirkt. Auch zwischen den Staaten. Du kennst das ja, John. Das Geheimdienstwesen ist ein Geschäft. Wenn du nichts zu verkaufen hast, kriegst du auch nichts angeboten. So ist es eben. Wir werden sehen, was dabei herausspringt. Aber noch eins vorweg: Die Sache unterliegt strengster Geheimhaltung. Du verstößt gegen das Gesetz, wenn du plauderst. Ist das klar?«

»Das ist klar.«

»Gut. Fangen wir mit dem Praktischen an.«

Phil Marker legte ein Hin- und Rückflugticket über Honolulu und Seattle nach Amsterdam auf den Tisch. Vuk fiel es schwer, sich zu konzentrieren. Ständig mußte er zu Anna und den Zwillingen hinüberschauen, die gerade mit Mike Ball spielten. Phil Marker erklärte ruhig, daß der Flugschein auf Ron Gibson ausgestellt war, Mitarbeiter bei Microsoft. Der Paß lautete auf denselben Namen, war vier Jahre alt und trug Stempel asiatischer und europäischer Länder. Er sah gebraucht und abgegriffen aus. Auf dem Paßbild war Vuk zu sehen und doch wieder nicht. Es zeigte einen jüngeren

Mann mit freundlichem Lächeln. Er hatte eine Kurzhaarfrisur mit Scheitel und trug eine dunkle, schmale moderne Brille. Sie verlieh seinem Gesicht Charakter und veränderte es. Das Bild war erst vor kurzem aufgenommen worden, aber der Fotograf hatte es so bearbeitet, daß Vuk auf dem Bild etwas jünger aussah. Es schien tatsächlich schon vier Jahre in dem Paß zu kleben und von der Grenzpolizei vieler Länder betrachtet worden zu sein. Das Gesicht wirkte sehr amerikanisch. Wie ein älteres Foto im Jahrbuch eines angesehenen Colleges.

Hinzu kamen ein Führerschein, eine *social security card* und eine Brieftasche mit einigen Dollar- und Euroscheinen sowie Fotos einer blonden Frau und zweier Jungen von etwa sechs und acht Jahren. Außerdem eine American-Express-Goldkarte, eine Mastercard und eine Avis-Karte. Es war geplant, daß Ron Gibson im Flughafen Seattle einen Avis-Mietwagen reservierte, der dann am Amsterdamer Flughafen für ihn bereitstehen würde. Er sollte mit dem Wagen nach Dänemark fahren. Er befand sich dann innerhalb des Schengen-Gebiets, und es wäre schwieriger, ihm zu folgen und ihn zu kontrollieren, wenn er per Auto einreiste.

Marker stellte auch einen Laptop auf den Tisch und sagte:

»Sag deiner neuen Gattin und deinen Kindern guten Tag. Grace ist Mitarbeiterin in der Firma. Falls jemand auf die Idee kommen sollte, deine Nummer anzurufen, meldet sich eine Frau. Sie kennt genug von deiner neuen Vita, um ein erstes Gespräch bestehen zu können. Auch deine eigene Legende ist hier auf dem Rechner. Dein Hintergrund, deine Familienverhältnisse. Alles, was dich zu Ron Gibson macht. Lerne sie auswendig und lösche dann die Datei. Wenn ich dich mitten in der Nacht wecke, mußt du sie runterrattern können. Es gibt auch mehrere Geschäftsbriefe, Rechnungen und Vorschläge für IT-Kooperationen, Entwürfe für Vorträge und einen Terminkalender, auf dem Termine in Amsterdam, Paris und Kopenhagen notiert sind. Er reicht drei Jahre zurück und zeigt, daß du aufgrund deines Jobs als Computerverkäufer ständig unterwegs bist. Die Geburtstage deiner Lieben usw. sind auch eingegeben. Hier ist dein Leben. Machen Sie sich in den nächsten Tagen damit vertraut, Mr. Gibson aus Seattle.«

Vuk nickte. Marker schwitzte ein wenig. Heute wehte ein feuchtwarmer Wind vom Meer, wo die Dünungen behäbig und schwer anrollten. Weiter draußen waren sie höher, und Vuk konnte sehen, daß die Surfer vor dem Riff lagen und auf die richtige Welle warteten.

»Wir schicken Mike mit.«

»Mike ist FBI, nicht CIA.«

»Wir borgen ihn uns. Ihr arbeitet gut zusammen, ihr zwei. Wir wollen dich nicht in der Nähe der Botschaft in Kopenhagen sehen, und wir erzählen auch dem Chef unserer dortigen Basis nichts. Wir können nicht verhindern, daß er von einem temporären Agenten auf seinem Territorium Wind bekommt, aber er hat den Befehl, die Finger davon zu lassen. Du kommunizierst mit Mike. Verstanden?«

»Verstanden. Aber wie? Über einen stillen Briefkasten?«

»Davon sind wir wieder abgekommen. Kauf dir ein Handy mit Prepaid-Karte. Mike macht dasselbe. Wirf die SIM-Karte nach jedem Gebrauch weg und kauf dir eine neue Nummer. Schalte eine Annonce in der *International Herald Tribune*, wenn du deine Nummer hast, aber halte sowenig physischen Kontakt wie möglich. Du bist im Hotel Marriott gebucht. Kennst du das?«

»Nein.«

»Ist auch nagelneu, wie geschaffen für einen *hotshot* von Microsoft.«

»Ich würde vorschlagen, daß ich mit dänischen Papieren weiterreise. Sobald ich im Schengen-Gebiet bin.«

Phil Marker sah ihn an. Er kratzte sich den stoppeligen Schädel und sagte:

»Ich fand das erst eine miserable Idee, aber ich hab meine Meinung geändert. Du kannst die Sprache. Es ist also vollkommen in Ordnung, daß du als Däne operierst. Falls es notwendig wird. Die dänischen Papiere sind schon alle in der Mache. Paß, Führerschein, Krankenversicherungskarte und das, was sie Visa-Dankort nennen, aber damit durch die Weltgeschichte zu reisen, ist viel zu riskant. Du kriegst die Sachen von Mike. Vielleicht in einem stillen Briefkasten, vielleicht in einem Garderobenschrank. Mal sehen. Sie sind jedenfalls fertig, wenn du in Dänemark ankommst. Soweit alles klar?«

»Selbstverständlich.«

»Selbstverständlich, sagt er. Du bist ein cooler Typ, John. Ein cooler Typ. Dann kommen wir also zu meiner eigentlichen Vorlesung über al-Qaida und unsere Position im Kampf gegen diese Mörderbande.«

Marker erklärte die weitverzweigte Struktur und den komplizierten und gleichzeitig simplen Aufbau des al-Qaida-Netzwerks. Vuk war beeindruckt. Marker fing bei dem Flugzeugentführer Mohammed Atta an, und von ihm ausgehend zeigte er auf verschiedenen Karten und Zeichnungen, wie und wo die einzelnen Zellen miteinander verknüpft waren. Es gab Verbindungen nach Madrid, London, Paris und Amsterdam. Und natürlich nach Afghanistan und zu den fundamentalistischen Kreisen in Ägypten. Interessanterweise waren die Hauptverantwortlichen – die, von denen man wußte – fast durchweg junge Männer aus Mittelklassefamilien, die ein westliches Leben führten, während sie gleichzeitig ihre Terroraktionen planten. Für diese Terroristen galt, daß sie die neuen Kämpfer entweder offen oder verdeckt unter den frustrierten, wurzel- und arbeitslosen jungen Leuten in den trostlosen Immigrantenghettos in Paris, London und anderen europäischen Hauptstädten rekrutierten. Viele hatten bereits ein kriminelles Leben hinter sich, kamen aus sozial schwachen Familien und fanden durch diese Karriere als heiliger Krieger plötzlich einen Sinn im Leben. Ihren Frust über ihre untergeordnete gesellschaftliche Stellung konnten sie in den Traum eines neuen islamischen Utopia überführen, erklärte Marker. Überdies waren sie im glühenden Haß gegen die USA und Israel vereint. Das Problem der Nachrichtendienste war die lockere Struktur des ansonsten weltumspannenden Netzwerks von al-Qaida. Wenn man eine Zelle hatte auffliegen lassen, hieß das noch lange nicht, daß man damit unmittelbaren Zugang zur nächsten erhielt.

Phil Marker stand auf, öffnete weit die Tür, lehnte sich auf das Geländer der Veranda und blickte über das Meer. Unmerklich änderte sich sein Ton.

»Es ist auch nicht gerade hilfreich, daß wir Osama nicht zu fassen bekommen. Unsere Lage ist beschissen. Wir haben uns lächerlich gemacht. Unser Pech! Es waren diese verfluchten Politiker und Bürokraten in Washington, die uns die Mittel gekürzt haben, und zwar radikal! Die sind schuld, aber meinst du, die würden das zugeben? Nie im Leben. Wir mußten unsere Basen im Nahen Osten zumachen. Es gab überhaupt kein Agentennetz mehr. Um an Informationen zu kommen, sind wir nach wie vor von den Briten und den Israelis abhängig, voll und ganz. In Washington haben sie gedacht, sie könnten Menschen durch Satelliten ersetzen, aber es geht nun mal nichts über einen guten Agenten. Gar nichts. Das haben sie nun endlich gerafft. Ein Agent in Osamas Höhle in Afghanistan wäre mehr wert gewesen als zehn von ihren beknackten Satelliten. Jetzt setzen sie wieder auf Humanmaterial, aber das wird eine Knochenarbeit, John.

Ein Agentennetz kannst du innerhalb kürzester Zeit abwickeln. Aber es wieder zu knüpfen dauert Jahre. Wie man sich bettet, so liegt man. Wir sind am Arsch. Jeden verdammten Tag, den Gott werden läßt, sind wir am Arsch!«

Zorn und Verbitterung klangen in seiner Stimme mit. Er schlug mit der Hand aufs Geländer und drehte sich um. Vuk konnte seine Familie nicht mehr sehen und war einen Augenblick lang richtig besorgt. Er schüttelte das Gefühl ab und konzentrierte sich wieder auf Marker, der seine Frage offenbar zum zweitenmal stellte.

»Hast du das Rauchen nie vermißt?«

»Was? Nein. Nie.«

»Ich schon. Wenn ich sauer bin zum Beispiel. Oder gebumst habe.«

»Ich nicht.«

»Schön für dich. Hast du was dagegen, wenn ich mir eine anstecke?«

»Überhaupt nicht! Den Zigarrenqualm vom Oberst habe ich sowieso noch in der Nase.«

»Ich ziehe Zigaretten vor.«

Marker holte eine Packung Lucky Strike aus seiner Tasche und schob sich eine zwischen die Lippen. Es war deutlich, daß es nicht die erste seit langer Zeit war. Er inhalierte mit Genuß und war offensichtlich daran gewöhnt.

»Als ich in der Firma anfing, haben alle gepafft und gesoffen. Dann gehörte man dazu. Heute kommen alle direkt vom College, sie rauchen nicht, rühren keinen Alkohol an und interessieren sich nicht für andere Menschen. Wir sind am Arsch, John. Die Terroristen haben schon gewonnen. Was treiben wir eigentlich gerade? Wir schaffen ein neues Sicherheitsministerium wie die alte DDR-Stasi zur Zeit des kalten Krieges. Wir fordern die Leute auf, sich gegenseitig anzuschwärzen. Wir verleiden es ganz normalen, gesetzestreuen Amerikanern, in ein Flugzeug zu steigen. Wir kriegen die Erlaubnis, für Onkel Sam zu töten. Wir gewinnen den Krieg, wir sind stark, aber wir verlieren unsere Lebensform. Ist das vielleicht klug?«

»Das weiß ich nicht. Das ist nicht mein Problem.«

»Nein, das ist nicht dein Problem. Warum tust du das denn alles?«

»Das ist mein Problem.«

»*Fuck*. Ja. Ich habe dein Profil gelesen. Das ist dein Problem. Ist es wirklich ein Problem?«

»Nein.«

»Du wirst da drüben total allein agieren. Ist dir das klar?«

»Ja.«

»Weißt du, was mir Sorgen macht?«

»Nein.«

»Daß wir in der CIA dabei sind, eine Entschuldigung für einen Krieg zu basteln. Eigentlich brauchen wir gar keinen. Wir könnten Saddam einfach aus dem Verkehr ziehen, aber die Politiker wollen Krieg. Und die Firma ist unter Druck, sie soll die Munition beschaffen. Verstehst du mich eigentlich?«

»Nein.«

»Nicht? Es geht um die Ehre! Ich bin ein altmodischer Mensch. Es geht um die Ehre. Hast du Ehre im Leib, John?«

»Nein.«

»Nein. Du tust also einfach, was du tun sollst?«

»Ja. Und könnten wir jetzt wieder zur Sache kommen?«

Vuk konnte solche Anwandlungen bei seinen Führungsoffizieren wirklich nicht gebrauchen. Sie durften nicht anfangen zu zweifeln. Er vermißte den kühlen Überblick des Obersten und seine bedingungslose Konzentration auf das Ziel. Alles andere war gleichgültig. Vielleicht sollte Marker ihn auch aufs Glatteis führen, ihm eine Falle stellen. Ihm fiel auf, daß sich der CIA-Mann in letzter Zeit verändert hatte. Als wäre er mit einem Geheimnis konfrontiert worden, von dem er am liebsten nichts gewußt hätte. Und plötzlich erinnerte sich Vuk an Bruchstücke einer Diskussion oder fast schon einer Meinungsverschiedenheit zwischen Marker und dem Obersten, die er auf dem Flur mitbekommen hatte. Phil hatte gesagt: »Eure Gruppe ist vielleicht verfassungswidrig, aber auf jeden Fall ist sie ein riesiger Scheiß. Wir müssen die Wahrheit sagen, nicht das, was die Machthaber als Wahrheit ausgeben.« Der Oberst hatte ihn gebeten, sich wie ein Erwachsener zu benehmen und zu begreifen, daß die CIA kaum etwas anderes machen könne als einen Haufen *bullshit*. Es war riskant, solche Dinge zu belauschen. Es konnte eine Falle sein. Er wollte nicht in sie hineintappen und sah dem CIA-Mann offen in die Augen. Marker betrachtete ihn eine Weile und sagte dann:

»Cooler Typ, John. Cooler Typ. Da ist es ja gut, daß ich Hilfe bekommen habe, so daß ich dir auch helfen kann.«

Phil Marker drückte die Zigarette auf dem Geländer aus und verstaute die Kippe in seiner Hosentasche. Einen Moment lang umgab sie noch der Zigarettenrauch, dann wurde er von der Meeresbrise weggeweht, und fast schien es, als hätte die Brise auch Phil Markers Stimmungswechsel mit sich genommen. Er fand zu seiner Ruhe und Professionalität zurück, trat ins Zimmer, schloß die Flügeltüren bis auf einen Spalt, setzte sich an den Tisch, schaute in seine Papiere und sah Vuk an. Vuk war sich nicht sicher, ob dieser Blick verdammend oder mitfühlend war. Der hochgewachsene Amerikaner zuckte die Schultern, rutschte auf dem Stuhl hin und her und sagte dann:

»Na, das ist nicht mein Problem. Der Oberst hat's leichter. Er zweifelt nie. Der Zweck heiligt die Mittel, wie mein alter Vater schon in der Sonntagsschule gesagt hat. Also, ich habe hier etwas über eine spanisch-dänische Verbindung, die ungemein interessant ist und bei der du auch ins Bild kommst, mein Freund.«

Es war ungefähr die gleiche Geschichte, wie man sie aus den anderen Städten kannte. Es handelte sich um eine vierköpfige Zelle in Madrid, die Jahre gebraucht hatte, um sich zu etablieren. In der Nachbarschaft waren sie als ganz normale Mitbürger bekannt. Einer war in einem Baumpflanzungsprojekt aktiv. Ein anderer fuhr wie jeder x-beliebige Vater seine Kinder in die Schule. Er hatte sechs. Einer war aus Marokko eingewandert, zwei andere hatten palästinensische Eltern, waren aber in Spanien geboren, und der vierte war ein zum Islam übergetretener Spanier. Der spanische Sicherheitsdienst wurde auf sie aufmerksam, weil sie im Verdacht standen, Freiwillige für den heiligen Krieg in Bosnien zu rekrutieren. Es wurde eine großangelegte Abhöraktion in Gang gesetzt, wobei sich herausstellte, daß die Gruppe ganz besonders rührig war und sogar die Telefonnummer von Mohammed Attas Wohnung besaß. Die Zelle war schon 1994 gegründet worden und nahm eine Schlüsselstellung innerhalb des europäischen Netzwerks ein. Sie wurden alle vier inhaftiert, erklärten sich aber in sämtlichen Anklagepunkten für nicht schuldig.

»Eine Stadt«, sagte Phil Marker, »mit der sie oft kommuniziert haben, war Kopenhagen. Und ich bin gerade von einem interessanten Treffen, unter anderem mit dänischen Kollegen, zurück, bei dem es um die spanisch-dänische Verbindung ging und um eine Nuß, die nicht leicht zu knacken war. Nämlich, wie die Zellen untereinander Geld austauschen. Wir haben eine Reihe Konten geschlossen und andere Mittel eingefroren, aber die Geldströme hat das absolut nicht unterbrochen. Die Dänen haben uns erklärt, daß die Zellen untereinander ein uraltes System benutzen, das Hawala genannt wird. Sie haben einen Händler in Kopenhagen verhaftet, der bislang aber noch nicht reden will. Er handelt mit Geld und mit Honig. Den Vortrag hielt eine jüngere, äußerst attraktive Frau. Äußerst attraktiv. Und interessant. Die Dänen waren richtig stolz auf sie. Weil sie nichtdänischer Abstammung ist, eine der ersten. Seltsame Vorstellung, daß das heutzutage was Besonderes sein soll, aber bitte.«

»Ich weiß nicht, was Hawala ist.«

»Brauchst du auch nicht. Den Typen, der in Kopenhagen hinter Schloß und Riegel sitzt, wollen die Briten näher unter die Lupe nehmen. Er hat eine doppelte Identität, aber die dänischen Kollegen meinen, es sei schwierig, ihn auszuliefern. Wenn's nach mir ginge, dann würde ich ihn in den Vorhof der Hölle nach Guantánamo schicken, dann würde er schon reden, aber die Dänen sind offenbar zartbesaitete Leute.«

Phil Marker erhob sich wieder. Er war enervierend rastlos.

»Na, war jedenfalls ein sehr fruchtbares Treffen, auch im Hinblick auf einen Mann, der eine direkte Verbindung zu deinem mysteriösen Azim hat. Ein dänischer Geheimdienstler, Toftlund, kam mit dieser Info.«

Vuk richtete sich auf.

»Wie hieß der?«

Marker schaute in seine Notizen, die er immer wieder zu Hilfe nahm.

»Per Toftlund. Kennst du ihn?«

Vuk rührte sich nicht. Er fühlte sein Herz schlagen, als er sich zurückerinnerte und die Schreie und die Schüsse hörte.

»Ja. Er war der Leibwächter dieser Autorin, die ich angeschossen habe … vor langer Zeit.«

Marker beugte sich über den Tisch. Er mußte Vuks Dossier gelesen haben, denn er fragte:

»Die,wegen der du den Vertrag mit den Iranern geschlossen hast?«

»Genau die.«

»Du hast seinen besten Freund erschossen? Einen Kollegen. Kidnapping war auch im Spiel. Mord und Entführung. Keine Bagatellen.«

Vuk sagte nichts. Marker lehnte sich wieder zurück und sagte, als ihm das Schweigen zu lang wurde:

»Wir arbeiten in einer Drecksbranche.«

»Du sagst es.«

»Eine Drecksbranche. Jetzt arbeitest du mit deinem Todfeind zusammen. Er weiß es nicht. Er wird es auch nie erfahren. Vielleicht hätte ich es dir auch nicht erzählen sollen, aber der Oberst sagt, du bist durchgecheckt für alle operationellen Informationen. Du bist jetzt auf der richtigen Seite. Sagt der Oberst.«

Wieder dieser forschende Blick, ehe der CIA-Mann tief einatmete und erneut in seinen leichteren, dozierenden Vortragston verfiel.

»Wenn ich du wäre, würde ich mich in Dänemark lieber zweimal umschauen. Aber Tatsache ist, daß du offensichtlich den Richtigen an der Angel hast.« Er legte Vuk drei Dokumente vor. Wie alle anderen Papiere trugen sie den Stempel *Streng geheim.* »Hier sind die Einzelheiten. Lies die Unterlagen und gib sie mir zurück. Und keine Kopien! Am interessantesten ist dieser Mann, den die Dänen lokalisiert zu haben scheinen. Aber identifiziert haben sie ihn noch nicht. Er nennt sich *Wali al-ahd.*« Marker machte eine Pause. Als von Vuk keine Reaktion kam, fuhr er fort:

»*Wali al-ahd* bedeutet auf arabisch Thronfolger. Wir vermuten, wir haben es mit einer echten Topfigur zu tun, vielleicht der Nummer eins in Europa. Und wir vermuten, daß er von Saddam Hussein geschickt wurde, denn dafür hast du uns starke Indizien geliefert. Interessant, nicht?«

Vuk nickte. Marker sagte:

»Ja, das ist interessant. Also, mach dich über deine Papiere her und bereite dich vor. Wir setzen unsere Hoffnungen in diese Sache, aber paß auf da drüben. Der Oberst und ich schicken dich in ein Spiegelkabinett, in dem sich schon ganz andere Leute als du verirrt haben.«

18

Aischa hatte in der SAS-Maschine nach Venedig einen Fensterplatz bekommen und schaute auf die grauen Wolken, die Europa bedeckten. Es war angenehm, in der Business Class zu fliegen. Sie hatten sie fast ganz für sich. Obwohl mittlerweile Monate vergangen waren, stöhnten die Fluggesellschaften noch immer unter den Auswirkungen der Terrorangriffe. Es war auch sehr angenehm, wieder zusammen mit Per zu fliegen. Es war ihre zweite gemeinsame Dienstreise. London war über Erwarten gut gelaufen, und sie war ihm dankbar gewesen, daß sie ihren Vortrag über Honighandel, das Hawala-System und die Verbindungen zu al-Qaida vor versammelter Mannschaft hatte halten dürfen. Unter den britischen, deutschen, spanischen und amerikanischen Geheimdienstlern waren außer ihr nur noch zwei andere Frauen dagewesen. Dafür war es auffallend, daß es unter den Amerikanern und Briten etliche mit sogenanntem anderen ethnischen Hintergrund gab, auch wenn sie diesen Ausdruck haßte.

London war wirklich ein Erfolg gewesen. Sie waren sich nähergekommen. Per betrachtete sie jetzt mit anderen Augen. Und sie verstand die Arbeit der Nachrichtendienste immer besser. Dabei war es noch gar nicht so lange her, daß sie ihren Job im Lebensmittelministerium interessant gefunden hatte. Aber es gab nichts Aufregenderes und Stimulierenderes als die Arbeit in dieser Schattenwelt, der sie sich mehr und mehr zugehörig fühlte.

Per war beinahe umgehend eingeschlafen. Wollte nichts essen. Wollte nicht geweckt werden. Sie betrachtete ihn verstohlen. Sein Gesicht sah im Schlaf müde und zerfurcht aus. Die Lachfältchen um Mund und Augen glichen jetzt eher Streßfurchen, die sich in die helle Haut eingekerbt hatten. Aber als Typ war er in Ordnung. Vielleicht etwas grob in seiner Art, aber auch sehr charmant auf eine altmodische Weise. Ob sie etwa in ihn verschossen war? Nein, das ging doch nicht. Oder doch? Die Dänen waren ja reichlich liberal in solchen Sachen. Oder inzwischen nicht mehr? Schließlich war er unter der Haube. War er es überhaupt noch? Dem Bürotratsch hatte sie entnommen, daß seine Frau und er getrennt lebten, aber ob sie sich auch scheiden lassen wollten, wußte sie nicht. Sie hatten ja ein gemeinsames kleines Kind. Wenn sie Brian richtig verstanden hatte, hatte Per keine Geliebte, sie hatten sich also nicht deshalb getrennt. Tove hatte gemeint, das sei eigentlich recht sonderbar. Per stand nämlich im Ruf, ein Frauenheld zu sein, jedenfalls war er das als Junggeselle gewesen, hatte Tove gesagt.

Aischa blickte auf die Wolkendecke. Sie lag da wie ein wogendes Meer und bildete merkwürdige, verzerrte Skulpturen. Irgendwo da unten wartete der Frühling mit all seiner Schönheit und Kraft. In Venedig hatte er hoffentlich schon Einzug gehalten. Aischa schüttelte sich. Als wäre es in der Kabine plötzlich kalt geworden. Ihre Gedanken kehrten immer wieder zu Per Toftlund zurück, während sie sein schlummerndes Gesicht und seine kräftigen Hände betrachtete, die sie sich auf ihrer nackten Haut vorstellte, sie konnte einfach nicht anders. Sie war schon lange nicht mehr mit einem Mann zusammengewesen. Trotzdem würde sie Sex wohl immer als eine Art Schuld oder Sünde empfinden, obwohl das christliche Begriffe waren, keine islamischen. In ihrer Welt sprach man dagegen mehr von der Schande. Die Begriffe Ehre und Schande würden sie immer verfolgen, da war nichts zu machen. Sie konnte ihr Leben nicht im nachhinein ändern. Sie wollte es auch gar nicht. Dankbar dachte sie an Shirin aus dem Iran, die sie gelehrt hatte, ihren Körper zu lieben und ohne Scham die Liebkosungen und die Liebe eines anderen Menschen anzunehmen. Aber Shirin kam auch aus einem anderen Elternhaus. Sie waren dem elenden Mullahregime entkommen. Sie dachten weltlich und modern. Der Islam war ein kultureller Einschlag, aber kein wesentlicher Teil ihres Lebens. Shirin empfand weder Schuld noch Scham, wenn sie mit Jungs ging. Jetzt war sie mit einem dänischen Arzt verheiratet, war selber Ärztin, hatte zwei Kinder und war selbstredend weiterhin berufstätig. Wie neidisch Aischa auf die freie, schöne Shirin gewesen war, die für die massenhaften Ver- und Gebote der Väter, Brüder, Onkel, Vettern und Imame nur ein Lachen übrig hatte. Diese Vorschriften waren gegen die Frauen gerichtet. Also vergiß sie, Aischa! Du hast deine Chance erhalten. Weg mit den Schleiern und Kopftüchern, auch den geistigen! Lebe dein Leben! Du wohnst nicht mehr in einem Land, in dem die Männer über uns Frauen bestimmen. Sie hatte natürlich gut reden mit ihren liberalen Akademikereltern aus Teheran. Aber Aischa hatte es sich hinter die Ohren geschrieben. Es war nicht leicht, aber es war die Sache wert gewesen. Obwohl sie immer noch gegen Vorurteile kämpfen mußte. Auch gegen ihre eigenen. Per wußte unter Garantie nicht, daß es eine sehr bewußte Handlung ihrerseits, ein Zeichen der Selbstbestimmung gewesen war, als sie sich nach dem Abendessen in Kopenhagen bei ihm eingehakt hatte. Selbst Eheleute hatten sich in ihrer Kultur im öffentlichen Raum nicht zu berühren. Es ziemte sich nicht. Wie sollte sie Per erklären, daß die jungen Typen sie deshalb als Hure bezeichnet hatten? Nicht nur weil sie mit einem Dänen ging, sondern auch weil sie ihn in aller Öffentlichkeit anfaßte. In Italien konnte sie das machen, weil sie in vielem einer Italienerin ähnelte, aber nicht in Dänemark. Per nahm sie schlicht, wie sie war. Eine wie alle anderen auch. Er hatte keine Ahnung, daß sie im Bekanntenkreis ihrer Eltern hier und da als Ausgestoßene galt, obwohl sie es hatte durchblicken lassen. Aber er mußte es auch nicht wissen.

Aber es hatte sich gelohnt, daß sie ihr Studium der Politologie mit dem Diplom abgeschlossen hatte. Es war eine akademische Ausbildung, die auf Vernunft und Wirtschaftstheorien aufbaute und nicht auf Glauben und Aberglauben und den überkommenen Traditionen einer untergegangenen Nomadengesellschaft. Aber woher kamen dann ihre nächtlichen Ängste? Warum konnte sich ein Mensch nicht ohne weiteres von seiner Kindheit und der Prägung befreien, die er so mühsam mit sich herumschleppte? Daran dachte sie oft, ob sie wollte oder nicht. Immer gab es mehr Fragen als Antworten. Und die Gedanken verliefen oft im Kreis. Sie betrachtete sich selbst als eine moderne Frau. Aber manchmal, des Nachts, hatte sie die Befürchtung, daß genau da der Hase im Pfeffer lag: daß ihre Auffassung von sich selbst nur eine Konstruktion war. Im Grunde war sie noch immer ein verschrecktes kleines Mädchen, das den Zorn des Vaters und des Imams fürchtete. Das die Stunde der Rechenschaft am Jüngsten Tag fürchtete, wenn es mit den anderen Sündern dastünde und genau wüßte, daß sein Weg schnurstracks in die schlimmsten Kammern der Hölle führte. Dann fing sie an auf arabisch zu denken und zu träumen, während sie im wachen Zustand immer auf dänisch dachte. Das hatte sie sich frühzeitig angewöhnt, mittlerweile war das ganz natürlich für sie. Aber das Unbewußte ihrer einsamen Nächte konnte sie nicht steuern.

Sie schüttelte die Gedanken ab und nahm die *International Herald Tribune* aus der Tasche des Vordersitzes. Sie entfaltete sie vorsichtig, um Per nicht zu wecken, und schaute auf die erste Seite. Aufmacher war ein Artikel über ein weiteres Selbstmordattentat in dem armen, gequälten Palästina, in dem ihre Wurzeln lagen und immer liegen würden. Sie las den Artikel und sah sich vor allem das dazugehörige Foto an.

Es war ein junges Gesicht, und der Artikel teilte mit, daß Reem fünfundzwanzig Jahre alt gewesen war und gerade als Anwältin angefangen hatte. Sie war eine moderne jüngere Palästinenserin mit vielversprechender Zukunft gewesen. Ihr Vater sagte, sie sei glücklich gewesen. Glücklich? Und jetzt starb sie gemeinsam mit neunzehn anderen Menschen. Vierzehn Juden, davon fünf Kindern, und fünf christlichen Arabern. Aischa schnürte es das Herz zusammen. Die Geschichte war so furchtbar alltäglich und trotzdem von tragischer Besonderheit, weil durch die sinnlose Tat so viele Menschen ihr Leben gelassen hatten. Reem war sogar privilegiert gewesen, als einziges von sieben Kindern hatte sie studiert. Man kannte sie als normale junge Frau, in Jeans und unverschleiert. Bis sie sich vor einigen Monaten in ein fußlanges weites Gewand hüllte und ein Kopftuch umband, das Haare und Hals bedeckte.

Aischa betrachtete noch einmal das Bild der jungen Frau, und beim Gedanken an die weggeworfenen Menschenleben stiegen ihr Tränen in die Augen. Reem hatte ein hübsches, aber nicht ungewöhnliches Gesicht, das von einem schwarzen Kopftuch über einem weißen Hemdkragen eingerahmt war. Die Haut auf dem Schwarzweißfoto wirkte hell, beinahe durchsichtig, und Reem benutzte offensichtlich Make-up und zupfte sich die Augenbrauen. Man konnte sich durchaus vorstellen, daß sie sich die sinnlichen Lippen rot schminkte. Was hatte sie zu dieser sinnlosen Tat getrieben? Haß? Der Glaube an das Martyrium? Oder beides? Oder der Zufall? Wenn Aischa unter israelischer Besatzung auf der West Bank oder im Gazastreifen aufgewachsen wäre, wäre sie dann eine andere geworden? Hätte sie sich dann auch eines sonnigen Nachmittags einen Sprengstoffgürtel um den Leib gebunden, wäre in ein volles Restaurant gegangen und hätte die Bomben gezündet, die sie und viele andere in Stücke sprengen sollten?

Sie konnte die Frage nicht eindeutig beantworten. Sie saß im Flugzeug neben dem schlafenden Toftlund und dachte, daß sie ihrem Vater dankbar sein sollte, weil er rechtzeitig ausgereist war und sie und ihre Mutter nachgeholt und ihnen in dem fernen, unbekannten Land im Norden ein sorgloses Leben ermöglicht hatte. Als sie dort vor dreißig Jahren ankamen, hatten sie nicht sehr viel Platz zum Wohnen. Sie konnte sich auch nicht an sehr viel erinnern. Nur daran, daß es so kalt war und die Leute so komisch sprachen und daß ihre Mutter sagte, in Dänemark gebe es keinen Grund mehr, Angst zu haben. Als ihr Vater Arbeit im Stahlwalzwerk in Frederiksværk bekam, konnten sie auch in eine größere Wohnung ziehen. Es war eine schöne Zeit gewesen, obwohl ihr Vater immer so müde und schmutzig von der Arbeit nach Hause kam. Sie schickten Geld an ihre Familie in dem palästinensischen Dorf und litten selber keinen Mangel. In der Stadt gab es etliche Fremdarbeiterfamilien, auch viele aus Jugoslawien, aber in der Schule hatte sie von Rassismus nichts gespürt. Anfang der achtziger Jahre war die ganze Familie nach Hvidovre umgezogen. Zwei Onkel und vier Vettern waren mit ihren Familien ebenfalls nach Dänemark gekommen, und die Mutter wollte gern in ihrer Nähe wohnen. Anfangs hatte Aischa Sehnsucht nach Frederiksværk gehabt, aber das gab sich, als sie aufs Gymnasium kam. Der Vater und der jüngere Bruder kauften zunächst einen Kiosk und später ein Gemüsegeschäft, das der Bruder jetzt weiterführte. Die Arbeitstage des Vaters wurden dadurch noch länger, aber unter den anderen Palästinensern und Arabern genoß er großes Ansehen, weil er für seine

Familie sorgte und eine ehrbare, gute Tochter und zwei kräftige Söhne hatte.

Wann und weshalb ihre Revolte begonnen hatte, wußte sie noch sehr genau. Sie hing mit der Reise in das elterliche Dorf in Palästina zusammen. Sie wurden wie Helden empfangen und brachten viele Geschenke aus Dänemark mit. Willkommen daheim, hatte es geheißen. Aischa war entsetzt. Das hier war nicht ihr Zuhause. Es war ein entsetzlich armer Ort, staubig, heiß, nach Abfall stinkend. Besonders die Armut hatte sie abgestoßen, wie sie heute zugeben mußte, weil es ihr schwer im Magen lag, daß sie vielleicht nur durch die Gunst des Schicksals in einem reichen Land wohnte, während die Familien ihrer Mutter und ihres Vaters in der alten Heimat in Armut und ständiger Angst vor den israelischen Besatzern lebten. Die baufälligen Häuser, die schlechten Zähne, die altmodische, häßliche Kleidung. Die vielen Frauen, die Aischas Aussehen und ihre Sittsamkeit der Mutter gegenüber lobten, als wäre sie gar nicht da. Oder die Männer, die ihr scheue, aber abschätzende Blicke zuwarfen. Und sie mußte ein Kopftuch tragen. Es war heiß. Sie haßte es ebenso wie das lange Gewand. Sie sehnte sich nach ihren Jeans, ihrer Rockmusik und ihren Freunden in Hvidovre. Ich will nach Hause, hatte sie auf dänisch zu ihrem Vater gesagt, der erbleichte und die Hand hob, als wollte er sie schlagen. Aber das hatte er nur einmal gemacht. Die Brüder hatten sich ihre Ohrfeigen eingefangen, während sie selbst nur die bösen und verletzenden Bemerkungen abbekam. Aber die trafen sie genauso hart wie die Prügel, mit denen der Vater ihre Brüder bedachte, als sie größer wurden.

Diese vier Sommerwochen waren die Hölle für sie gewesen. Sie war vierzehn und hatte die Anweisung bekommen, sich schicklich zu kleiden und schicklich zu benehmen. Mit niedergeschlagenen Augen die Ältesten zuerst zu grüßen, wie es sich gehörte. Zu schweigen, außer wenn sie gefragt wurde, und den Jungen nicht in die Augen zu sehen. Das war schwer. Von zu Hause war sie etwas anderes gewöhnt. In der Schule sagte der Lehrer immer zu ihr: Sieh mich an, wenn ich mit dir rede. Aber am schlimmsten war die plötzliche Einsicht, daß sie eine potentielle Braut war. Ein stetiger Strom von Eltern besuchte das Haus ihres Onkels, und sie mußte ihnen Kaffee und Tee servieren. Um taxiert werden zu können wie eine Ziege auf dem Markt. Sie hatte ihre Mutter gefragt: Was wollen diese Leute? Du wirst allmählich eine Frau, kleine Aischa. Wir müssen daran denken, einen Mann für dich zu finden. Mehrere Vettern haben bereits ihr Interesse bekundet, und ihre Eltern möchten gern mit deinem Vater sprechen. Das ist eine große Ehre. Mach deiner Familie keine Schande, damit unsere Gesichter nicht auf ewig schwarz werden. Sie war auf einen der Hügel gelaufen und hatte sich die Augen ausgeweint und ihr Zimmer in Hvidovre herbeigesehnt, wo sie ganz für sich sein konnte. Der Vater und ein Onkel hatten sie gefunden. Der Vater war weiß vor Wut. In diesem Land, das die Eltern Heimat nannten und das für sie nichts anderes als weit weg war, durfte sie sich nicht ohne Aufsicht bewegen, obwohl sie in Hvidovre längst allein zur Schule ging. In der vierten Woche hatte sie sich geweigert, weiterhin Kaffee auszuschenken und überhaupt noch ein Wort zu sagen. Der Vater hatte ihr dreimal ins Gesicht geschlagen, bis sich ihre sonst so fügsame Mutter dazwischengeworfen hatte. Die letzte Woche und der Heimflug waren ihr sehr, sehr lang vorgekommen.

Sie versuchte sich auf die Zeitung zu konzentrieren. Es ging nicht. Die folgenden Jahre waren so schrecklich gewesen, daß sie am liebsten gar nicht mehr daran denken wollte. Sie sah sich noch einmal das Foto der Selbstmordattentäterin an und dachte, vielleicht hätte sie ein ähnliches Schicksal ereilen können. Oder wenn nun ihr Vater ein Kurde aus sehr traditioneller Familie gewesen wäre? Hätte er sie dann totgeschlagen um ihrer Ehre willen? Das konnte sie sich nicht vorstellen. So war er nicht, obwohl er jahrelang entrüstet und verletzt gewesen war. Und doch hatte schließlich die Liebe der Eltern zu ihr über Zorn und Verbitterung gesiegt. Vielleicht weil der Vater genau wußte, daß sein Traum von der Heimkehr bloß ein Ritual war, ohne jeden Bezug zur Wirklichkeit. Tief im Innern war ihm klar, daß er in Dänemark sterben würde, und wenn er heimkehrte, dann erst im Sarg. Allah möge dafür sorgen, daß es spät geschähe. Weil sie noch jüngere Brüder hatte?

Hassan war fünf Jahre nach ihr geboren. Da war die Mutter schon in Dänemark. Und der kleine Issa kam weitere zwei Jahre später auf die Welt. Hassan sah sie immer noch schief an und hatte ihr nie so recht vergeben, aber Issa hatte ihre Entscheidung längst akzeptiert. Beide Brüder hatten dänische Freundinnen gehabt, und sie hatte sie angespuckt aus lauter Verachtung für ihre Heuchelei und Doppelmoral, wenn sie sie wegen ihres Verhaltens kritisierten. Sie hatte keine Lust mehr, darüber nachzugrübeln. Sie hatte ihren Willen bekommen. Aber war sie glücklich? Oder war in Wahrheit ihre Mutter glücklicher mit ihrem traditionellen Leben, in dem sie den Ehemann und das Heim umsorgte und mit ihren gleichaltrigen Freundinnen schwatzte? Ach, wie diese Frauen Hassans kleine Söhne bewunderten, die er mit Khadija hatte, die als sittsame Frau ins Land gekommen war und sich problemlos in ihr unveränderliches arabisches Frauenuniversum einfügte. Aber letztendlich war Aischa heilfroh, hier in einem Flugzeug zu sitzen und eine Aufgabe zu haben, anstatt angstgelähmt in einer Krisenberatungsstelle zu hocken. Bevor sie in den Geheimdienst eingetreten war, hatte sie ehrenamtlich in einem Beratungszentrum gearbeitet, wo sie versucht hatte, mit mißhandelten Frauen zu reden. Es war eine aufreibende und deprimierende Arbeit, weil sie für diese Frauen mit ihren tyrannischen, gewalttätigen Männern im Grunde keinen Ausweg sah. Das hatte sie ihnen natürlich nicht gesagt. Obwohl es eine uneigennützige Arbeit war, erkannte sie, daß sie auch eine Art Therapie für sie selbst darstellte, weil sie sie darin bestätigte, daß sie trotz aller Konflikte, Schmerzen und Enttäuschungen in der Familie die richtige Wahl getroffen hatte. Eine richtige Wahl ist eben nicht immer gleichbedeutend mit einer einfachen Wahl.

Sie bemühte sich, ihre Zeitung leise umzublättern, aber Per wachte trotzdem auf. Er streckte sich.

»Sind wir bald da?«

»Hast du gut geschlafen?«

»Wie ein Stein.«

»Unglaublich. Im Flugzeug oder im Auto kann ich nie schlafen.«

»Das habe ich als Soldat gelernt. Schlafe, wenn du die Gelegenheit hast. Sind wir bald in Venedig?«

»In einer halben Stunde, glaube ich.«

»Na, dann können wir noch einen Kaffee trinken.«

Er bestellte eine Tasse Kaffee, leerte sie und ließ sich noch einmal nachschenken, dann sagte er:

»Ich habe deinen Freund Ibrahim von den Italienern durchchecken lassen ...«

Sie drehte sich zu ihm um. Ihre Stimme war ein wenig scharf.

»War das unbedingt nötig? Er ist ein alter Mann.«

»*You know the game, girl.*«

»Trotzdem.«

»Interessanter Herr mit interessanter Geschichte. Aber das weißt du ja selbst. Ibrahim Krassilnikow mit dem russischen Vater und der libanesischen Mutter ist nicht nur ein gelehrter Mann, wenn es um Islam und Hawala geht, sondern auch eine Größe in der Terrorforschung. Die Italiener lassen sich gerne von ihm weiterhelfen. Aber das wußtest du vielleicht auch schon?«

»Nein. Aber ich weiß, daß er viel weiß.«

»Na, das werden wir ja sehen. Heute nachmittag. Für eine Gondelfahrt bleibt leider keine Zeit.«

Er griff nach der Zeitung und blätterte darin, legte sie dann wieder weg; sie mußten die Lehnen aufrecht stellen, gleich würden sie landen. Wie auf Bestellung brach die Sonne durch die Wolken, und unter ihnen erschien die grüne Lagune, und in der Ferne lag Venedig wie eine märchenhafte Spiegelung, die auf dem Meer zu treiben schien.

Als sie im Wassertaxi vom Flughafen in die Stadt fuhren, herrschte wirklich Frühling. Sie saßen hinten in dem flachen braunen Boot, und der Wind zauste ihnen die Haare, während die Stadt vor ihren Augen emporwuchs. Das Licht über der Lagune ergab mit der Stadt in der Ferne eine Mischung aus Grün, Blau und Meeresgrau. Aischa freute sich auf das Wiedersehen. Toftlund verwendete dieselben Ausdrücke der Begeisterung für diesen magischen Ort, wie sie ankommende Reisende seit Jahrhunderten benutzen. Als sie sich Venedig an den langen Reihen von Pfählen entlang näherten, die in den Grund der Lagune gerammt waren, schien die Stadt tatsächlich aus dem Wasser emporzusteigen. Sie fuhren in den Canal Grande ein. Sie begegneten vielen Motorbooten und mehreren Gondeln sowie einigen flachen, mit Obst beladenen Lastkähnen. Es roch ein wenig nach brackigem Wasser, und aus der Nähe sah man, daß das Wasser an vielen Häusern Schmutzstreifen hinterlassen hatte. Ein Vaporetto fuhr an ihnen vorbei, dann bog ihr Wassertaxi rechts in einen kleineren Kanal ein, um ihr Hotel anzusteuern, wo sie an einem Anlegeplatz mit in Bonbonfarben gestreiften Stangen haltmachten, die Toftlund an die Mickymaushefte seiner Kindheit denken ließen. Die Touristensaison hatte bereits angefangen, sie hatten bei den

Hotels keine große Auswahl mehr gehabt. Sie hatten nur noch ein ziemlich teures erwischt, das direkt am Großen Kanal gelegen war.

Toftlund stieg an Land und half Aischa hoch, bevor er den Fahrer bezahlte, oder mußte es Steuermann heißen, wo es sich doch um ein Boot handelte? Der Kanal war schmal. Das Wasser schlug glucksend und behäbig an die grünschleimigen Mauern.

»*Vamos chica.* In ein paar Stunden haben wir unsere Verabredung mit deinem Ibrahim«, sagte er, nahm ihren Arm und führte sie in das Hotel.

19

Per Toftlund wußte nicht recht, was er von Venedig halten sollte, als sie vom Hotel Metropole zum Markusplatz spazierten. Natürlich, es war ein besonderer Ort, aber er hätte nicht sagen können, was ihm dort häufiger unter die Augen kam: Tauben, Taubenmist, Touristen oder die afrikanischen Ramschverkäufer, die im heutigen Europa die treuen Begleiter aller Reisenden sind. Die Menschen wurden immer mehr, je näher sie dem Markusplatz kamen, wo die fliegenden Ratten, wie Toftlund die Tauben nannte, wirklich allgegenwärtig zu sein schienen, flatternd, kotend, fressend. Die Gebäude machten diesen Eindruck allerdings wieder wett, auch wenn sie nach dem langen, nassen Winter ein wenig mitgenommen und schmuddelig wirkten.

»Wo, verdammt noch mal, kommen denn die ganzen Leute her?« fragte Toftlund genervt.

Aischa sah ihn an.

»Von überall. Touristen. Venedig sehen und sterben. Weißt du doch.«

»Ich hasse Tauben.«

Sie lachte.

»Dann ist ja gut, daß es immer weniger werden, auch die Touristen übrigens, wenn wir uns vom Markusplatz ein bißchen entfernen. Nehmen wir ein Wassertaxi? Es ist eine ganz schöne Strecke bis zum jüdischen Viertel.«

»Nein. Laß uns ein bißchen laufen. Aber wie, verdammt noch mal, kommen denn die Leute hierher? Es gibt doch gar keine Straßen.«

»Mit Bussen. Sie halten auf der anderen Seite der Brücke. Die meisten sind Tagestouristen. Heute abend wirst du sehen, daß Venedig, wenn die Dunkelheit einbricht, eine stille, verträumte Stadt ist. Wie im Märchen. Voller Geschichte, Mythen und Gespenster.«

»Gespenster?«

»Klar.«

»Du bist also schon oft hier gewesen?«

»Ein paarmal. Aber ich verirre mich immer noch schnell, wenn ich in das Gassen- und Brückengewirr gerate, dann weiß ich plötzlich überhaupt nicht mehr, wo ich bin. Macht aber nichts. Es ist eine herrliche Stadt, um sich darin zu verlaufen.«

»Also, dann führ uns mal in die Irre.«

»Ich halte mich erst mal an den Weg, den ich kenne, um zu Ibrahim zu gelangen, ja?«

Als sie den Markusplatz mit seiner Kakophonie aus den Sprachen sämtlicher Völker und dem Flügelgeflatter der Tauben verließen, verlor Toftlund rasch die Orientierung. Er wußte nicht, was ihm auf dem Platz haarsträubender vorgekommen war. Die Unmengen von Tauben, die einem um die Ohren flogen, oder die Unmengen japanischer Gruppen, die einer Fahne folgten, die sie hoch erhoben vorwärts kommandierte, als führte irgendein General seine Truppen aufs Schlachtfeld. Und dann die Kameras. Toftlund hatte sich nie als Tourist verstanden, wenn er reiste. Er reiste, weil es zu seinem Job gehörte. Kirchen besuchen, Museen besichtigen, alte Steine bewundern, das war nicht sein Ding. Darauf hatte er noch nie viel Zeit verwandt. Er müsse das noch lernen, sagte Lise immer. Spanien, ja, das Land hatte er oft durchquert. Aber das war was anderes. Da gab's die Sprache, das Volk, die Stiere, die Sonne, das Essen, das Nachmittagslicht in einem hübschen Café – all das, was die Spanier *ambiente* nannten. Andererseits ... In Trujillo in der Estremadura war er vernarrt gewesen. Diese sonnenermattete Stadt, von der aus eine Handvoll wettergegerbter Männer übers Meer gesegelt war und sich ganz Südamerika untertan gemacht hatte. Eine Stadt, in der die Störche und der harte Boden einen unauslöschlichen Eindruck bei ihm hinterlassen hatten. Er war wegen dieser Spinner ins Museum gegangen und hatte sie einfach auf sich wirken lassen. Er konnte sie verstehen. Sie waren hart, wie die Sonne, die sie gegerbt hatte. Als junger Soldat, als sich alles um Kraft, Muskeln und Ausdauer drehte, hatte er ein unmittelbares Zugehörigkeitsgefühl zu den Konquistadoren entwickelt. Ob er damals, als er sich das Denkmal von Pizarro und die Störche angeschaut hatte, nicht doch bloß ein simpler Tourist gewesen war?

Sie gingen geruhsam an den Kanälen entlang spazieren, wo das Geräusch des an die Steinmauern schwappenden Wassers sie auf wundersame Weise beruhigte. Die unteren Etagen waren verbarrikadiert, und an den grauschwarzen Schatten an Mauern und Balken konnte man erkennen, daß das Wasser oft viel höher stand als heute. Je weiter sie sich von den Touristenzentren entfernten, desto mehr nahm die Stadt Per für sich ein, die Restaurants wurden kleiner und authentischer, die Sprache hörte sich wirklich italienisch an. In den kleinen Höfen und Gassen, die sich immer wieder seinen Blicken öffneten, spielten Kinder. Auch auf engstem

Raum konnten vier Jungen ein richtig zünftiges Fußballspiel zustande bringen. Es blühten schon eine Menge Blumen, und überall waren merkwürdige Figuren und Teufel oder Engelsmäulchen zu entdecken. Ihre großen Augen schienen sie zu verfolgen, wenn sie um eine der vielen Ecken bogen oder eine neue Brücke überquerten. Wäsche war zum Trocknen aufgehängt worden. Die Fensterläden waren so grün wie das Wasser. Ab und zu stießen sie auf etwas größere Plätze mit einem Café und frisch knospenden Bäumen, und in einem französischen Fenster stand ein Paar mit Gläsern in den Händen und blickte lächelnd zu ihnen hinunter. Sie kamen an alten Brunnen mit Deckeln und an unzähligen halb verfallenen und doch majestätischen Palazzi vorbei, und das Licht zwischen den Häusern und über den Kanälen und zwischen den Brückengeländern changierte in einem weiß-grünen Schimmer. Hinter einer Ecke warfen vier Männer Abfallsäcke auf ein Müllboot, eine der ganz normalen Tätigkeiten in einer ganz normalen Stadt. Alles war in Bewegung, und zusammen mit dem Licht über dem Wasser verursachte das ein sonderbar unwirkliches Traumgefühl, als wenn er anwesend wäre und zugleich doch nicht.

Toftlund genoß es, an Aischas Seite durch das frühlingsmilde Venedig zu wandern. Die vergangenen Monate waren reichlich anstrengend gewesen, und das ungeklärte Verhältnis zu Lise hatte es nicht besser gemacht. Er vermißte sie. Jedenfalls ab und zu. Aber zu behaupten, er vergehe vor Sehnsucht nach ihr, wäre übertrieben gewesen. Das machte ihm hin und wieder Kummer, aber eins war klar: Wenn sich die Situation entspannen sollte, mußte er einlenken und sein Leben ändern. Das könnte er sicher auch, aber hatte er überhaupt Lust dazu? Und wenn es wirklich soweit wäre, würde er es dann auch noch können? Am meisten vermißte er Freya. Toftlund versuchte an etwas anderes zu denken und lauschte Aischas Vortrag über einen reichen Adligen, der in dem Haus gelebt hatte, vor dem sie gerade standen.

Ibrahim Krassilnikow wohnte in einem Bezirk, den Aischa das jüdische Ghetto oder das jüdische Viertel nannte. Oder schlicht das Ghetto. Das Wort sei in Venedig erfunden worden, erklärte sie, als man die Juden hinter eine Mauer gesperrt und sie nur tagsüber herausgelassen hatte. Damals lebten über zwanzigtausend Juden in der Stadt. Heute waren noch sechshundert übrig. In den Gäßchen zwischen den schmalen Kanälen war es still, hierhin verirrte sich kein Tourist. Sie traten durch eine kleine Torwölbung in der Mauer auf einen Platz mit einem weißen runden Brunnen, hübschen Bäumen und einigen Stühlen und Tischen, die zu einem Café gehörten. Eine Gruppe halbwüchsiger Schüler betrachtete ein Relief am anderen Ende des Platzes, ein Holocaust-Mahnmal. Sie machten eifrig Notizen. Ein älterer Jude mit schwarzem Kaftan und Kippa überquerte den Platz in Begleitung eines jüngeren, ebenfalls schwarzgekleideten Mannes mit einem breitkrempigen Hut. Sie verschwanden in einem Gebäude, der Synagoge, wie Aischa ihm erklärte.

In Venedig finde man sich nicht so leicht zurecht, sagte sie, weil weiterhin die uralte Einteilung der Stadt nach einem komplizierten Nummernsystem gültig sei. Aber sie steuerte nun zielbewußt auf ein Haus an der Ecke zu, von wo es auf eine weitere hübsche Brücke über einem träge dahinfließenden Kanal hinabging. Das Haus hatte offensichtlich die Nummer 1293. Neben der schweren Tür befanden sich sechs große, runde Messingklingeln. Auf der einen stand der Name Krassilnikow. Aischa klingelte. Aus der Türsprechanlage ertönte blechern eine trockene, angenehme Stimme. Aischa antwortete auf arabisch, die Tür ging auf, und sie stiegen die kühle Steintreppe bis zum dritten Stock hinauf, wo Ibrahim Krassilnikow an der Tür auf sie wartete. Auf dem Weg nach oben hatte Aischa ihr graues

Halstuch muslimisch korrekt um den Kopf gewickelt. Per betrachtete sie von der Seite. Ihr Hals war jetzt sittsam bedeckt, aber auf der Stirn lugten ihre dunklen Haare noch unter dem Tuch hervor. Offenbar gab es verschiedene Arten, sich zu verschleiern.

»Ibrahim ist alt und auch ein bißchen altmodisch. Mir bricht dadurch kein Zacken aus der Krone, und er ist zufrieden.«

»Mir soll's recht sein«, sagte Per.

Sie gab ihm trotzdem eine Erklärung.

»Er hat mir finanziell unter die Arme gegriffen, ich brauchte das Geld, als ich für meine Diplomarbeit ein Jahr in Rom und Brüssel gewesen bin. Er hat vielen geholfen.«

»Schon in Ordnung, Aischa.«

»Aber du magst keine Kopftücher.« Das war eine Feststellung, keine Frage.

»Das müßt ihr Frauen selber entscheiden. Aber ich verstehe euch einfach nicht. Ich verstehe nicht, warum ihr den Schleier nicht auf den Müll schmeißt und wie freie, gleichberechtigte Frauen lebt. Ihr erinnert mich an meine Großmutter. Die war auch ihrem Mann und der Inneren Mission untertan. Aber das ist hundert Jahre her.«

»So einfach ist es nicht.«

»Wie gesagt, mir egal.«

»Ibrahim ist ein alter Mann«, wiederholte sie, als müßte das als Erklärung reichen.

Ibrahim Krassilnikow war sehr schlank und klein und hatte ein schmales, freundliches Gesicht, das wie seine Hände voll dunkler Altersflecken war. Seine Augen waren braun und klar. Er trug einen alten, aber ordentlichen grauen Anzug mit einer leichten Strickweste und einer dunklen Krawatte. Toftlund war froh, die Lederjacke angezogen und den Schlips festgezogen zu haben, ehe sie ins Haus getreten waren. Hier stand ein Stück lebendiger Geschichte vor ihm, wie er es in dem italienischen Dossier über ihn gelesen hatte.

Ibrahims Vater, Fürst Igor Krassilnikow aus Sankt Petersburg, war im Frühjahr 1919 vor den Bolschewiken nach Paris geflüchtet. Seine junge Frau starb wenige Monate nach der Ankunft an Tuberkulose, die sie aus Petersburg mitgebracht hatte. Der Rest seiner Familie, die enge Verbindungen zur Zarenfamilie hatte, wurde abgeholt und hingerichtet. Ein Grab wurde nie gefunden. Vermutlich wurden sie in einen Minenschacht geworfen und mit Schwefelsäure übergossen. Oder in irgendein Massengrab. Davon gab es ja genug in Rußland. Es handelte sich um einen Bruder und dessen Frau, eine Schwester und deren Mann und ihre drei minderjährigen Kinder, sowie die Mutter des Fürsten. Als der Libanon 1920 französisches Mandatsgebiet wurde, siedelte der Fürst nach Beirut über, um die Tochter eines wohlhabenden Händlers zu heiraten. Der russisch-orthodoxe Fürst konvertierte zum Islam, vielleicht hat er damit eine Forderung des Brautvaters erfüllt. Der Fürst war nämlich bettelarm. Er stieg in die Teppichfirma des Schwiegervaters ein. Ibrahim wurde 1921 als erstes von sechs Kindern geboren. Heute ist er der einzige von ihnen, der noch lebt. Selbstverständlich sollte Ibrahim als ältester Sohn das erfolgreiche Teppichgeschäft des Vaters übernehmen, aber er hatte mehr für Bücher als für Teppiche übrig. Obwohl er Muslim war, ging er bei den katholischen Nonnen in die Schule. Es waren schlicht die besten Schulen. Ende der dreißiger Jahre hatte er angefangen, in Paris und Rom Philologie zu studieren. Toftlund fand es interessant, daß Ibrahim 1941, als die Briten und die freien französischen Streitkräfte den Libanon besetzten, nach Beirut zurückgekehrt war. Die nächsten vier Jahre waren nicht im einzelnen beschrieben, zumindest war aber ersichtlich, daß der junge Ibrahim in den britischen SOS eingetreten war, der sich aus dem Nachrichtendienst und mehreren Sondereinheiten zusammensetzte. Er hatte hinter den deutschen und italienischen Linien operiert. Vielleicht ist er sein Leben lang aktiv gewesen. Womöglich ist er es immer noch. Aber wo und für wen? Darüber grübelten die Italiener nicht weiter nach, aber Toftlund. Nach dem Krieg folgte eine beachtliche akademische Karriere. Professor für klassische Sprachen und später für islamische Kultur und Geschichte. Forscher, Lehrer und Autor in Lausanne, Rom, London und Paris. Seit 1960 lebte er überwiegend in Beirut, nachdem der Libanon zum finanziellen, modernen und wohlhabenden Mittelpunkt des Nahen Ostens aufgestiegen war, bis der Bürgerkrieg zwischen Maroniten, Christen und Muslime das Land ruinierte und ihn 1976 vertrieb. Wie sein Vater mußte auch Ibrahim samt Familie ein paar Habseligkeiten einpacken und bei Nacht und Nebel fliehen. Seitdem hat er den größten Teil des Jahres in Venedig verbracht. Seine Frau war vor fünf Jahren gestorben. Er hatte vier erwachsene Kinder, die alle ihr gutes Auskommen hatten. Sie waren keine Akademiker. Die beiden Söhne waren in die Teppichbranche des russischen Großvaters eingestiegen. Die beiden Töchter waren Lehrerinnen in Paris und muslimisch verheiratet, aber ihre französisch-laizistische Seite war stärker als ihr Glaube, hieß es in Ibrahims italienischem Dossier. Er war heute einer der bekanntesten Fürsprecher des sogenannten Euroislams, der, wenn Toftlund es richtig verstanden hatte, den Islam und die modernen, demokratischen europäischen Gesellschaften in Einklang zu bringen suchte. Theologische Spitzfindigkeiten interessierten Toftlund nicht. Die Gesetze galten für alle. Sie waren von Menschen beschlossen worden, weder Gott noch Allah hatten etwas damit zu tun.

Der gebrechliche alte Herr führte sie in sein Arbeitszimmer. Es war groß und dunkel und wurde von einem riesigen Eichenschreibtisch dominiert. An den Wänden standen deckenhohe Regale mit Büchern in arabischer, deutscher, englischer, französischer, italienischer und russischer Sprache. Die dunkelroten Gardinen waren zugezogen. In einer Ecke stand ein niedriger Tisch mit einem Sofa und drei Sesseln. Auf dem Schreibtisch stand eine alte Remington neben einem tragbaren Computer, dem etliche Bücher, Zeitungsausschnitte und Manuskriptstöße den Platz streitig machten. Ibrahim hatte sich auf deutsch bei Toftlund für die Unordnung entschuldigt, der sich kurz darüber wunderte, wieso der alte Gelehrte wußte, daß er Deutsch ebenso gut wie Dänisch sprach; dann hatte Ibrahim ihm einen der Ledersessel an dem niedrigen Tisch zugewiesen. Aischa hatte ihm ehrerbietig die Hand geküßt, und sie hatten sich leise miteinander auf arabisch verständigt. Aischa erwies ihm großen Respekt, und die Augen des Alten verrieten Liebe und Wärme. Eine Frau mittleren Alters mit Kopftuch betrat das Zimmer und brachte ihnen, ohne ein Wort zu sagen, Tee in kleinen Gläsern. Die schweren Gardinen hielten die Geräusche der Stadt fern. Der Raum war gemütlich und roch gleichzeitig ein wenig muffig und verstaubt, als würde hier nie ein Fenster geöffnet. Es war die Höhle eines kundigen Mannes, aber wessen war er kundig? Alter Schriften über Religion oder moderner Theorien über das Wesen des Terrorismus? Und konnte man sicher sein, daß außer den drei gerade anwesenden Personen nicht noch andere Ohren lauschten? Ibrahim war wohl trotz allem nicht der Typ, der seine Arbeits- und Studierkammer regelmäßig auf Wanzen hin untersuchen ließ.

Aischa hatte ihm eingeschärft, daß man bei den Arabern nie sofort zur Sache kam. Es wäre sehr unhöflich. Wenn man sich gut kannte, fragte man nach der Familie und Gesundheit. Wenn man sich nicht gut kannte, aber einander vorgestellt worden war, nippte man ein wenig am Tee und plauderte ein Weilchen über Trivialitäten.

Ibrahim setzte sich in den Sessel, der Toftlund gegenüberstand. Aischa saß mit adrett geschlossenen Beinen auf dem Sofa, die Hände ruhten auf ihrem Schoß. Der Tee war für Toftlunds Geschmack viel zu süß. Glücklicherweise waren die geschwungenen Gläschen nicht sehr voll. Mit brüchiger und leiser Stimme und in seinem langsamen, aber äußerst korrekten Deutsch fragte Ibrahim nach Toftlunds Gesundheit – sie war ausgezeichnet – und ob es sein erster Besuch in Venedig sei – das war er in der Tat –, und schließlich, ob die Reise problemlos und angenehm gewesen und ob ihr Hotel komfortabel und ruhig sei – was beides dankend bejaht werden konnte. Ibrahims freundliche Art ging Toftlund auf den Geist. Er fühlte sich behandelt wie ein Schuljunge. Besonders als der alte Mann seinen Vortrag fortsetzte:

»Übermorgen muß ich in Zürich eine kleine Vorlesung auf deutsch halten. Über Dinge, mit denen ich mich in den letzten Jahren beschäftigt habe. Wie können wir unseren muslimischen Glauben und unsere Lebensweise mit den modernen europäischen Gesellschaften vereinen? Die Gesellschaften müssen uns entgegenkommen. Und wir müssen ihnen stärker entgegenkommen. Wir müssen lernen zu unterscheiden, was wirklich islamisch ist und was alte und verkrustete kulturelle Muster sind, die nicht islamisch sind, aber durch falsche Deutungen des Heiligen Buchs gerechtfertigt werden sollen. Das ist eine große, aber unverzichtbare Aufgabe. Wir müssen eine Lösung finden, die den Islam wohlbehalten fortexistieren läßt, und zwar in dieser Moderne, die nun mal unsere Welt ist und unsere Welt bleiben wird, einerlei was verblendete Terroristen, Fanatiker oder Fundamentalisten darüber denken.«

»Und wie soll man das schaffen? Daß man eine Lösung finden muß, ist ja leicht gesagt.«

»Man muß den Kern des Problems formulieren. Die

europäischen Gesellschaften haben einen Riesenschritt nach vorn gemacht, als die Renaissance mit dem deterministischen mittelalterlichen Glauben an Gottes allumfassenden Willen aufgeräumt hat. Warum haben wir keinen Leonardo da Vinci in unseren Reihen? Sie kennen doch sicher die Gedanken dieses großen Mannes über Kunst, Rationalität und Wissenschaft?«

»Nicht besonders. Sind Sie vielleicht der Leonardo unserer Zeit?«

Ibrahim lachte heiser. Irgendwie war er nicht zu packen. Er war ein bißchen zu glatt, und unter dieser Oberfläche steckte etwas, aus dem Toftlund nicht schlau wurde. Er dachte an die Vita des Alten. Härte und Brutalität dürften ihm nicht fremd sein. Sonst hätte er im Zweiten Weltkrieg nicht hinter den feindlichen Reihen überleben können. Er hatte etwas Doppelzüngiges, hinter den durchaus einleuchtenden Worten verbarg sich noch mehr. Er hatte Geheimnisse, und es war Toftlunds Erfahrung, daß in den Geheimnissen eines Menschen die Wahrheit ebendieses Menschen zu finden ist.

Ibrahim hustete und fuhr fort:

»Ich versuche in all meiner Unvollkommenheit nachzuweisen, daß man sowohl gläubiger Muslim als auch Demokrat und moderner Europäer sein kann. Daß die beiden Überzeugungen keine Gegensätze sind, sondern recht eigentlich dasselbe. Langweile ich Sie, Herr Toftlund?«

»Nein.« Toftlund schluckte.

»Wie liebenswürdig von Ihnen. Nun, vielleicht sollten wir lieber englisch reden. Aischa, die wie eine Tochter für mich ist, beherrscht mehrere Sprachen, aber Goethes und Schillers schöne Wortkunst hat sie nie erlernt.«

»Woher wissen Sie, daß ich Deutsch spreche, Herr Krassilnikow?« fragte Toftlund auf deutsch.

Ibrahim gluckste, als hätte Toftlund einen Witz gemacht.

»Sie sind doch Däne. Können nicht alle Dänen Deutsch?«

»Die Zeiten sind leider vorbei.«

»Ach, ich war der Meinung …«

Toftlund beugte sich vor und blickte ihm in seine intensiven, dunklen Augen.

»Nein, das waren Sie nicht, Herr Krassilnikow! Dazu sind Sie viel zu schlau. Sie haben Informationen über mich eingeholt.«

Ibrahim lächelte.

»Vielleicht, vielleicht. Man möchte doch gerne wissen, wen man zu Gast hat. Abgesehen von Aischa selbstredend, die ich kenne wie mein eigen Fleisch und Blut und auf die ich sehr stolz bin, weil sie in einer schwierigen und gefährlichen Zeit so viel erreicht hat.«

»Was haben Sie denn herausgefunden?«

»Daß Sie ein guter Mensch sind, Herr Toftlund. Sie hatten vor einigen Jahren Probleme, aber heute sind Sie auf Ihrem Gebiet ein anerkannter Mann. Sie sind kompetent, und ich kann frei mit Ihnen reden.«

»Wer sagt das?«

»Kompetente Stellen.«

»Die Ihnen auch verraten haben, daß ich Deutsch kann?«

»Ihre Mutter war doch ein Deutschenflittchen, oder?«

In Toftlunds Innerem explodierten der alte Schmerz und die alte Wut. Was bildete der sich eigentlich ein, dieser alte Affe? Deutschenflittchen? Per wußte genau, daß er eigentlich Feldmatratze meinte. Dieses verhaßte Wort, das wie ein Schatten über seiner Kindheit gehangen hatte. Daß der Krieg längst vorbei war, hatten ziemlich viele Leute im Süden Jütlands bis heute noch nicht mitbekommen.

Es war schon richtig, wie der Professor meinte, daß Deutsch die schöne Sprache Goethes und Schillers war, und für Toftlund würde das Deutsch, das seine Mutter ihm als kleinem Kind vorgesungen hatte, immer ein Ausdruck der

Geborgenheit bleiben, aber Deutsch war auch eine sehr souveräne Sprache, wenn es darum ging, Wut zu äußern und einen Kommandoton anzunehmen, der mit Sentimentalität nichts mehr zu tun hatte.

Toftlund antwortete auf deutsch und hob dabei die Stimme mehr, als er eigentlich wollte, aber er war wirklich sauer.

»Nein. Sie war kein Flittchen, und sie war keine Frau, die die Dänen verraten hat. Sie war deutscher Herkunft, aber dänische Staatsbürgerin. Sie gehörte der deutschen Minderheit an, und ich verbiete Ihnen, sie ein Flittchen zu nennen.«

Toftlund schielte zu Aischa hinüber. Ihr brauner Teint war blaß geworden, sie sah weg, und anscheinend fühlte sie sich ziemlich unwohl. Es mußte der Ton sein, nicht die Worte, der sie erschreckte.

»Das sollte keine Beleidigung sein, Herr Toftlund.«

»Es war aber eine, Herr Professor.«

»Ich dachte bloß, wenn Sie diese schmerzliche Erfahrung mit sich herumtragen, daß Ihrer verehrten Mutter das Haar abgeschnitten …«

»… und das Hakenkreuz auf die nackte Haut gemalt wurde, wollten Sie doch sagen, oder? Was wissen Sie eigentlich noch alles über mich?«

»Genügend, Herr Toftlund. Genügend.«

»Ich war noch gar nicht geboren, als das alles geschah.«

»Nein, aber es ist trotzdem so als ob. Weil es ein Teil Ihres Familienschmerzes ist.«

»Es war ungerecht und falsch. Es war falsch, daß die Schuldigen nicht bestraft wurden.«

»Ihr Vater ließ Ihre Mutter aber trotzdem nicht im Stich.«

»Selbstverständlich nicht. Er hat sie geliebt.«

Er war immer noch wütend und wußte, daß man es ihm anmerkte, an seiner Sprechweise und den harten deutschen Konsonanten und dem starren Blick, den er auf Ibrahim richtete. Sein großer Bruder hatte schon für unwichtigere

Dinge Ohrfeigen ausgeteilt. Und Per selbst hatte schon sehr früh in der Schule in Tondern mit Muskeln und Fäusten darauf aufmerksam gemacht, daß dieses Thema nicht zur Debatte stand. Es war tabu. Es sei denn, man war bereit, ein paar hinter die Löffel zu kriegen.

Ibrahim sah ihn an. Im Blick des alten Mannes waren Mitgefühl und Angst zu spüren. Als wäre er doch erschreckt über die nur mühsam zurückgehaltene Gewalt, die in Toftlunds Körpersprache lag und die, so stand zu befürchten, ein falsches Wort, eine falsche Geste zum Ausbruch bringen konnte. Aischa hatte sich tief in ihren Sessel gedrückt und die Arme vor der Brust verschränkt.

»Ich entschuldige mich, Herr Toftlund. Ich kenne die Geschichte Ihrer Familie. Sie ist gut ausgegangen. Ich weiß, daß Ihre Eltern viele Jahre lang erfolgreich einen Zeltplatz bei Tondern geführt haben.«

»Sie wissen viel.«

»Das ist mein Leben. Ich hatte gehofft, die Tatsache, daß Ihre Mutter ungerecht behandelt und mißhandelt wurde, würde Sie leichter verstehen lassen, wie sich die Muslime Europas heutzutage oft fühlen.«

»Ich sehe da keinen Zusammenhang.«

»Sie fühlen sich ungerecht behandelt. Sie fühlen sich verfolgt. Sie fühlen sich nicht wie vollwertige Bürger in der Gesellschaft, sondern wie Menschen zweiter Klasse, die aufgrund einiger weniger fanatischer Glaubensbrüder zu Unrecht diskriminiert werden.«

Toftlund lehnte sich zurück und atmete tief ein.

»Sie sind klug, Herr Professor. Aber das ist nicht die ganze Wahrheit, und das wissen Sie auch. Kann sein, daß Sie ein Gelehrter sind, aber in Wirklichkeit sind Sie einer wie ich. Sie wurden während des Krieges von den Briten oder Franzosen angeworben, und Sie haben diese Verbindung nie gekappt.«

»Ich finde, daß Sie sich gerade selbst als mein verehrter Gast äußerst unhöflich benehmen …«

»Das ist ein Spiel, von dem man sich nicht so einfach abmeldet. Sie stehen weiterhin auf der Gehaltsliste …«

»Ich glaube nicht, daß wir noch viel zu besprechen haben, Herr Toftlund.«

Per beugte sich vor. Er war dem Alten so auf den Pelz gerückt, daß er jetzt eine echte Unsicherheit in dessen Augen erkennen konnte. Aus dem Augenwinkel sah er, daß Aischas Nervosität wuchs. Sie wußte nicht recht, ob sie die alte Regel ihrer Kultur, daß Frauen in der Gesellschaft von Männern zu schweigen haben, brechen und sich einmischen sollte, um ihren Ersatzvater zu verteidigen. Toftlund sah sie warnend an und fuhr auf deutsch fort:

»Herr Krassilnikow. Ich weiß, Sie sind ein gelehrter Mann, wenn es um islamische Theologie geht, aber das interessiert mich nicht. Gesetz ist Gesetz, und das Gesetz muß befolgt werden, dann kann man meinetwegen auch den Gott anbeten, den man will. Ich jage Verbrecher. Das ist das einzige, was mich interessiert.«

»Und damit begehen Sie einen Fehler, Herr Toftlund. Die Wut, die ich an Ihnen wahrnehme, wenn ich die Übergriffe auf Ihre Mutter erwähne, ist die Wut, die entsteht, wenn man ungerecht behandelt wird oder es so empfindet, ich sage bewußt, es so empfindet! Aus dem Haß und der Wut erwächst der Terrorismus.«

»Dann müßte ganz Afrika ein großes Terroristennest sein.«

»Ja. Aber Afrika ist es nicht. Es ist der Nahe und Mittlere Osten, weil der Islam die Religion ist, die Millionen von Menschen hoffen läßt, daß die Welt ein besserer Ort werden könnte.«

»Eine falsche Hoffnung.«

»Richtig, aber Menschen in Not sehen das nicht. Für die

ist die Religion Hoffnung und Trost. Die Kopftücher junger Frauen sind heute nicht nur ein Ausdruck dafür, daß sie Allah folgen, sondern auch ein Protest gegen die Gesellschaft, die sie ihrer Meinung nach verachtet. Osama bin Laden ist für Millionen Menschen ein Held. Ein Selbstmordattentäter in Israel begeht in Ihren Augen eine sinnlose Tat, für Millionen Menschen ist sie preiswürdig. Und das verstehen Sie nicht.«

»Sie vielleicht?«

»Ja und nein. Ich verurteile sie. Im heutigen Europa ist es nun mal eine Tatsache, daß der Islam die zweitgrößte Glaubensrichtung ist. Wir Muslime müssen lernen, unseren Glauben mit der Demokratie zu vereinbaren. Das zu betonen ist banal, und doch muß man es andauernd wiederholen. Letzten Endes ist es ein Kampf zwischen Modernität und Rückwärtsgewandtheit. Denn, Herr Toftlund, in der heutigen Welt gibt es zwei große Kräfte. Sie sind entgegengesetzt und hängen doch zusammen. Die eine ist, daß die Hoffnung auf ein besseres Leben für Millionen von Menschen an die Auswanderung in unsere reiche Welt geknüpft ist. Die andere, die aus derselben ungerechten Welt entsteht, ist der Haß auf unser System. Die reiche, weltliche, gottlose Gesellschaft.«

»Sie sagen ›unser‹ System.«

»Ja, ich sage ›unser‹ System. An Demokratie und Freiheit führt kein Weg vorbei. Wir müssen den Schlüssel dazu finden, damit wir unseren Glauben und seine Gesetze bewahren und gleichberechtigt mit allen anderen am weltlichen, demokratischen Leben teilnehmen können.«

»Klingt einleuchtend.«

»Deshalb ist es schwer.«

»Warum?«

»Weil der Schmerz und das Gefühl von Verlust und Niederlage in der arabischen Welt so groß sind. Wir erhalten keine Nobelpreise, unseren Wissenschaftlern zollt niemand seinen Respekt. Wir veröffentlichen keine große Literatur. Haben wir Künstler, von denen die Welt spricht? Filmemacher? Große Denker? Nein. Einst hatten wir eine bedeutende und weitreichende Kultur, die ein Vorbild für die damalige Welt war. Warum starb diese Kultur? Warum versanken wir in Unwissenheit und Armut? Warum haben wir so viele Analphabeten? Warum nehmen unsere Frauen nicht am gesellschaftlichen Leben teil? Wir werden von Despoten und Tyrannen gesteuert. Ohne das Öl wären wir ein absolutes Nichts. Aber wir sind sowieso ein Nichts. Seit fünfzig Jahren haben wir keinerlei Fortschritte gemacht. Unsere Helden sind Osama bin Laden und Saddam Hussein und die Selbstmordattentäter unter unseren leidenden palästinensischen Brüdern und Schwestern. Israels Existenz erinnert uns tagtäglich an unsere Ohnmacht. Um weiterzukommen müssen die arabischen Nationen erst ihre Niederlage und ihre Rückständigkeit erkennen.«

»Dann pfeift auf den Koran und begrüßt endlich das 21. Jahrhundert, meine Güte!«

Ibrahim zuckte resigniert mit den Schultern und sah Aischa an, die wegschaute. Sie war noch blaß, aber auch sie hatte jetzt zornige Augen, ein Zorn, der gegen Toftlund gerichtet war, das spürte er, obwohl sie die Worte, die hier gewechselt wurden, sicher nicht verstand.

»Deshalb ist der Weg so schwer, Herr Toftlund. Glauben Sie an Gott?«

»Ich weiß es nicht. Wahrscheinlich. Ich bin getauft und konfirmiert, aber ich grüble nicht jeden Tag darüber nach.«

»Aber ich. Allah – oder Gott – ist immer ein Teil meines Gesprächs mit mir selbst und mit anderen. Er ist in diesem Raum, so wie er in der Moschee ist. Er ist so lebendig für mich, wie Sie es sind. Seine Worte wurden dem Propheten übermittelt, gepriesen sei Sein Name. Und wir Menschen sollten nach den weisen Worten des Propheten leben, auch wenn das schwer ist für einen Menschen.«

»Versteh ich nicht.«

»Warum nicht?«

»Weil es Aberglaube ist, der aus alten Büchern stammt. Gott hat mit den Menschen nichts zu tun. Die Menschen gründen Gesellschaften und zerstören sie. Alles andere ist altmodisches Gewäsch.«

»Deshalb ist der Weg lang und der Dialog so schwierig. Der Dialog unter uns Muslime ebenso wie der zwischen Muslime und Christen oder Ungläubigen.«

»Das ist für euch ja wohl das gleiche.«

»Nein. Christen und Juden werden von uns nicht als Ungläubige angesehen, sondern als Menschen der Heiligen Schrift. Wir glauben an denselben Gott.«

»Osama nennt uns Ungläubige.«

»Er nennt Ihre Gesellschaft eine ungläubige Gesellschaft.«

»Ich sehe den Unterschied nicht.«

»Deshalb ist der Weg so lang.«

Das Gespräch war ins Stocken geraten. Toftlund sah Aischa an, dann seine Hände, dann wieder Aischa, aber sie sah den alten Mann an, der diesmal mit einem triumphierenden Blick zurückschaute. Als ob er einen Machtkampf gewonnen hätte. Dabei war sich Toftlund gar nicht bewußt gewesen, einen solchen Kampf geführt zu haben, und mit einemmal ging ihm auf, daß Ibrahim wahrscheinlich nie bereit gewesen war, ihm irgend etwas zu erzählen, sondern dem Treffen nur zugestimmt hatte, weil er es Aischa schuldig zu sein meinte. Oder aber, weil er sich Per einfach mal aus der Nähe anschauen wollte, denn ein alter Spion ließ sich eine solche Gelegenheit nur ungern entgehen. Toftlund spürte seine Wut zurückkehren und um sich besser unter Kontrolle zu haben, wechselte er jetzt ins Englische über.

»Es reicht mir jetzt mit diesen theologischen Diskussionen. Wie wär's, wenn wir mal aufs Wesentliche zu sprechen kämen, statt unsere Zeit zu vergeuden, Ibrahim?«

»Selbst für einen jungen Mann sind Sie ziemlich ungehobelt«, lautete die Antwort, die ihm in einem mühelosen Englisch mit unüberhörbar britischem Akzent gegeben wurde.

»Wer ist der Mann, der sich der Thronfolger nennt?« fragte Toftlund. Aischa richtete sich in ihrem Sessel auf. Endlich konnte sie der Unterhaltung folgen.

»Ich weiß nicht, von wem Sie reden.«

»Von Osamas Mann in Europa.«

»Sie sprechen zu viel mit den Briten und Amerikanern.«

»Ah ja? Sie dagegen sprechen wahrscheinlich auch noch mit anderen. Ich glaube kaum, daß es Allah oder der Koran gewesen ist, der Sie während des Krieges in der Wüste finanziert und Ihre Rechnungen im Libanon bezahlt hat. Oder sie heute noch bezahlt.«

»Sehr unhöflich. Sogar für einen jungen Mann.«

Toftlund konnte den Unmut, aber auch eine beginnende Verwirrung auf Ibrahims Gesicht ablesen und fuhr fort:

»Sie sind vom *Deuxième Bureau* gekauft und bezahlt worden. Vom französischen Nachrichtendienst ...«

»Jetzt werden Sie kindisch.«

»Sie brauchen es nicht zuzugeben. Einmal Agent, immer Agent. Die gehen nie in Rente. Es gibt immer eine unbezahlte Rechnung, die darauf wartet, beglichen zu werden, und Sie wurden in die Reihen der Aktiven zurückberufen, weil Sie zumindest eine Ahnung haben, wer der Thronfolger sein könnte, aber Ihre französischen Arbeitgeber haben Ihnen deutlich gemacht, daß Sie Ihr Wissen nicht mit den Verbündeten zu teilen haben. Zumindest nicht hier und heute.«

»Ich glaube, wir sollten unsere Unterhaltung hier beenden, Herr Toftlund. Ihre Spekulationen und Theorien entbehren jeder Grundlage.«

»Das finde ich nicht, Ibrahim. Warum soll Ihr Wissen denn nicht weitergegeben werden?«

»Ich weiß nicht, wovon Sie reden.«

»Vielleicht weil Frankreich gar kein Interesse daran hat, irgend etwas zu teilen und weiterzugeben, weil Frankreich nicht möchte, daß seine Interessen – beispielsweise im Irak – untergraben werden, falls Onkel Sam sich entschließen sollte, Saddam zu entfernen. Hängt es vielleicht so zusammen, Ibrahim?«

»Ich habe keine Ahnung.«

»Aber ich. Ich kann mich ja in Langley oder in London umhören. Garantiert gibt's dort Unterlagen über dich, Ibrahim.«

Toftlund lehnte sich zurück, beugte sich rasch wieder vor und schockierte Ibrahim und Aischa, indem er die dünnen Arme des Alten ergriff und fest zudrückte und ihm dabei ins Gesicht brüllte:

»Wer, verflucht noch mal, ist dieser beschissene Thronfolger, und wo finde ich ihn?!«

Toftlund war beeindruckt, daß Ibrahim die Fassung bewahrte, während Aischa aus der Rolle der demütigen Frau fiel und mehrmals Pers Namen rief und seinen Arm ergriff, um ihn von Ibrahim loszureißen. Aber sie spürte nur seine angespannten Muskeln und gab auf.

»Wer ist er, Ibrahim? Wo steckt er?«

Er bemerkte Aischas Hände erst, als sie von seinem Arm abließen.

»Lassen Sie mich los, Herr Toftlund. Das ist ein unwürdiges Schauspiel für alle Seiten.«

»Wer?«

»Lassen Sie mich los. Sie tun mir weh.«

Toftlund ließ los. Ibrahim massierte seine Arme und sah

Toftlund lange an, es schien eine Ewigkeit zu dauern, ehe er mit seiner trockenen Stimme, die ein klein wenig zitterte, antwortete:

»Den Thronfolger haben Sie an Ihrer eigenen Brust genährt. Er ist das Produkt einer kranken Welt, und zufällig war die kranke Welt, die er erlebte, Ihr Dänemark. Der Thronfolger ist Ihr Feind, Toftlund. Und mein Feind, auch wenn Sie das nicht verstehen. Denn wenn ich in den Spiegel schaue, sehe ich mein eigenes Gesicht. Aber wenn Sie, Per Toftlund, in den Spiegel schauen, sehen Sie Ihren Feind. Und jetzt seien Sie so freundlich und verlassen Sie mein Haus. Es ist spät geworden. Ich bin ein alter Mann, mein Herz ist nicht mehr das, was es einmal war, und ich bin müde.«

20

Als sie das Haus verließen, stürmte Aischa mit verschränkten Armen an Per vorbei aus der Tür. Draußen war es dunkel, der Platz im Ghetto war menschenleer, und es lag Regen in der Luft.

»Verdammt noch mal, was fällt dir eigentlich ein, Toftlund?« rief sie heftig und drehte sich zu ihm um. Tränen standen ihr in den Augen, und ihr Körper war so angespannt, als bereitete sie sich auf eine Schlägerei vor.

»Er spricht mit zwei Zungen.«

»Ibrahim ist ein anständiger alter Mann, und du warst nur grob, unhöflich und brutal zu ihm.«

»Ich tue meine Arbeit. Das solltest du im übrigen auch. Das hier ist kein Spaß, Aischa. Es ist blutiger Ernst.«

»Ich weiß nicht, was in dich gefahren ist.«

»Wir befinden uns in einem Krieg, Menschenskind. Kann sein, daß die Fronten fehlen, aber es ist trotzdem ein Krieg.«

»Ich versteh dich nicht.«

»Wenn du damit nicht zu Rande kommst – die Rückkehr ins Lebensmittelministerium steht dir jederzeit offen.«

»Was bist du manchmal ungehobelt, Per, und das schlimmste ist, du merkst es nicht mal. Du kannst großartig sein, und gleichzeitig kannst du einen vor den Kopf stoßen, eiskalt. Ich werde nicht schlau aus dir.«

Sie schien wütend zu sein, aber in ihren Augen und ihrem Gesicht lag noch etwas anderes. Toftlund machte einen Schritt auf sie zu, aber sie drehte sich um und ging mit schnellen Schritten quer über den Platz.

»Aischa, hör doch mal zu«, sagte er.

»Du findest den Weg zum Hotel schon alleine!«

Sie fing an, noch schneller zu gehen. Das Tuch glitt ihr vom Kopf auf die Schultern. Trotz ihrer halbhohen Absätze hatte sie ein ziemliches Tempo und eilte über eine kleine Brücke und huschte um eine Ecke, ehe er überhaupt in Gang kam. Als er das Brückchen erreichte, bog Aischa schon wieder um eine Ecke, dann wieselte sie eine Treppe hinunter und über eine weitere Brücke, aber als er dort endlich angekommen war, schien sie wie vom Erdboden verschluckt. Kleine Regentropfen zeichneten in großen Abständen Ringe in das dreckige, giftgrüne Wasser des Kanals. Die Stadt war finster und leer und unheimlich still im Vergleich zum Nachmittag, als sich die Menschenmassen durch die Stadt geschoben hatten. Er nahm eine beliebige Brücke, bog um die Ecke – und stand in einer Sackgasse. Ein fetter Engel mit Schmollmund stierte ihn an. Graues Wasser tropfte von seinen Lippen. Wieder zurück, eine andere Ecke, noch eine Treppe, eine kleine Brücke über einen schmalen Kanal, wieder um eine Ecke, durch ein winziges Gäßchen, das auf eine breitere Straße führte und dann wieder eine dieser vermaledeiten Brücken zwischen zwei Häusern, die sich mit ihren abblätternden Fassaden über ihn beugten, als wollten sie ihn im nächsten Moment unter sich begraben. Innerhalb von fünf Minuten hatte er total die Orientierung verloren. Er blieb mitten auf der Brücke stehen und versuchte herauszufinden, wo er eigentlich war. Er könnte zurückgehen und von vorn anfangen. Jedenfalls gab es keinen Grund, hier blindlings durch die Nacht zu rasen wie ein hilfloser Schuljunge. Die einzigen Geräusche stammten von den sanften Wellen, die gegen die Mauern schwappten, und den Regentropfen, die auf das Pflaster oder auf die Wasseroberfläche trafen.

Dann hörte er den Schrei.

Erst kurz und erschrocken. Dann lauter. Nicht weit weg, aber um Himmels willen wo in diesem labyrinthischen Gassengewirr? Noch ein Schrei, es war Aischa, und jetzt schwang Angst mit. Dann klang es erstickt, als hätte sich eine Hand über den aufgerissenen Mund gelegt. Er rannte nicht, ging aber zügig in Richtung des Schreis. Er trat möglichst leise auf und vermißte seine Pistole, nach der er nach alter Gewohnheit greifen wollte. Er mußte noch um eine weitere Ecke, über eine Brücke, an einer Hausmauer entlang und zu einer anderen Brücke zurück, als er grobe und drohende Stimmen vernahm. Er konnte die Richtung nicht recht ausmachen, aber dann hörte er Aischas Stimme, sie mußte ganz in der Nähe sein. »Per«, rief sie halb erstickt. »Nein. Nein. Nein. *Don't!*« Und dann irgendwas Arabisches. Es konnte nicht weit sein. Er fiel in einen raschen Trab und wäre fast am Tatort vorbeigelaufen. Es war eine schmale Gasse, die zwischen zwei imposanten, grünstreifigen alten Häusern verlief und an einer hohen grauen Mauer endete, auf der ein trollartiges Gesicht Wassertropfen aus seinem verzerrten Maul fallen ließ.

Ein muskulöser Mann in Jeans, einem schwarzen Sweatshirt mit Kapuze und Laufschuhen hatte Aischa an eine Hauswand gezwängt. Seine Linke war um ihren Hals gelegt und drückte ihren Hinterkopf gegen die rauhe, schmuddelige Mauer. Ihr Tuch lag auf der Erde. Mit der Rechten hatte er schon ihr Hemd aufgerissen und zerrte an ihrem BH, so daß der Verschluß im Rücken kaputtging. Toftlund stoppte seinen Lauf, machte kehrt und sprang in die Gasse. Er verfluchte sich selbst, als er in derselben Sekunde die Falle erkannte, am Rande seines Blickfelds sauste von oben eine Art vorsintflutlicher Totschläger auf seinen Kopf zu. Sein Arm tat höllisch weh, aber immerhin konnte er den Schlag so weit parieren, daß der Knüppel ihn nicht wie geplant mit voller Wucht im Nacken traf, was sein Aus bedeutet hätte, sondern an Schläfe und Wange abglitt und bereits ein wenig von seiner Kraft verloren hatte, als er auf seine Schulter prallte. Trotzdem jagte der Schmerz wie ein Feuerstrahl durch seinen Arm.

Toftlund ignorierte die Schmerzen und drehte sich blitzschnell und geschmeidig zur Seite. Sein kräftiger Tritt traf den Angreifer, der schon aus dem Gleichgewicht geraten war, an dem Arm, der die Schlagwaffe hielt. Sie sah aus wie ein mit Stahlkugeln gefülltes Säckchen. Der Kerl hatte ebenfalls ein schwarzes Sweatshirt und dunkle Jeans an, trug aber eine Art Kampfstiefel, wie man sie in Militärgeschäften kaufen konnte. Er stieß ein unmenschliches Gebrüll aus und knallte gegen die Wand, als Toftlund sein Gewicht auf das andere Bein verlagerte und ihm die geballte Linke in den Adamsapfel rammen wollte, statt dessen aber die Nase traf, die wie Glas brach und sofort wahnsinnig zu bluten begann. Sicherheitshalber ließ Toftlund noch einen Schlag folgen, obwohl ihm sein Arm furchtbar weh tat. Diesmal mit der Rechten. Aber wieder auf die Nase. Als er dem Kerl mit der linken Handkante kreuzweise gegen die Schläfe hieb, verschleierte sich dessen Blick und verabschiedete sich dann ganz.

»Per, Per, paß auf!«

Es hatte nur zwei, drei Sekunden gedauert, bis er Aischas tränenerstickte Stimme hörte. Er schnellte herum, die Hände in klassischer Kampfsporthaltung. Der andere Kerl hatte Aischa losgelassen, die an der Wand in die Hocke rutschte und dabei versuchte, Hemd und Mantel über ihre entblößte Brust zu ziehen. Ein Klicken, der Mann hatte plötzlich ein Schnappmesser in der Hand. Ein kurzes Ding, aber scharf. Es drang durch Toftlunds Lederjacke und Hemd in seinen Arm, den er zur Verteidigung erhoben hatte. Toftlund ließ das Messer seine Arbeit tun und nutzte die Trägheit, die sich beim Zustechen entwickelte, zu seinem eigenen Vorteil. Er konnte gar nicht mehr zählen, wie oft sie in seiner Zeit als Froschmann die Verteidigung gegen Messerangriffe geübt hatten und wie oft ihr Übungsleiter ihnen eingeschärft hatte, stets die Gleichgewichtsprobleme des Gegners auszunutzen. Der Angreifer war groß, aber nicht sehr stark, merkte Toftlund, als er die gestreckte Hand, die das Messer führte, ergriff und sie hinunterzog, dann einmal herum- und hochdrehte und schließlich nach vorne riß, bis er spürte, daß das Handgelenk kurz davor war zu brechen. Er zog den Angreifer an sich vorbei wie einen Stier in einer spanischen Arena, immer heftiger und ließ dann los, als die Geschwindigkeit hoch genug war und der Typ die Gasse hinuntersauste und mit einem Schrei und einem lauten Platschen im Kanal landete. Toftlund beförderte das Messer mit einem Tritt in die Ecke.

Er warf einen Blick auf den ersten Angreifer, der mit blutüberströmtem Gesicht leise vor sich hin wimmerte. Toftlund ging zu Aischa und zog sie sanft zu sich hoch. Sie weinte, ihr Gesicht war verschmiert und naß von Tränen. Er wischte es mit der Hand ab. Zärtlich, als streichelte er ein kleines Kind. Sie schlang ihre Arme um ihn, und er spürte ihre nackte Brust an seiner Jacke. Er strich ihr übers Haar. Sie stand kurz davor, in Panik auszubrechen.

»Wir müssen weg, Aischa. Wir müssen weg.«

Er hörte planschende Geräusche aus dem Kanal und begann, ihr nasses Gesicht zu küssen. Erst die Stirn, dann die Wangen, dann die Augen, dann wieder Stirn und Wangen und Augen und schließlich den Mund, und er merkte, wie sie sich ganz allmählich entspannte. Er lauschte dem Planschen und spürte ihre Zunge und sein hämmerndes Herz und das Blut, das ihm unter der zerstochenen Jacke den Arm hinunterrann.

»Wir müssen weg, Aischa«, sagte er wieder, als sie von seinem Mund abließ. Er zog ihr Hemd und ihren Mantel zu und faßte sie um die Schultern, damit sie die Sachen an ihrem zitternden Körper festhalten konnte.

»Komm! *Let's go!*«

Er zog sie sanft, aber energisch mit sich, und sie machten einen Bogen um den ersten Kerl herum, der auf die Knie gekommen war und auf die schmutziggrauen Steine kotzte. Sie liefen über die Brücke und blickten noch einmal zu dem Kerl hinunter, der sich hochzuziehen versuchte, mit seinem angebrochenen Handgelenk allerdings einige Schwierigkeiten hatte, an den schlierigen Steinen Halt zu finden. Sie gingen um zahllose Ecken und über Brücken, es war ein einziges dunkles Labyrinth, bis sie plötzlich auf einen breiteren Kanal stießen, der sogar beleuchtet war, und auf ein Schild, das sie mit der Aufschrift *Taxi* beglückte.

*

Toftlund wachte vom Klingeln des Telefons auf. Er hatte tief geschlafen und einen kurzen Augenblick lang gedacht, neben Lise zu liegen, aber es war Aischas glatter Körper, der eng an ihn geschmiegt im großen Bett eines Hotels in Venedig an seiner Seite lag. Er hatte keinen Schimmer, wie spät es war. Das Zimmer war dunkel. Die schweren roten Gardinen waren vorgezogen. Von draußen hörte er schwache Geräusche, als wäre die Stadt dabei zu erwachen. Die Wunde am Arm brannte. Er hatte ein Pflaster drauf geklebt. Glücklicherweise war es nur ein Kratzer. Wahrscheinlich würde er eine kleine Narbe zurückbehalten, aber das war ohne Bedeutung. Besser eine Narbe als lange Erklärungen in der Notaufnahme. Wieder klingelte das Telefon, und Aischa drehte sich um und legte ihr Bein über seines, und er dachte an die Liebe, der sie sich in der Nacht gewidmet hatten – oder war es Sex? Es war wirklich sein erster Beischlaf gewesen, der stumm abgelaufen war, und bei dem er nicht wußte, ob er von Zuneigung oder Haß getrieben worden war. Sie hatten Aischas Zimmer betreten und sich wortlos abgeküßt und gegenseitig die Kleider vom Leib gerissen. Hinterher hatte sie wieder angefangen zu weinen und war nackt ins Bad gegangen. Er konnte das Wasser laufen hören. Dann war er selber aufgestanden, auf ihrem Bettlaken waren Blutflecken von seiner Wunde am Arm zu sehen, und war in sein eigenes Bad gegangen und hatte lange unter der Dusche gestanden; die Tür zwischen ihren Zimmern hatte er offenstehen lassen. Die Wunde hatte fast aufgehört zu bluten. Er brauchte drei Pflaster aus seiner Toilettentasche, um den langen Schnitt abzudecken. Er konnte nur hoffen, daß das Messer nicht infiziert gewesen war. Zur Sicherheit schüttete er ordentlich Jod drauf. Als er aus dem Bad kam, war die Zwischentür geschlossen, aber im Licht der Badezimmerlampe sah er Aischas Körper unter seiner Bettdecke liegen. Diesmal war es entschieden besser gewesen, langsamer und ohne Tränen und Machtkämpfe. Sie waren eingeschlafen und ein paar Stunden später hungrig wie die Wölfe aufgewacht, sie hatten den Room Service angerufen, und er ließ sie reden – über den Überfall und Ibrahim und ihren Vater und ihre Brüder und ihre hoffnungslose Ungewißheit, ob sie Per nun liebte oder doch eher haßte. Aber als sie alles bis auf den letzten Krümel aufgegessen und ein drittes Mal miteinander geschlafen hatten, war von Haß nicht mehr viel zu merken.

Das Telefon klingelte schon wieder.

»Mr. Toftlund«, sagte eine Stimme. »Hier ist der Empfang. Bei mir stehen zwei Herren von der Polizei. Sie lassen höflichst anfragen, ob es Ihnen recht wäre, wenn sie kurz hochkommen dürften.«

Toftlund setzte sich im Bett auf, suchte nach dem Schalter und knipste das Licht an. Dann schaute er auf den Radiowecker. Wenn er richtig ging, war es kurz nach acht.

»Sagen Sie den Herren, ich komme runter.«

Er hörte ein kurzes Getuschel auf italienisch, dann ertönte wieder die freundliche Hotelstimme:

»Die Herren von der Polizei zögen es vor, Sie auf Ihrem Zimmer zu besuchen, Mr. Toftlund. Sie sagen, es sei diskreter. Einem Kollegen gegenüber, sagen sie.«

»In Ordnung. Geben Sie mir eine Viertelstunde.«

Wieder italienisches Getuschel.

»Wir laden die Herren so lange zu einer Tasse Kaffee ein, also einverstanden, in einer Viertelstunde.«

»Okay.«

»Und noch etwas, Mr. Toftlund. Die Herren sähen es gerne, wenn Ihre Kollegin Aischa bint Hussein ebenfalls zur Stelle wäre. Wollen Sie sich darum kümmern, oder soll ich sie anrufen?«

»Ich mach das schon. Und schicken Sie Kaffee und Orangensaft hoch.«

»Zu Ihren Diensten, Mr. Toftlund.«

Fick dich, dachte Toftlund. Du weißt doch genau, wo sie ist, du Heini. Aischa sah zu ihm hoch und lächelte. Er beugte sich über sie, legte die Hand auf ihre Brust und küßte sie. Sie umfaßte seinen Nacken und zog ihn zu sich herunter. Er machte sich frei.

»Ab ins Badezimmer. In deins. Und zwar *pronto*! In fünfzehn Minuten ist die Polizei hier.«

»Wieso?«

Er sah, wie Nervosität und Furcht in ihre Augen zurückkehrten.

»Einmal darfst du raten. Kleiner Tip: Es hat was mit gestern abend zu tun. Ab jetzt!«

Die beiden Beamten in Zivil kamen mit dem Zimmerkellner und einem Wagen mit Kaffee und Fruchtsaft für vier Personen, samt Croissants, Butter und Marmelade in hübschen kleinen Schälchen. Toftlund hatte die Tagesdecke über das Bett geworfen, die Gardinen aufgezogen, das Fenster geöffnet und das gebrauchte Geschirr ihres Nachtmahls vor die Nachbartür gestellt. Es regnete in Venedig. Der Kanal vor seinem Fenster war voller kleiner Boote, aber die Insel mit der weißen Kirche draußen in der Lagune verschwamm im Regendunst. Das Licht war grau, als sähe man durch einen Wasserfall. Sogar die schwarzen Taschenverkäufer hatten aufgegeben. Die Promenade am Kanal war menschenleer mit Ausnahme weniger Touristen, die mit Hilfe farbenprächtiger Schirme dem Regen trotzten. Die Gondeln lagen Seite an Seite auf dem Kanal und schaukelten sanft und warteten auf Passagiere, die sich jedoch wohlweislich nicht nach draußen wagten.

Die italienischen Kollegen stellten sich vor. Sie sprachen ein recht gutes Englisch. Sie waren von der italienischen Staatspolizei, nicht von der venezianischen Kripo. Mit militärischen Dienstgraden. Toftlund witterte förmlich den Sicherheits- und Nachrichtendienst. Der Ältere war Oberstleutnant, um die Fünfzig, mit schmalem, sonnengebräuntem Gesicht. Der andere Hauptmann, ein großer stiernackiger Kerl unbestimmten Alters, vielleicht zwischen 35 und 45 Jahren. Beide in tadellosem grauen Anzug mit Krawatte, aber mit zerfurchten Gesichtern und müden Augen. Sie sahen sich um und schauten mit leicht hochgezogenen, wissenden Brauen erst zu Aischa, die eine lange, khakifarbene Hose, eine helle Bluse und einen Pulli trug, und dann auf das frisch gemachte Bett. Sie saß auf dem Sofa, hatte sich aber erhoben, als die Beamten eintraten, und ihnen die Hand gereicht. Sie musterten sie von oben bis unten. Sie war geschminkt, die Kleidung saß. Alles *comme il faut*. Eine Frau bereit fürs Büro. Sie setzte sich wieder.

Toftlund trug eine dunkle Hose, ein langärmliges Hemd und sein gutes Sakko. Er war froh, es eingepackt zu haben. Pers Zimmer war groß und mit zwei Sesseln, dem Sofa und einem runden, antiken Tisch eingerichtet. Er setzte sich, die beiden Italiener zogen es vor, stehen zu bleiben. Der Kellner servierte den Kaffee und verabschiedete sich mit einem Kopfnicken. Man konnte mit dem Geschäftlichen beginnen.

Oberstleutnant Cornelli führte das Wort, während Hauptmann Puzo nur seinen Blick sprechen ließ und Aischa den Mund hielt wie abgemacht, bis der Oberstleutnant nach einem vorsichtigen Schluck von dem guten, starken, mit einem Tröpfchen Milch aufgehellten Kaffee seine Granate abfeuerte.

»Sie kennen doch Ibrahim Krassilnikow, nicht wahr?«

»Ja.«

»Wann haben Sie ihn zuletzt gesehen?«

»Gestern abend.«

»Um wieviel Uhr haben Sie seine Wohnung verlassen?«

»Gegen acht.«

»War er bei guter Gesundheit?«

»Äh, ja.«

»Das ist er nicht mehr.«

»Was ... heißt das?«

»Irgendwann zwischen 23 Uhr und Mitternacht sind ein oder mehrere Täter in seine Wohnung eingedrungen und haben ihn und seine Haushälterin ermordet. Erdrosselt, um genau zu sein.«

Nach außen bewahrte Toftlund die Fassung, während die Gedanken in seinem Kopf zu kreisen anfingen. Aischa stieß einen Laut des Entsetzens aus, aber Cornellis Augen blieben auf Toftlund geheftet. Er hielt die Tasse ruhig in der Hand.

»Kein Kommentar?« fragte Cornelli. »Keine Reaktion?«

»Ich bin Polizist wie Sie. Ausbrüche führen zu nichts. Ich denke über die Tat nach, den Weg der Täter, das Motiv, solche Sachen. Genau wie Sie.«

»Ihre Kollegin ist offensichtlich betroffen.«

»Sie war eine gute Freundin.«

»Tatsächlich, ja, das war sie.«

»Entschuldigen Sie mich«, sagte Aischa, stand auf, öffnete die Tür zu ihrem Zimmer und machte sie heftig hinter sich zu. Alle Achtung, dachte Toftlund, daß sie das Weinen zurückgehalten hat, bis die Tür ins Schloß fiel.

»Sehr diskret, Cornelli, sehr diskret. Super gemacht.«

»Wissen Sie was, Schluß mit dem *bullshit*, wie unsere verehrten amerikanischen Freunde zu sagen pflegen, Herr Toftlund. Wir arbeiten in derselben Branche. Was wollten Sie bei Ibrahim?«

»Mit ihm sprechen.«

»Das wollen viele. Über was?«

»Worüber wir alle sprechen: al-Qaida. Wer sie sind und wie wir sie bekämpfen können.«

Oberstleutnant Cornelli stellte seine Tasse auf den Tisch.

»Hat er was gesagt?«

»Nein.«

»Sind Sie sicher?«

»Ja.«

Cornelli trat einen Schritt vor und schaute auf den Kanal. Dann drehte er sich um und fragte:

»Wo waren Sie gestern zwischen 23 und 24 Uhr?«

»Hier im Hotel.«

»Zusammen?«

»Das geht Sie nichts an.«

»Sie waren zusammen. Das wird vom Hotel bestätigt. Sie kamen ein wenig derangiert hier an, durchnäßt, mit zerrissener Kleidung.«

»Es hat geregnet ...«

Cornelli lächelte. Er hatte sehr weiße und regelmäßige Zähne, als wären sie nicht echt, aber von einem teuren Zahnarzt gemacht.

»Sie hatten auch einen gesunden Appetit. Dem Room Service zufolge. Einen sehr gesunden Appetit. Den kriegt man hin und wieder nach körperlichen Anstrengungen. Aber lassen wir das Theater. Können Sie sich vorstellen, warum Sie überfallen wurden?«

Toftlund richtete sich in seinem Sessel auf und sah dem gelassenen Italiener in die Augen.

»Wer sagt, daß wir überfallen wurden?«

Wieder das gleiche Reklamelächeln.

»Wir haben zwei Männer, die jetzt in der Zelle sitzen. Der eine hat eine doppelt gebrochene Nase – die nie mehr zu einer richtigen Nase werden wird – und eine schwere Gehirnerschütterung und der andere ein bemerkenswert lädiertes Handgelenk und einen schrecklich verkorksten Magen. Das kommt davon, wenn man in einen unserer Kanäle plumpst.«

»Mit anderen Worten: Sie haben uns beschattet.«

»Selbstverständlich sind wir Partner, Dänemark und Italien, und wir wußten, daß Sie kommen. Wir haben ja auch Ihre Anfrage wegen Ibrahim erhalten. Wir sorgen gerne dafür, daß es unseren Gästen gutgeht.«

»Sie haben nicht sehr gut auf uns aufgepaßt.«

»Dilettantisch, zugegeben. Ihre offensichtliche, wie soll

ich sagen, Auseinandersetzung zweier Liebender im Ghetto und der plötzliche Bewegungsdrang des reizenden Fräulein Aischa hat meine Leute irritiert. Man geht in diesem schönen Ort schnell verloren. Aber Sie haben die Sache ja selbst in die Hand genommen, wenn ich mich so ausdrücken darf.«

»Wer sind die Typen?«

»Was hat Ibrahim Ihnen gesagt?«

»Nichts.«

»Wunderbar. Es sind ein paar Rabauken. Der eine ist Iraker. Ist illegal hier. Das ist der Mann mit dem verkorksten Magen. Der andere ist auch illegal hier. Der mit der gebrochenen Nase. Bulgare. Wir haben sie im Krankenhaus aufgesammelt. Kleine Gangster, Gewalttäter. Erhielten von einem Unbekannten fünfhundert Euro, dafür sollten sie rauskriegen, worüber Sie und Ihre Kollegin mit Ibrahim gesprochen haben. Anschließend durften sie Sie ausrauben, Ihre Assistentin vergewaltigen, Sie beide töten. So eine Art zusätzliche Prämie. Und noch einmal fünfhundert Euro, wenn sie die richtigen Informationen bekommen hätten.«

Toftlund wuchtete sich aus seinem Sessel und trat ans Fenster. Seine Schnittwunde pochte. Szenen des Überfalls und der Nacht mit Aischa und das Geräusch der brechenden Nase tauchten in ihm auf. Der Regen ließ allmählich nach. Menschen erschienen auf der Straße, und die afrikanischen Nippeshändler zogen ihre bunten Plastiktaschen und billigen Uhren aus großen Stoffbeuteln hervor und legten sie aus.

»Wer hat ihnen den Auftrag erteilt?« fragte Toftlund. »Oder wollen sie nicht reden?«

»Oh doch, sie reden. Aber nur der Iraker scheint etwas zu wissen, und er ist ein bißchen konfus, immerhin hat er von einem jungen Mann gesprochen, gut gekleidet, Oberlippenbart, und der hat ihm gesagt, wenn sie sein Vertrauen mißbrauchen, erfährt es der Thronfolger.«

»Der Thronfolger?«

»Genau. *Wali al-ahd.* Für den wir uns alle interessieren, über den wir immer mehr hören und der den illegalen Flüchtling in unserm Gewahrsam offensichtlich in Todesangst versetzt hat. Denn er hat es bereits in derselben Sekunde bereut, in der er das Wort ausgesprochen hat. Aber wie gesagt, er ist ein bißchen konfus. Ich glaube, Sie haben ihm zu einem Schleudertrauma verholfen. Alle Achtung, verehrter Kollege, saubere Arbeit.«

Toftlund zögerte und sagte dann:

»Ich habe Ibrahim nach dem Thronfolger gefragt.«

»Ja?«

»Er hat nicht richtig geantwortet, aber indirekt hat er zugegeben, daß er existiert.«

»Das hat er uns gegenüber auch.«

»Das heißt, er war euer Mann?«

»Das wäre zu einfach. Ibrahim war schon etwas Besonderes. Er war ein großer Brückenbauer zwischen Kulturen, die notgedrungen einen Weg finden müssen, wie sie zusammenleben können. Man wird ihn vermissen in dieser schwierigen Zeit. Er hat mit uns geredet, mit den Franzosen, den Russen, manchmal mit den Briten, aber nicht mit den Amerikanern. Die sah er als naive Kinder an, die nicht wissen, was für ein Unglück sie über die Welt bringen, weil sie felsenfest davon überzeugt sind, daß wir allesamt sein wollen wie sie.«

Die Wunde machte sich wieder bemerkbar. Zu Hause mußte er sie gründlich desinfizieren und sich gegen Wundstarrkrampf impfen und vielleicht ein Antibiotikum verschreiben lassen. Er brauchte nichts weiter zu sagen. Es war doch sonnenklar: Ibrahim war ermordet worden, weil sie – wer auch immer das genau war – fürchteten, er könnte zuviel gesagt haben. Toftlund gegenüber. Oder wahrscheinlicher, den Italienern gegenüber. Aber daß er unmittelbar nach ihrem Besuch ermordet worden war, konnte kein Zufall sein. Vielleicht war das der Kopf des Nagels, dachte Toftlund, um Zeit zu gewinnen. Daß die Dänen auf der Jagd nach dem Terroristen mit den dänischen Verbindungen waren. Vielleicht hatten sie ihn vorher gefoltert? Als könnte Cornelli Gedanken lesen, sagte er:

»Ja. Sie haben versucht, ihn zum Reden zu bringen, aber wenn Sie nun sagen, Herr Toftlund, daß er Ihnen nichts erzählt hat, dann hat er seinen Mördern vielleicht auch nichts gesagt.«

»Ich habe ihn nicht dazu gezwungen.«

»Im Gegensatz zu den Tätern. Aber die Rechtsmediziner sind der Meinung, daß Ibrahim nicht erdrosselt wurde. Oder besser gesagt, daß er schon tot war, als er erdrosselt wurde. Sein Herz machte nicht mehr mit. Und das ging wohl ziemlich schnell. Das wissen wir alles genauer, wenn die Obduktionsergebnisse vorliegen oder wenn wir die Täter gefaßt haben. Und das werden wir.«

Toftlund war unwohl zumute, aber er versuchte, vernünftig zu sein und das nagende Schuldgefühl und die Empfindung, wieder einmal versagt zu haben, beiseite zu schieben. Er hatte seinen Job gemacht. Manchmal war es ein schmutziger Job, aber wenn man nicht daran glaubte, daß man ihn letzten Endes zum Besten der Gesellschaft tat, konnte man ihn gleich vergessen. Es war der fruchtlose Versuch, mit dem Vorfall rational umzugehen, denn er fühlte selbst, wie hohl es klang, wie eine falsche Stimme in seinem Bewußtsein. Wie wenn Vuldom ihren neuen Rekruten predigte, daß das Gesetz beachtet werden müsse, daß sie aber in dem einen oder anderen Fall bestimmt vor einem moralischen Dilemma stehen würden – wenn sie nämlich die Gesetze der Demokratie brechen müßten, um die Demokratie zu bewahren.

Er versuchte, praktisch zu denken.

»Wie haben die uns gefunden? Haben Ihre Leute keinen Schatten gesehen?«

»Leider nein. Aber wir sprechen von einer Organisation mit beträchtlichen Ressourcen, das heißt, vielleicht hat man Sie und Ihre ...«, er zog das Wort in die Länge, »... reizende Assistentin auf die gleiche Weise aufgespürt wie wir. Sie sind ein Profi, Herr Toftlund. Ihre Assistentin leider noch nicht.«

»Scheiße!«

»Sie sagen es, Herr Toftlund. Die größte Klatschbase der Welt.«

Er hatte überhaupt nicht mehr daran gedacht, aber jetzt sah er es plötzlich wie in einer Rückblende, wie Aischa auf dem Flughafen von Venedig ihr Handy aus der Handtasche geholt hatte. Das machen die meisten Passagiere inzwischen schon ganz automatisch. Nur mal eben gucken, ob man Empfang hat und mit welcher Telefongesellschaft. Er hatte ihr etwas sagen wollen, wurde aber abgelenkt, weil sich ein anderer Fluggast zwischen sie gedrängt hatte. Sein Fehler. Vielleicht hatte er gedacht, sie würde es schon wieder ausschalten. Das hatte man ihr beim Sicherheitstraining doch auf jeden Fall eingetrichtert, verflixt noch mal! Mobiltelefone sind unbedingt auszuschalten, wenn man sichergehen will, daß man nicht aufgespürt wird. Er hätte es ihr sagen müssen. Es war sein Fehler. Er könnte ihr die Schuld zuschieben, aber eigentlich war es sein verfluchter Fehler.

»Und nun?« fragte er resigniert.

»Nichts weiter. Sie sind auf einen Flug heute nachmittag gebucht. Den nehmen Sie. Die Kerle sind selber schuld, daß sie von Ihnen so unhöflich behandelt wurden, und wir werfen sie aus dem Land, sobald sie uns erzählt haben, was sie wissen. Irgendwann werden sie sowieso wieder an unserer langen Küste anlanden, auf einem dieser Seelenverkäufer. Ibrahims Fall ist unser Fall. Ihre Chefin war übrigens derselben Ansicht, als ich heute morgen mit ihr telefoniert habe.«

»Sie haben mit Vuldom gesprochen?« Toftlund war platt.

»Eine höchst effektive und sehr angesehene Frau. Es ist stets ein Vergnügen, mit ihr zu tun zu haben, was leider viel zu selten der Fall ist. Wir sind uns auch einig, die Geschichte für uns zu behalten. Es gibt keinen Grund, die örtliche Polizei einzuschalten. Und Fräulein Hussein und Sie können heimfahren, als wäre nichts geschehen.«

»Okay.«

»Aber wie Sie wissen, werter Kollege, gibt es in unserem Metier nichts umsonst. Aus diesem Grund hat mir die verehrte Frau Vuldom versprochen, daß Sie uns in vollem Umfang über Ihre Ermittlungen über den mysteriösen und doch so realen Thronfolger auf dem laufenden halten werden. Unsere bisherige Zusammenarbeit ist eher formaler als konkreter Natur gewesen. Es herrscht Einigkeit darüber, daß unsere Dienste ihre jeweiligen Informationen ab sofort etwas kontinuierlicher austauschen sollen.«

»Schon klar. Ich schulde Ihnen was.«

»Allerdings. Sie haben in Italien noch eine Rechnung offen, die ziemlich gesalzen ist, Herr Toftlund.«

DRITTER TEIL

Die Spiegelwelt

»Würdest du mir bitte sagen, wie ich von hier aus weitergehen soll?«
»Das hängt zum großen Teil davon ab, wohin du möchtest«, sagte die Katze.
»– solange ich nur *irgendwohin* komme«, fügte Alice zur Erklärung hinzu.
»Das kommst du bestimmt«, sagte die Katze, »wenn du nur lange genug weiterläufst.«

Lewis Carroll, *Alice im Wunderland*

21

An einem der letzten Junitage fuhr Vuk über die Große-Belt-Brücke, die ihn ungeheuer beeindruckte, und lauschte im Autoradio einer Sendung über erkrankte Haustiere. Ein Tierarzt antwortete auf diesbezügliche Fragen – das Spektrum reichte von Wellensittichen über Hunde bis zu Pferden. Die Dänen schienen mehr mit ihren animalischen Lieblingen beschäftigt zu sein als mit ihren Nachbarn, dachte er und versuchte gleichzeitig darauf zu achten, ob im Dänischen eventuell neue Wortkreationen entstanden waren.

Als er das letztemal den Großen Belt überquert hatte, damals noch auf der Fähre, war es eine kalte Nacht mit dahintreibenden Wolken und einem bleichen Mond gewesen. Heute war es hell, die Sonne stand hoch, und der neue Mietwagen fuhr mühelos die imposante Hängebrücke hinauf. Seeland lag ausgebreitet zu seiner Rechten. Schon nach wenigen Minuten hatte er sich wieder an das Schaltgetriebe gewöhnt. Aber allein zu sein und unbewacht, daran hatte er sich noch nicht wieder gewöhnt. Es war ein merkwürdiges Gefühl. Er konnte fahren, wohin er wollte. Er war nicht mehr angeleint. Aber natürlich war das eine Illusion. Er war regelrecht angekettet. Unsichtbare, aber unzerstörbare Ketten banden ihn an die USA, wo Anna und die Kinder auf ihn warteten und darauf vertrauten, daß er sie nicht im Stich ließ.

Er erreichte den höchsten Punkt der Brücke, und alles sah aus wie auf einer Ansichtskarte: der blaue Himmel, das grüne Land, die blaue, blaue See, ein Containerschiff, das auf die Brücke zusteuerte und einen geraden, weißen Kielwasserstreifen ins Meer schnitt, und an der Küste Myriaden weißer und bunter Segel. Er hatte die Klimaanlage angestellt, das Außenthermometer zeigte 24 Grad. Als es wieder abwärts ging und er auf die Mautstelle zurollte, suchte er sich eine Spur aus, wo er an der Kasse bar bezahlen konnte. Er hatte sich vorher darüber informiert, daß Kreditkartenzahler registriert, das Nummernschild und womöglich auch der Fahrer gefilmt und die Daten eine Weile aufbewahrt wurden. Bei Barzahlung war das nicht der Fall. Er wußte, daß täglich Tausende von Autos die Brücke überquerten, das Wagnis war also nicht sehr groß, aber man überlebte nur, wenn man kein unnötiges Risiko einging.

Er war nachmittags von Kauai über Honolulu nach Seattle geflogen. Es war ihm mehr als schwergefallen, sich von Anna und den Kindern zu verabschieden. Es war seltsam, allein zu sein, aber am seltsamsten war es, als normaler Reisender durchzugehen. Seit er zuletzt auf einem amerikanischen Flughafen gewesen war, waren die Sicherheitskontrollen ungeheuer verschärft worden: Abtasten, Durchleuchten des Handgepäcks, lästig-penible Paßkontrolle. Reiseunannehmlichkeiten, wie sie die Amerikaner noch nie zuvor erlebt hatten. Er fühlte sein Herz schneller schlagen, als man den Paß und das Bild prüfte, man fragte ihn nach seinen Reiseplänen und bat ihn, die Schuhe auszuziehen, er spürte die Hände des Sicherheitsbeamten über seinen Körper gleiten, aber dann hörte er nur ein Dankeschön für das gezeigte Verständnis, und kurz darauf saß er im Flugzeug.

Mike war einen Tag vor ihm abgereist und wartete bereits in Kopenhagen. Sie hatten entschieden, daß ihr erster Kontakt nicht über eine Zeitungsannonce zustande kommen sollte, sondern über E-Mail von einem öffentlich zugänglichen Computer aus. Sie waren auch übereingekommen, daß Mike Fatimas und Mustafas Adressen ausfindig machen sollte. Es wäre zu riskant, wenn Vuk persönlich beim Einwohnermeldeamt vorstellig würde. Die CIA-Leute in Kopenhagen sollten im wesentlichen außen vor gehalten werden, das heißt, sie würden informiert werden, wer Vuk war und daß auf ihrem Territorium eine Operation stattfinden würde, diese aber geheim sei und die Staatssicherheit betreffe. Höchste Priorität. Wenn sie darum gebeten werde, solle die CIA die nötige Logistik bereitstellen. Ansonsten solle sie sich um ihre eigenen Angelegenheiten kümmern. Der Befehl des Obersten war eindeutig. Dieser Auftrag kam von allerhöchster Stelle, falls es also Schwierigkeiten geben sollte, konnte der Kopenhagener CIA-Chef damit rechnen, daß sein nächster Stuhl im unwichtigsten Büro stünde, das Langley überhaupt auftreiben konnte. Bei den Vorbereitungen mußte auch berücksichtigt werden, daß der dänische PND sicher darüber informiert war und im Auge behielt, wer in Dänemark zur Zeit für die CIA aktiv war. Man war zwar verbündet, aber alle Nachrichtendienste wollten gerne wissen, wie und wo selbst die freundlich gesinnten Dienste operierten. Das gehörte zum Spiel. Man durfte nicht riskieren, daß ein CIA-Agent auf Vuk traf und ausgerechnet dieser überwacht wurde. Was eigentlich nicht der Fall sein sollte, aber man mußte mit allem rechnen. Ein weiterer Aspekt hatte in ihren Überlegungen eine Rolle gespielt. Auch wenn das Risiko minimal war, sollte Vuk sich nur so kurz wie möglich in Dänemark aufhalten. Er sollte seine Aufgabe erfüllen und sich dann ebenso unbeachtet verkrümeln, wie er gekommen war. Dänemark und Europa waren kein sicherer Ort für einen der meistgesuchten Männer der letzten Jahre, auch wenn die Balkankriege nicht länger im Rampenlicht standen. Die Verbrecherkarteien haben ein gutes Gedächtnis, wie Phil nicht müde wurde zu wiederholen.

Mike war irgendwo im Hintergrund als Nothelfer, aber eigentlich war er allein, *freelance*, ein Agent mit begrenzter Laufzeit. Und der konnte geopfert werden, sobald er zu einer Belastung wurde, statt nützlich zu sein. Obwohl es nie direkt ausgesprochen wurde, wußte Vuk natürlich, daß sie ihn verleugnen würden, falls er aufflog.

Auf dem Flughafen Amsterdam hatte er sich ein Mobiltelefon gekauft und mit seiner Kreditkarte bezahlt. Alles andere wäre zu auffällig gewesen, und die Karte sollte in Ordnung sein. Zwar würde die Transaktion registriert werden, aber die Rechner der NSA würden entsprechende Nachfragen blockieren, falls irgendeine Behörde auf die Idee käme, die Kartennummer unter die Lupe zu nehmen. Die Abfertigungshalle war heiß und drückend und gerammelt voll. Lauter glückliche Menschen. In Europa war Urlaubszeit, und offensichtlich hatte sich die Hälfte der europäischen Bevölkerung aus diesem Grund in Bewegung gesetzt. Trotz der Übersichtskarte, die man ihm bei der Avis-Autovermietung mitgegeben hatte, dauerte es seine Zeit, bis er aus dem Flughafenbereich herausgefunden hatte, und auf dem ganzen Weg durch Deutschland bis hoch nach Dänemark herrschte dichter Verkehr. Er hatte nicht sehr viel geschlafen, aber er fühlte sich frisch und vor allem wachsam, obwohl ihn die ständigen Staus, bei denen er unerwartet auf die Bremse treten mußte, zermürbten und seine Aufmerksamkeit zu untergraben drohten.

Jetzt fuhr er durch die sanfte seeländische Landschaft, die grün und wohlgeordnet in der Sonne lag. Auf der Autobahn sah er Nummernschilder aus ganz Europa, und plötzlich fiel ihm auf, daß auch tschechische, polnische und ungarische darunter waren. Es war einiges geschehen, seit er das letztemal hier gewesen war. Er hielt an einem Rastplatz in Tuelsø, tankte, kaufte sich im Tankstellen-Shop einen Kopenhagener Straßenatlas und suchte die Hafenfront, an der das Hotel Marriott lag. Er holte sich einen Kaffee und aß ein Käsebrot dazu, dabei studierte er die Karten, Blatt für Blatt, Bezirk für Bezirk, und freute sich, daß die Straßen vor seinem inneren Auge auftauchten. Er schloß die Augen und lief im Kopf vom Hafen Richtung Zentrum und weiter nach Nørrebro, dann bog er nach Østerbro ab und kehrte in die Innenstadt zurück. Sich zurechtzufinden bereitete ihm keine Mühe. Er konnte sich noch immer in Kopenhagen bewegen, ohne wie ein dahergelaufener Tourist mit dem Stadtplan in der Hand herumzurennen.

Vuk fuhr auf der Autobahn in die Stadt und dann weiter an der Hafenfront entlang. Sie hatte sich vollkommen verändert. Jetzt standen gigantische Gebäude aus Glas und Beton am Hafen, und vor ihm tauchte der sogenannte Schwarze Diamant auf. Aus seinen Recherchen im Internet wußte er, daß es sich um einen neuen Bau der Königlichen Bibliothek handelte. In der internationalen Lobby des geschlechtslosen Hotels wurde er als der amerikanische Staatsbürger Ron Gibson registriert. Das Marriott war effektiv, modern und unsäglich amerikanisch. Es hätte überall auf der Welt stehen können. Und es würde funktionieren, denn Reisende wie ihn gab es wie Sand am Meer. Hinzu kamen vielleicht noch eine Handvoll Amis mit dicker Brieftasche, obwohl eigentlich sämtliche größere Häuser darüber weinten, daß sich die Amerikaner in diesem Jahr so rar machten.

Vuk gab den Schlüssel seines Mietwagens und den Vertrag am Empfang ab. Man werde die Rückgabe schon regeln. Man habe großes Verständnis, daß Mr. Gibson unter Jetlag leide und sich gerne ausruhen wolle. Sie zogen seine American-Express-Karte durch die Maschine, und er ging auf sein Zimmer. Es war groß und hell und mit praktischen, sauberen Möbeln eingerichtet, ein Nichtraucherzimmer, worum er gebeten hatte, mit herrlicher Aussicht auf den

Hafen. Ein Boot von der *Kanalrundfahrt* tuckerte vorbei und hatte das Deck voller Touristen, die in der Sonne saßen und Sehenswürdigkeiten bestaunten. Er blickte über das Wasser und die Stadt, während er einen Whisky aus der Minibar trank, dann zog er die Gardinen zu, duschte, trank noch einen Whisky und schlief ein, beschützt von seiner Anonymität und dem Bitte-nicht-stören-Schild, das er an seine Tür gehängt hatte. Vielleicht lag es an der Müdigkeit oder am Alkohol oder an beidem, jedenfalls fiel er rasch in einen tiefen, traumlosen Schlaf.

Als er früh am Morgen erwachte, regnete es. Es war nur ein Schauer, aber es stürmte, und als er das Hotel nach einem ausgiebigen Frühstück verließ, war es recht kalt geworden. Er hatte Jeans angezogen, dazu ein T-Shirt, eine Windjacke und helle Leinenschuhe. Die Brille mit dem Fensterglas hatte er aufbehalten. In der Tasche steckte seine Sonnenbrille. Über der Schulter baumelte eine dieser Leinentaschen, die sich die Leute auf dem ganzen Erdball umhängten. Und wie er so durch die Stadt schlenderte, dachte er, daß der Zeitpunkt perfekter nicht sein konnte. Die Touristen schoben sich regelrecht durch die Straßen, und keiner beachtete ihn. Er war der Mann in der Menge.

Auf dem Rathausplatz stand ein Monstrum von einem Gebäude, in dem er sich eine Wochenkarte für die öffentlichen Verkehrsmittel kaufte. Er sprach englisch und bezahlte mit den dänischen Kronen, die er gleich als erstes in einer Bank eingetauscht hatte. Er ließ sich treiben. Zum einen, um sich die Stadt wieder einzuprägen, und zum anderen, um herauszufinden, ob ihn jemand beschattete. Falls ja, stellten sie sich ziemlich geschickt an, aber das glaubte er eigentlich nicht.

In einem Fachgeschäft für Jagd- und Angelutensilien kaufte er einen Dolch und steckte ihn in seine Umhängetasche. Der Verkäufer lobte das Messer über den grünen

Klee, weil es so praktisch sei, man könne es zum Ausweiden von Fischen benutzen oder auch ganz friedlich im Haushalt. In einem Eisenwarenhandel im äußeren Nørrebro suchte er sich einen Schleifstein aus. Er sprach dänisch mit den Leuten im Laden und war fast kindisch stolz, daß sie nichts merkten. In einem Sportgeschäft kaufte er dann noch ein Schweizer Offiziersmesser mit den passenden Werkzeugen.

Es war ein seltsames Gefühl, durch das alte Viertel seiner Kindheit und Jugend zu wandern. Das innere Nørrebro war überhaupt nicht wiederzuerkennen. So viele von den alten Häusern waren abgerissen. An ihrer Stelle standen nun Reihen roter Betonkarrees, aber dafür gab es auch mehr Bäume. Auch die Bevölkerung hatte sich verändert. An manchen Ecken fühlte er sich nach Bosnien versetzt: Er hörte Serbokroatisch und Bosnisch, aber auch Türkisch, Arabisch und Urdu. Besonders die Düfte beschworen Erinnerungen herauf, schwere, aber nicht unangenehme Gerüche von Gewürzen und Feta und Obst und Hammelfleisch, die ihm aus den kleinen Geschäften entgegenschlugen. Frauen jedes Alters mit Kopftüchern waren zu sehen. Sie unterschieden sich deutlich von den jungen dänischen Mädchen. Die trugen im Augenblick Hosen mit niedrigem Bund und kurze Tops, so daß der Bauch entblößt war und das Piercing im Nabel in der Sonne glänzte. Die jungen Dänen hielten sich an der Hand oder spazierten eng umschlungen durch die Straßen. Die verschleierten Frauen gingen hinter oder in gebührendem Abstand zu ihren Männern. Es waren zwei Welten, und es hatte nicht den Anschein, als kommunizierten sie miteinander. Er bemerkte, daß die Männer in seinem Alter oft Hosen mit vielen Taschen trugen. Eine Art helle Militärhose, die über dem Knie einen Reißverschluß hatte, so daß man das untere Hosenbein abnehmen konnte. Morgen würde er sich so eine Hose kaufen.

Er nahm einen Bus zurück ins Zentrum. Er zeigte seine Wochenkarte vor und sprach wieder englisch. Er setzte sich ans Fenster, betrachtete die Werbeplakate und versuchte sie sich zu merken. Er stieg am Kongens Nytorv aus und ging die Strøget hinunter. Die Einkaufsstraße war voller Menschen aus aller Herren Länder. In einem größeren Geschäft kaufte er ein Startpaket für sein Handy mit dazugehöriger Nummer und einer Prepaidkarte mit 25 Minuten Gesprächsguthaben. Das war mehr als ausreichend. Er prägte sich die Nummer ein, ehe er das Telefon samt Ladegerät in die Tasche steckte und Verpackung, Bedienungsanleitung und Kunststoffhülle in drei verschiedene Mülleimer warf. Auf dem Rathausplatz ging er zu einem Würstchenwagen, an dem ein jüngeres Paar ein Hot dog verspeiste.

»Eine Gebratene mit Brot«, sagte er.

»Gerne.«

Der Würstchenmann war dick und hatte ein rotfleckiges Gesicht. An einer Hand fehlte ihm der Daumen. Er schwitzte.

»Senf und Ketchup?«

»Ja, bitte.«

Er bekam die Wurst mit zwei unappetitlich gefärbten Senf- und Ketchupklecksen auf grauem Pergamentpapier vorgelegt, aber sie schmeckte in ihrer ganzen Fettigkeit eigentlich nicht schlecht, und das Brot war genauso trocken, wie er es in Erinnerung hatte.

»Schönes Wetter, nicht?« sagte der Würstchenmann und wischte mit einem nassen Lappen über die Ablage, nachdem sich die beiden jungen Leute bedankt hatten und Hand in Hand in Richtung Tivoli gegangen waren.

»Herrlich. Jetzt ist der Sommer wohl endlich da?«

»Kann man nie sicher sein. Heute morgen hat's noch gepladdert.«

»Ja, stimmt.«

»Und denk mal dran, wie's vor 'n paar Tagen ausgesehen hat!«

»Was meinst du denn?«

»Ja, darf nicht wahr sein, Mann. Hast du vergessen, wie das geschüttet hat? Wie aus Eimern, Mensch!«

»Ach so, ja. Es hat ziemlich gegossen.«

»Und Blitz und Donner gab's. Aber Touristen sind trotzdem 'ne Menge da.«

»Im Sommer immer.«

»Bist du vielleicht selber Tourist?«

Vuk nahm noch einen Bissen und dachte daran, das Würstchen in den Senf *und* den Ketchup zu stippen und hinterher ein Stück Brot abzubeißen. So aß der Däne seine Wurst. Er wischte sich mit der Papierserviette den Mund ab und sagte:

»Ja und nein. Ich bin aus Jütland, aber geschäftlich hier. Ich bin nur ein bißchen spazierengegangen. Mein Termin ist erst später.«

»Was machst du denn?«

Er hatte ganz vergessen, wie neugierig die Dänen waren, wenn es um den Beruf der Leute ging. Arbeit und Wetter. Da hatten sie keine Hemmungen.

»Ich arbeite in der Computerbranche.«

»Computer gibt's in Jütland auch schon?«

Der Würstchenmann grinste.

»Na, und ob. Ich komme aus Århus.«

»Hab ich doch gemerkt, daß du ein bißchen Dialekt hast. Ihr habt doch da drüben am meisten abgekriegt. Regen, meine ich. War doch fast 'ne Sintflut bei euch. Haben sie jedenfalls im Fernsehen gesagt. Man kann es doch immer noch hören, nicht? Die Dialekte sind nämlich gar nicht verschwunden, auch wenn die Klugscheißer in der Glotze das behaupten. Es ist der Tonfall. Ich quatsche mit allen möglichen Leuten jeden Tag. Du hast ihn. Jütland. Hundertpro.«

»Findest du?«

»Na, klar. Kann man doch erkennen. So ’n oller Jüte wie du, der spricht Dialekt. Kann er machen, was er will. Unser Franzmann Prinz Henrik oder die ganzen andern Fremdarbeiter dagegen, die reden mit Akzent, die könn’s nicht besser.«

Der Würstchenmann lachte, aber nicht sehr überzeugend. Als wenn er die Bemerkung mehrmals am Tag aufwärmte. Wie seine Würste. Vuk lächelte pflichtschuldig, zahlte mit einer Zwanzigkronenmünze und bekam zwei Kronen mit einem Danke zurück.

Beim Gehen dachte er über sein Dänisch nach. Anscheinend war es noch nicht ganz astrein. Besonders der spezielle dänische Stoßlaut fiel ihm schwer, darauf mußte er ständig achten, wenn er als Däne durchgehen wollte. Aber für einen Jüten gehalten zu werden war schon okay. Obwohl der Wurstaufwärmer vielleicht nicht gerade einer der glaubwürdigsten Dialektforscher war.

Er ging in ein Internetcafé und zahlte für eine halbe Stunde. Der Raum war voller junger Rucksacktouristen, die ihre Mails checkten. Er ging auf die Hauptseite von Hotmail und richtete sich eine Mailbox ein. Er gab die Hotmailadresse ein, die Mike für diesen Zweck schon in den USA angelegt hatte, und schickte seine Handynummer ab. Er schrieb die Zahlen in umgekehrter Reihenfolge, loggte sich aus, ging in den Browser und löschte die temporären Dateien. Er würde die Mail-Adresse nur noch einmal benutzen. Und zwar, um nachzusehen, welchen Ort Mike für ein Treffen vorschlagen würde, damit er seine dänischen Papiere und weitere Infos erhalten konnte. Die Handynummer war wie eine Versicherung. Sie sollte nur im Notfall benutzt werden.

Er schlenderte weiter.

Die Sonne wurde immer stärker, und trotz des morgendlichen Regens und der dahintreibenden, bedrohlich dunklen Wolken waren die Straßencafés gut gefüllt. Die Stadt war wie eine öffentliche Party. Offenbar gingen die Dänen mehr auf die Straße als früher. Als lebten sie in einem Land, in dem der Sommer eine feste Größe war. Die Leute tranken Kaffee aus großen Gläsern oder Bier aus noch größeren Gläsern. Er lauschte den Gesprächen und verstand alles, aber seinen eigenen Kaffee bestellte er auf englisch. Er hatte die Sonnenbrille aufgesetzt. Und mit dem kurzgeschnittenen blonden Haar mit Seitenscheitel und der *Herald Tribune*, die er auf dem Cafétisch ausgebreitet hatte, glich er einem smarten jungen Mann, der ein Tourist, ein internationaler Geschäftsmann oder einfach ein Däne sein konnte, der zeigen wollte, daß er einen gewissen Horizont besaß. Man mußte ihn schon sehr gut kennen und genau hinschauen, um zu entdecken, daß Ron Gibson einst Vuk geheißen hatte und wegen derart vieler Verbrechen gesucht wurde, daß er den Rest seiner Tage hinter dänischen Gardinen zubringen würde, wenn man ihn erwischte. Aber Vuk hatte nicht vor, diese Möglichkeit auch nur in Betracht zu ziehen.

Erst gegen Abend kam Vuk ins Marriott zurück. Er aß im Restaurant des Hotels und blätterte in dem englischen Taschenbuch, das er sich gekauft hatte. Er trug ein helles Sommerjackett, seine schmale Brille, eine edle Hose und einen marineblauen Schlips. Den restlichen Abend sah er auf seinem Zimmer dänisches Fernsehen und lauschte der Sprache, dabei lud er sein Mobiltelefon auf und schliff den Dolch, bis er so scharf war wie ein Rasiermesser, und zwar auf beiden Seiten. Der hölzerne Schaft lag gut in der Hand, aber der Dolch war insgesamt nicht ganz im Gleichgewicht. Er nahm sein Schweizer Messer und schmälerte behutsam den Schaft, bis die Balance zwischen diesem und der Klinge wiederhergestellt war. Jetzt konnte er damit schneiden, stechen oder, falls nötig, auch werfen. Ehe er sich erlaubte, zu Bett zu gehen, paßte er die Scheide so an, daß er sie am Knöchel befestigen konnte.

Er wollte schlafen. Es war nicht einfach, weil es draußen gar nicht dunkel war. Er hatte vergessen, wie hell die dänischen Nächte Ende Juni sind. Es gab so viel, was er vergessen hatte. Er mußte zusehen, daß er es sich wieder ins Gedächtnis rief.

22

Vuk hatte einen unruhigen Schlaf und erwachte mit einem halb erstickten Schrei. Er hatte geträumt, er sei wieder auf dem Schlachtfeld und höre die einschlagenden Mörsergranaten. Hinter den geschlossenen Augenlidern fand das Feuerwerk der Explosionen statt. Er war schweißnaß und das Bettzeug klamm und feucht. Er hörte den Donner, und als er die Gardine zur Seite zog, sah er den ersten Blitz über den Dächern und Turmspitzen auf der anderen Seite des Hafens. Es regnete in Strömen. Er blieb am Fenster stehen und lauschte dem Donner, der über die Stadt rollte, bis sich sein Puls wieder beruhigt hatte. Trotz der tiefhängenden schwarzen Wolken begann es schon hell zu werden. Ein magischer Schimmer lag über der Stadt. Er verschwand nur, wenn die Blitze, die im Zickzack über den Himmel zuckten, die Häuser und die wenigen vorbeifahrenden Autos momentweise erhellten, als betätigte sich der Herrgott als Fotograf. Danach kehrte der zarte Morgenschimmer wieder zurück. Irgendwann ertönte ein Knall, als hätte es drüben in Amager eingeschlagen, und kurz darauf hörte Vuk die Sirenen der Feuerwehr. Er konnte nicht mehr schlafen und schaltete den Fernseher ein und schaute sich einen alten Schwarzweißfilm auf irgendeinem ausländischen Kanal an, ohne so recht bei der Sache zu sein; er dachte an Anna oder Emma – wie auch immer – und an die Kinder und fröstelte unwillkürlich, als er sich an die warme und sanfte Meeresbrise auf Kauai erinnerte.

Gegen Mittag bezahlte er Eintritt an einer der Tivoli-Kassen und betrat den Vergnügungspark. Mikes Mail war kurz und knapp gewesen: Riesenrad. Tivoli. 13. Und eine Handynummer, die er sich sicherheitshalber eingeprägt hatte. Um dreizehn Uhr am Riesenrad im Tivoli. Zunächst hatte Vuk sich darüber gewundert, daß Mike eine so exponierte Stelle ausgesucht hatte, aber eigentlich war es ziemlich clever. Denn dort waren Massen von Menschen und Massen von Touristen unterwegs. Das Gewitter hatte die Luft gereinigt. Es war kein warmer Tag, aber der Himmel war überwiegend blau, und weiße Wolken zogen über ihn hinweg. Die Temperatur lag bei etwa zwanzig Grad. Die Leute promenierten in kurzen leichten Sommerjacken durch den Park. Vuk wußte nicht mehr, wann er das letztemal im Tivoli gewesen war. Nicht einmal als Kind war er oft dort gewesen. Eher noch als Teenager, wenn sie dort zu Konzerten gingen. Das Tivoli hatte sich kaum verändert, es war voller Blumen und Kinder und neuer Teenager, die sich in der Menge treiben ließen und dem anderen Geschlecht schmachtende Blicke zuwarfen.

Vuk beobachtete das Riesenrad. Es hatte sich eine kleine Schlange gebildet, meist halbwüchsige Kinder und händchenhaltende Pärchen. Vuk trug Jeans, ein kurzärmliges Hemd und eine kurze Sommerjacke, außerdem hatte er seine Umhängetasche dabei. Die SIM-Karte steckte in seinem Handy, das er aber ausgeschaltet hatte. Es lag neben dem scharfgeschliffenen Dolch in seiner Tasche. Seine Sonnenbrille war ganz schwarz. Mike war fast genauso angezogen.

Er trug eine Baseballkappe und eine kurze blaue Jacke sowie ein T-Shirt, auf dem *I love New York* stand. Er sah aus wie ein typischer amerikanischer Tourist. Mike stellte sich in der Schlange vor der Kasse an, und Vuk stellte sich direkt hinter ihn. Sie stiegen die schmale Treppe hinauf. Die Gondeln stoppten, und ein junges Mädchen ließ die Leute einsteigen. In jeder Gondel konnten vier Personen sitzen, aber der Andrang war nicht sehr groß, so daß man auch eine allein bekommen konnte, wenn man wollte.

»Gehören Sie zusammen?« fragte das Mädchen.

»Sorry«, sagte Mike und lächelte sie an.

»Are you two together?«

Mike drehte sich zu Vuk um und schüttelte den Kopf. Jetzt war die Schlange hinter ihnen doch etwas länger geworden.

»We can go together. If it is okay with you?«

»Sure«, sagte Vuk. *»I am Ron. You are from the US?«*

»Yeah. Mike. New York.«

Sie reichten sich die Hand und lächelten echt amerikanisch, und das junge Mädchen ließ sie in die Gondel steigen, die daraufhin ein wenig angehoben wurde, so daß die nächsten Fahrgäste in die Gondel darunter einsteigen konnten. Mike spielte seine Rolle weiter und meinte, was für ein reizender Ort dieses Tivoli doch sei, und erst, als sie zwei Gondelabstände weitergekommen waren, sagte er:

»Schön, dich zu sehen. Alles okay?«

»Ganz meinerseits. Vielen Dank.«

Mittlerweile hatten sie den höchsten Punkt erreicht und hatten eine herrliche Sicht über die Dächer von Kopenhagen. Mike zog einen dicken Umschlag aus seiner Innentasche und übergab ihn Vuk. Der steckte ihn im selben Augenblick in seine Umhängetasche, als das Riesenrad sich wieder in Bewegung setzte. Sie hatten vielleicht vier, fünf Minuten Zeit. Eigentlich hatten beide Lust, über alles mögliche zu reden, einfach zwei Freunde zu sein, zwei Touristen in *Wonderful Copenhagen*, aber Mike war eben Profi und Vuk etwas vorsichtig und nervös, also kam Mike gleich zur Sache.

»Wir können Mustafa nicht ausfindig machen. Er wohnt nicht mehr in Dänemark, aber wir haben die jüngere Schwester gefunden, Fatima. Sie wohnt in einem Ort, der Ishøj heißt. Liegt bei Kopenhagen. Die Adresse ist in dem Umschlag mit deinen Papieren.«

»Gut.«

»Und dänisches Geld, dann brauchst du nicht zur Bank zu gehen. Und diese Euro, die man jetzt in Europa eingeführt hat.«

»Prima.«

»Sonst alles in Ordnung?«

»Alles bestens.«

»Na, fein.«

Noch eine Runde. So könnte es pausenlos weitergehen. Immer rundherum fahren und ewig über den Bäumen schweben und diesen Blick über den Park und die Stadt genießen. Das war ein Stückchen ganz normalen Lebens. Etwas, was alle taten. Ins Tivoli gehen. Vuk vermißte Anna und die Kinder auf einmal so sehr, daß seine Hand leicht zitterte. Mike bemerkte auch das.

»Bist du sicher, daß alles in Ordnung ist?« Seine Stimme klang aufrichtig besorgt, aber gleichzeitig spielte er seine Rolle und zeigte sein breitestes Lächeln, als ihre Gondel den Boden erreichte und an dem jungen Mädchen und den Leuten vorbeirauschte, die nach oben schauten und darauf warteten, daß sie an der Reihe waren.

»Ja, alles klar. Gibt es irgendwelche Schwierigkeiten? Gerüchte über mich?«

»Nein, John. Keine Sorge. Du bist tot und begraben. Und ich bin ja auch noch da, wenn Not am Mann ist.«

Auch als ihre gemeinsame Fahrt vorbei war und sie mit einem *bye* und *have a nice day* in verschiedene Richtungen auseinandergingen, bekam Vuk diese völlig unerwartete und ungewohnte Nervosität nicht in den Griff. Er wurde den Eindruck nicht los, daß alle ihn anstarrten. Ihre Blicke brannten ihm im Nacken. Da zum Beispiel, der Familienvater mit seiner Frau und zwei kleinen Kindern, der ihn mit diesem beiläufigen Beschatterblick musterte, den man auf allen Spionageschulen der Welt beigebracht bekommt. Und dieser Mann mittleren Alters da drüben am Restaurant. Hatte er den nicht schon mal gesehen? Er nahm sich zusammen und schlenderte zum Ausgang. Am liebsten wäre er gerannt, aber er zwang sich, den Park ruhig zu verlassen und gemächlich in Richtung Hotel zu schlendern. Vor einigen Schaufenstern blieb er stehen, huschte bei Rot schnell noch über die Straße und wandte sich halb um, aber da war niemand. Keiner folgte ihm. Trotzdem stieg er in den nächstbesten Bus. Stieg an einer beliebigen Haltestelle aus, nahm einen anderen Bus und ging das letzte Stück zum Marriott zu Fuß. Er wurde die nagende Nervosität nicht los. Jeden Moment rechnete er damit, einem alten Bekannten zu begegnen, der sich daran erinnerte, daß da sein ehemaliger Schulkamerad Janos ging, der wegen Mordes und Entführung gesucht wurde. Er mußte sehen, daß er hier wegkam. Das Land war einfach zu klein. Es würde wahrscheinlich schon helfen, wenn er besser schliefe. Er hatte auch das Bedürfnis zu joggen. Er vermißte seine morgendlichen Dauerläufe mit Mike, so wie er seine Familie vermißte. Aber jetzt hatte er dänische Papiere. Der dunkelrote Paß lief in vier Jahren aus. Das Foto war das gleiche wie in dem amerikanischen Paß, aber hier trug er ein offenstehendes Hemd und zeigte ein breiteres Lächeln. Die Brille war dieselbe. Er hieß Peter Madsen. So stand es auch auf seiner Krankenversicherungskarte, in seinem Führerschein und auf der Visa-Karte mit dazugehörigem PIN-Kode. Dabei lagen dänische Kronen und Euro in gebrauchten Scheinen. Sie hatten an alles gedacht. Zweifellos gab es auch ein Konto zu der Karte. Sie waren Profis.

Die folgenden zwei Tage riß er sich zusammen und beschattete Fatima. Er nahm die S-Bahn nach Ishøj. Sie wohnte in Vejlegården, nicht weit vom S-Bahnhof. Die Wohnanlage befand sich in einem Viertel mit sozialem Wohnungsbau. Am ersten Tag war er wie ein Geschäftsmann ausgestattet: Jackett, Schlips, Computertasche. In der Nähe des Vejlegården und des Ishøj-Centers mit seinen unzähligen Geschäften lag ein größeres Hotel, in dem Männer wie er ein und aus gingen.

Am nächsten Tag sah er wie ein jüngerer Däne aus, er trug die Hose, die er sich gerade erst gekauft hatte, bei der man die Beine über dem Knie per Reißverschluß abtrennen konnte, ein gewöhnliches T-Shirt und seine Leinentasche. Das Wetter war wechselhaft, aber es wurde wärmer. Und die Wetterfrösche in den dänischen Fernsehnachrichten hatten versprochen, daß der Sommer nun endlich komme. Zumindest für ein paar Tage. Er ging davon aus, daß sie einen festen Rhythmus hatte. Bei Müttern mit kleinen Kindern war das in der Regel so. Denn in ihrer Wohnung im Vejlegården wollte er sie nur im äußersten Notfall aufsuchen.

Der Vejlegården war eine flache Betonanlage am Ishøj-Center. Am nächsten Tag stand Vuk wieder auf der Fußgängerbrücke, die über die Stenbjerggårds Allé führte. Er begriff nicht, wie man eine so stinklangweilige vierspurige Straße als Allee bezeichnen konnte. Die Sonne schien, aber sie milderte keineswegs die Trostlosigkeit des Gebäudekomplexes, auf den er hinuntersah. Der Beton war streifig und trist. In einem leichten Bogen erstreckten sich die Wohnblöcke, so weit das Auge reichte. Sich in dieser Gegend herumzutreiben fiel nicht weiter auf. Das gehörte hier zur alltäglichen Beschäftigung. Es war ein Unterschichten-Dänemark ohne jene Dynamik, die so unlöslich mit den multikulturellen USA verbunden war. Mit jedem Tag, den er in seinem früheren Land zubrachte, vermißte er Amerika mehr. Trotz des scheinbar ruhigen Lebens spürte er eine unterschwellige Hoffnungslosigkeit und Verzweiflung. Nur die vielen Kinder strahlten Lebensfreude aus. Sie spielten überall und plapperten in allen möglichen Sprachen, auch auf dänisch. Niemand nahm Notiz von ihm. Jung zu sein und keine andere Beschäftigung zu haben als herumzuschlendern, war in diesem Teil von Ishøj normal; nicht einmal die Sicherheitsleute am Haupteingang des Einkaufscenters machten ihn nervös.

Gegen halb elf kam Fatima mit ihrer Freundin. Sie hatte zugenommen, aber das hübsche ovale Gesicht mit den langen Wimpern und dem kleinen weichen Mund hatte er sofort erkannt. Sie trug ein Kopftuch, allerdings war es nicht sehr fundamentalistisch, sondern eher locker gebunden, ihre ebenmäßige Stirn war zu sehen, und die Locken lugten unter dem Tuch hervor. Ihre Freundin war mindestens zehn Jahre jünger. Sie trug das Kopftuch auf dieselbe Weise wie Fatima. Sie war groß und schlank. Sie trugen beide lange Hosen und darüber einen Rock, aber Fatimas Freundin hatte nackte Arme, Fatima nicht. Fatima schob einen Kinderwagen mit einem dreijährigen Kind. Zwei weitere Kinder folgten ihr: ein vielleicht neunjähriger Junge mit langen Gliedmaßen und großen braunen Augen und eine Siebenjährige mit Zöpfen. Sie war das Ebenbild ihrer Mutter, so hatte Fatima selber als Kind und später als Jugendliche ausgesehen. Sie kauften bei Bilka ein und tranken auf dem kleinen Platz einen Kaffee, während die Kinder auf dem Spielplatz waren. Sie kannten eine Menge Leute. Männer oder Frauen blieben an ihrem Tisch stehen und wechselten ein paar Worte mit ihnen. Sie saßen etwa eine Stunde dort, dann gingen sie über die Fußgängerbrücke, um in ihre Wohnungen im Vejlegården zurückzukehren. Nachmittags würde Fatima sicher noch einmal spazierengehen, und Vuk hatte sich genau zurechtgelegt, wie er ihr zufällig über den Weg laufen konnte. Fatima war noch immer eine reizende Person, und wenn sie mit ihrer Freundin schwatzte, waren ihre Bewegungen und ihre Augen genauso lebhaft wie damals, als er fünfzehn war – wie hatte ihn das verliebt gemacht! Kurz bevor Bruderherz Mustafa oder der Papa angefangen hatten, sie überallhin zu eskortieren.

Als die Freundinnen tatsächlich am Nachmittag wieder auftauchten, ging Vuk vor ihnen ins Kaufhaus Bilka und nahm sich einen Liter Milch, ein Pfund Kaffee und eine Packung Butter. Wie ein gewöhnlicher Kunde streifte er ein wenig durch die Gänge, als ob er noch nach etwas anderem suchte. Er griff nach einer Packung grünem Tee in Beuteln. Er fühlte sich sehr unwohl. Ohne Zweifel waren sowohl das Kaufhaus als auch das ganze Einkaufscenter mit Videokameras bestückt. Der Gedanke, daß er im Augenblick auf Band verewigt wurde, machte ihn ganz nervös. Heute ließen sich die Frauen Zeit, endlich bewegten sie sich auf die Kassen zu. Die Freundin kümmerte sich um den Einkaufswagen, während Fatima den Buggy schob. Die beiden Großen waren nicht dabei. Sie durften draußen mit den anderen Kindern spielen. Sie waren gut erzogen, dachte Vuk, aber wieso waren sie nicht in der Schule? Plötzlich fiel ihm ein, daß die Dänen Sommerferien hatten. Deshalb waren die Kinder bei ihrer Mutter. Vuk hatte auch Fatimas Mann gesehen. Er kam immer erst gegen acht Uhr abends nach Hause. Ein kräftiger Mann mit großem, buschigem Schnauzer. Er fuhr einen Lieferwagen, Vuk vermutete, daß er ein Gemüsegeschäft oder eine Pizzeria hatte. Aber er war im Anzug, womöglich hatte er also mehrere Läden und fuhr während des Tages herum, um nach dem Rechten zu sehen.

Vuk schaute, welche Warteschlange Fatima sich aussuchte, und stellte sich drei Kassen weiter an. Ihre Schlange war etwas kürzer, aber die Frauen schienen nicht sehr in Eile zu sein. Sie unterhielten sich weiter, so daß er zuerst fertig war. Er steckte seine Sachen in die Plastiktüte und sah, wie sich die Freundin mit dem Einkaufswagen und Fatima mit ihrem Buggy auf den Hauptausgang zubewegten. Vuk machte einen Schritt nach vorn, sah dabei in die andere Richtung und stieß gegen den Einkaufswagen, der ein wenig zur Seite rollte. Er griff nach ihm und sagte:

»Oh, Entschuldigung. Das war meine Schuld.«

»Das macht doch nichts«, sagte die Freundin in lupenreinem Dänisch.

»Trotzdem«, sagte er, blieb stehen und sah die Freundin an, die seinen Blick erwiderte, während Fatima sofort den Kopf wegdrehte.

»Fatima?« sagte Vuk. »Du bist doch Fatima? Du hast dich ja überhaupt nicht verändert.«

Fatima schaute ihn an. Die Freundin sah von einem zum andern. Fatima lächelte.

»Janos. Bist du das?«

»Höchstpersönlich. Wir haben uns ja lange nicht gesehen!«

»Meine Güte, ja. Ich hätte dich fast nicht erkannt, Janos.«

»Ich hab dich gleich erkannt.«

»Was machst du denn hier in Ishøj, Janos? War da nicht irgendwas mit dir vor ein paar Jahren?«

»Keine Ahnung. Ich wohne jetzt in Aalborg. Ich kaufe nur was für einen Freund ein, er hat Grippe. Er wohnt in Alt-Ishøj, weißt du, dem alten Dorf.«

»Das ist doch unglaublich, Janos. Es ist so lange her.«

»Allerdings.«

Sie wußten nicht mehr, was sie sagen sollten. Das kleine Mädchen im Buggy sah ihn mit großen Augen an, und er lächelte ihr zu. Die Freundin fixierte ihn. Sie lächelte auch und sah zu Fatima hinüber. Dann streckte sie ihm die Hand entgegen.

»Hallo. Ich heiße Nilüfer. Ich bin Fatimas Freundin. Und wer bist du?«

»Ich bin mit Fatima in die Schule gegangen. In Nørrebro.«

Fatima lachte.

»Damals waren wir die beiden einzigen Kanaken. Janos kam aus Jugoslawien. Sein Vater war Gastarbeiter.«

»Ist nicht wahr.«

Vuk sagte:

»Wißt ihr was? Ich lade euch zu einer Tasse Kaffee ein und deine Tochter zu einem Eis.«

Fatima schaute wieder weg.

»Das darf ich ... das geht nicht. Aber trotzdem danke.«

»Dann könnten wir ein bißchen über die alten Zeiten plaudern.«

»Das wäre bestimmt sehr nett, aber es geht nicht.«

»Hast du noch Kontakt zu den Leuten von damals?«

»Nein.«

Die Freundin sagte etwas in einer Sprache, die Vuk nicht verstand. Zuerst schüttelte Fatima den Kopf, aber die Freundin schien zu insistieren, und schließlich sagte Fatima okay, das verstand auch Vuk, ebenso wie die nächsten Sätze, die sie wieder auf dänisch sagte:

»Morgen sind wir in der Stadt. Hier kennen mich zu viele, und dann geht gleich das Gerede los, ich hätte mit einem fremden Mann im Café gesessen, aber wir können uns morgen mittag gegen eins in der Cafeteria vom Kaufhaus *Magasin* treffen. Ich muß ein Geschenk kaufen. Mein Mann hat Geburtstag.«

»Wunderbar, Fatima. Ich freu mich drauf.«

»Wiedersehen. Bis morgen, Janos«, sagte sie und schob den Buggy davon.

Vuk war gespannt, ob sie wirklich kämen oder ob sie ihn nur abwimmeln wollten. Das Risiko, das er einging, war verdammt hoch. Jetzt verging noch mal ein ganzer Tag. Es gab ihnen Zeit, über Janos zu reden und sich vielleicht an Ereignisse zu erinnern, die besser vergessen sein sollten. Aber er vermutete, daß Fatima die überraschende Begegnung ihrem Mann gegenüber nicht erwähnen würde. Weder sie noch die Freundin waren im geringsten darüber erstaunt gewesen, daß er sich auf freiem Fuß befand. Daß er offenbar ein normales Leben führte. Er mußte darauf hoffen, daß sie ganz in ihrer eigenen Welt lebten und weder dänisches Fernsehen sahen noch dänische Zeitungen lasen.

Er kam sehr früh am *Magasin* an. Er hatte sich den Dolch am Bein befestigt. Zunächst schlenderte er durch die Straßen rund um das Kaufhaus. Dann ging er hinein, nahm die Rolltreppe und stöberte in den diversen Abteilungen herum wie alle anderen Kunden auch, die von dem vorgezogenen Sommerschlußverkauf herbeigelockt woden waren. Alles atmete Normalität. Er ging wieder hinaus und drehte noch eine Runde in den Straßen um das Kaufhaus. Er sah Fatima und Nilüfer auf das Kaufhaus zugehen. Sie waren allein. Die Freundin trug kein Kopftuch. Er beobachtete, wie sie hineingingen. Er bemerkte nichts Verdächtiges. Gefühle und Empfindungen waren dabei ebenso wichtig wie physische Zeichen. Er vertraute seinen Instinkten. Sein höchst sensibler Verteidigungsapparat, der ihn so viele Jahre lang am Leben erhalten hatte, registrierte keine Unruhe. Weder äußere noch innere Warnsignale. Beim ersten Hauch von Gefahr hätte er die Operation abgeblasen, aber er witterte nichts. Nirgends lagen Leoparden auf der Lauer und harrten der wehrlosen Beute.

Vuk betrat das *Magasin* und nahm die Rolltreppe zur Cafeteria. Die beiden Freundinnen hatten bereits Platz genommen. Sie steckten die Köpfe zusammen und lachten. Er holte sich eine Tasse Kaffee und ging zu ihnen, und sie lächelten und begrüßten ihn. Er besorgte Kaffee und Kuchen für sie, und dann sprachen sie von den alten Zeiten und längst vergessenen Kameraden und von den Lehrern, die doof gewesen waren, und den Lehrern, die sie gemocht hatten, und alles wirkte völlig normal, und sie hatten genug zu bereden, denn es nahm ja ein wenig Zeit in Anspruch, all die Namen und Gesichter durchzugehen, an die man sich erinnerte, und dann zu der Erkenntnis zu gelangen, daß man praktisch keinen mehr so richtig kannte. Die beiden Frauen waren gelöster als in Ishøj, und Fatima hatte ihr Kopftuch zurückgeschoben und ihren Hals entblößt. Es war warm heute, aber sie trug wieder eine langärmlige Bluse, während Nilüfer ein blaues T-Shirt mit kurzen Ärmeln anhatte. Beide trugen lange Hosen. Fatima auch noch einen Rock. Sie waren heute auch stärker geschminkt. Fatima war wirklich dicker als früher, aber sie hatte noch immer ihr Jungmädchengesicht, und ihre Augen waren sehr lebhaft.

»Worüber habt ihr so gelacht, als ich kam?« fragte Vuk.

Fatima sah ihre Freundin an. Der Blick sagte: Halt bloß den Mund! Aber Nilüfer lachte wieder. Sie hatte regelmäßige weiße Zähne, ein längliches Gesicht und eine leicht schiefe Nase. Sie war nicht älter als zwanzig. Oder vielleicht doch ein paar Jahre. Es war schwer zu schätzen.

Sie sagte:

»Wir haben über dich geredet.«

»Und was habt ihr über mich gesagt?«

»Das sagt man nicht.«

Sie lachten wieder. Alberne Gänse, dachte Vuk.

»Wie war noch mal dein Name?« fragte er.

»Nilüfer. Das bedeutet Seerose auf türkisch.«

»Sehr hübsch.«

»Ja, nicht? Es paßt zu mir.«

Dann lachten sie wieder. Wie zwei kichernde Schulmädchen. Als Fatima wieder zu Atem kam, fragte sie:

»Bist du verheiratet, Janos?«

»Ich war. Ich bin geschieden. Es hat nicht gehalten.«

»Ach, wie schade.«

Nilüfer lehnte sich über den Tisch.

»Kanaken lassen sich nicht scheiden.«

»Was ist das eigentlich für eine Geschichte mit diesen Kanaken?« fragte Vuk.

Sie sahen sich wieder an. Erneutes Gekicher. Sie mußten wirklich dicke Freundinnen sein, daß sie bei jeder Kleinigkeit in Lachen ausbrachen.

Nilüfer antwortete:

»Das weißt du doch. Wenn ein Däne uns Kanake nennt, ist er Rassist. Wenn wir uns so nennen, ist es in Ordnung. Aber du siehst ja auch nicht aus wie ein Kanake. Du siehst aus wie ein Däne und sprichst auch so.«

»Ich war Ausländer. Fatima und ich waren die einzigen Ausländer, jedenfalls am Anfang, nicht wahr, Fatima?«

»Stimmt.«

»Jetzt siehst du aus wie ein Däne«, sagte die Freundin und nippte geziert an ihrem Kaffee.

»Ich bin ja auch einer. Und wiederum nicht. Ich bin es wahrscheinlich irgendwie geworden. Wie ihr beiden doch auch. Wir sind doch Dänen, oder?«

Sie lachten. Wie zwei Mädchen in der Schulpause.

»Willkommen in der Realität«, sagte Nilüfer. »Auf welchem Planeten lebst du eigentlich?« Dann lachten sie wieder. Am Nachbartisch saßen zwei ältere Damen vor einer Tasse heißer Schokolade und einem großen Stück Torte. Sie waren adrett gekleidet, trugen Perlenketten und Armreifen und hatten ordentlich Schminke auf ihre vollen Wangen aufgetragen. Neben den Tischbeinen hatten sie ihre imposanten Einkaufstüten geparkt. Mißbilligend schauten sie zu Vuk und seinen lachlustigen Begleiterinnen hinüber. Nach ein paar Minuten rafften sie ihre Einkaufstüten an sich und gingen.

Vuk wartete, bis die jüngeren Damen zu Ende gekichert hatten, und fragte dann:

»Und du, Nilüfer? Bist du verheiratet?«

Die Frage löste einen erneuten Heiterkeitsanfall aus, und Fatima drohte Nilüfer scherzhaft mit dem Zeigefinger. Die beugte sich über den Tisch, richtete sich dann auf und wurde ein wenig ernster. Aber sie hatte noch immer diese lustig blitzenden Augen, als wäre sie ständig auf Streiche aus. Vuk fand das eigentlich ziemlich attraktiv.

»Nein«, sagte sie, »aber ich bin auf dem besten Wege. Sagen alle. Meine Eltern hatten schon einen Vetter für mich gefunden, aber den will ich nicht, jetzt suchen sie nach einem neuen Vetter, und so vergeht die Zeit. Er kann auch nicht nach Dänemark ziehen, wegen der neuen Gesetze. Er ist nicht älter als zwanzig, genau wie ich. Das ist prima. So vergeht die Zeit.«

»Du liebst ihn nicht.«

»Was hat denn das damit zu tun, Janos?«

Er zuckte die Schultern.

»Wach auf, Mann«, sagte Nilüfer. »Meine Eltern leben in einer andern Welt.«

»Du bist zu hart, Nilüfer«, sagte Fatima. »Sie wollen nur dein Bestes. Es ist deine Familie.«

»Ich will nicht heiraten. Nicht ihn. Und auch keinen anderen. Punktum und basta.«

»Nilüfer ist noch jung und nicht sehr vernünftig«, sagte Fatima. Diesmal lachte Nilüfer nicht mehr. Sie trank den letzten Schluck Kaffee und kratzte ihre Kuchenreste vom Teller.

»Und was ist mit dir?« fragte Vuk.

Er mußte langsam zum Wesentlichen kommen.

»Ich habe einen guten Mann.«

»Auch ein Vetter«, sagte Nilüfer und lachte nicht.

»Mein Mann ist ein guter Mann. Er sorgt für uns. Er hat einen großen Schnurrbart, wie wir sagen. Er besitzt zwei Pizzerien und zwei Kioske. Er arbeitet sehr hart. Er ist ein guter Mann.«

Nilüfer rutschte auf ihrem Stuhl hin und her und sah weg.

»Das freut mich aber«, sagte Vuk, und Fatima fuhr fort:

»Er ist gut zu den Kindern. Und zu mir. Ich versuche immer, Nilüfer klarzumachen, daß es vollkommen in Ordnung ist, wenn ihre Eltern einen Mann für sie suchen, solange die letzte Entscheidung bei ihr liegt, aber Nilüfer will nichts davon hören.«

»Also du bist glücklich. Wolltest du nicht Ärztin werden? Oder war es Ingenieurin?«

»Ach, man will so viel, wenn man jung ist.«

Jetzt wollte er sich dem Kern der Sache nähern, ehe sie wieder anfingen zu kichern.

»Und deine Eltern? Wie geht's denen?«

»Mein Vater ist ein bißchen alt geworden, aber es geht ihnen gut. Sie reden immer noch davon, wieder nach Hause zurückzugehen, aber da glaube ich nicht mehr dran. Sie haben's gut hier, und alle Freunde meines Vaters wohnen in Ishøj; jeden Tag treffen sie sich im Klub, und Fernsehen kann er über Satellit empfangen, ich glaube, er bleibt hier. Alles andere ist nur Gerede. Nicht mal meine Mutter nimmt das noch ernst.«

»Und dein Bruder? Wie hieß er doch gleich? Mustafa? Wie geht's ihm denn?«

Ihre Augen flackerten ein wenig, und ihre ganze Körperhaltung schien steifer zu werden, aber ihre Stimme war ruhig, als sie entgegnete:

»Mustafa geht's gut.«

»Was macht er denn so?«

»Warum fragst du?«

Vuk setzte sein schönstes Lächeln auf und löste die Hände von der Kaffeetasse.

»Einfach Neugierde. Ich weiß noch, daß er dich immer zur Schule brachte und wieder abholte.«

»Ja, er war ein sehr wachsamer großer Bruder«, sagte sie, aber da mischte sich Nilüfer ein.

»Fatima. Warum sagst du's nicht einfach? Mustafa ist fromm geworden.«

»Ach, laß mal, Nilüfer. Das interessiert Janos doch nicht.«

Aber Nilüfer ließ sich nicht beirren.

»Richtig heilig. Betet fünfmal am Tag, trinkt kein Bier und keinen Arrak mehr, fastet und verlangt von seiner Frau, daß sie sich vom Kopf bis zu den Füßen einhüllt. Hackt dauernd auf Fatima rum, weil sie mit mir befreundet ist. Ich bin ihm nicht anständig genug. Verhülle mich nicht genug. Der Mann ist ein Heiliger, Fatima, was sonst?«

»Ich glaube, das interessiert Janos nicht besonders.«

Vuk hatte keine Zeit zu versichern, daß ihn das durchaus interessierte, denn Nilüfer war gar nicht mehr zu bremsen.

»Mustafa ist fromm geworden und war in Afghanistan und an allen möglichen Orten. Das ist doch kein Geheimnis. Oder, Fatima? Das ist doch kein Geheimnis.«

Fatima schien pikiert und etwas beleidigt zu sein. Sie sah aus, als wollte sie das Thema wechseln, so daß Vuk schnell einschob:

»Also, ich fand deinen Bruder immer in Ordnung.«

Fatima lächelte.

»Ist er auch immer noch. Nilüfer übertreibt total. Mustafa ist nach Spanien gezogen ...«

»Ach, ja?«

»Ja. Wir sind ja inzwischen dänische Staatsbürger. Seit unserm achtzehnten Lebensjahr. Meine Eltern nicht, aber wir, wir sind EU-Bürger. Und wenn er von seinen Reisen nach Hause kam, hat Mustafa immer gesagt, in Kopenhagen ist die Konkurrenz zu groß. Es gibt schon zu viele Pizzerien, hat er gesagt. Also hat er eine in Spanien aufgemacht.«

»Tatsächlich?«

»Ja, in einer Stadt, die Cuenca oder so heißt. Er hat seine Pizzeria *Izmir* genannt. Sie läuft toll, und mein Vater ist ordentlich stolz auf ihn. Mein Großvater kommt aus Izmir. Und dann hat Mustafa zwei Söhne bekommen. Alles ist also in bester Ordnung.«

»Das freut mich riesig, Fatima, wirklich.«

»Aber fromm ist er immer noch«, sagte Nilüfer und fragte, ob sie nicht noch einen Kaffee bestellen sollten. Und ein Stückchen Kuchen, und ob sie nicht über etwas anderes reden könnten, und Vuk und Fatima sahen sich an, als wären sie die ältere Generation, die nachsichtig mit den Jüngeren sein mußte. Aber Vuk beherrschte sich. Statt zu gehen, weil er sein Ziel erreicht hatte, holte er noch dreimal Kaffee und Kuchen und brachte sie wieder zum Lachen mit seinen erfundenen Geschichten aus einem erfundenen Leben in Aalborg. Er war sich durchaus bewußt, daß er hier den Charmeur gab, denn das war ein Teil seiner Rolle, andererseits hatten sie wirklich Spaß miteinander, und er merkte, daß er darüber ganz die eigentlichen Umstände vergaß. Er genoß es einfach, hier mit seiner alten Klassenkameradin zusammenzusitzen, denn sie hatten sich eigentlich immer sehr gemocht. Zwar waren seine Geschichten erfunden, aber das waren so viele Geschichten, wenn sich alte Bekannte über den Weg liefen, und das änderte ja auch nichts an der Tatsache, daß ihr Kaffeeklatsch richtig gemütlich war. Darüber waren sich die drei am Ende alle einig.

Vuk stand auf der abwärts fahrenden Rolltreppe zwischen der zweiten und der ersten Etage. Seine Euphorie über die in jeder Hinsicht erfolgreiche Verabredung war schlagartig verflogen: Auf der gegenüberliegenden Rolltreppe stand eine blonde Frau und fuhr ihm entgegen. Er wußte auf der Stelle, wer sie war. Er würde es nie vergessen. Das wäre aber im Grunde egal gewesen, wenn er nicht diesen Ausdruck in ihren Augen bemerkt hätte, dieses *Nein, aber das ist doch nicht möglich. Ich sehe Gespenster.* Es handelte sich um höchstens drei, vier Sekunden. Länger konnte man sich auf der Rolltreppe nicht ins Gesicht sehen. Wenn er ihr nicht genau in diesem Moment den Kopf zugedreht hätte, wäre es nicht passiert. Aber er hatte es getan. Und er merkte, wie sie begriff, daß das Leben ihr nicht etwa einen Streich spielte, sondern daß ihr da tatsächlich gerade ein Wesen aus der Vergangenheit entgegenfuhr. Er sah, wie das Blut aus ihrem Gesicht wich und wie sie sich am Geländer abstützen mußte und wie sie schwankte, aber da war er schon unten angekommen. Er zog das Handy aus der Tasche, schaltete es ein und wählte Mikes Nummer. Er trat auf die Straße, hörte Mikes *Ja?* und sagte schnell:

»Man hat mich erkannt. Fahr nach Spanien. Ich kontaktiere dich dann unter deiner neuen Adresse.«

Er unterbrach das Gespräch, schaltete das Telefon aus, entfernte die Batterie und nahm die SIM-Karte heraus. Er machte einige Schritte, tat, als wollte er sich die Schnürsenkel binden, und ließ die Karte in einem Gulli verschwinden. Das Auschecken im Hotel dauerte nur ein paar Sekunden. Das Hotel war daran gewöhnt, daß Geschäftsleute ohne Vorwarnung abreisten. Er schnitt seinen amerikanischen Paß, zwei der Kreditkarten und andere Papiere in Stücke und verteilte die durcheinandergemischten Fetzen auf vier

Hotelumschläge. Er dachte noch an seine Fingerabdrücke im Zimmer, aber sie alle abzuwischen war unmöglich. Wenn er Glück hatte, würden sie das Zimmer sofort saubermachen, um es für einen neuen Gast vorzubereiten. Er handelte methodisch und schnell, aber seine Handflächen waren feucht. Er war nicht mehr so abgebrüht wie früher und mußte an Phil Markers Worte vor seiner Abreise aus Kauai denken: Ein Agent, der etwas zu verlieren hat, ist ein schlechter Agent, weil er anfängt, an den möglichen Verlust zu denken statt an das Ziel seines Auftrags.

Er ging in die Lobby, bat um die Rechnung und bestellte ein Taxi zum Flughafen. Dann benutzte er noch kurz das Internet im Business Center. Er ging auf die Homepage der Dänischen Staatsbahnen. Es war sommerlich warm, aber er schwitzte mehr als gewöhnlich. Er erwartete jeden Augenblick, daß das Hotel von Polizisten mit schußbereiten Waffen umstellt sein würde, aber alles war normal. Er erhielt seine Rechnung und bezahlte mit seiner American-Express-Karte, und als er aus der Tür trat, wünschte man Mr. Gibson noch einen schönen Tag und eine gute Reise. Auch die Fahrt nach Kastrup verlief normal. Am Flughafen bezahlte er den Taxifahrer in bar und ging mit seinem Koffer, seiner Computertasche und dem Aktenkoffer von Abfertigungshalle 2 das kurze Stück zu Halle 3 hinüber. Unterwegs hielt er Ausschau nach Abfallkörben, die ziemlich voll waren und bald geleert werden würden, und warf seine Umschläge in vier verschiedene Körbe. Die Halle war restlos überfüllt mit Urlaubsreisenden. Er folgte dem Menschenstrom die Treppe zum Bahnhof hinunter, wo er in den Zug zum Kopenhagener Hauptbahnhof stieg. Dort kaufte er eine Fahrkarte nach Hamburg. Er schloß sich in einer Toilette ein, nahm sein Schweizer Messer, öffnete die Schere, schnitt seine American-Express-Karte in Stücke und warf sie in drei verschiedene Mülleimer. Auch der Hauptbahnhof war schwarz von Menschen, die in den Urlaub fahren wollten.

Peter Madsen war nur einer unter vielen, die in den Zug nach Hamburg mit planmäßiger Abfahrt um 17.47 Uhr stiegen. Er fand einen Platz in der Ecke eines Abteils mit jungen Leuten, die aus drei europäischen Ländern kamen und mit einem Interrailticket unterwegs waren. Als die seeländische Landschaft in all ihrer sommerlichen Pracht an ihm vorüberglitt, atmete er schon ein wenig freier. Als der Zug auf die Fähre nach Fehmarn rangiert worden war, gingen die Jugendlichen und die anderen Passagiere gleich nach oben. Vuk folgte ihnen langsam. Er war im Bauch des Schiffes mit dem stillen Zug allein, und niemand beobachtete, wie er, als die dänische Küste im wundersamen Sommerabendlicht in immer weitere Ferne rückte, seine schwarze Computertasche über die Reling beförderte und in das phosphoreszierende Kielwasser fallen ließ. Ron Gibson hatte aufgehört zu existieren. Die elektronischen Spuren, die er hinterlassen hatte, würden die Ermittler ins Nichts führen.

Als Urlauber Peter Madsen bestellte er in der Cafeteria auf dänisch ein Bier und entspannte sich. Die vielen Reisenden würdigten ihn keines Blickes. Europa war voll von Touristen, und er begann, daran zu glauben, daß man ihn für einen von ihnen halten würde.

23

Einige Tage zuvor hatte Lise Carlsen mit einem Glas Wein auf ihrer Terrasse in Ganløse gesessen, um die Abendsonne zu genießen. Sie erwartete Per und Freya. Zum erstenmal hatte Per seine Tochter das ganze Wochenende über gehabt, ab Freitag nachmittag schon. Es war schön, daß er wieder etwas mehr Zeit hatte. Schön für ihn und Freya, eine Weile in Ruhe zusammensein zu können. Und schön für sie, ein Wochenende für sich zu haben, auch wenn Niels am Sonnabend mittag zu ihr gekommen war und bei ihr übernachtet hatte. Vor einer Stunde hatte sie ihn nach Hause geschickt. Nach einem schnellen Teller Pasta. Er hatte protestiert, aber sie sah sich noch nicht imstande, ihren Geliebten ihrem Exmann vorzustellen. Zumal Per gar nicht so richtig ihr Ex war, denn sie waren ja nicht geschieden. Sie gönnten sich eine Pause, wie sie sich selbst und den Kollegen gegenüber betonte, die neugierige Fragen stellten. Eine Pause in gegenseitigem Einvernehmen. Das stimmte zwar nicht ganz, aber zumindest versuchten sie, dem Kind gegenüber das Gesicht zu wahren, und tatsächlich hatten sie Freyas dritten Geburtstag zusammen gefeiert, ohne sich auch nur einmal zu streiten. Für die Kleine war es ein wunderschöner Tag gewesen, auch die Gäste hatten sich wohl gefühlt. Warum konnte es nicht immer so sein? Denn es war bestimmt nicht nur seine Schuld, daß sie so oft nicht imstande waren, vernünftig miteinander umzugehen.

Sie nippte an ihrem Wein, zündete sich eine Zigarette an und dachte an Per und an Niels. Sie hatte einen Pulli angezogen, aber sie fröstelte trotzdem. Die richtig lauen Sommerabende hatte es in diesem Jahr noch nicht gegeben, aber das Licht war phantastisch, und man mußte einfach so oft wie möglich draußen sein.

Niels war ganz anders als Per. Ganz anders.

Er war ein paar Jahre jünger als sie, aber das war nicht das Entscheidende. Er war intellektuell ein völlig anderer Typ. Er war Pressemitarbeiter im Parlament. Sie hatte sich nicht in den Folketingsabgeordneten, sondern in seinen Spindoktor verknallt. Verknallt war vielleicht zuviel gesagt, aber es war angenehm und charmant, mit ihm zusammenzusein. Das Wort »fürsorglich« beschrieb ihn vielleicht am besten. Gebildet und begabt. Sie konnten sich über Literatur und Musik unterhalten, und wenn sie über Politik und Gesellschaft diskutierten, lagen ihre Ansichten nicht weit auseinander. Sie gingen gern ins Kino oder ins Theater und lasen dieselben Bücher. Niels verstand es, mit Worten umzugehen und seine Gedanken zu formulieren. Auch seine Gefühle übrigens. Er war ein moderner Mann. Sie hatten viel miteinander gemein. Warum war sie dann eigentlich nicht richtig in ihn verliebt? Schon möglich, daß sie mit Per nicht über die neuesten Bücher reden konnte, aber dafür konnte er so viele andere Sachen, dachte sie und fühlte sich einen Moment lang unsicher und kindisch. Oberflächlich sah ja alles ganz wunderbar aus, aber im Grunde war es ein Riesenchaos. Gefühle ließen sich nicht einordnen und in praktische Schubladen verstauen wie andere Dinge. Es war gut, daß sie fürs erste getrennte Wohnungen hatten. Aber sich scheiden lassen? Wollte sie das wirklich? Hatte sie insgeheim etwa noch immer die klitzekleine Hoffnung, daß sie sich wieder vertragen würden? Es sah allerdings nicht gerade rosig aus. Sie hatten kaum etwas gemeinsam. Sex war natürlich alles andere als nebensächlich, aber konnte man ein ganzes Leben darauf aufbauen, daß der Mann seines Lebens einen an die Hand nahm und zum Doppelbett führte, sobald in der Beziehung ein Problemchen auftauchte? Warten wir mal den Sommer ab, dachte sie. Dann würden sie weitersehen.

Lise hörte, wie die Autotür ins Schloß fiel. Und sie hörte Freyas fröhliches Plappern. Sie stand auf, als die beiden durch den Garten kamen, und ging in die Hocke, um die Kleine in die Arme zu schließen. Sie bemerkte, daß Per zwar sein übliches offenstehendes Hemd und die verwaschene Jeans anhatte, aber auch eine neue Lederjacke. Er hielt Freyas Teddytasche und ihren kleinen Wochenendkoffer in der Hand. Das Kind rannte über den Rasen, den Niels eigentlich gegen ihren Willen gemäht hatte. Irgendwie war ihr das zu intim gewesen. Als hätte er, indem er in ihrem und Pers Haus plötzlich anfing, sich nützlich zu machen und herumzuwerkeln, eine Grenze überschritten. Per folgte dem Kind und setzte sich auf den Gartenstuhl, auf dem er immer gesessen hatte.

»Hallo, Lise«, sagte er nur.

»Habt ihr Spaß miteinander gehabt? War's schön mit Papa, Schätzchen?«

»Ja. Wir haben Affen gesehen und Seelöwen und war'n im *Badeland* und haben in einem Restaurant gegessen, aber ich und Papa haben auch Essen gemacht und Geschichten gelesen.«

Sie ließen sie plappern. Sie sah glücklich aus und ein klein wenig müde.

»Möchtest du einen Wein, Per?«

»Gern. Einen Schluck.«

Freya hatte bald keine Lust mehr zu erzählen, sie wollte ins Haus und einen Kinderfilm sehen, ehe sie schlafen ging. Lise legte ihr eine Videokassette ein und setzte sie mit ihrem Lieblingsteddy ins Sofa. Dann kam sie mit einem Glas Rotwein für Per wieder in den Garten. Er saß entspannt und ziemlich lässig auf seinem Stuhl neben dem Gartentisch aus dunklem Holz, den sie zusammen gekauft hatten.

»War sie brav?« fragte Lise.

»Kein Thema. Sie war so was von süß. Sie redet von dir

und vermißt dich, wenn sie abends ins Bett soll, ist doch normal, oder? Aber sonst hatten wir ein tolles Wochenende.«

»Du siehst auch gut aus. Nicht mehr so müde wie vor einem Monat.«

»Gleichfalls. Ich meine, daß du auch gut aussiehst. Wie immer.«

»Ach. Ich weiß nicht. Trotzdem danke.«

Sie zündete sich eine Zigarette an. Per sah weg, aber er sagte nichts. Ein bißchen müde sah er immer noch aus, er hatte tiefe Falten um die Augen und eine zerknitterte Stirn vom Streß. Natürlich hatte sie keine Ahnung, was er im Augenblick so trieb, aber ihn danach zu fragen, darauf hatte sie gelinde gesagt auch keinen Anspruch mehr.

Er nahm einen Schluck Wein.

»Wer ist eigentlich Niels, Lise?«

»Warum fragst du?«

»Freya hat von einem Niels gesprochen, der euch besucht und ihr Geschichten vorliest. Niels ist nett, sagt Freya.«

»So, sagt sie das.«

»Ja, das sagt sie. Wer ist er? Ein neuer Liebhaber?«

»Was heißt ›neu‹?«

»Also ein alter?«

»Ja, wahrscheinlich.«

»Also was nun? Alt oder neu?«

Sie sog nervös den Rauch ihrer Zigarette ein und sagte: »Jetzt hör mal auf, Per. Das bringt doch nichts.«

»Freya ist auch mein Kind, nicht? Ich habe also ein gewisses Interesse daran, wer hier bei ihr und ihrer Mutter übernachtet.«

Lise schäumte.

»Neuer Rekord! Diesmal hast du keine zwei Minuten gebraucht, um eine unschuldige Unterhaltung in ein Verhör zu verwandeln. Möchtest du seine Personennummer haben, damit du deine verfluchten Register nach ihm durchsuchen kannst? Ist es das, was du willst?«

»Es gibt doch keinen Grund, gleich so sauer zu sein. Ich habe ja bloß gefragt.«

Sie lehnte sich über den Tisch.

»Ja, er ist mein ›Liebhaber‹. Mit dem ich mich treffe. Und mehr nicht. Einziehen wird er hier nicht. Auf jeden Fall noch nicht. Und ehrlich gesagt, kann dir das schnurzegal sein. Ich schnüffle ja auch nicht in deinen Privatangelegenheiten rum, oder?«

Toftlund sah sie an, trank aus und stand auf.

»Dann mach's mal gut, Lise. Ich sag eben noch Freya tschüs.«

»Per, jetzt hab dich doch nicht so!«

»Ich rufe an wegen Freya und Urlaub. Ciao.«

Er nahm den Kreisverkehr mit quietschenden Reifen und raste den kleinen Hügel hinauf, wo er dann doch den Fuß vom Gas nahm und sich zusammenriß, trotz der rasenden Eifersucht. Sie hatte im Garten so klasse ausgesehen, und einen kleinen Moment lang hatte er vor sich hin geträumt: Freya in die Heia und dann einfach dableiben. Statt dessen hatte er brüsk und ungehobelt nachgebohrt, ganz der dämliche Bulle, als der er sich so gerne aufführte. Als wenn er Lise etwas vorzuwerfen hätte. Aber wer, Herrgott sakra, war dieser bescheuerte Niels? Er hatte ja wohl ein Recht, das zu erfahren! Es war ein so wunderschönes Wochenende mit Freya gewesen. Jede Minute hatte er mit dem Kind genossen. Nur sie beide ganz allein. Er hatte sie hemmungslos verwöhnt, und sie hatte es ihm wunderbar vergolten. An seine Arbeit hatte er kaum einen Gedanken verschwendet. Das war ihm seit Ewigkeiten nicht passiert. Warum mußte es wieder so beschissen enden? Im Grunde wußte er es ja. Weil er ein Hornochse war. Aber wenn er nun vor die Entscheidung gestellt wurde, wollte er Lise dann wirklich wiederhaben? Sie hatte ihn vor die Tür gesetzt. Wollte er sie vielleicht nur zurück, weil er von ihr verschmäht worden war? Und wollte er auf Aischa und ihren wilden Desperadosex eigentlich gerne verzichten?

Er fuhr zur Ganløser Hauptstraße hoch und bog links auf den Parkplatz vor der imposanten Würstchenbude und der Sparkasse. Er schaltete sein Handy an und wählte.

»Hallo, hier Aischa.«

»Ich bin's.«

»Hej, Per!«

»Wie geht's? Was machst du so?«

»Ich? Nichts Besonderes. Ich komme eben aus der Dusche und wollte früh ins Bett und ein bißchen schmökern. Aber ... wenn du was Besseres anzubieten hast – du weißt ja, wo ich wohne.«

*

Am nächsten Morgen setzte Per Aischa an der Ecke ab, damit sie nicht mit ihm zusammen in der Villa in Brønshøj aufkreuzte. Er küßte sie flüchtig auf den Mund und dachte an die Nacht und den Morgen und bekam schon wieder Lust auf sie. Sie strich ihm mit der Hand über die Wange und gab ihm ebenfalls einen raschen Kuß, ehe sie aus dem Wagen stieg. Er sah ihr im Rückspiegel hinterher, wie sie mit langen Schritten die Villenstraße hinunterging. Er selber mußte zu Vuldom. Sie hatten ihre Affäre verheimlicht, jedenfalls hatten sie sich so diskret wie möglich verhalten, aber Toftlund war natürlich sonnenklar, daß Toves Aufmerksamkeit nichts entging. Das heißt, Vuldom wußte ebenfalls, was Sache war. Aber im Augenblick waren Tove und Charlotte im Urlaub. Die Aktivitäten der Gruppe hatten sich ein bißchen reduziert. Eigentlich war ihre Aufgabe erledigt, Toftlund rechnete mit der baldigen Auflösung seiner kleinen Kanakenbande. Er wurde das Gefühl nicht los, daß irgendwelche strukturellen Änderungen im PND auf sie zukamen. Es machte sich immer hervorragend, wenn ein Chef in seinem Lebenslauf schreiben konnte, daß die Firma unter seiner Ägide reorganisiert worden war, auch wenn das selten einen positiven Effekt hatte. Meistens stiftete es nichts als Verwirrung, und im Laufe der Zeit kehrten die meisten Dinge in den alten Zustand zurück. Plötzlich ging ihm durch den Kopf, daß sich Vuldom diesmal womöglich nicht mehr würde halten können. Wenn sie gegangen wurde, was würde das für ihn bedeuten? Schwer zu sagen. Vuldom ließ ihm Leine. Eine sehr lange Leine. Nicht einmal die italienische Katastrophe hatte sie dazu benutzt, ihn zu entfernen oder seine kleine, gut funktionierende Gruppe zu zerschlagen. Sie hatte es sogar ins Positive gewendet und gesagt, Toftlund habe, wenn auch unfreiwillig und nicht sehr elegant, einen neuen Kanal der Zusammenarbeit eröffnet. Der sich im übrigen auch schon ausgezahlt habe.

Als er in Vuldoms leicht verrauchtes Büro trat, war ihr jedenfalls nichts anzumerken. Sie saß an ihrem Schreibtisch, hatte die Lesebrille auf der Nasenspitze und überflog seinen vorläufigen Bericht, den er Freitag früh fertiggestellt hatte. Im übrigen war ihr Schreibtisch wie üblich aufgeräumt, und die geheimen Unterlagen lagen sicher verwahrt in Vuldoms Safe. Die Sonne schien durch die Fenster, und er hörte das schwache Rauschen des Verkehrs, das jetzt in der Ferienzeit noch etwas gedämpfter klang als sonst.

»Setz dich, Per«, sagte sie und las weiter. Er betrachtete sie heimlich. Sie schien ziemlich gestreßt, wie momentan die meisten anderen in entsprechenden Positionen in der westlichen Welt auch. Sie sah nicht mehr jünger aus, als sie war, obgleich sie immer noch schlank war und sich geschmeidig bewegte, aber die an sich ganz charmanten Falten in ihrem charaktervollen Gesicht waren in den letzten Monaten tiefer geworden, und der Aschenbecher verriet, daß sich ihr Zigarettenkonsum auch nicht verringert hatte. Toftlund wußte, daß nicht nur die Arbeit sie anstrengte. Es war das tägliche Gerangel mit dem Reichspolizeichef, den Ministerien und den Medien, die ihr mit immer neuen Erwartungen und Forderungen zusetzten, sie sollte Terrorzellen in Dänemark ausheben oder zumindest Verlautbarungen veröffentlichen, wie sich der PND eigentlich die Verhinderung islamistischen Terrors auf dänischem Boden vorstellte.

Jette Vuldom legte den Bericht und ihre Lesebrille auf den Tisch, zündete sich eine Zigarette an und lobte ihn:

»Glänzend, Per. Ihr habt gute Arbeit geleistet.«

»Dank der Mannschaft. Und besonders dank Bjerregaard und Aischa. Es ist ihr Verdienst.«

»Ausgerechnet die beiden?«

»Ja. Sie arbeiten prima zusammen. JB ist in mancherlei Hinsicht ein alter Esel, aber er kann zuhören und ist sich nie zu fein, noch was dazuzulernen. Er sieht die Muslime im Land jetzt nicht mehr als Gruppe an, sondern als Menschen. Echte Kollegen werden sie wahrscheinlich nie, aber sie haben den Dreh gefunden, wie sie zusammen arbeiten können. JB hat sich wieder begeistern lassen. Er sagt, es erinnert ihn an den kalten Krieg, als wir die marxistischen Splittergruppen überwacht haben. Damals hatten sie alle eine große Klappe, was Gewalt als politische Waffe anging und solche Sachen. Dabei waren sie eine verschwindend kleine Minderheit innerhalb des linken Milieus. Mit den Islamisten unter den dänischen Muslime ist es ganz ähnlich. Eine Minderheit! Die meisten leben ganz normal. Ein Teil lebt am Rande der Gesellschaft, aber mit Terror haben sie nichts zu tun. Viele sind eigentlich das, was JB anständige Bürger nennen würde, ein paar Vorurteile hat er schon abgelegt. Es hat ganz offensichtlich etwas mit Kultur und Tradition zu tun, daß es so viele Schwierigkeiten gibt. Aischa hat ihm einiges über Ehre und Schande beigebracht, über Traditionen und das Fremdsein in Dänemark. Nach und nach haben sie sich zusammengerauft und konnten so gemeinsam ihre Arbeit erledigen.«

»Gut«, sagte Vuldom. »Und wie sieht es nun also mit unserer Ecke der Wirklichkeit aus?«

»Was meinst du?«

Vuldom setzte sich die Lesebrille wieder auf und tat, als läse sie seinen Bericht.

»Das ist ja alles sehr schön hier. Der geeignete Bericht für unsere politischen Bonzen, aber nehmen wir uns jetzt mal das Operationelle und die Details vor, die nicht hier drinstehen, Toftlund.«

»Okay. Der Bericht deckt tatsächlich alles ab. Es gibt in Dänemark kein terroristisches Milieu, das mit al-Qaida verknüpft ist, aber es gibt Personen, die Osama huldigen und in Schrift und Rede unsere Gesellschaftsordnung untergraben wollen. Es sind wenige. Aber sie sind aktiv, besonders im Internet. Offenbar bleiben wir verschont. Wie immer.«

»Wir sollten darüber froh sein, aber nicht naiv.«

»Ich kann doch keine Terrorzellen erfinden, Vuldom.«

Sie legte die Brille wieder hin und drückte ihre Zigarette aus, steckte sich aber gleich eine neue an und sagte:

»Wie viele Operationen laufen im Augenblick?«

»Wir hören ungefähr hundert Personen ab und überwachen sie. Wir haben eine Menge Ressourcen anderer Abteilungen in Anspruch genommen. Seit dem 11. September haben wir ungefähr fünfhundert Operationen durchgeführt. In drei, vier Kreise, die besonders deutlich antisemitische Haltungen geäußert oder im Netz Osama & Co. unterstützt haben, haben wir V-Leute eingeschleust. Die reden ohne Ende von islamischer Revolution, werden aber nicht aktiv. Genau wie Bjerregaard sagt: Die Linksradikalen in den Siebzigern führten die gewaltsame Revolution im Munde, und die DKP ließ sich von Moskau aushalten, aber letzten Endes sind sie dann doch alle zu Muttern nach Hause gegangen, um brav ihren Brei zu löffeln. Die haben in ihrer WG gehockt und von der Revolution geträumt. Die islamischen Fundamentalisten hocken in Studienkreisen oder Moscheen und schwafeln von der Scharia, aber solange sie nur schwatzen, brechen sie das Gesetz nicht.«

»Das meint er?«

»Ja.«

»Hizb ut-Tahrir al-islami. Was meint er dazu?«

Toftlund atmete tief durch und sagte dann:

»Hör mal zu, Vuldom. Ich habe Bjerregaard nie leiden können. *Ich* wollte ihn nicht haben. Er ist ein alter reaktionärer Knacker, aber als Polizeibeamter ist er nicht mit Gold aufzuwiegen. Er geht sehr bedacht vor, er ist ein Terrier, er beißt sich fest und hat nur sein Ziel im Auge. Er konnte mit der Aufgabe, die er hier bekommen hat, zuerst überhaupt nichts anfangen, aber mittlerweile findet er, daß es genauso spannend ist, nach potentiellen Terroristen zu fahnden wie nach potentiellen Spionen oder marxistischen Revoluzzern. Und technisch ist er unschlagbar. Er kann immer noch besser Löcher in Wände bohren oder Wanzen in Autos einbauen als alle anderen. Er ist unbezahlbar. Er hat wahnsinnig viele Vorurteile, aber seine Berichte sind absolut zuverlässig.«

»Wunderbares Plädoyer, Toftlund. Man soll sich immer vor seine Mitarbeiter stellen. Ich habe speziell nach Hizb ut-Tahrir gefragt, weil die Organisation auch in deinem Bericht genannt wird und Journalisten und Politiker mich ständig danach fragen. Es gibt Kräfte, die sie verbieten lassen wollen. Also, was ist damit? Wie es in deinem Bericht steht?«

»Ja.«

»Lauter Unschuldslämmer.«

»Ja und nein, Herrgott! Ich betreibe hier keine Schwarzweißmalerei.«

»Also doch das reinste Terroristennest.«

Toftlund sah sie zweifelnd an.

»Ich versteh dich nicht. Ich habe doch eben gesagt, es ist nicht meine Art schwarzweißzumalen.«

»Also bitte, was ist das für eine Organisation?«

Er atmete noch einmal tief durch. Er wußte schlichtweg nicht, worauf seine Chefin hinauswollte.

»Das steht doch in dem Bericht.«

»Sag's mir trotzdem.«

»Bitte?«

»Erklär's mir, Toftlund!«

»Na, gut. Du wirst es mir hoffentlich auch gleich erklären. Die Organisation ist revolutionär. Sie agiert weltweit und hat in Dänemark Fuß gefaßt. Das Vokabular ist antisemitisch. Sie kämpft für ein globales islamisches Kalifat. Wurde in den fünfziger Jahren von einem Marxisten gegründet, vielleicht ist ihr Vokabular deshalb so revolutionär angehaucht. Wendet sich gegen jede Form von Integration, wie wir sie verstehen. Man baut eben keine Brücke zu einem stinkenden Misthaufen, wie sich ihr Chef in Dänemark ausgedrückt hat. Der Islam ist der Weg zum Heil. Allah und die Scharia stehen über allem. Sie hassen dich und mich, vor allem aber hassen sie die Einwanderer und Muslime, die sich für die Integration aussprechen. Sie rekrutieren ihre Leute mit Erfolg an den Wirtschaftsgymnasien und allgemein an den höheren Schulen. Und dabei sind sie deshalb so erfolgreich, weil die jungen Leute der zweiten Einwanderergeneration sich diskriminiert und auf ein Abstellgleis geschoben fühlen. Und sie bieten Erlösung und Antworten auf alle Fragen. Sie eliminieren den Zweifel. Das ist auch wieder wie bei den Kommunisten in alten Tagen. Wenn du Mitglied wirst, bekommst du eine neue Familie. Die Rhetorik ist äußerst gewalttätig, aber bislang haben sie bei uns noch keine Gewalt angewandt. Jedenfalls soweit wir wissen. Sie stehen unter Beobachtung. Sie haben das Gebetbuch hingelegt und das Schwert ergriffen, aber die Führer, die wir auf dem Kieker haben, haben noch kein Gesetz übertreten. Noch nicht. Aber wenn, dann sind sie dran. So, und jetzt darf ich vielleicht erfahren, warum ich dir etwas erzählen soll, was du alles schon längst weißt.«

»Weil du dasselbe am Mittwoch dem parlamentarischen Kontrollausschuß erzählen sollst. Deshalb.«

»Das ist doch *dein* Job. Ich gehöre zur kämpfenden Truppe. Ich bin kein Politiker.«

»Du brauchst nur ein bißchen netter und entgegenkommender und pädagogischer zu sein, wenn du den Politikern gegenüberstehst, dann klappt das schon.«

»Aber das ist dein Job, Vuldom.«

»Du sagst ihnen, daß wir alles genau beobachten. Daß Dänemark zur Zeit keine Terrorzellen hat, aber ein radikales Milieu, das sehr klein ist. Auf Probleme sozialer und kultureller Art gehst du nicht ein. Das ist Politik. Darüber kein Wort. Genausowenig über die operationellen Details. Aber du erklärst, wie sorgfältig wir in den letzten Monaten im Milieu ermittelt haben. Du wirst – wobei nachdrücklich auf die strenge Vertraulichkeit hingewiesen wird – als Leiter der Sondereinheit vorgestellt, die seit dem 11. September die islamistischen Kreise in Dänemark unter die Lupe nimmt.«

»Mensch, Vuldom!«

»Ja, so sieht's aus. Und wenn du es gut machst, halten sich die Politiker ein paar Monate zurück, und das brauchen wir. Ich werde auch anwesend sein, aber du führst das Wort. Und jetzt laß uns schnell über das Operationelle reden, das den Kontrollausschuß nichts angeht. Das werde ich dann später dem Sicherheitsausschuß der Regierung vorlegen. Marko oder Mohammed Atlev. Wie weit sind wir da?«

»Augenblick, Vuldom. Darf ich jetzt auch mal? Wenn sich einen Tag, nachdem ich dem parlamentarischen Kontrollausschuß versichert habe, daß Dänemark kein Terrorziel ist, vor dem Folketing oder der Synagoge oder in einem Kaufhaus ein Selbstmordattentäter in die Luft sprengt, bitte, was dann?«

»Dann hast du ein Problem, Per Toftlund. Aber besteht denn die Gefahr?«

»Soweit ich weiß, nein.«

»Wo ist dann das Problem?«

Sie machte eine Pause, und als Toftlund seufzend schwieg, fragte sie:

»Und Marko? Wie weit sind wir mit dem?«

Eigentlich hatte Toftlund eine Menge Fragen, aber es hatte keinen Zweck. Er wußte natürlich, daß es eine Falle sein konnte oder Vuldoms Art, sich dem politischen Apparat gegenüber abzusichern, aber andererseits war er ihr noch so einiges schuldig, also war es wohl nur recht und billig, daß er den Kopf hinhielt in der Hoffnung, daß er ihm nicht abgerissen würde.

Er erklärte ihr, wie weit sie mit Marko waren. Es war ein gewöhnlicher Polizeibericht, ohne diese politischen Fallgruben wie beim vorigen Thema, nicht weiter aufregend. Marko verweigerte die Aussage, berichtete Toftlund, und antwortete nur mit Zitaten aus dem Koran, den sie ihm auf arabisch in die Zelle gelegt hatten, das hatte man nun davon. Er war voll und ganz in die Identität Mohammed Atlevs geschlüpft. Wenn sie bei den Verhören den Namen Marko gebrauchten, wurde er richtig bockig und antwortete nicht einmal mehr mit Allahs Worten. Er betete fünfmal am Tag und brachte ansonsten seine Zeit mit Koranlektüre zu. Die

Untersuchungshaft in Isolation war noch einmal verlängert worden, aber Toftlund war sich ziemlich sicher, daß der Richter ihn beim nächstenmal rauslassen würde, wenn sie nicht mit entscheidenden neuen Indizien oder einem substantiellen Beweis ankämen. Er wußte auch nicht, wie lange sein Verteidiger noch warten würde, bis er die Presse informierte. In bezug auf Suleiman und Söhnchen Bülent war Toftlund überzeugt, daß sie mit Terror nichts am Hut hatten. Gislev hatte die Spur verfolgt. Sie konnten wegen Steuerbetrugs in verschieden schweren Fällen und der Einfuhr von drei Lieferungen Haschisch belangt werden, aber die Sache gehörte in den Zuständigkeitsbereich der Kopenhagener Polizei. Es war ein ganz ordinärer Kriminalfall und hatte nichts mit der Sicherheit des Staates zu tun. Sowohl Suleiman als auch Bülent hatten jede Form von Terror strikt verurteilt und Leute mit terroristischen Absichten als schlechte Muslime bezeichnet, die in der Hölle schmoren würden.

»Und was heißt das nun für uns?« fragte Vuldom.

»Ich bin der Meinung, du solltest dem Justizminister empfehlen, dem britischen Gesuch auf Auslieferung Markos zu entsprechen. Die haben viel mehr gegen ihn vorliegen. Sie haben in seiner Wohnung in London Telefonnummern gefunden, die ihn mit Zellen in Spanien und Deutschland in Verbindung bringen. Und in seiner Moschee Anleitungen zum Bombenbasteln. Seine Fingerabdrücke sind auch drauf. Dito in der Wohnung, in der drei al-Qaida-Mitglieder wohnten, die die Briten verhaftet haben. Die wollen auch nicht aussagen, aber die Spur ist überdeutlich. Charlotte hat den Briten geholfen, vier Londoner Konten ausfindig zu machen, die nichts mit seinem Honigunternehmen zu tun haben. Es gibt Überweisungen nach Syrien und Jordanien. Und wieder mal Spanien. Und nach Italien.«

»Nach Italien? Was sagen denn deine neuen Freunde dazu?«

Toftlund überhörte den ironischen Unterton und antwortete ungerührt:

»Ich habe am Donnerstag mit Oberstleutnant Cornelli gesprochen. Er ist sehr interessiert. Denn eine der Nummern, die von Markos englischem Handy aus geortet wurden, ist eine Nummer in Rom, die die Italiener in Verdacht haben, die Decknummer einer al-Qaida-Zelle in Italien zu sein.«

»Diese Art von Leichtsinn paßt eigentlich gar nicht zu Marko.«

»Nein, er ist auch nicht leichtsinnig, aber eben auch keine Maschine. Wenn Verbrecher nie einen Fehler begingen, würden wir sie nie packen.«

»Gut. Aber Marko ist dänischer Staatsbürger. Ihn auszuliefern ist ein verdammt heißes Eisen. Es ist beinahe rechtswidrig.«

»Und was ist mit der neuen Gesetzgebung?«

»Die macht die Sache leichter, aber die Medien werden es trotzdem aufbauschen, und dann fangen die Politiker an, mit den Zähnen zu klappern.«

»Aber wir können ihn nicht bis in alle Ewigkeit in Untersuchungshaft lassen.«

Vuldom trommelte mit ihrem Kugelschreiber auf den Tisch.

»Nein. Das geht wohl nicht. Ich werde mit dem Minister darüber reden.«

»Du kannst ja sagen, daß wir Mohammed Atlev ausliefern. Er ist britischer Staatsbürger.«

Vuldom sah ihn an und lächelte.

»Sehr elegant, Toftlund. Vielleicht kämst du doch ganz gut voran auf den politischen Fluren. Aber es ist doch eine falsche Identität. Ein falscher Name.«

»Was ist schon ein Name? Und wer war zuerst da? Marko oder Mohammed?«

»Ich rede mit dem Justizminister. Noch was?«

Toftlund hatte seinen Trumpf bis zuletzt aufbewahrt. Er beugte sich über den Tisch.

»Erinnerst du dich an das Gespräch, das Aischa im Frühjahr dechiffriert hat? Marko spricht auf arabisch mit einem Mann in Spanien, und der Mann wird stinksauer, weil Marko ihn Thronfolger nennt ...?«

»Wali al-ahd.«

»Alle Achtung. Und der Thronfolger sagt etwas auf dänisch.«

»Ja, na und?« sagte sie ungeduldig.

»Der Thronfolger erklärt, man könne ein guter Muslim sein, obwohl man manchmal Handlungen begehen müsse, die dem Koran widersprechen, weil nämlich Allah dem vergibt, der reinen Herzens ist. Wir haben die ganze Zeit gedacht, sie sprächen von Marko. Über sein sozusagen unislamisches Doppelleben, das er leider Gottes als revolutionärer Maulwurf in Dänemark führen muß. Im Dienste der Sache. Geht ja nicht anders. Aber jetzt sind wir davon überzeugt, daß sie von einem Dritten reden.«

»Und wieso?«

»Cornelli und seine Leute haben natürlich die Wohnung durchsucht, in der die beiden Typen, die mich überfallen haben, wohnten. Sie liegt in einem heruntergekommenen Viertel am Hafen. Die beiden sind ordinäre Muschkoten, ganz klar, und Grips haben sie auch nicht. Sie haben falsche Pässe und französische Ausweise und ein Notizbuch unter den Dielen versteckt, in Plastik eingeschlagen, weil das Versteck unter der Wasseroberfläche lag. Darin standen ungefähr zwanzig Telefonnummern mit Landesvorwahl und allem Drum und Dran. Briten und Deutsche konnten neun der Nummern bekannten al-Qaida-Leuten zuordnen, die schon in Untersuchungshaft sitzen oder überwacht werden. Es gab auch zwei dänische Nummern. Die eine gehört zu einer Prepaid-Karte fürs Handy, die seit drei Jahren nicht mehr benutzt wurde, und die andere zum Mobiltelefon eines gewissen Mustafa Mussin, wohnhaft in Ishøj.«

»Seit wann weißt du das?«

»Zwei, drei Wochen.«

»Und warum hast du mich nicht früher darüber in Kenntnis gesetzt?«

»Ich wollte erst gründlich recherchieren. Du weißt doch, wie das ist.«

»Okay. Und was hat eure Recherche ergeben, da du dich nun also dazu herabläßt, deine Chefin zu unterrichten?«

»Normale Familie. Der Vater hat sein Leben lang geackert und ist jetzt in Rente. Die Tochter, Fatima, wohnt ebenfalls in Ishøj und ist mit einem Mann aus der Heimat verheiratet, der auch nicht gerade faul ist und gut zurechtkommt. Er hat zwei Pizzerien und zwei Gemüsegeschäfte. Die Steuerbehörden haben nichts gegen ihn vorliegen. Wir haben die Überwachung eingestellt. Da ist nichts zu holen. Das schwarze Schaf ist Sohnemann Mustafa, geboren in der Türkei, aber dänischer Staatsbürger mit allen möglichen Jobs, dazwischen lange Phasen, in denen er vom Geld anderer Leute gelebt hat. Als junger Kerl ein Kleinkrimineller. Ein paar Kioskeinbrüche und Gewalttätigkeiten, aber dann ist er so viele Jahre sauber geblieben, daß sein Strafregister heute leer ist. Inzwischen ist er 38 Jahre alt. Der Handyvertrag ist vor fünf Jahren gekündigt worden. Da ist er nach Afghanistan gegangen, sagen die Leute im Milieu. Er wurde fromm. Vielleicht sogar heiliger Krieger.«

»Interessant, Toftlund. Wie wär's, wenn wir ihn zu einem kleinen Gespräch einladen würden?«

»Das wollten wir auch schon tun. Aber er ist weg.«

»Wie, weg?«

»Ausgewandert. Am 3. Juli 2001 hat er sich im Einwohnermeldeamt abgemeldet und lediglich mitgeteilt, daß er auswandert. Da er kein festes Eigentum hat und weder der öffentlichen Hand noch sonst jemandem etwas schuldet, ist dies sein gutes Recht. Er kann sich aufhalten, wo immer er will: Türkei, Afghanistan, Irak, Syrien, Frankreich, England. Such dir was aus.«

»Was ist mit seinen Fingerabdrücken?«

»Die haben wir. Er steht ja im Kriminalregister.«

»Schick sie raus.«

»Obwohl ich weiß, daß es ungesetzlich ist, Vuldom? Aus dem eigentlichen Strafregister ist er doch längst gelöscht. Er hat sich in den letzten zehn Jahren nichts zuschulden kommen lassen.«

»Auf jeden Fall brauchen wir sie.«

»Das ist bereits erledigt.«

»Prima. Ich werde drüber nachdenken. Aber ich schätze, du denkst dasselbe wie ich, oder?«

Toftlund nickte und sagte:

»*Si, Jefe*. Finden wir Mustafa, finden wir auch den Thronfolger. Es müßte doch mit dem Teufel zugehen, wenn sich zwei Dänisch sprechende heilige Krieger nicht kennen!«

24

Toftlund betrat das dänische Parlamentsgebäude Christiansborg und fühlte sich sehr unwohl. Er zog ein Leben außerhalb des Rampenlichts vor, und nun sollte er auf einmal einem dieser Organe gegenüberstehen, mit denen die vom Volk gewählten Politiker in Dänemark die Geheimdienste überprüfen.

Für Vuldom war es eine Informationsveranstaltung, aber Toftlund kam es eher so vor, als ob der Kontrollausschuß ihn verhören wollte. Dieser Ausschuß erlaubt es dem Parlament, sich einen gewissen Überblick über den Stand der Ermittlungen zu verschaffen, freilich werden dabei keine operationellen Details oder Namen preisgegeben. Er hat fünf Mitglieder, die genau wie in den anderen Ausschüssen von den Parteien entsprechend der Anzahl ihrer Folketingsmandate eingesetzt werden. Allerdings ist dabei nicht vorgesehen, daß die Ausschußmitglieder ihre Fraktionen, geschweige denn die Medien unterrichten, sie dürfen ausschließlich ihre Parteivorsitzenden darüber in Kenntnis setzen, welche Informationen sie vom Polizeilichen oder Militärischen Nachrichtendienst erhalten haben.

Vuldoms Aufgabe war es wie üblich, den Sicherheitsausschuß der Regierung zu unterrichten, während Per Toftlund an diesem Mittwoch nachmittag den fünf Wachhunden des Kontrollausschusses gegenübersaß. Der Ausschuß bestand aus zwei Frauen und drei Männern. Daß das Treffen in Christiansborg stattfand, gefiel ihm überhaupt nicht. Obwohl er sich gründlichst vorbereitet hatte, war er nervös und haßte die Vorstellung, sein Wissen mit Zivilisten teilen zu müssen. Es war unüblich, daß der Polizeiliche Nachrichtendienst den Kontrollausschuß direkt informierte, aber Vuldom hatte sich entschlossen, eine Ausnahme zu machen. Er wußte nicht recht, warum, hatte aber den Eindruck, daß es Teil eines Machtkampfes um die Zukunft des PND war, es war ein politischer Kampf, aber auch ein internes bürokratisches Gezerre, weil große Veränderungen in Aussicht standen. Neue Strukturen. »Unverbrauchte« Chefs. Ganz offensichtlich wollte Vuldom sich mit dem Folketing gut stellen. Sie wollte sich als moderne Chefin profilieren, die wie andere europäische Geheimdienstchefs nunmehr bereit war, den Schleier des Geheimnisses ein wenig zu lüften.

Offenheit und Transparenz waren die neuen Modewörter. Und die Forderung nach mehr Offenheit war mit der drastischen Erhöhung der Mittelbewilligungen und der Anzahl der Mitarbeiter nach dem 11. September erheblich lauter geworden. Das neue Terrorgesetz war soeben in Kraft getreten. Es verlieh dem Dienst größere Befugnisse und neue Instrumente. Gewisse Teile des politischen Apparats waren dagegen, daß die Bürger nun leichter zu überwachen und zu kontrollieren waren. Hinter dem Gesetz stand zwar eine solide Mehrheit, aber Vuldom sah es offensichtlich als notwendig an, sich die Gunst des Gesetzgebers auch weiterhin zu erhalten.

Toftlund befolgte Vuldoms Anweisungen haargenau, und es ging viel besser, als er es erwartet oder in Wahrheit vielleicht sogar befürchtet hatte. Die Ausschußmitglieder erwiesen sich als umgänglich, professionell und interessiert. Er legte ihnen die Lage dar und zog dann den Schluß, daß natürlich auch Dänemark ein Ziel internationalen Terrors werden könne, das Risiko aber sehr gering sei. Selbstredend behalte der PND die Bedrohung sorgfältig im Auge. Er spürte ihr Interesse, als er davon berichtete, daß der Einsatz von V-Leuten verstärkt worden war, und ihr Verständnis dafür, daß er dabei nicht ins Detail gehen konnte.

Als er geendet hatte, fragte ein weibliches Mitglied des linken Flügels:

»Können Sie uns einige der Gruppen nennen, die Sie besonders observieren?«

Er hatte die Frage schon erwartet und antwortete:

»Außer der genannten Hizb ut-Tahrir al-islami sind da vor allem vier Organisationen zu nennen. Ich möchte noch einmal betonen, daß es zwar keine aktiven Terrorzellen auf dänischem Boden gibt, aber Sympathisanten. Ganz besonders beobachten wir die sogenannten Talentscouts. Das sind sowohl dänische Staatsbürger als auch ausländische Agenten, die in islamistischen Kreisen oder an ihren Rändern tätig sind, um Rekruten für den internationalen Terrorismus zu gewinnen. Wir wissen auch, daß in Dänemark ansässige Personen in Übungslagern gewesen sind oder an Operationen in Afghanistan, Bosnien oder Tschetschenien teilgenommen haben. Und wir achten natürlich darauf, ob sie sogenannte Schläfer sind oder werden – Leute, die darauf warten, in Aktion zu treten. Heutzutage operieren Terroristen oft mit einem sehr langen Vorlauf.«

»Aber Namen können oder wollen Sie nicht nennen?«

Toftlund schaute in seine Notizen.

»Wie gesagt, es handelt sich vor allem um vier Organisationen in Dänemark. Den Islamischen Dschihad, der palästinensisch ist. Den ägyptischen Jama'a al-islamiyya sowie die GSPC, die eine algerische Basis hat. Und schließlich eine Organisation namens Osbat al-Ansar, die ebenfalls Anhänger in Dänemark hat. Alle haben sie irgendeine Verbindung zu al-Qaida. Und ihre Propaganda ist eindeutig antidemokratisch.«

»Warum werden sie dann nicht festgenommen?«

Toftlund sah sich den Fragesteller an. Er kam von der anderen Seite des politischen Spektrums.

»Weil sie keine Gesetze gebrochen haben.«

»Aber Sie sagen doch, sie würden Terroristen unterstützen.«

»Ich habe gesagt, daß sie mit al-Qaida und mit al-Qaidas Zielen sympathisieren, aber das ist in diesem Lande nicht gesetzwidrig.«

»Aber Sie observieren sie?«

»Selbstverständlich.«

»Und die potentiellen Terroristen, die sind also in den muslimischen Kreisen zu finden?«

»Wir observieren auch links- und rechtsextremistische Gruppen.«

»Aber dort sehen Sie keine Terrorgefahr? Jedenfalls zur Zeit nicht? Wenn ich Sie richtig verstanden habe, ist das Risiko in den muslimischen Gruppen am höchsten, ja?«

Toftlund atmete tief durch. Vuldom räusperte sich.

»Wenn ich mich kurz einschalten darf? Danke.« Sie schaute die Mitglieder des Ausschusses an. Die saßen da wie die Schulkinder und warteten.

»Der PND ist der Auffassung«, sagte sie, »daß es sogar ganz wesentlich ist, daß es Foren gibt, in denen sich Muslime aller Richtungen äußern können. Daß die Gesellschaft bereit ist, moderate muslimische Mitbürger als gleichwertig anzuerkennen. Daß sie von der Mehrheit als ein Teil Dänemarks betrachtet werden. Oder als Teil der westlichen Welt allgemein. Wir sind der Auffassung – und die teilen wir mit unseren Kollegen in Europa –, daß den moderaten Kräften in den muslimischen Milieus der einzelnen Länder ...«, sie zögerte, ehe sie fortfuhr, »... zweckmäßige Möglichkeiten garantiert werden sollen, um im Rahmen der legislativen, sozialen und parlamentarischen Normen der westlichen Gesellschaften aktiv sein zu können.«

»Danke für die politische Aussage, Frau Polizeivorsteher«, sagte das Mitglied des Folketings. »Fein, daß es dafür in ganz Europa Verständnis gibt, obwohl ich so meine Zweifel habe, daß es wirklich so verbreitet ist, wie Sie sagen. Aber ich habe ja schlicht gefragt, ob das Risiko für terroristische Aktivitäten in Dänemark nach Meinung des PND in muslimischen Kreisen größer ist als in anderen Gruppen. Ich glaube, darauf habe ich immer noch keine Antwort erhalten.«

Vuldom trat einen Schritt vor.

»Es ist doch simple Logik«, sagte sie scharf. »Wenn wir eine wachsende Gruppe in der Gesellschaft marginalisieren, führt das zwangsläufig dazu, daß die radikalen Kreise, die islamistischen Kräfte, eine reale und verlockende

Alternative werden. Oder, schlimmer noch, *the only shop in town.*«

Der Rest war ein Reigen von Allgemeinheiten, dachte Toftlund, der seinen Vortrag mit einer Routine durchzog, die er sich gar nicht zugetraut hatte. Sie verließen den Raum mit Händeschütteln, der hartnäckige Parlamentarier als letzter. Er war der dominierende Teilnehmer in der Runde gewesen. Als Mitglied der die Regierung duldenden Partei besaß er die Sicherheit desjenigen, der zur parlamentarischen Mehrheit der Regierung gehörte, ohne deren Verantwortung tragen zu müssen. Toftlund kannte das. Politik war ein schmutziges Hickhack, und er verstand ihre Regeln nicht. Der Politiker hatte blonde Haare und blaue Augen. Toftlund kannte ihn aus dem Fernsehen. Wie hieß er noch gleich? Carsten Traberg Hansen? Er sah aus wie ein Schauspieler, der für die Rolle des arischen Schurken in einem schlechten Film prädestiniert war. Er hatte seine Unterlagen unter den Arm geklemmt und blieb stehen, als er an Vuldom und Toftlund vorbeikam.

»Danke für den Überblick. Er war sehr interessant. Und eine politische Neuerung. Ich werde mich darauf berufen, daß der PND deutlich formuliert hat, daß von den muslimischen Kreisen in Dänemark keine Terrorbedrohung zu erwarten ist. Das werde ich meiner Fraktion überbringen.«

»Das habe ich nicht gesagt«, sagte Toftlund.

Wieder die blassen Augen aus dem Fernsehen.

»Aber gemeint.«

Toftlund fühlte Ärger in sich hochsteigen.

»Wenn Sie dieser Ansicht sind, haben Sie von der letzten Stunde nicht allzuviel verstanden.«

Der Politiker neigte den Kopf zur Seite wie im Fernsehen und sah Toftlund ruhig und mit einer Kälte an, die diesen an einen alten Unteroffizier denken ließ, der ihn während seiner Rekrutenzeit getriezt hatte, weil er genau wußte, daß der mit den Streifen am Ärmel immer das Recht auf seiner Seite hat. Der Politiker sagte:

»Ich bin mir nicht ganz sicher, ob Sie eigentlich wissen, was in Dänemark vorgeht. Oder ob Sie einfach nicht die notwendigen Schlüsse aus dem Wissen ziehen wollen, über das Sie verfügen. Aber es hat einen Systemwechsel in Dänemark gegeben. Und ich möchte doch daran erinnern, daß *Sie* gesagt haben, daß in den muslimischen Kreisen keine Terrorpläne bereitliegen. Das ist eine sehr vollmundige Behauptung, Kommissar Toftlund. Das werden Sie irgendwann bereuen. Oder wissen Sie vielleicht etwas, was Sie uns nicht verraten wollen? Weil es politisch nicht korrekt ist? Sind Sie nicht mit einer ... nun, kulturradikalen Journalistin verheiratet? Hm?«

Toftlund wandte sich ab und ging, bevor er platzte. Ausnahmsweise sah Jette Vuldom etwas verdutzt aus der Wäsche – darüber, daß ein Politiker ein ungeschriebenes Gesetz verletzt hatte.

»Danke für Ihr Kommen«, sagte sie.

»Toftlund!« Der Politiker hob die Stimme. »Ich darf doch wohl eine Antwort erwarten!«

Per drehte sich um, zeigte ihm den Mittelfinger und ging weiter, in seinem Rücken das selbstzufriedene Lachen des Politikers. Er wußte genau, daß er sich wieder einmal etwas geleistet hatte, was seiner Chefin nicht gefallen und ihm selber auch nicht gerade nützen würde.

Auf der Fahrt ins Hauptquartier sagte sie dann auch:

»Du bist ein Idiot, Per!«

»Der Typ ist ein Idiot.«

»Aber er hat die Macht, und du bist Beamter.«

»Es gibt so viel, was du nicht verstehst.«

»Und zwar?«

»Das kann ich dir nicht erklären.«

Den Rest des Weges schwiegen sie. Auf dem Parkplatz an

der Borups Allé setzte Toftlund sie ab, aber als er eben aufs Gas drücken wollte, um wieder loszufahren, kam der Wächter herausgelaufen und rief:

»Deine Frau, Per! Sie hat hundertmal angerufen. Du sollst zurückrufen. Und zwar sofort!«

Toftlund schaute Vuldom hinterher, die im Gebäude verschwand, und klappte sein Handy auf. Er ließ den Motor laufen. Kaum hatte er Empfang, teilten ihm alle möglichen Kurznachrichten mit, daß er eine Vielzahl von Anrufen in seiner Mailbox hatte. Er ignorierte sie. Es mußte irgendwas mit Freya sein. Es war ihr etwas passiert. Sein Herz hämmerte. Was war seinem kleinen Töchterchen widerfahren? Er dachte an einen Verkehrsunfall, eine Gewalttat, sexuellen Mißbrauch, Entführung, einen unglücklichen Sturz im Kindergarten und wählte währenddessen Lises Handynummer. Sie antwortete auf der Stelle.

»Per! Ich hab ihn gesehen. Ich hab ihn gesehen. Er ist in Dänemark. In Kopenhagen. Er ist nicht tot!«

Seine Erleichterung ließ sich nicht in Worte fassen. Es ging nicht um Freya. Es war, als spülte ein warmer Strom durch seine Adern. Er bekam kaum mehr mit, daß Lise pausenlos ihre sinnlose Aussage wiederholte, daß er wieder in Dänemark sei und sie ihn gesehen habe. Vom wem faselte sie da eigentlich, Herrgott? Er versuchte sie zu trösten und machte beruhigende Geräusche ins Telefon, als wäre es Freya, die ihren Teddy nicht fand, bis Lise mit ihrem Gestammel endlich aufhörte und ihr hysterisches Weinen ein wenig abebbte.

Dann fragte er:

»Wo bist du denn, Lise?«

»Zu Hause«, schniefte sie. »Ich hab so oft probiert, dich zu erreichen. Warum gehst du nicht ran, Mensch?«

»Alles in Ordnung?«

»Nein, du Idiot. Nichts ist in Ordnung!«

»Warum nicht?«

»Weil ich ihn gesehen hab! Im *Magasin*.«

»*Wen* hast du gesehen?«

»Du Blödmann! Janos natürlich! Den serbischen Dänen. Den Mistkerl. Den Mörder. Kapierst du denn nicht, was ich dir sage?«

»Das ist unmöglich.«

»Ich hab ihn gesehen.«

»Er ist tot.«

Er hörte, daß sie wieder anfing zu weinen.

»Lise ...«

»Ich hab ihn wirklich gesehen, Per. Wie sollte ich den je vergessen können, kannst du mir das sagen?«

»Das ist unvorstellbar.«

Das Schluchzen wurde lauter.

»Per! Ich hab ihn gesehen. Mit eigenen Augen. Auf der Rolltreppe. Er hat mich auch gesehen. Ich hab solche Angst. Kannst du nicht kommen? Bitte!«

»Wo bist du?«

»Zu Hause. Hab ich doch schon gesagt. Ich habe die ganze Zeit versucht, dich anzurufen. Ich bin in Ohnmacht gefallen, und sie haben mich im Taxi nach Hause geschickt. Kannst du nicht kommen, Per? Ich hab solche Angst!«

25

Toftlund befestigte das Blaulicht auf dem Autodach und raste los. Es war Hauptverkehrszeit, aber die anderen Autofahrer machten ihm Platz. Sie waren guter Laune. Dänische Verkehrsteilnehmer richten sich nach dem Wetter. Sie können rücksichtslos und aggressiv sein wie ein schneidender Ostwind oder sanft und großzügig wie heute. Die Sonne schien, die Ferien hatten begonnen. Er kam gut vorwärts. Der Verkehr war lange nicht so dicht wie sonst. Trotzdem erschien es ihm wie eine Ewigkeit.

Sie saß im Wohnzimmer und hatte sich in eine Decke gehüllt, vor ihr stand unberührt eine Tasse Tee. Sie war leichenblaß.

»Hallo Per. Wo ist Freya?« sagte sie überraschend ruhig.

»Freya? Weiß ich doch nicht. Sie ist doch bei dir.«

»Dann ist sie noch im Kindergarten. Ich habe vergessen, sie abzuholen.«

Lises Stimme war leise und gefaßt, aber ihr Blick war verschleiert und teilnahmslos, sie sah ihn nicht an, sie starrte auf das abstrakte Gemälde an der Wand gegenüber.

»Bleib hier, Lise. Ich gehe sie holen.«

»Ich hab ihn gesehen, Per.«

»Ich weiß, aber jetzt hole ich erst mal Freya, okay?«

»Ich hab ihn gesehen. Er war es.«

Sie fing wieder an zu schluchzen. Wie am Telefon.

»Schon gut, Lise. Erst mal Freya, ja?«

»Ich hab ihn gesehen.«

»Jetzt erst mal Freya. Wir sind gleich wieder da, okay. Kannst du so lange allein sein?«

Sie nickte, ohne ihn anzusehen. Einen kurzen Moment lang überlegte er, sie in den Arm zu nehmen. Dann ging er schnell hinaus. Der Kindergarten lag nur zwei Autominuten entfernt, und Freya freute sich riesig, ihn zu sehen. Die Erzieher wollten ihm noch dies und jenes über sie berichten, und Freya selbst brabbelte wie ein Wasserfall, aber er entführte sie rasch aus dem allgemeinen Durcheinander und dankte Gott, daß es Sommer war und sie keinen Mantel anziehen mußte, denn es wieselten schon etliche Mütter und Väter um ihn herum, die nur zu gerne die eine oder andere Einzelheit aus seinem Leben erfahren hätten, nun, wo er schon mal da war. Kam ja selten genug vor. Per war nervös. Wegen Lise. Und wegen dem, was sie gesagt hatte. Und wegen Freya, weil er nicht wußte, wie sie auf ihre verstörte Mutter reagieren würde.

Er hielt an einem Supermarkt und kaufte mit Freya zusammen ein. Er ließ sie schnattern. Es war ein schönes Gefühl, sie dabeizuhaben, aber was Lise gesagt hatte, ließ ihm keine Ruhe. Obwohl es ja unmöglich war. Die Amerikaner hatten Vuk für tot erklärt. Sie mußte einen Doppelgänger gesehen haben, einen Geist. Ihre Phantasie hatte ihr einen Streich gespielt. Eine andere Erklärung gab es nicht.

Das sagte er ihr auch, aber sie waren sich einig, sich erst einmal um ihre Tochter zu kümmern und sich mit dem Thema ein wenig zurückzuhalten, damit Freya keine Angst bekam. Sie könnten später darüber reden. Er hatte Lise einen Rotwein eingeschenkt und die Tür zum Garten geöffnet, um den Zigarettenrauch abziehen zu lassen. Es war zu kalt, um draußen zu essen. Freya setzte sich auf Lises Schoß und ließ sich knuddeln, rutschte aber rasch wieder runter. Er plazierte sie vor dem Fernseher und legte eine Videokassette für sie ein. Dann nahm er den Aschenbecher, spülte ihn ab und stellte ihn neben Lises Glas. Sie lächelte ihn dankbar an. Ihre Augen waren rot und ein wenig geschwollen. Sie stand auf und gab ihm einen Kuß auf die Wange.

»Danke, Per«, sagte sie und ging ins Bad. Als sie zurückkam, sah sie etwas frischer aus, aber die Blässe ließ sich nicht so schnell vertreiben. Sie hatte sich ein bißchen geschminkt und die Lippen nachgezogen. Er fing an, Essen zu machen. Sie setzte sich mit ihrem Wein an den Eßtisch. Die Küche war zum Eßzimmer hin offen, sie konnten sich problemlos unterhalten, aber sie nippte nur an ihrem Wein und sagte nichts. Als ließe sie sich alles noch einmal durch den Kopf gehen. Oder weil Freya die Ohren spitzte. Als die Kleine ihn mit den Töpfen rumoren hörte, kam sie gleich angerannt.

»Ich mache mit Papa Essen«, sagte sie und zog ihren Kinderstuhl an den Tisch heran. Per schnitt die beiden Hähnchenfilets in Streifen und zerhackte eine Zwiebel und zwei Knoblauchzehen. Er hatte frische Erbsen gekauft, und Freya durfte sie enthülsen.

»Kannst du mir noch einmal ganz genau erzählen, was du erlebt hast«, sagte er, während er einen Klecks Butter in der Schmorpfanne schmelzen ließ.

»Du glaubst mir ja doch nicht.«

»Das habe ich nicht gesagt. Ich habe nur gesagt, daß die Amerikaner uns vor über einem halben Jahr mitgeteilt haben, daß der Mann tot ist. Das kann doch kein Irrtum sein.«

»Wer ist tot, Papa?« Freya durfte Curry auf die Butter streuen und umrühren. Lise schaute ihnen zu. Per machte eine gute Figur mit seiner Schürze und dem Kind neben sich. Er konnte so cholerisch sein, aber wenn es um Freya ging, war er sanftmütig wie ein Engel.

»Ach, niemand, Schätzchen. Keiner, den du kennst.«

»War das ein Schurke?« Das war ein neues Wort. Sie liebte es.

»Ja, er war ein Schurke.«

Damit gab sie sich zufrieden. Er ließ sie die Zwiebelstückchen in das angeschmorte Curry geben und ließ sie umrühren.

»Ich weiß, was ich gesehen habe«, sagte Lise.

»Gut. Erzähle!«

Lise nahm einen Schluck und zündete sich eine Zigarette an. Der Rauch zog durchs Wohnzimmer und durch die halb geöffnete Terrassentür in den hellen, kühlen Abend hinaus. Man hörte die Vögel und das leise Brummen eines Flugzeugs, das zur Landung auf dem nahegelegenen Flugplatz in Værløse ansetzte. Er sah, daß die Hähnchenstreifen braun geworden waren, übergoß sie mit Bouillon, drehte die Hitze herunter und ließ Freya einen Deckel auflegen. Die Erbsen waren fertig. Per schnitt Tomaten in Scheiben, streute ein wenig feingeschnittene Zwiebel darauf und goß vorsichtig Öl und Weißweinessig darüber. Lise berichtete:

»Ich war im *Magasin*. Ich wollte mir einen BH kaufen – als wenn das jetzt wichtig wäre, was ich mir kaufen wollte. Heute nachmittag. Danach wollte ich in die Bücherabteilung hoch, um da noch ein bißchen zu stöbern, und stand auf der Rolltreppe. Auf der westlichen Seite am Bremerholm. Ich bin früh von der Arbeit weggegangen. Ich wollte Freya früher abholen, aber ... das habe ich dann einfach vergessen.«

Sie machte eine Pause, nahm einen Zug aus ihrer Zigarette und einen Schluck Wein. Per paßte auf Freya auf, die Lauch langsam in gleich große Stücke schnitt. Sie hatte ihn selbst gewaschen. Per war immer bereit einzugreifen, aber die Kleine ging sehr vorsichtig und behutsam vor. Sie gaben den Lauch zu dem Hähnchen und halfen einander, einen großen Topf mit Wasser zu füllen und Salz hineinzustreuen. Er holte Teller und Besteck, und Freya deckte den Tisch. Dann kam sie zurück und stellte sich wieder auf ihren Kinderstuhl. Sie kommentierte alles, was sie gerade machte. Sie ließen sie plappern.

Lise seufzte, sah zu ihnen hinüber und erzählte weiter.

»Ich fuhr hoch. Und er fuhr runter. Ich habe ihm genau in die Augen gesehen, und er hat mich mit diesem kalten blauen Blick angestarrt, den ich nie vergessen werde. Er war es, Per!«

»Wieso können Augen kalt sein, Papa?« Freya berührte vorsichtig ihre Augen mit den Fingerspitzen. »Meine sind nicht kalt. Sie sind warm wie meine Haut.«

»Das sagt man nur so, Spätzchen.«

»Dann hat Henriette kalte Augen. Denn die ist richtig dumm.«

»Das glaube ich gerne.«

»Ja, das ist sie. Richtig dumm.«

»Er war es, Per.«

»Okay.«

Freya gab Schinkenstreifen und die enthülsten Erbsen in die Pfanne und goß einen Schuß Sahne dazu. Den Deckel ließen sie weg, die Soße sollte noch etwas einkochen. Dann schütteten sie die frischen Fettuccine in das kochende Wasser. Per hob Freya hoch, trug sie zum Tisch und setzte sie auf ihren Kinderstuhl. Er schüttete die Fettuccine in ein Sieb, spülte sie kurz unter kaltem Wasser ab, gab sie in eine Schüssel und wendete sie in etwas Soße. Dann stellte er sie auf den Tisch, dazu ein Stück Parmesan und eine Reibe, den Tomatensalat und für Freya einen Becher Milch. Er tat ihnen auf, goß Lise nach und schenkte sich selber ein Glas ein.

»Manchmal spielt einem die Phantasie einen Streich, Lise. Vielleicht hast du in letzter Zeit nicht so gut geschlafen.«

»Es schmeckt wirklich gut. Wie immer. Nein, ich habe tatsächlich nicht besonders gut geschlafen in letzter Zeit, aber ich weiß, was ich gesehen habe. Es war nicht meine Phantasie.«

»Mir schmeckt's auch, Papa. Wir können gut zusammen kochen.«

»O ja. Du bist sehr tüchtig.«

»Bleibst du noch und liest mir was vor?«

»Na, sicher doch.«

»Ich möchte Alfons Åberg hören.«

»Wie du willst.«

»Zwei Geschichten.«

»Abgemacht.«

Lise lächelte und legte ihre Hand auf Pers. Sie stocherte im Essen herum, aber ein bißchen aß sie zumindest.

»Ich werde der Sache nachgehen, Lise.«

»Und wie?«

»Wie spät war es, als du … ihn gesehen hast?«

»Kurz nach drei.«

»Ich schaue mir die Bänder von den Überwachungskameras an.«

»Es handelt sich um höchstens vier, fünf Sekunden.«

»Wieso?«

»Du bummelst ja nie durch die Läden. Du kennst das *Magasin* nicht richtig. Die Rolltreppen führen nebeneinander hoch und runter, und es sind nur ungefähr drei, vier Sekunden, in denen man die Leute auf der anderen Seite sehen kann. Er hat den Kopf in meine Richtung gedreht, und ich habe ihn gesehen. Das dauerte nur einen Augenblick, aber es hat gereicht.«

»Das heißt, du hast ihn nicht länger ansehen können. Du hast ihm nicht von Angesicht zu Angesicht gegenübergestanden?«

Lise nahm einen Schluck Wein und sagte:

»Du glaubst mir nicht, was?«

»Das habe ich nicht gesagt.«

»Nein, aber wenn du mir glauben würdest, dann wärst du schon im *Magasin* oder hättest deine Leute schon ausrücken lassen mit Blaulicht und Sirene und allem, was dazugehört.«

»Mir fällt es schwer, dir zu glauben. Das muß ich zugeben. Der Mann wurde für tot erklärt. Das ist in die ganze Welt hinausgeschickt worden. In allen Ländern der Erde wurde nach ihm gefahndet. Der Fall ist eingestellt. Es gibt keine Auferstehung von den Toten.«

»Wahrscheinlich nicht. Vielleicht bin ich nur überarbeitet. Im Augenblick ist alles nicht so leicht für mich.«

Ihre Wangen zeigten wieder ein wenig Farbe. Sie drückte ihm kurz die Hand und zog dann ihre schnell wieder zurück. Sie nahm noch etwas von der Pasta und half Freya, die mit den langen Dingern ihre Schwierigkeiten hatte. Aber die Kleine mußte immer erst überredet werden, ehe man ihre Nudeln kleinschneiden durfte. Sie wollte alles selber machen.

»Ich klemme mich dahinter, Lise.«

»Schon in Ordnung. Ich habe nur so furchtbare Angst bekommen. Auf einmal kam das alles wieder.«

»Das verstehe ich gut.«

Sie ergriff erneut seine Hand.

»Kannst du nicht heute nacht hierbleiben?«

Er sah sie an. Ihre Augen waren ein wenig feucht. Sie war zerbrechlich wie Glas, dachte er.

»Ich habe keine Zahnbürste dabei«, sagte er.

Sie mußte lächeln.

»Das macht nichts«, sagte sie. »Ich habe noch eine. Du sollst mir nur die Hand halten. Ich möchte nicht so gerne mit Freya alleine sein.«

»Mußt du auch nicht. Ich bleibe heute nacht hier.«

Das war ein gemütlicher Abend, dachte er, als er am nächsten Morgen zur Arbeit fuhr. Er hatte Freya ihre zwei Gutenachtgeschichten vorgelesen, dann hatten sie sich einen Thriller auf Video angeschaut und waren ins Bett gegangen. Er hatte neben ihr gelegen und ihr die Hand gehalten, bis sie eingeschlafen war. Gegen eins war Freya mit ihrem Kissen und ihrem Teddy gekommen und hatte sich zwischen sie gekuschelt. Morgens war es erst ein wenig komisch gewesen, aber sie hatten die seltsame Verlegenheit überwunden, indem sie sich auf das Kind konzentrierten. Er hatte Freya in den Kindergarten gefahren. Sie wollte gerne zu ihren Freunden, obwohl Lise sich einen Tag freigenommen hatte und zu Hause blieb.

Die Sonne schien, der Himmel war hoch und blau, und die Bäume trugen ein frisches Grün. Man mußte einfach guter Laune sein. Toftlund hatte den Sicherheitschef des

Magasin und Brian Gislev angerufen. Das Kaufhaus war natürlich sofort zur Zusammenarbeit bereit, und Gislev sollte das entsprechende Videoband in die Villa in Brønshøj mitbringen. Aber Toftlund wurde vorgewarnt, sich nicht allzuviel zu versprechen. Sie hätten mit mehreren Kameras und zwei Aufnahmegeräten Probleme gehabt und nutzten nun die Urlaubszeit, um gleich das ganze System überholen zu lassen. Zur Zeit hätten sie also nicht alles unter Kontrolle, hatte der Sicherheitschef des *Magasin* gesagt. Was natürlich vertraulich sei. Sie würden das nicht gern in alle Welt hinausposaunen. Per fand das nicht weiter schlimm. Er glaubte sowieso, daß Lise sich geirrt hatte, aber wenn es sie beruhigte, schaute er sich gern die Bänder an, dann konnte er ihr ohne schlechtes Gewissen mitteilen, daß ihre Augen sie getrogen hatten. Daß sie am hellichten Tag Gespenster gesehen hatte. Er dachte an die Nacht zurück. Es war eine so unbekümmerte und normale Nacht gewesen, obwohl – so ganz geheuer war es ihm auch nicht gewesen.

Gislev hatte das Abspielgerät vorbereitet. Die Aufnahmen waren körnig und verschwommen. Menschen kamen und gingen. Endlich tauchte Lise auf. Man hatte eine halbe Sekunde, um sie zu erkennen, dann verschwand ihr Gesicht. Man sah ein paar Menschen, die ihr zu Hilfe eilten. Man sah auch den Nacken eines jüngeren Mannes mit Brille. Auf einem anderen Band entdeckten sie den jüngeren, gut gekleideten jungen Mann noch einmal, einen kurzen Moment lang. Er lief am Rand des Bildes zum Ausgang am Bremerholm. Es war unmöglich, ihn deutlich zu erkennen. Eine Frau mit einem großen Kinderwagen und ein hochgewachsener, korpulenter Mann versperrten ihnen die Sicht. Leider gehörte ausgerechnet die Kamera, die ihn hätte von vorn aufnehmen können, zu denen, die gerade ausgetauscht wurden. Toftlund spulte zurück und hielt das Bild an. Es gab da eine gewisse Ähnlichkeit, wenn man lange genug hinschaute, aber er war trotzdem davon überzeugt, daß es sich nicht um den Mörder handelte. Wenn man angespannt und nervös war, konnte man vielleicht einen Augenblick lang glauben, er sei es. Aber nur auf den ersten Blick. Die Bilder waren nicht gut, aber sie waren gut genug. Toftlund war sich sicher, daß diese leichte Ähnlichkeit Lise einen Schock versetzt und bei ihr einen Kurzschluß ausgelöst hatte.

»Was meinst du?« sagte Gislev.

»Das ist er nicht.«

»Wäre auch eine Sensation. Toter Mann auferstanden!«

»Ja.«

»Es gibt noch eine andere Möglichkeit.«

»Und zwar?«

»Wenn er das Geländer angefaßt hat, hat er Fingerabdrücke hinterlassen.«

»Nachts werden da doch bestimmt die Putzkolonnen anrücken, meinst du nicht?«

»Doch. Aber es ist eine Möglichkeit. Sie ist gering, aber sie besteht.«

»Das wäre ein Riesenzirkus. Wir müßten die Spurensucher von der Polizei bestellen und das ganze Kaufhaus absperren. Das kommt nicht gut an. Ich habe keine große Lust, mit der Sache zu Vuldom zu gehen. Ich bin nämlich nicht scharf darauf, mich lächerlich zu machen und die Fahndung nach einem Toten einzuleiten.«

»Du glaubst deiner Frau nicht?«

»Nein, Brian. In der Tat. Ich rufe sie an und sage ihr, daß sie sich geirrt hat. Vuk ist tot und schmort in der Hölle. Und da soll er auch bleiben.«

Als er Vuldom ein paar Tage später traf und sie darüber informierte, stimmte sie seiner Einschätzung voll und ganz zu. Aber die Art ihrer Reaktion überraschte ihn doch. Sie kritisierte ihn ungewohnt heftig, daß er der Sache überhaupt nachgegangen war.

»Verschwendung von Ressourcen, Per«, sagte sie. »Und davon haben wir nicht allzu viele.«

»Ich mußte der Sache doch nachgehen.«

»Unsinn. Er ist tot. Das sagen unsere Verbündeten, und es gibt keinen Grund, daran zu zweifeln. Wir haben wahnsinnig viel Zeit in die Terrorprävention investieren müssen, womit wir in der Form nicht gerechnet hatten, und jetzt kommt auch noch der EU-Vorsitz, der wird uns noch mehr Zeit kosten.«

»Schon gut. Kein Grund zur Aufregung.«

»Halte dich an deine Aufgaben. Und paß auf, daß die Vergangenheit dir nicht dein Urteilsvermögen trübt.«

»Das tut sie nicht. Keine Sorge!« sagte er scharf.

Sie sah ihn an. Sie wirkte noch nervöser als neulich, aber da war noch etwas anderes, was er nur ahnen konnte. Er wußte, daß der EU-Vorsitz Dänemarks einen ungeheuren Aufwand bedeutete. Kollegen aus dem ganzen Land würden herbeordert werden. Ausländische Staatschefs mußten bewacht werden, in politischen Kreisen würde die Angst vor einem Terrorangriff wachsen, der PND würde Stellungnahmen zu den prominentesten Mitgliedern der weitverzweigten Bewegung abgeben müssen, die gegen den diffusen Begriff der Globalisierung ankämpfte. Es hatte Krawalle von Seattle bis Göteborg gegeben. Man wollte die Grenzkontrollen wieder einführen. Die Logistik war beinahe unüberschaubar, und er wußte, daß Vuldom schon seit langem übermäßig viele Termine mit diversen Koordinierungsgruppen hatte wahrnehmen müssen. Der EU-Vorsitz hatte für die Regierung absolute Priorität, und die Staatssekretäre der wichtigsten Ministerien hatten unmißverständlich klargestellt, daß Köpfe rollen würden, falls die Polizei Mist baute. Als ob Jette Vuldom seine Gedanken lesen könnte, sagte sie:

»Wenn dann hoffentlich alles glänzend über die Bühne gegangen ist, müssen die Kollegen ihre Überstunden abbummeln, und dann werden sich dieselben Politiker, die heute totalen Schutz und totale Kontrolle fordern, furchtbar darüber entrüsten, daß keine Leute da sind, die sich um simple Einbrüche kümmern oder alten Damen über die Straße helfen. Also, Per, konzentriere dich auf die Lebenden, die bereiten uns schon genug Probleme, und laß die Toten in Frieden ruhen.«

26

Auf dem Hauptbahnhof in Valencia bestieg Vuk den vorläufig letzten Zug seiner Reise. Es war der Nahverkehrszug nach Cuenca. Er hatte die letzten Tage in Eisenbahnabteilen oder Bahnhöfen verbracht. Er war in einem Europa untergetaucht, das ihn nicht einmal nach seinem Paß gefragt hatte. In Paris hatte er einen Rucksack gekauft sowie ein paar T-Shirts, eine kurze Hose und eine Jeans, dann hatte er den Nachtzug nach Barcelona genommen und war von dort nach Valencia weitergefahren. Vielleicht wäre es über Madrid kürzer gewesen, aber der Zug nach Barcelona ging früher. Er war mit lauter anderen jungen Leuten unterwegs gewesen und hatte wie sie in den Zügen oder auf den Bahnhöfen übernachtet. Die Zeit zum Schlafen war kurz und unruhig. Er hatte mehrmals von Emma und den Kindern geträumt, aber wenn er, oft schweißgebadet, erwachte, konnte er sich kaum an den Inhalt der Träume erinnern. Die Farben grell und heftig, blaue Bäume und ein Meer rot wie Blut. Er hatte viel an sie gedacht, während er das monotone Hämmern des Zuges wie den Pulsschlag seines eigenen Körpers empfand. Er hatte die Fahrkarten mit den neuen Euronoten bezahlt, die die Kartenverkäufer nach wie vor in Francs oder Peseten umrechneten, weil die neue Währung noch so ungewohnt war. Mit der Zeit hatte er sich ein wenig entspannt, weil niemand seinen Paß sehen wollte. Er hatte das Eisenbahnfahren satt, andererseits war diese Form des Reisens ideal, weil es keine elektronischen Spuren hinterließ. In Valencia hatte er eine Prepaid-Karte mit einer spanischen Nummer für sein Handy gekauft, dann war er in ein Internetcafé gegangen, hatte eine neue Hotmail-Adresse eingerichtet und die Nummer an Mikes dritte Mailadresse, ebenfalls bei Hotmail, geschickt. Seine Mail bestand nur aus dem Wort Cuenca und der Handynummer.

Vuk betrachtete die Landschaft, die draußen vorüberglitt. Es war ein älterer Regionalzug, der an jeder Station mit kreischenden Bremsen hielt und mit blauen Sitzen und orangefarbenen Papiertüchern über den Kopfpolstern ausgestattet war. Die anderen Fahrgäste schienen Leute aus der Gegend zu sein, die in Valencia einkaufen gewesen waren. Vuk war begeistert von der Landschaft und der gewaltigen Hitze, die ihn an Death Valley und Kauai erinnerte. Die gelblich versengte Erde zitterte, als wäre sie lebendig, und er genoß den Anblick der graubraunen Berge, die sich am Horizont erstreckten, und der kleinen goldenen Städtchen, die sie durchquerten, nachdem sie die ausgedehnten Wein- und Reisfelder und Apfelsinenhaine der Küstenregion hinter sich gelassen hatten. Er war noch nie in Spanien gewesen. Er mochte das Land und den Klang der Sprache auf Anhieb, obwohl er kein Wort verstand, ebenso wie die Menschen, die lebhaft und gesund wirkten. Besonders aber die Natur, die grünen Flecken inmitten der sonnenverbrannten Landschaft und der großen, trockenen Hitze. Das Landesinnere schien verlassener, als er erwartet hatte. Als hielten sich die meisten Bewohner genau wie die Touristen lieber an den Küsten auf. Er beobachtete die Mauersegler über den braungelben Ziegel- und Lehmdächern kleiner Orte, während der Waggon sich langsam leerte.

Über den Bergen und den menschenleeren Gegenden wölbte sich ein Meer aus Licht, und während der Zug Cuenca und seinem letzten Auftrag entgegenbummelte, war ihm, als stiege ihm der Duft von Thymian und Lorbeer, Wärme und Geborgenheit in die Nase. Daß es sein letzter Auftrag war, davon war er felsenfest überzeugt, und er verspürte eine innere Ruhe, weil er sich mit einemmal sicher war, daß die Aufgabe gelingen und er den Rest seines Lebens mit den Menschen, die er am innigsten liebte, an einem warmen und sonnigen Ort zubringen würde. Nun galt es, den Kopf von unnötigen und unnützen Gedanken freizuhalten und sich auf das Wesentliche zu konzentrieren. Das zu tun, was ihm sein ehemaliger Kommandant immer eingeschärft hatte, nämlich die Gegner nicht als Menschen anzusehen, sondern als Objekte oder Ziele, die es zu beseitigen galt, um das übergeordnete Ziel der Aktion zu erreichen. Sie waren Feinde, Widersacher, Hindernisse, die aus dem Weg geräumt werden mußten, wie man ein Feld von Disteln säubert. Aber zugleich wußte er, daß sein Problem gerade darin bestand, daß er die Menschen eben nicht mehr als Disteln auffaßte, sondern als Menschen.

Am späten Nachmittag kam er in Cuenca an. Im Bahnhof von Valencia hatte er sich einen englischsprachigen Reiseführer und einen Stadtplan gekauft. Die letzte halbe Stunde seiner zweistündigen Zugfahrt war er damit beschäftigt gewesen, sich einen Überblick über die Stadt zu verschaffen, in der Mustafa eine Pizzeria namens *Izmir* betrieb. Cuenca war eine größere Provinzstadt, die aus zwei Teilen bestand: Oben auf einem Sporn lag die Altstadt, an seinem Fuß die sehr viel größere Neustadt. Dem Führer entnahm er, daß der Ort für seine »hängenden Häuser« bekannt war, Häuser, die am Berg klebten und mit der gotischen Kathedrale auf der Plaza Mayor die Sehenswürdigkeiten der Stadt darstellten. Auf einem Foto war eine hohe Brücke abgebildet, die von einem alten Kloster, das jetzt als Hotel diente, über eine tiefe Schlucht zur Altstadt hinüberführte.

Zusammen mit drei älteren Menschen stieg er aus dem Zug. Der Bahnhof war staubig und still. Mauersegler schwirrten durch die Luft. Er setzte seinen Rucksack auf und ging in die Stadt. Die Straßen waren schmal und eintönig, aber insgesamt wirkte die Stadt wohlhabend und belebt. Es gab Läden, Bars und Restaurants en masse. Er kaufte sich einen genaueren Stadtplan, schlug in einer Telefonzelle unter *Izmir* nach und merkte sich die Adresse. Mustafas Lokal lag im neueren Teil der Stadt. Vuk paßte das ausgezeichnet. Er vermutete, daß die Neustadt viel anonymer war als der mittelalterliche Teil auf der Spitze des Bergvorsprungs. Mit dem Plan in der Hand fand er das *Izmir* in einer Nebenstraße, eingeklemmt zwischen zwei Geschäften. Gegenüber lagen ein Tabakladen und ein weiteres Geschäft, das Kücheneinrichtungen verkaufte. Die Straße war so schmal, daß zwei Autos kaum aneinander vorbeifahren konnten.

Er schlenderte eine nahegelegene Straße entlang, in der es mehrere kleine *hostales* oder *pensiones* gab. Schon in der zweiten Pension, in der er nachfragte, waren Zimmer frei. Sie lag im zweiten Stock eines gelben Hauses mit roten und weißen Blumen auf den kleinen Balkons. Im Schatten der Gebäude war die Wärme sehr angenehm. Die Wirtin hatte eine wettergegerbte braune Haut und war steinalt. Sie stand in der kleinen Küche, in der ein ebenso alter kahlköpfiger Mann mit seiner Zeitung saß und ihn anstarrte. Im Fenster stand ein Vogelbauer mit einem Papagei, der mindestens so viele Jahre auf dem Buckel hatte wie seine Besitzer. Das Haus gefiel ihm. Die Alte nahm ihn an der Hand, zog ihn den Gang hinunter und machte eine Tür auf. Dahinter lag ein schönes geräumiges Zimmer mit einem Bett, einer Kommode, einem kleinen Tisch mit Stuhl und einer engen rosaroten Duschkabine. Hinter den geschlossenen Fensterläden war das Zimmer dunkel und kühl. Vuk nickte, und die alte Frau lächelte mit ihrem zahnlosen Mund, als er ihr die Miete für eine Woche in bar bezahlte. Niemand hatte ihn nach seinem Namen oder seinem Paß gefragt. Das war perfekt.

Während der nächsten Tage machte er sich mit Mustafas Lebensrhythmus vertraut und wartete, daß Mike mit ihm Kontakt aufnehmen würde. Man konnte fast die Uhr nach Mustafa stellen. Sein Tagesablauf hatte nur wenige Variationen. Er machte seine Pizzeria gegen dreizehn Uhr auf und um kurz nach Mitternacht wieder zu. Mustafa war noch immer ein großer Mann mit dichtem Schnurrbart, und er bewegte sich geschmeidig, aber die Muskeln, die in Vuks Jugend so einschüchternd gewirkt hatten, hatten sich teilweise in Fett verwandelt. Er hatte zwei Angestellte, doch nachts verriegelte er immer persönlich die Tür und saß danach in seinem Hinterzimmer und überschlug den Tagesumsatz, ehe er die Alarmanlage einschaltete und nach Hause zu seiner Familie ging. Einmal war Vuk das Risiko eingegangen und hatte mittags eine Pizza bei ihm gegessen und die Toilette besucht. Das Lokal war vollbesetzt gewesen, der Koch in der einsehbaren Küche hatte alle Hände voll zu tun, und der Kellner rannte von Tisch zu Tisch. Vuk ging einen schmalen Gang entlang und öffnete die nicht verschlossene Tür zum Hinterzimmer. Dort standen ein Computer und ein Geldschrank. Aber den benutzte Mustafa ganz offensichtlich nicht für sein Geld, denn er warf die Tageseinnahmen jeden Abend in den Nachttresor einer Bank gleich um die Ecke. Es war natürlich riskant, im *Izmir* zu essen, falls Mustafa auftauchte. Aber das Risiko war gering. Um diese Zeit besuchte er nämlich seine Geliebte nicht weit von der Plaza Mayor. Nachts ging er dann nach Hause, aber auch nicht immer auf direktem Wege. Es kam vor, daß er noch bei seiner Freundin vorbeischaute. Vuk hatte Mustafas Frau einmal gesehen, als sie die Wohnung verließ. Sie war klein und dicklich, trug ein dichtschließendes Kopftuch und weite Kleider. Er ging davon aus, daß sie sich nicht in die Angelegenheiten ihres Mannes einmischte und es auch nicht wagen würde, ihn nach seinen sonstigen Beschäftigungen zu fragen. Mustafa führte ein normales spanisches Leben, dachte Vuk.

An einem späten Nachmittag saß Vuk in seinem Zimmer. Vor ihm auf dem Bett lag eine Rolle mit dünnem Eisendraht, die er sich zusammen mit einem Schleifstein und einer Rolle starkem Klebeband in einem Eisenwarengeschäft besorgt hatte. In einem Spielwarenladen hatte er zwei Springseile gekauft. Er schnitt die Holzgriffe ab und zog den Draht durch die Löcher der Griffe. Er befestigte die Enden und zog einmal kurz und kräftig daran, der Draht hielt. Im Hintergrund hörte er den Papagei, der übrigens nach einem bekannten spanischen Dichter Frederico benannt worden war, sein übliches Liedchen pfeifen. Spanien war ein phantastisches Land, in dem man alles bekam, was man brauchte. In einem Waffengeschäft war ihm eine beeindruckende Auswahl aller möglichen Schnappmesser vorgelegt worden. Eines hatte er gekauft und schliff es nun mit dem Schleifstein. Dann hatte er sich noch eine dieser Gürteltaschen besorgt, mit denen sämtliche Touristen herumliefen. Um siebzehn Uhr öffnete er wie jeden Tag sein Mobiltelefon. Es piepte. Er hatte eine SMS von Mike erhalten. Die Nachricht lautete: »Die Brücke 20 Uhr.«

Der Zeitpunkt näherte sich. Es gab keinen Grund mehr, noch länger zu warten. Mustafa führte ein glaubwürdiges Doppelleben, aber Vuk war überzeugt, daß er als Maulwurf für al-Qaida tätig war oder zumindest eine wesentliche Kontaktperson darstellte, die auch als Logistikchef fungieren konnte, gerade weil sie ein so unauffälliges Leben führte. Vuk nahm die SIM-Karte aus dem Handy und stopfte sie in die Tasche. Er würde sie in einem Gulli verschwinden lassen. Er steckte seinen alten Dolch und die beiden selbstgebastelten Garotten in seine Gürteltasche und das Schnappmesser in seine kurze Hose mit den vielen Taschen, legte sich aufs Bett zurück und starrte an die weiße Decke, die voller Fliegendreck war. Es war sehr warm und sehr still, aber er wußte, er würde nicht schlafen können.

Die Brücke von Cuenca, die das Hotel in dem ehemaligen Kloster mit der Altstadt verband, war eine imposante Konstruktion. Sie stand auf Eisenträgern, die wiederum auf Steinblöcken ruhten, und überspannte in großer Höhe eine Schlucht. Hier war sicher einst ein Fluß geflossen. Heute verlief dort ein Weg durch ein Erholungsgebiet. Die Brücke war 1902 erbaut und hatte ein rostrotes Eisengitter und einen Holzboden, durch dessen Spalten man in die Schlucht mit ihren grünen Bäumen und Büschen hinabsehen konnte. Vuk stand mit dem Rücken zum Hotel, das die Spanier Parador nannten, und schaute auf zwei der sogenannten »hängenden Häuser«. Sie waren aus Holz und hingen in der Tat bedrohlich weit über der tiefen Schlucht. Vuk war von seiner Pension aus zu Fuß zum Parador hinaufgegangen. Er schaute zur Brücke hinüber. Es war noch immer sehr warm, die Zikaden zirpten wie wild. Die Mauersegler sausten in rasendem Flug über die Brücke und durch die Schlucht. Eine Familie kam aus dem Parador und betrat die Brücke. Sie unterhielten sich angeregt auf deutsch und versicherten sich gegenseitig, daß die Brücke halten würde, aber Mutter und Tochter gingen doch eiligst hinüber, ohne einen Blick nach unten zu werfen. Von der anderen Seite kam ihnen Hand in Hand ein jüngeres Paar entgegen. Es blieb mitten auf der Brücke stehen, lehnte sich ein wenig über das Geländer und sah in die Schlucht hinunter und vielleicht weiter zu den Bergen in der Ferne. Sie waren gelb und braun mit grünen Tupfern. Auf einem der Berge ragte eine hohe Christusstatue empor. Nach einem Weilchen setzte das Pärchen seinen Weg fort und kam auf Vuks Seite herüber. Dann ging eine weitere Touristenfamilie an Vuk vorbei und überquerte die Brücke in Richtung Altstadt, sicher um dort ein gutes Restaurant zu suchen. Alles wirkte normal und vertrauenerweckend, dachte Vuk.

Vermutlich hatte Mike das gleiche gedacht und die Gegend ebenfalls beobachtet, um sicherzugehen, daß sich nicht noch andere für ihr kleines Rendezvous interessierten. Das war zwar völlig unwahrscheinlich, aber sicher ist sicher. Vuk sah, wie Mike die Brücke betrat und sie langsam überquerte. Er freute sich, ihn zu sehen. Er war auch in Shorts und T-Shirt, trug aber Sandalen, während Vuk seine Sneaker anhatte. Es war ein sehr heißer Sommer, selbst für spanische Verhältnisse. Nicht einmal nachts sank die Temperatur unter zwanzig Grad. Vuk setzte sich in Bewegung, so daß sie sich mitten auf der Brücke trafen. Sie stellten sich nebeneinander, stützten die Ellbogen auf das Eisengeländer und blickten in die schwindelnde Tiefe. Ein sehr unschuldiges Bild. Zwei Männer, die auf der Brücke von Cuenca die letzten Strahlen der Abendsonne genossen.

»Schön, dich zu sehen, John.«

»Ganz meinerseits, Mike.«

»Probleme?«

»Ganz und gar nicht. Warum hast du mich kontaktiert?«

»Sie fragen, ob du bald ein Ergebnis vorlegen kannst.«

»Kann ich«, sagte Vuk. Er blickte in die Tiefe und verspürte einen leichten Schwindel.

»Es eilt ein bißchen.«

»Ich rechne heute abend mit einem Ergebnis. Aber, Mike ...«

»Ja?«

»Ich bin mir nicht sicher, daß die Sache vor Gericht Bestand haben wird.«

»Das macht nichts. Zu Hause sagen sie, wenn du uns den Namen des Mannes geben kannst, der das Bindeglied zwischen Saddam und al-Qaida darstellt, dann kümmern wir uns um den Rest. Vorläufig wird er nicht vor Gericht gestellt. Der wird erst mal nach Guantánamo geschickt.«

»Gut.«

»Einen Namen, eine Adresse. Oder eine Telefonnummer, dann heben wir ihn aus. Die Spanier sind gute Alliierte. Im Antiterrorkampf sind sie Profis.«

»Gut.«

Mike richtete sich auf und drehte sich um. Er lächelte einer Familie mit zwei kleinen Kindern zu, die gerade vorbeiging. Auf der anderen Seite kam wieder ein junges Pärchen Hand in Hand. Unten in der Schlucht liefen mehrere Jogger auf den angelegten Sandwegen, die sich durch die Bäume und Büsche schlängelten.

Mike sagte:

»Kauf dir eine neue Karte fürs Handy, schick mir eine Mail mit Namen und Adresse und halte dich bedeckt, dann schaffen wir dich außer Landes. Schalte dein Telefon jede Stunde an, sobald du den Namen für mich hast.«

»Ich weiß nicht, wie lange ich noch hierbleiben kann. Das geht nur eine sehr begrenzte Zeit.«

»Keine Bange, John. Wir kriegen dich schon raus. Du wirst beschützt. Ich möchte doch noch mal mit dir in Kauai im Meer schwimmen.«

»Allerdings. Ich auch mit dir, Mike. Unbedingt.«

*

Vuk wartete, bis die beiden Angestellten die Pizzeria verlassen hatten. Er stand im Schutze der Dunkelheit, die die schmale, schlecht erleuchtete Straße umfing, im Eingang des Tabakladens gegenüber. Er hörte, wie sie sich von Mustafa verabschiedeten. Ein junges Mädchen mit blondiertem Haar und ein kräftiger Spanier. Es war immer noch heiß in der Stadt. Die Tür stand offen. Mustafa war nicht besonders vorsichtig, dachte Vuk. Er war eigentlich schon immer ein arroganter Sack gewesen. Überzeugt von seiner eigenen Unverwundbarkeit. Aber gleich würde er doch die Tür zuziehen und abschließen, bevor er sich in sein Hinterzimmer zurückzog, um die Tageseinnahmen zu zählen. Vuk trat ein. Mustafa stand an der Kasse und bündelte Euroscheine. Er hatte sich ein Geschirrtuch vor den Bauch gebunden. Sein weißes T-Shirt hatte einen Schweißfleck auf der Brust, und der Bauch hing ihm über die helle Hose. Aus dem Aschenbecher an der Kasse stieg der Rauch seiner Zigarette senkrecht in die Höhe. Mit dem Rand seines T-Shirts ergriff Vuk den Eisenhaken, der die Tür hielt, löste ihn und schob die Tür mit dem Absatz zu. Sie fiel rasselnd ins Schloß. Mustafa hob den Kopf.

»Wir haben geschlossen«, sagte er auf englisch. Und dann auf spanisch: *»Cerrado! Hasta mañana.«*

Vuk machte zwei Schritte auf ihn zu.

»Hallo Mustafa!«

Mustafa sah ihn an. Sein Blick war ruhig, aber Vuk merkte, wie sein Gedächtnis zu arbeiten begann.

»Janos? Bist du das? Wo kommst du denn her? Das darf doch nicht wahr sein!«

»Wie geht's, Mustafa?« Er machte noch einen Schritt nach vorn.

»Was machst du denn hier? Nach dir wird doch gefahndet, Mann. Ich dachte, du wärst tot!«

Noch ein Schritt.

»Ich soll dich von Fatima grüßen.«

»Hast du mit ihr geredet? Bist du in Dänemark gewesen?

Du wirst doch gesucht, Mann!« Sein Dänisch hatte einen leichten Akzent, aber vergessen hatte er es anscheinend noch nicht.

»Ja, ich habe mit deiner Schwester gesprochen.«

Mustafa legte das Geld auf die Theke und griff nach der Zigarette, die im Aschenbecher vor sich hin qualmte. Darauf hatte Vuk nur gewartet. Seine Handkante sauste gegen Mustafas Hals, gerade hart genug, daß der schwere Mann einen glasigen Blick bekam und auf den Boden rutschte. Vuk konnte gerade noch seinen Kopf auffangen, bevor er auf die Fliesen knallte. Er befühlte seine Halsschlagader. Der Puls war bedenklich schwach, aber das Herz schlug regelmäßig, immerhin, und Mustafa atmete relativ ruhig. Vuk schloß die Tür zu und wischte den Schlüssel ab, löschte das Licht, wischte auch den Schalter ab und zerrte Mustafa durch den Gang ins Hinterzimmer. Er war sehr schwer, und zwischendurch öffnete er einmal die Augen. Vuk schwitzte stark, als er Mustafa auf den Stuhl hievte, der normalerweise vor dem Schreibtisch stand und den er nun in die Mitte des Zimmers geschoben hatte. Er angelte das Klebeband aus seiner Gürteltasche und fand mit den Zähnen den Anfang, während er Mustafa auf dem Stuhl festhielt. Sein Kopf fiel von einer Seite auf die andere, und langsam drangen klagende Laute aus seiner Kehle. Vuk wickelte das Klebeband um Mustafas Körper und die Rückenlehne des Stuhls, aber die Hände ließ er vorn; die Oberarme hatte er eng am Körper festgebunden. Er riß das Klebeband durch und fesselte damit Mustafas Knöchel an die Stuhlbeine. Dann schlug er Mustafa ein paarmal mit der flachen Hand ins Gesicht, bis der die Augen öffnete. Sein verschleierter Blick wurde rasch wieder klar. Vuk sah sich um. In dem kleinen Raum gab es kein Fenster. Er schloß die Tür mit dem Fuß. Von draußen drangen keine Geräusche herein. Und von hier würden auch keine Geräusche nach draußen gelangen.

Vuk lehnte sich an die Wand und wartete darauf, daß Mustafa ihn ansah. Mustafa röchelte heiser.

»Was ist los, Mensch? Was willst du überhaupt. Willst du Geld? Dann nimm dir die Knete und zieh Leine, Alter! Was geht hier eigentlich vor, Mann?«

Vuk trat auf ihn zu und rammte ihm zwei trockene Fausthiebe ins Gesicht. Die Lippe sprang auf und fing an zu bluten, und das Auge füllte sich mit Tränen und schwoll binnen Sekunden an. Mustafa stöhnte und zerrte an dem Klebeband.

»Nimm das Geld und hau ab, Mann! Alter Wichser, was hab ich dir getan?«

Vuk schlug wieder zu. Zweimal mit der flachen Hand und einmal per Faust in das bereits lädierte Auge. Mustafa jammerte jetzt lauter. Vuk trat einen Schritt zurück und sagte:

»Ich hab dich noch nie leiden können, Mustafa. Deine Schwester fand ich richtig nett, aber du warst damals schon ein Vollidiot.«

»Was ist los? Hast du ein Problem, Alter? Im Namen Allahs, des Barmherzigen – kommt dieser Janos her und überfällt mich, weil ich die Ehre meiner Schwester gegen solche Typen wie dich verteidigt habe!«

Vuk schlug noch einmal zu. Mustafas Blick wurde stumpf, und er stöhnte auf, doch er war immer noch ein harter Hund, und sein übertriebener Mannesstolz hielt ihn davon ab zusammenzubrechen. Aber als das noch heile Auge wieder klar wurde, erkannte Vuk zum erstenmal die Angst darin.

»Mustafa. Du hast etwas, was ich gerne haben möchte. Du hast den Namen und die Adresse oder zumindest die Telefonnummer eines Mannes, der sich Azim nennt.«

Vuk betrachtete ihn genau. Nun stand ihm wirklich die Angst ins Gesicht geschrieben. Das geschwollene Auge bekam er gar nicht mehr auf, es mußte höllisch weh tun.

»Ich weiß überhaupt nicht, wovon du redest.«

»Habe ich mir gedacht, daß du das sagen würdest.«

Vuk nahm das Klebeband und verklebte ihm den Mund. Dann holte er eine seiner selbstgemachten Schlingen aus der Tasche. Er wickelte den Draht um Mustafas linken kleinen Finger und zog zu, so daß die Blutzufuhr unterbrochen wurde und aus dem abgeschnürten Fingerende Blut austrat. Er konnte an den Griffen ziehen, ohne daß seine eigenen Hände Schaden nahmen. Mustafa versuchte, etwas von sich zu geben, das noch gesunde Auge trat aus der Höhle, und die Venen in den Schläfen schwollen an. Sein Körper ruckte und zerrte so wild auf dem Stuhl, daß Vuk einen Augenblick lang befürchtete, er würde das Band zerreißen.

»Hör zu, Mustafa, mein Lieber. Nicht mehr lange und dein Finger ist abgestorben. Dann kommt der nächste dran. Und schließlich wirst du mir doch erzählen, wer Azim ist und wo ich ihn finde. Das ist nur eine Frage der Zeit – und der Finger.«

Vuk hob nicht die Stimme, er sprach ruhig und besonnen, als führten sie eine ganz gewöhnliche Unterhaltung. Dann trat er einen Schritt zurück. Man sah Mustafa an, wie sich der Schmerz in seinem Körper ausgebreitet hatte.

»Willst du was sagen?«

Mustafa nickte. Vuk riß ihm das Klebeband von den Lippen.

»Du mußt wahnsinnig sein, Mensch! Allah sei mir gnädig. Was machst du denn da? Du tust mir weh. Laß mich los! Ich hab keine Ahnung, wovon du redest!«

»Wo ist er?«

»Ich weiß es nicht. Bei der Ehre meiner Mutter. Ich weiß es nicht. Möge Allah mich auf der Stelle vernichten, wenn ich lüge!«

»Okay«, sagte Vuk und klebte seinen Mund wieder zu. Er wollte kein Geschrei, trotz der geschlossenen Fenster und Türen. Er griff zu der anderen Schlinge und nahm sich den kleinen Finger der rechten Hand vor. Als er zuzog, warf sich Mustafa vor Schmerz hin und her.

»Willst du was sagen?«

Mustafa nickte, und Vuk löste das Band.

»Im Computer. Im Computer. Und laß meine Finger los! Bitte!«

»Augenblick. Welche Datei?«

»Unter ›Buchführung‹. Da ist eine Datei, die heißt ›Durum‹.«

Vuk suchte schnell im Computer und fand in der Office-Ablage die Datei »Durum«. Als er sie öffnen wollte, verlangte sie jedoch einen Kode.

»Den Kode!«

»Den weiß ich nicht mehr. Allah sei mein Zeuge. Ich weiß es nicht mehr!«

Vuk trat auf ihn zu.

»Mustafa. Paß auf. Wir hätten eigentlich die ganze Nacht Zeit, aber ich habe noch was anderes vor. Das heißt, ich überspringe die Finger einfach und beschäftige mich gleich mit einem anderen Glied, und dann ist Schluß mit dem Mannsein. Hast du das geschnallt?«

Mustafa reagierte mit einem Schwall ausländischer Wörter, wahrscheinlich Flüche. Vuk ignorierte sie und stopfte Mustafa mit dem Klebeband erneut das Maul, ehe er seinen Gürtel öffnete. Er konnte die Angst geradezu riechen, die ihm aus jeder Pore entgegenstieg. Mustafa ruckte auf dem Stuhl herum und versuchte, etwas zu sagen.

»Der Kode?«

Mustafa nickte heftig, und Vuk entfernte das Band.

»Er wird dich töten! Und mich wird er auch töten!«

»Der Kode!«

»Lillehavfrue.«

»Kleine Meerjungfrau. Auf dänisch. Gewieft.«

Vuk gab den Kode ein, und zwei Telefonnummern tauchten auf. Die eine gehörte zu einem Handy. Die andere zu einem Festnetzanschluß. Es waren auch zwei Adressen vermerkt. Eine in Ronda, die andere in Madrid. Und lange Zahlenkolonnen, die zu einer Rechnung zu gehören schienen. Möglicherweise kodiert, aber das war nicht Vuks Problem. Er schaute sich um, entdeckte den Drucker, schaltete ihn ein und druckte die Seiten aus. Dann schloß er die Datei und löschte sie, nachdem er den Kode noch einmal eingegeben hatte.

»Wie heißt er?« fragte er dann. Von Mustafas ramponiertem Gesicht tropfte der Schweiß, seine Haut war leichenblaß.

»Er wird uns töten. Alle beide!«

Vuk atmete tief ein und aus wie ein Lehrer, der vor einem widerspenstigen Schüler steht, und langte wieder nach der Schlinge, aber er sah, daß Mustafa am Ende war. Er hatte sich in die Hosen gemacht. Vuk rümpfte die Nase und stellte sich hinter ihn. Mustafa nuschelte heiser:

»In Dänemark ist er unter dem Namen Öcelan al-Douri bekannt. Ich habe ihn dort kennengelernt. Er hat mich gelehrt, Allahs Wegen zu folgen und die Gottlosen zu bekämpfen. Die beiden Türme sind bloß der Anfang. Allahs Soldaten werden siegen. Jetzt wohnt er in Madrid und in Ronda. Er hat zwei Wohnungen. Talab Saleh ist sein offizieller Name in Spanien. Er führt ein ganz normales Leben, aber er ist Allahs würdiges Schwert. Möge dein Geschlecht verflucht sein bis ins zehnte Glied!«

»Und er ist der Thronfolger?«

»Er ist ein großer Mann, du Hund. Er fürchtet nur Allah, er wird dich bis ans Ende der Welt jagen und dich in die Hölle befördern!«

»Wer hat ihn geschickt? Saddam?«

»Saddam? Osama? Welche Bedeutung hat das schon?

Aber wenn's dir Freude macht – bitte sehr. Er ist Allahs Krieger, und du bist in jedem Fall ein toter Mann.«

»Wohl kaum«, sagte Vuk und jagte ihm das Schnappmesser in den Nacken. Er mußte einen Schritt zur Seite treten, damit das Blut ihn nicht bespritzte.

27

Per Toftlund rann der Schweiß übers Gesicht, als das Telefon klingelte. Eine Hitzewelle hatte Dänemark erfaßt, und wer irgend konnte, war ans Wasser geflohen, während er in seinem Büro saß und daran dachte, daß er bald eine Woche Ferien machen konnte. Mit einem alten Kameraden, der auch Froschmann gewesen war, wollte er zum Tauchen fahren. Und zwar nicht zusammen mit Millionen anderer Touristen irgendwo im Süden, sondern an der norwegischen Nordküste, wo das Wasser eiskalt und klar war. Der Freund hatte von einem spannenden, unerforschten sowjetischen Wrack erfahren, zu dem hinabzutauchen nicht nur gefährlich, sondern auch verboten war. Als das Telefon klingelte, war er jedoch in Gedanken bei Aischa und wunderte sich wieder einmal über ihre Teilnahmslosigkeit, die immer dann eintrat, wenn sie miteinander geschlafen hatten und schweißgebadet auf dem Bett lagen und keine Worte für ihre Empfindungen fanden. Falls sie überhaupt etwas anderes füreinander empfanden als gegenseitige körperliche Anziehung.

Die Stimme im Telefon sprach spanisch.

»Per, altes Haus. Hier ist Juan.«

»Juan. Das ist ja eine Überraschung. Wie geht's dir?«

Per sah den kleinen, lebhaften Spanier in seinem Madrider Büro vor sich, wo es angenehm kühl war, weil die glücklichen und klugen Leute dort unten Klimaanlagen hatten. Kommissar Juan Montoya war nicht nur ein Kollege, sondern auch ein Freund. Sie hatten sich vor Jahren kennengelernt, bei gemeinsamen Übungen von NATO-Spezialeinheiten. Später hatten sich beide für die Polizei entschieden, aber Juan war bei der Kripo geblieben. Es war mittlerweile einige Jahre her, daß sie sich zuletzt gesehen hatten.

»Viel Arbeit, Per. Für dich übrigens auch. Ich rufe aus Cuenca an.«

»Cuenca?« Per suchte nach den spanischen Vokabeln. Irgendwo mußten sie doch stecken. Er mußte sie bloß finden. »Ich dachte, du arbeitest in Madrid?«

»Ich hatte genug von der Hauptstadt. Meine Frau ist aus Cuenca. Sie wollte gern nach Hause zurück.«

»Okay. Was kann ich für dich tun?«

»Wir haben hier eine Leiche. Einen Mann. Ist heute nacht ermordet worden, und zwar sehr professionell. Eigentümer einer Pizzeria. Türkischer oder irakischer Kurde, aber er hat einen dänischen Paß. Verdiente brav seinen Lebensunterhalt, gesetzestreuer Bürger, soweit wir wissen. Alle Zulassungen in Ordnung.«

»Sehr interessant, Juan, aber was geht *mich* das an?«

»Hör doch erst mal zu, Per. Ganz so brav scheint unser Bürger doch nicht gewesen zu sein, mein EDV-Fach-mann hat nämlich ungemein spannende Sachen auf seinem Rechner gefunden. Terrorsachen. Er hatte offenbar Verbindungen zu Ansar al-Islam, das heißt zu al-Qaida.«

»Wie heißt er?«

»Mustafa Mussin.«

»Oh, dann geht's mich doch was an«, sagte Per. »Mit dem würde ich gern mal sprechen.«

»Leider etwas zu spät, Per.«

Toftlund dachte an die genannte Organisation. Ansar al-Islam, im Herbst 2001 im Nordirak gegründet, war ein neues Mitglied der internationalen islamischen Terrorbewegung. Sie war ein Zusammenschluß mehrerer extremistischer kurdischer Organisationen, die genau wie Osama bin Laden einen islamischen Staat wünschten. Per erinnerte sich an einen Bericht, der Stützpunkte der Bewegung in Norwegen, Deutschland und Spanien erwähnt hatte. Die Gruppe stand auf den europäischen und amerikanischen Listen internationaler Terrororganisationen.

»Ich schätze, dein Interesse wird gleich noch größer werden, mein Freund«, hörte er die schnelle spanische Stimme sagen. »Der Mörder ist ausgesprochen vorsichtig zu Werke gegangen. Er hat sämtliche Fingerabdrücke weggewischt, das heißt, beinahe. In der Regel machen ja alle einen Fehler. Er hat zwei Abdrücke auf dem Boden übersehen. Wir haben sie überprüft, vor fünf Minuten habe ich das Ergebnis reinbekommen. Sie gehören einem toten Mann.«

Trotz der Hitze lief es Per kalt den Rücken hinunter, und auf seinen Armen bildete sich eine Gänsehaut.

»Kommt jetzt das, was ich erwarte?«

»Genau, Per. Sie gehören deinem serbischen Freund, der unseren Unterlagen zufolge im letzten Winter bei einem Fluchtversuch in den USA getötet wurde. Kannst du mir erklären, wie das zusammenhängt?«

»Einen Moment, Juan.« Sein Inneres war in höllischem Aufruhr, aber er zwang sich, am Telefon ruhig und professionell zu bleiben. Er legte die Hand auf die Muschel und brüllte Charlotte herbei, die sofort erschien. »Charlotte, tu mir den Gefallen und reserviere mir den nächsten Flug nach Madrid und bitte die Kollegen in Kastrup, dafür zu sorgen, daß der Flugkapitän meine Pistole für mich durch die Kontrolle bringt. Und dann fährst du mich hin, okay?«

»Na klar, aber was ist denn los?«

»Später, Charlotte, verdammt noch mal. Tu jetzt erst mal, was ich dir gesagt habe!«

»*Yes, Sir!*« meinte sie ironisch. Aber er wußte, daß er sich auf sie verlassen konnte.

»Juan? Bist du noch da?«

»Was denkst du denn?«

»Ich komme mit dem nächsten Flieger«, sagte Per und zog die Schublade heraus, um sich zu vergewissern, daß sein Paß dort lag, wo er ihn nach seiner letzten Reise verstaut hatte.

»Schick mir eine Mail. Ich gebe den Kollegen Bescheid, sie holen dich dann am Flugzeug ab und bringen dich im Hubschrauber her. Dann kannst du schon am späten Nachmittag oder frühen Abend in Cuenca sein.«

Per rief sich die Spanienkarte ins Gedächtnis. Madrid lag auf der kastilischen Hochebene in der Mitte und etwas mehr als hundert Kilometer südöstlich davon Cuenca. Juan wußte ebenso wie Per, daß in einer Mordermittlung die ersten 24 Stunden die entscheidenden waren. Juan war Profi genug, er war sicher schon dabei, die Grenzen zu schließen, aber Spanien war andererseits auch ein großes Land mit vielen Fluchtwegen.

Als er einige Stunden später im Polizeihubschrauber nach Cuenca saß, versuchte er, nicht mehr an Vuk zu denken. Er mußte sich auf Mustafa konzentrieren, aber der war ihm eigentlich egal. Andere Gedanken nagten in ihm. Warum hatten die Amerikaner Vuk für tot erklärt? Und war Vuldom in diesen Betrug eingeweiht? Welche Aufgabe hatte Vuk? War er womöglich vorübergehend als Agent eingesetzt worden? Und warum hatte er selbst Lise nicht ernst genommen? Sie hatte recht gehabt. Sie hatte den Mörder im Kaufhaus *Magasin* gesehen. Was hatte Vuk in Dänemark verloren? Um welchen Preis war er in das Land zurückgekehrt, in dem das Risiko, erkannt zu werden, für ihn am größten war? Er holte die zerlegte Pistole aus der Tasche, die im Lastraum des Flugzeugs transportiert worden war; er hatte sie nicht in die Kabine mitnehmen dürfen. Er setzte sie zusammen, schob ein Magazin in den Schaft und sicherte sie. Neben ihm saß ein Zivilbeamter, er warf nur einen flüchtigen Blick auf die Pistole, so wie er auch nur einen flüchtigen Blick auf Toftlunds Ausweis geworfen hatte, als er ihn an der Treppe des Flugzeugs auf dem Barajas-Flughafen abgeholt hatte.

Vor ihnen tauchte Cuenca auf. Er erkannte den Parador und die große Christusstatue und das sonderbare Wiesenland nordöstlich des neuen Stadtteils. Das wellige Grün wollte nicht recht in diese sonnenverbrannte Landschaft passen, die jetzt von der untergehenden Sonne blutrot gefärbt wurde. Sie schwebten über die Brücke und landeten am Stadtrand, wo ein Streifenwagen auf sie wartete. Toftlund setzte sich in den Fond, der Fahrer schaltete Sirene und Blaulicht ein und raste mit quietschenden Reifen davon.

Toftlund und Juan begrüßten sich mit einem kurzen Händedruck. Die Erinnerungen an ihre gemeinsame Soldatenzeit mußten sie ein andermal aufwärmen. Die Leiche war bereits abtransportiert. Auf dem Boden waren ihre Umrisse mit Kreide nachgezeichnet. Hinzu kamen ein stattlicher Blutfleck und kleinere Kreidekreise, die die Fingerabdrücke markierten. Die Spurensicherung hatte ihre Arbeit bereits erledigt. Vom Rechner und vom Drucker war nichts mehr zu sehen.

Juan erklärte Toftlund den Tatort. Er machte es effektiv und professionell, aber seine Stimme hatte einen frustrierten und bitteren Unterton, den Toftlund nicht so recht deuten konnte. Sie waren allein. Das wunderte ihn ebenfalls. Wo waren Juans Mitarbeiter? Vor der Pizzeria standen zwei bewaffnete Schutzleute, aber sonst war der Tatort leer. Per mußte sich auf Juans deutliches, aber schnelles Spanisch konzentrieren. Juan berichtete, daß Mustafa mit Klebeband an den Stuhl gefesselt worden war. Man sah die Spuren des

Klebebands, aber das Band selbst hatte der Täter entfernt, vermutlich war es längst in der Müllverbrennung gelandet. Toftlund sah die großen Müllwagen vor sich, die frühmorgens durch die Straßen fuhren. Die Leiche war um acht Uhr von der Putzfrau gefunden worden. Mustafa war mißhandelt worden. Sein Gesicht wies schwere Verletzungen auf, und seine beiden kleinen Finger waren stark in Mitleidenschaft gezogen. Offensichtlich durch einen Eisendraht, wie man ihn überall kaufen konnte. Auch er war vom Tatort entfernt worden. Der Tod mußte dem Rechtsmediziner zufolge zwischen Mitternacht und drei Uhr morgens eingetreten sein. Ein genauerer Zeitpunkt konnte erst nach der Obduktion bestimmt werden. Alles war sorgfältig abgewischt worden, man hatte keine Fingerabdrücke gefunden, mit Ausnahme eben der beiden auf dem Boden, wo man auch Abdrücke des Opfers entdeckt hatte.

»Komm mal her, Per«, sagte Juan und wies durch die Tür in das eigentliche Lokal. Erst jetzt bemerkte Toftlund die beiden Kreidekreise auf dem Boden vor der Theke.

Juan sagte:

»Ich glaube, dein alter Freund …«

»Nenn ihn ruhig Vuk. Das ist sein *nom de guerre*.«

»*Bueno*, Per. Ich glaube, daß Vuk ihn niedergeschlagen hat, aber er brauchte ihn noch, er wollte noch was von ihm wissen, also hat er ihn aufgefangen, damit sein Kopf nicht gegen die Fliesen schlägt. Ich lasse mich mal fallen. Was tust du?«

Juan ließ sich halb nach hinten, halb zur Seite sinken. Per griff nach ihm und versuchte ihn mit der rechten Hand davor zu bewahren, mit dem Kopf auf den Boden zu prallen. Wie ein Ringrichter beim Boxen, der einen ausgeknockten Boxer aufzufangen versucht. Per ging in die Knie und konnte Juans Kopf halten, aber um nicht aus dem Gleichgewicht zu geraten, stützte er sich mit der linken Hand einen Moment lang auf dem Boden ab. Juan sprang wieder auf die Beine.

»Genau, Per. Da beging Vuk seinen Fehler. Das hatte er nicht bedacht.«

Juan setzte den kleinen Finger und den Daumen auf die markierten Felder. Es paßte. »Er hat es einfach vergessen, daß er sich ein, zwei Sekunden lang auf dem Boden abgestützt hat, um das Gleichgewicht nicht zu verlieren. Was übrigens auch mit den Fingerabdrücken des Opfers zusammenpaßt.«

»Warum hat er keine Handschuhe getragen?«

»Bei vierzig Grad Hitze?«

»Trotzdem. Wie hat er Mustafa getötet?«

»Mit einem spitzen Gegenstand. Sicher einem Messer. In den Nacken. Äußerst präzise. Ein Profi. Wie wir es damals auch gelernt haben, nicht wahr, Per?«

»Daß er keine Handschuhe getragen hat, verstehe ich immer noch nicht.«

Juan sah ihn an.

»Du sollst übrigens in Dänemark anrufen, Per. Deine Chefin, Señora Vuldom. Das hättest du gleich bei deiner Ankunft machen sollen, aber ich wollte dir doch wenigstens erst den Tatort zeigen.«

Toftlund holte sein Handy heraus und machte es an. Sobald die Verbindung da war, fing es wie wild an zu piepen.

»Wie gesagt, stante pede, lautete der Befehl. Sie ist den ganzen Abend in ihrem Büro.«

»Ich hasse diese Mistdinger!«

»Macht doch nichts. Jetzt telefonier schon!«

Vuldom nahm ab und fuhr ihn sofort an:

»Was zum Teufel hast du in Spanien zu suchen, Per?!«

»Ich gehe meiner Arbeit nach.«

»Du bist kein Reisekader, verdammt noch mal!«

»Mustafa hatte Verbindung zu einer Gruppe, an der wir stark interessiert sind.«

»Du nimmst das erste Flugzeug morgen früh und kommst nach Hause. *Capito?*«

»Nein, absolut nicht, Vuldom. Denn es gibt noch eine andere Verbindung.«

»Das geht dich nichts an!«

Ihre Stimme klang wütend, aber sie schien auch frustriert darüber zu sein, daß er sich dort in Cuenca befand und daß sie am Handy nicht alles sagen konnte, was sie wollte, obwohl er mittlerweile verstanden hatte, woher der Wind wehte.

»Und ob mich das was angeht, Vuldom. Und ob. Und das weißt du sehr gut!«

»Soll ich's dir erst schriftlich geben, Toftlund? Ich erteile dir hiermit den ausdrücklichen dienstlichen Befehl, dich in das nächste Flugzeug nach Kopenhagen zu setzen und den Fall den Spaniern zu überlassen. Hast du das verstanden?«

»Nein, das habe ich nicht verstanden.«

»Ich kann dir am Telefon keine detaillierte Erklärung geben, Menschenskind. Das weißt du selber. Aber wir arbeiten seit vielen Jahren zusammen, und ich bitte dich und ich befehle dir, nach Hause zu kommen. Dieser Fall ist nicht unser Fall. Du mußt jetzt mal deine persönlichen Gefühle hintanstellen. Es geht um die nationale Sicherheit unseres wichtigsten Verbündeten. Laß die Finger davon! Hast du jetzt verstanden, Toftlund?«

»Ich hab's gefressen, Vuldom.«

»Bis morgen. Auf Wiedersehen.«

Toftlund drückte auf Gesprächsende und knurrte: »Blöde Kuh!« Juan sah ihn mit einem schiefen Grinsen an und sagte:

»Et tu, Brute.«

»Was ist los?«

»Das ist Latein, du ungebildeter Däne. *Et tu, Brute.*«

»Auch du, Brutus? Schon gut, ich verstehe. Auch du also?«

»Als du schon im Flieger gesessen hast. Eigentlich hätte ich den Hubschrauber stoppen lassen und dich gleich wieder nach Hause schicken sollen. Na, sagen wir, ich habe es halt vergessen. Die geheimen Jungs aus Madrid haben den Fall übernommen. Wir tun, als würden wir dem Mord nachgehen, aber das tun wir nicht. Vuk hat sehr, sehr vornehme Freunde.«

»Scheiße.«

»Vielleicht nicht ganz stubenrein ausgedrückt, aber sehr treffend.«

»Und was machen wir jetzt?«

Juan schlug ihm auf die Schulter, als wären sie Schuljungen.

»Ich habe dir ein Zimmer im Parador reserviert. Im Restaurant ißt man hervorragend, gute regionale Küche, ich lade dich zum Essen ein. Hinterher kippen wir uns einen hinter die Binde und erzählen uns Räuberpistolen aus Soldatenzeiten. Und morgen setze ich dich in den Zug nach Madrid.«

Sie hatten gegessen und getrunken, aber ihre Stimmung war derart gedämpft, daß sie nicht über das sprachen, worüber sie eigentlich am liebsten reden wollten. Es wäre zu schmerzhaft und ärgerlich gewesen, das große Warum von allen Seiten zu beleuchten. Vielleicht lag es an ihrer soldatischen Ausbildung. Befehlen zu gehorchen war ihnen zur zweiten Natur geworden. Auch wenn ihnen die Befehle eigentlich gegen den Strich gingen. Lise hatte immer gesagt, daß er einerseits sehr anarchistisch und andererseits sehr autoritätsgläubig war. Gegen ein Uhr nachts war Juan nach Hause gegangen, und Toftlund hatte sich die halbe Nacht in dem großen Doppelbett herumgewälzt und Sehnsucht nach Lise gehabt. Cuenca gehörte zu den vielen Stationen ihrer ersten gemeinsamen Spanienreise. Sie hatten beide viel für Spanien übrig, so daß die Reise ein ungeteiltes Vergnügen gewesen war. Er dachte an sein Leben und an Vuldom und an die verräterische Welt, an der auch er beteiligt war. Zwischen ihnen würde nie mehr dasselbe Vertrauensverhältnis wie früher möglich sein. Sie war sein Boß, aber er hatte sie auch als Freundin empfunden. Damit war jetzt Schluß. Er wußte nicht, ob er weiterhin an ihrer Geheimwelt teilnehmen wollte. Aber was sollte er dann machen? Er wünschte, er könnte sich und seine Gefühle besser analysieren. Er wünschte, er und Lise könnten neu beginnen. Er vermißte sie so schmerzlich. Warum würdigte man etwas erst, wenn man es verloren hatte? Und wie sollte er ihr erklären, daß sie recht gehabt hatte und er sich so schlimm geirrt hatte? Dabei durfte er es ihr nicht einmal erklären. Kein Wort durfte er der Frau, die er noch immer liebte, verraten.

Kurz vor zehn stand er wie verabredet vor dem Parador und schaute auf die Brücke, die zur Altstadt führte. Er wartete auf Juan. Es war wieder ein schöner, warmer Morgen. Er betrachtete die faszinierenden hängenden Häuser, die regelrecht an die Felswand geklebt zu sein schienen, und die Kirchturmspitzen hinter der Stadtmauer. An der Mauer hing ein Reklameplakat. Eine junge blonde Frau. Lächelnd. Darunter ein Text, den er von hier aus nicht lesen konnte. Die erste Touristenfamilie ging über die rostrote Brücke und sah etwas nervös, aber auch fasziniert in die tiefe Schlucht hinab. Toftlund schaute auf die Straße, die sich S-förmig auf die Stadt zuschlängelte. Ein dunkler Volvo Kombi mit getönten Scheiben fuhr durch die Haarnadelkurven und arbeitete sich den Hügel hinauf. Der etwas verwirrte Mann, der sich ein bißchen Geld verdiente, indem er die Autos der Touristen einwies, tauchte auf dem Parkplatz auf. Er verbrachte den Tag meistens im Schatten eines großen

Baums, und sein unrasiertes Gesicht zeigte immer dasselbe erwartungsfrohe Grinsen. Der Volvo nahm die nächste Kurve. Hinter dem Steuerrad saß ein Farbiger. Es war nicht Juan. Ein zweites Auto begann an der ersten Kurve ebenfalls den steilen Aufstieg. Toftlund schaute wieder zur Altstadt hinüber und sah, wie ein junger Mann die Brücke betrat.

Es war Vuk.

Vuk hatte Toftlund nicht gesehen. Er sah zu Mike hinüber, der aus dem schwarzen Volvo stieg und grüßend den Arm hob. Vuk empfand große Erleichterung. Es war überstanden. Vorhin hatte er in der kleinen Pension in der Altstadt, in die er gestern vormittag umgezogen war, Mikes SMS erhalten. Die neue Pension ähnelte der alten, aber er vermißte den Papagei und den alten Mann mit der Zeitung. Das Licht war so klar heute morgen, und in der Hitze waren die Düfte so intensiv wie nach einem Frühlingsregen in der Wüste. Seit der Nacht mit Mustafa hatte er praktisch nicht geschlafen. Er wagte es nicht. Das eine Mal, als er eingenickt war, hatte sich die Blutwalze so lebensecht und grausam ihren Weg gebahnt wie seit Jahren nicht mehr, und er war mit einem Schrei aus dem Schlaf geschreckt, als die kleine Pensionswirtin keifend an seine Tür pochte. Er sah Mustafas Gesicht ständig vor sich. Es war, als glotzte es ihn nicht böse, sondern enttäuscht an. Es war schmerzverzerrt, und mit einemmal schwammen kleine Ratten in seinen jetzt leeren Augen. So etwas hatte er nach einer Aktion noch nie erlebt. Er hatte Alpträume gehabt, das schon, aber doch keine Halluzinationen am hellichten Tag. Aber nun hatte dieses Leben endlich ein Ende. Nun warteten Anna, Jonathan und Cathy auf Kauai. Nun warteten die breiten Strände, die Palmen und das endlose Meer. Die Blutwalze würde noch lange rollen, womöglich immer, aber das Meer und Anna würden ihrer zermalmenden Amokfahrt über Menschen hinweg schließlich Einhalt gebieten, und damit würde auch die Vergangenheit ein Ende haben. Die Blutwalze würde stehenbleiben. Vielleicht in Zeitlupe, so wie er heute morgen ohnehin alles sah, aber irgendwann würde sie rostig und verwittert sein und sich nie mehr in Bewegung setzen. Sein Leben würde ihr keinen Anlaß mehr geben. Er war so müde. Er konnte sich nur noch auf Mike konzentrieren, der auf ihn wartete. Nur noch die letzten Schritte, dann war es vorbei. Erst jetzt spürte er den ungeheuren Druck, unter dem er gestanden hatte. Als verlangte sein Körper plötzlich Schlaf, nur Schlaf. Eigentlich sollte er erleichtert sein, und er war es wohl auch. Es hatte geklappt. Er war am Ende des Weges angelangt. Planung ist alles, hatte sein alter Kommandant immer gesagt. Planung und Sorgfalt schlossen aus dem Spiel beinahe jede Zufälligkeit und jeden Glücksfall aus. Aber als er fast noch ein Halbwüchsiger war, so jung war er damals gewesen, hatte der Kommandant auch oft zu ihm gesagt: Aber das Leben *ist* ein Spiel, Vuk. Glück muß man haben. Niemand kann sich dagegen wappnen, daß der Zufall einen Joker ausspielt, mit dem niemand gerechnet hat.

Vuk trug eine lange, helle Hose und eine kurze Windjacke über einem weißen T-Shirt. Toftlunds Herz hämmerte. Vuk hielt kurz inne, dann setzte er sich langsam in Bewegung. Dieser verfluchte Mörder lief so cool daher, als gehörte ihm die ganze Welt! Weil er wußte, daß er beschützt wurde und sich nicht um die Polizei zu scheren brauchte.

Toftlund zog seine Pistole und preßte sie gegen seinen rechten Oberschenkel. Er ließ Vuk die Mitte der Brücke erreichen, dann rannte er los. Vuk stoppte und steckte die Hand in die Tasche. Trotz der Sonnenbrille sah Toftlund, daß sich Überraschung und Verwunderung auf seinem Gesicht zeigten. Dann erkannte Vuk ihn wieder. Toftlund hob die Waffe, hielt sie mit beiden Händen fest und ging langsam auf ihn zu.

»Ganz still. Keine Bewegung, Vuk«, sagte er auf dänisch. Vuks Augen konnte er hinter der schwarzen Sonnenbrille nicht erkennen. »Ganz still, Vuk. Nichts würde ich lieber tun, als dich wie den Hund abzuknallen, der du bist, aber leg dich auf den Bauch. Und nimm die Hand aus der Tasche! Auf den Bauch mit dir! Aber langsam.«

Vuk zog die Hand aus der Tasche. Er lächelte.

»Du begehst einen großen Fehler, Toftlund. Wir stehen auf derselben Seite.«

»Wir stehen nie auf derselben Seite. Runter mit dir!«

Es war windig auf der Brücke, aber es war ein heißer Wind. Der Schweiß rann Toftlund in die Augen. Sein Herz hämmerte nach wie vor, die Erregung hatte von seinem ganzen Körper Besitz ergriffen. Vuk lächelte noch immer, hatte aber schon ein Knie auf den Boden gesetzt, als Toftlund eine Stimme hinter sich hörte. Sie gehörte einem Amerikaner.

»Ich weiß nicht, wer du bist, aber ich habe meinen Revolver auf dich gerichtet. Laß deine Waffe fallen!«

Toftlund drehte sich vorsichtig um. Vuk erhob sich wieder. Es war der schwarze Mann aus dem Volvo. Er hatte die Beine leicht gespreizt und hielt den amerikanischen Polizeicolt mit dem kurzen Lauf in beiden Händen. Die klassische Stellung. Hinter ihm stand der verwirrte Parkwächter mit einem tumben Grinsen im Gesicht.

»Fallen lassen, sag ich. Schmeiß sie über das Geländer und laß den Mann vorbei! Sofort!«

Toftlund warf die Pistole weg und sah sie in die Schlucht segeln. Er hätte es nicht für möglich gehalten, aber sein Herz hämmerte jetzt noch heftiger.

»Hinlegen«, sagte der schwarze Amerikaner. »John, komm her. Runter, hab ich gesagt.«

Toftlund ließ sich erst auf die Knie und dann auf den Bauch gleiten.

»Leg dich an den Rand. Ich sag dir, Mann, leg dich an den Rand, sonst knalle ich dir in den Arsch. Na, mach schon. John, komm her.«

Toftlund kroch an die Seite. Vuk drückte sich an das gegenüberliegende Geländer und ging langsam vorwärts. Toftlund sah durch die Bretter, die den Brückenboden bildeten, in die Tiefe. Er hörte ein Auto mit kreischenden Bremsen stoppen und riskierte einen Blick nach hinten, wo Juan mit einem Beamten, der fieberhaft versuchte, seine Pistole zu ziehen, aus dem Wagen sprang und auf spanisch schrie, der Amerikaner solle seine Waffe fallen lassen. So was nennt man auf der anderen Seite des großen Teichs einen *mexican stand-off*, dachte Toftlund etwas irrational, als der erste Schuß fiel. Juan hatte auf den farbigen Amerikaner geschossen. Die Kugel pfiff über Toftlund hinweg. Juan hatte zu hoch gezielt. Absichtlich. Denn Juan war ein guter Schütze. Toftlund hatte sich halb aufgerichtet. Vuk stand einen halben Meter von ihm entfernt. Seine Hand glitt wieder in die Tasche. Das Lächeln war weg. Was sollte er tun? Vor- oder zurücklaufen? Nur zwei Sekunden dauerte seine Unsicherheit, aber das reichte Toftlund, um hochzuschnellen und seinen Gegner mit einer Art Tackling von den Beinen zu holen. Vuk schnappte nach Luft.

Aber er war stark, der Bursche. Und behende. Er wuchtete Toftlund die Faust in die Niere, daß es ihm wie ein Stromstoß durch den ganzen Körper jagte, und rollte sich zur Seite. Gleichzeitig kamen sie wieder auf die Beine. Toftlund sah, wie die Klinge von Vuks Schnappmesser herausschnellte, und drehte den Körper gerade noch rechtzeitig weg, als der Stahl von unten auf sein Zwerchfell zusauste. Die Klinge drang durch das T-Shirt und in die Haut über seinem Hüftknochen, verfing sich aber in der Windjacke. Toftlund schlug mit der linken Handkante auf Vuks Arm, so daß das Messer klirrend auf die Brückenplanken fiel und in einer Ritze verschwand, und verpaßte ihm mit der Rechten einen Faustschlag auf die Nase. Blut floß, die Sonnenbrille flog durch die Luft, aber Toftlund sah keine Angst in diesen kalten blauen Augen. Vuk taumelte gegen das Geländer, stieß sich aber sofort wieder ab und traf mit der Linken Toftlunds Schläfe. Der ging sogleich mit einer Rechten aufs Auge zum Gegenangriff über, so daß Vuk wieder gegen das Geländer prallte. Stöhnen auf beiden Seiten. Vuk trickste, die Hände in Karatehaltung, aber Toftlund durchschaute die Finte und sah das Bein wie in Zeitlupe auf sich zukommen. Er federte die Hauptwucht des Tritts ab, der seine Hüfte rammte. Es tat unbeschreiblich weh, aber er konnte den Fuß packen, machte zunächst einen Schritt rückwärts und benutzte den Schwung, der noch in Vuks Bein steckte, um es hochzureißen und dann mit aller Kraft von sich zu stoßen. Vuks Oberschenkel prallten gegen den Handlauf des Geländers. Er hing einen Augenblick fest, Angst zeigte sich in seinen blauen Augen, die plötzlich nackt und verwundbar schienen, dann kippte er nach hinten und versuchte verzweifelt, seinen Körper zu drehen und das rostrote Geländer zu fassen zu kriegen. Er flog. Es war ein sonderbares Gefühl. Er befand sich im Nichts und schwebte sekundenlang in einer warmen, salzigen See und wußte, nun würde die große Welle aus der Unendlichkeit kommen, ihn in die Höhe heben, ans Ufer spülen und ihn an den Klippen zerschmettern.

Toftlund hechtete vor, als Vuk fiel, und streckte beide Arme aus, um seine Hände oder seine Jacke zu ergreifen. Es war zu spät. Vuk stürzte lautlos in die Schlucht. Er traf auf einen Baum. Man hörte, wie die Äste brachen, als der Körper durch die Krone schlug, bis er mit einem dumpfen Geräusch aufprallte.

Toftlund sank auf das eine Knie. Ihm war speiübel, und sein Mund schmeckte nach Blut. Er blickte auf das alte

Cuenca hinüber. Er sah alles so klar wie durch einen Tunnel, der das Licht verstärkte. Jetzt konnte er das Reklameplakat lesen: »*La ilusión se cumple cada día.*«

Toftlund fing an zu lachen. Er hörte Schritte. Juan kam herbei. Hinter Juan legte der uniformierte Beamte dem Amerikaner Handschellen an. Er lag mit dem Bauch auf dem Boden, die Hände auf dem Rücken. Toftlund war alles egal. Am liebsten hätte er gleichzeitig gelacht und geheult. Vielleicht stand er unter Schock. Er mußte sich zusammenreißen, er mußte Lise unbedingt von dem Plakat erzählen. Er las es noch einmal. Das Fräulein auf dem Bild hatte einen kirschroten Mund. Der Spruch war wirklich unbezahlbar. Wahrscheinlich war es eine Werbung für die Eisenbahn. Aber was bedeutete er genau? Juan faßte ihn unter und zog ihn hoch, aber er durfte das Reklameplakat jetzt nicht aus den Augen verlieren. Er mußte verstehen, was da stand. Es war sehr wichtig. Juan stellte ihn auf die Beine, zog ihn an sich und nahm ihn in die Arme. Da merkte Toftlund, wie er hysterisch zu lachen anfing, denn endlich konnte er den Werbespruch übersetzen, und irgendwann wurde ihm bewußt, daß er ihn pausenlos vor sich hin brabbelte:

»Die Illusion vollzieht sich jeden Tag. Die Illusion vollzieht sich jeden Tag. Die Illusion vollzieht si…«

28

Als sich gerade ein Gewitter über dem Wald entlud und ein Wolkenbruch niederging, lieferte Toftlund eine todmüde Freya in Ganløse ab. Lise hatte Kaffee gemacht, saß auf dem Sofa und las Zeitung. Per erkannte Jette Vuldoms Foto unter der Überschrift: »PND-Chefin geht«. Sie legten Freya neben Lise aufs Sofa, und Per beruhigte sie mit dem Schnuller, der eigentlich längst aus dem Verkehr gezogen sein sollte. Sie hatten einen schönen Nachmittag im Zoo verbracht, aber jetzt war die Kleine vollkommen erschöpft. Lise zeigte auf das Bild von Vuldom.

»Jetzt bekommt sie also das, was sie immer haben wollte? Vorsteherin eines Polizeikreises in der Provinz.«

»Ein bißchen schneller, als sie sich das vorgestellt hatte.«

»Das heißt, sie ist gegangen worden?«

»Klar. Wir kriegen einen neuen Chef. Peter Sigvardt. So um die dreißig. Bürstenhaarschnitt, Marathonläufer, Nichtraucher. Hat einen Haufen Management- und Teambuildingkurse mitgemacht. Der Mann der Zukunft. Der ganze Dienst kriegt eine neue Struktur und einen neuen Sitz. Neue Zeiten, neue Köpfe.«

»Geht's auch um deinen?«

Er sah sie an und schenkte Kaffee ein.

»Es geht auch um meinen«, sagte er.

»Und?«

»Nichts und. So ist es eben.«

»Es geht also einfach nur um irgendwelche Strukturänderungen? Eine neue Regierung tauscht die Räte und Ausschüsse der alten aus. Und das soll ich glauben?«

Toftlund beugte sich in seinem Sessel vor und versuchte, nicht allzu auffällig auf ihre braungebrannten Beine zu starren. Er atmete tief durch, und sie hatte den Eindruck, daß er tatsächlich mit sich rang, und empfand mit einemmal ein ganz unvernünftiges zärtliches Gefühl für ihn.

»Ach, auch egal«, platzte es aus ihm heraus, »aber du darfst das auf keinen Fall schreiben, Lise, klar? Man hat ziemlich detaillierte Pläne für ein Selbstmordattentat auf das Bella Center gefunden, weißt du, wo normalerweise die Gipfeltreffen stattfinden. Die Pläne gaben zwar keinen Aufschluß darüber, wie man die Sicherheitssysteme überwinden wollte, aber die Pläne waren nun mal da. In allen Einzelheiten. Ich war derjenige, der den Politikern hoch und heilig versichert hat, daß derlei Pläne nicht existieren, aber Vuldom ist die Chefin, also muß sie die Suppe auslöffeln. Die Regierung opfert Vuldom, und dadurch überlebt sie, die Sache wird im Vermittlungsausschuß begraben, aber jemand muß den Kopf dafür hinhalten. Und das ist Vuldom. Und ich. Aber andererseits sind wir ja in Dänemark, das heißt, wir werden nicht an den Pranger gestellt, sondern man versetzt uns einfach in einen anderen Sprengel. Das ist für alle Seiten am besten.«

Lise zeigte auf einen anderen dreispaltigen Artikel.

»Davon handelt das hier also?«

Toftlund hatte den Artikel gelesen. Der Autor hatte alles Wesentliche aus einer der seltenen Pressemitteilungen gepflückt, die der PND herausgab. Ein Mann, der verdächtigt wurde, Verbindungen zu den höchsten Kreisen von al-Qaida zu unterhalten, war in Spanien festgenommen und in das amerikanische Lager Guantánamo in Kuba geschafft worden. Der PND betonte, daß Gerüchte, der Mann sei dänischer Staatsbürger, jeglicher Grundlage entbehrten. Er hatte sich zwar lange Jahre in Dänemark aufgehalten, aber seine Nationalität war nicht geklärt. Möglicherweise war er irakischer Kurde. Er hatte in Dänemark unter falschem Namen gelebt. Das würde im Rahmen der Ermittlungen selbstverständlich genau untersucht werden. Die näheren Umstände seiner Festnahme und Einzelheiten des Falles dürften nicht enthüllt werden, um die Sicherheit des Staates und die guten Beziehungen zu Drittmächten nicht zu gefährden.

»Im großen ganzen stimmt das so«, sagte Toftlund.

»Im großen ganzen? Ist er nun irakischer Agent mit Verbindung zu al-Qaida, oder nich?«

»Wenn sie ihn in Guantánamo lange genug gegrillt haben, dann ist er einer. Die Amerikaner brauchen so einen.«

»Aber du glaubst nicht dran?«

»Es ist völlig egal, was ich glaube, Lise. Gewissermaßen scheißegal.«

Sie zündete sich eine Zigarette an und schaute ihm in die Augen, bis er sie niederschlug.

»Warum steht da nichts über den anderen Mann, Per? Wegen dem du aus Spanien angerufen hast. Der von der Brücke in Cuenca, die ich nur zu gut kenne, wie du weißt, weil ich eine Heidenangst hatte darüberzugehen. Wir haben im Parador gewohnt, und ich habe schon allein die Vorstellung gehaßt, über diese Brücke gehen zu müssen. Daran erinnerst du dich doch noch? Oder gibt es die Brücke gar nicht? Und diesen Mann, gibt es den auch nicht?«

»Nein, den gibt es nicht.«

»Ich bin Journalistin. Ich weiß, daß er existiert. Wie die Brücke in Cuenca auch. Ich könnte über ihn schreiben.«

»Ja, könntest du. Aber es würde dementiert werden. Er ist seit langem tot.«

»Mit dieser Lösung scheinst du nicht sehr zufrieden zu sein.«

»Lise. Das ist Weltpolitik. Keine Nachrichtenarbeit. Er war eine Schachfigur im Krieg gegen den Terror. Ein Bauer, den man opfern konnte. Wir haben die Verbindung zwischen al-Qaida und Saddam aufgedeckt. Wir sind Helden. Es ist für alle Seiten am besten, wenn wir als Helden dastehen und nicht als Schurken. Wir würden allesamt Orden an die Brust geheftet bekommen, wenn es in Dänemark so etwas gäbe. Wir, Spanien und die USA sind Verbündete. Alle sind daran interessiert, daß die Geschichte jetzt ein Ende hat und eine neue anfangen kann.«

Sie schaute ihn mit ihren schönen Augen durchdringend an. Die Shorts und das helle Top standen ihr ausgezeichnet, und ihre zarte Haut, die nach dem schönen Sommer einen hellbraunen Ton angenommen hatte, sah verlockend aus. Er trank seinen Kaffee und wandte den Blick ab.

»Du hast mir nicht geglaubt, stimmt's, Per?«

»Nein. Es war dumm von mir, aber ist nun mal nicht zu ändern. Und es ist jetzt auch egal. Alle Leute von Bedeutung sind froh und glücklich.«

»Du auch? Du siehst eher müde aus, entschuldige, wenn ich das sage.«

»Ja, ich fürchte, das stimmt. Aber das geht vorüber.«

»Was macht die Wunde?«

»Alles in Ordnung. Sie heilt sehr gut.«

»Du hast ihn getötet?«

»Ja. Er ist tot.«

»Absichtlich?«

»Ich weiß es nicht. Ich glaube nicht, daß es darauf eine eindeutige Antwort gibt. Nicht einmal, wenn ich mir selber ernsthaft die Frage stelle. Aber es ist sowieso nicht mehr zu ändern. Er ist tot.«

»Ich dachte, das war er vorher schon.«

»War er auch. Und *der* Tod ist auch nach wie vor der richtige. Dafür hat man sich jedenfalls entschieden. In meiner Welt sucht man sich die Wirklichkeit oft selber aus.«

»Ich habe mit deiner Welt nie viel anfangen können.«

»Ich verlasse sie.«

Sie beugte sich vor.

»Das hast du schon gesagt. Aber was heißt das? Du gehst immer wieder zurück. Du kannst nicht darauf verzichten. Auf diese Spiegelwelt, die sich immer zwischen uns schiebt.«

»Ich wußte nicht, daß zwischen uns noch etwas ist.«

»Antworte mir. Wie willst du sie verlassen? Verläßt du die Polizei?«

Er lachte halbherzig und trank einen Schluck Kaffee.

»Nein, Lise. Was soll ich denn sonst machen? Das ist das einzige, was ich kann. Die kleine Gruppe, die ich geleitet habe, wird aufgelöst. Wir gehen auseinander. Gislev geht in die Überwachung zurück, Charlotte kommt in eine neue

EDV-Abteilung und JB in eine neue Analysegruppe, und Aischa bleibt beim PND. Sie hat Blut geleckt. Sie bauen eine ganz neue Struktur auf. Und ich habe einen neuen Job. Ab Januar, wenn der EU-Vorsitz überstanden ist. Als Analytiker bei Europol. Ich kann fließend Deutsch, mein Englisch ist in Ordnung und mein Spanisch ausreichend. Eine elegante Lösung. Sie werden mich los, ohne mich feuern zu müssen. Sie belohnen mich mit einer Beförderung. Dafür muß ich meine Klappe halten. Das mußten sie nicht extra betonen. Meine Schweigepflicht gilt ein Leben lang. Ab jetzt also Europol. Und ich freue mich drauf.«

»Demnächst reist du dann also kreuz und quer durch Europa?« fragte sie, drückte die Zigarette aus und fischte sich gleich eine neue aus der Packung.

»Nein. Ich mache die Analysen. Das ist ein Schreibtischjob. Von acht bis sechzehn Uhr. Oder neun bis siebzehn. Keine Ahnung, wie die Arbeitszeiten in Den Haag geregelt sind, aber das Gehalt stimmt, und die Steuern sind eine Idee niedriger als hierzulande.«

»Und wie lange hält das? Bis du wieder zum Macho wirst?«

»Wir werden alle älter und klüger. Ich habe genug davon.«

»Ja, bestimmt. Im Augenblick jedenfalls.«

»Ich habe keine Lust mehr, mit dem Tod in Berührung zu kommen. Ich habe genug davon gesehen. Genug Tod in meinem Leben!«

»Und was ist mit Freya?«

»Findest du, daß ich mich im Moment viel um sie kümmere?«

»Nein.«

»Na, also. Wo ist der Unterschied?«

Sie lehnte sich im Sofa zurück, zündete sich die Zigarette an, drückte sie nach ein paar Zügen wieder aus und sagte mit einer Stimme, die in einen leichten Diskant umgeschlagen war:

»Und was ist mit deiner Aischa?«

»Was meinst du denn damit?«

Sie lachte ihr stilles Lachen, das er so mochte, das ihm aber jetzt gerade ziemlich auf die Nerven ging.

»Per«, sagte sie, »Männer haben eine Art, Frauennamen *nicht* auszusprechen, während ihre Körpersprache gleichzeitig verrät, daß sie ihren Namen ganz anders aussprechen möchten, zärtlicher. Ich bin doch nicht blind, Mensch. Ich wußte seit langem, daß du eine andere hast.«

»Ihr Frauen seid immer so superklug.«

»Ja, sind wir oft. Also, was ist mit ihr?«

»Und was ist mit Niels?«

»Du zuerst.«

Er rutschte auf seinem Sessel hin und her.

»Das ist nicht so eine Beziehung. Nichts von Dauer. Eigentlich ist eh Schluß. Nur hat es noch keiner von uns begriffen. Aischa hat sich entschieden. Sie will Karriere machen, und sie weiß, daß sie sich dafür mehr anstrengen muß als die meisten anderen. Sie hat sich auch jetzt schon mehr dafür angestrengt. Ehrlich gesagt, bewundere ich sie und fühle – oder besser gesagt: fühlte – mich zu ihr hingezogen, aber verliebt bin ich nicht, okay? Und was ist also mit Niels?«

»Tja. Was ist mit ihm?«

»Zieht ihr zusammen?«

»Nein. Das tun wir nicht. Ich habe vor zwei Wochen Schluß gemacht. Es hat ihn nicht sehr berührt.«

»Und das hat dir gestunken?«

»Und wie mir das gestunken hat!«

Sie fingen an zu lachen. Freya bewegte sich, drehte sich aber auf die Seite und schlief, mit dem Finger im Mund, am Fußende des Sofas weiter.

Per räusperte sich und sagte:

»Ihr könntet mitkommen. Du und Freya. Mir wird eine ansehnliche Unterkunft zur Verfügung gestellt. Reicht auf jeden Fall für drei. Du könntest dich freistellen lassen. Von da unten schreiben. Vielleicht das Buch, von dem du erzählt hast.«

»Ist das dein Ernst?«

»Ja. Wir könnten uns eine Chance geben.«

»Warum sollten wir das tun?«

»Weil ich mich nach dir sehne, verdammt noch mal«, sagte er mit einer Heftigkeit, die ihn selbst überraschte.

»Wirklich, Per? Bist du dir da wirklich sicher?«

»Ja, so sicher, wie man sich nur sein kann.«

»Dann komm her und küß mich, dann versuchen wir es noch mal von vorne.«

Nachbemerkung

In meinem Roman *Der Fluch der bösen Tat* ließ ich Vuks Fluchtauto in Stockholm stehen, an der Fähre nach Finnland. Ich konnte mir nicht vorstellen, daß ich mit dieser gequälten, komplizierten und brutalen Romanfigur noch einmal etwas zu tun haben würde. Aber als der amerikanische Justizminister John Ashcroft unmittelbar nach dem Terrorangriff auf die USA am 11. September 2001 den Menschen, die den USA im Kampf gegen den Terror helfen könnten, freies Geleit und Immunität zusicherte, da wußte ich plötzlich, wo Vuk sich aufhielt. Wieder einmal wurde meine Phantasie von Ereignissen angeregt, die sich in unserer Welt abspielten. Das Ergebnis ist der Roman *Der Feind im Spiegel*, der damit der letzte Band einer Trilogie wurde, die nie als Trilogie gedacht war. Die ersten beiden Bände sind *Der Fluch der bösen Tat* und *Die guten Schwestern*, wobei alle drei Bücher unabhängig voneinander gelesen werden können.

Ich habe bei meinen Recherchen viele Quellen aus dem In- und Ausland bemüht, aber ein Buch möchte ich besonders hervorheben, nämlich Naser Khaders *Ære og skam* (Ehre und Schande). Seit ich ihn während des ersten Golfkriegs 1991 beim dänischen Fernsehen kennenlernte, habe ich seine Beiträge mit Interesse gelesen und seine Arbeit verfolgt, die, ausgehend von seinem unerschütterlichen Glauben an die Notwendigkeit von Humanismus und Demokratie, darin bestand, Brücken zwischen den Kulturen zu bauen und Verständnis füreinander zu wecken.

Wieder hat Otto Lindhardt das Manuskript mit gewohntem Sachverstand gelesen und mich beraten, ebenso wie mir meine Frau Ulla mit Geduld und Wissen erneut eine unschätzbare Diskussionspartnerin war; und einen besseren Lektor als Hans Henrik Schwab bei Lindhardt & Ringhof kann ein Autor nur mit Mühe finden.

Natürlich liegt die Verantwortung allein bei mir, und ich lege Wert auf die Feststellung, daß *Der Feind im Spiegel* eine Fiktion ist, aber vergessen wir nicht, das Leben ist, mit den Worten Graham Greenes, ein Thriller, und zwar in weit größerem Ausmaß, als man gemeinhin glaubt.

Die einleitenden Zitate stammen aus Lewis Carrolls *Alice im Wunderland* und *Alice hinter den Spiegeln*. In der vorliegenden Ausgabe wurde auf die Übersetzungen von Christian Enzensberger zurückgegriffen, die als Insel-Taschenbücher in Frankfurt am Main erschienen sind.

Änderungen in der deutschen Ausgabe wurden nach Absprache mit meinem Übersetzer vorgenommen.